DANA MÜLLER-BRAUN

Königlich verraten

im.press

© privat

Dana Müller-Braun wurde Silvester '89 in Bad Soden im Taunus geboren. Geschichten erfunden hat sie schon immer – Mit 14 Jahren fing sie schließlich an ihre Phantasie in Worte zu fassen. Als das Schreiben immer mehr zur Leidenschaft wurde, begann sie Germanistik, Geschichte und Philosophie zu studieren. Wenn sie mal nicht schreibt, baut sie Möbel aus alten Bohlen, spielt Gitarre oder verbringt Zeit mit Freunden und ihrem Hund.

Dinge alleine zu bewältigen, ist keine Kunst, Insidia. Es ist eine Bürde. Eine Bürde, die du dir selbst auferlegst. Denn es gibt Menschen, die dir helfen. Es gibt Menschen, die dich unterstützen. In allem, was du tust und was du sein willst. Die dir immer wieder den Mut geben, der Mensch zu sein, der du sein kannst.

Verschließe deine Augen nicht vor demjenigen, der dich und deine Seele erkennt und das Beste aus dir herausholen will. Füge dich nicht den Menschen, die nur das in dir sehen, was sie sehen wollen. Die dich nur dann annehmen, wenn du so bist, wie sie es sich vorstellen. Sei nicht die Person, die sie in dir sehen. Sei das, was du tief in dir spürst und verweigere auf dem Weg dahin nicht die Hilfe derer, die dein Herz sehen. Die es nehmen, wie es ist, und es mit ihrem Leben schützen.

Dinge alleine zu bewältigen, ist nicht immer stark – manchmal ist es einfach nur einsam. Und manchmal ist es genau diese Einsamkeit, die dich davon abhält, du zu sein. Mit allen Fehlern und Macken – mit allen Ecken und Kanten.

Sieh hinter die Fassade und lasse auch sie hinter deine Fassade sehen. Und blicke zurück auf den Kreislauf des Lebens. Auf das Neugeborene, das ohne Hilfe sterben würde, und das Alter, das so viel Zuwendung benötigt. Lasse zu, dass Menschen dich kritisieren und loben – solange sie es tun, um das Beste aus dir herauszuholen.

Lies ihr Schweigen und lasse sie auch deines lesen.

Für Mama und Papa

PROLOG

Meine Gedanken sind beschattet von dunklen Gestalten. Sie zupfen an mir herum, berühren mich überall. Tragen mich – lassen mich wieder auf den harten Boden fallen.

Mein Kopf pocht, als würde jemand einen lauten Bass darin spielen, um meine Nervenstränge reißen zu lassen – mich zu verwirren.

Ich ziehe meine Lippen auseinander. Ein brennender Schmerz legt sich über sie und ich schmecke staubiges Blut. Die Trockenheit hat sie zusammengeklebt und jetzt sind sie zwei schmerzende Teile eines Ganzen, das gewaltsam aufgetrennt wurde. Ich lecke mir meine Wunden und bemühe mich, wieder in der Realität anzukommen.

Als ich mühsam meine Augen öffne, entdecke ich Schläuche. Kabel – Messgeräte. Weiße Wände erstrecken sich neben mir. Manchmal bleiben sie. Manchmal ziehen sie an mir vorbei, als würde mich jemand schieben. Ich erkenne Gestalten, die vor mir stehen. Mir die Lider aufreißen und meine Vitalwerte überprüfen. Ich wünschte, einer von ihnen würde mir meine Schmerzen nehmen. Nicht etwa meine körperlichen Schmerzen. Sie sind nur aus dem Grund schrecklich, weil sie mich daran erinnern, dass ich noch am Leben bin.

»Nicht erfolgreich.«

Das ist etwas, das ich ständig höre. Aus verschiedenen Mündern – oder aus denselben. Ich kann es nicht zuordnen.

»Die Muster sind die gleichen geblieben.«

Irgendwann habe ich den Versuch aufgegeben zu verstehen, was sie da sagen. Was ich hier mache. Sie sollen es einfach hinter sich bringen und mich töten. Aber derlei Mitgefühl werden sie nicht aufbringen. Offensichtlich bin ich viel wertvoller, wenn ich halbtot ihr Versuchskaninchen mime.

Als ich mich bewege und versuche aufzustehen, sieht mich eine der vermummten Gestalten einen Moment lang stumm an. Ein Mann. Ich kann sein Gesicht nicht erkennen, aber ich weiß, dass er hämisch dabei zuschaut. Als würde sich ein kleines Kalb das erste Mal bemühen zu gehen – ein Hase sich aus den Fängen eines Wolfes zu befreien versuchen. Erst nach ein paar Sekunden befiehlt er, mich weiterhin ruhig zu stellen, und die Bewusstlosigkeit zieht mich in ihre traumlose Dunkelheit.

Als ich wach werde, grabe ich meine Hände in den Dreck unter mir. Mein Körper schmerzt und der kalte Steinboden treibt mir die Kälte in die Glieder.

Ich weiß, wo ich bin. Ich weiß es und verstehe es nicht. Es ist, als wäre ich nie weg gewesen. Als hätte ich die ganze Zeit in diesem dunklen Kerker gelegen. Habe ich mir das alles nur eingebildet?

Etwas an all dem hier wirkt fremd. Als wäre ich nicht wirklich hier. Als wäre mein Körper noch an einem anderen Ort. Als wäre das hier nur eine Erinnerung.

Mein Verstand ist benebelt. Dunkle Mächte greifen nach ihm. Wollen mir etwas mitteilen. Wollen, dass ich mich erinnere. Aber mein Körper wehrt sich mit Schmerzen dagegen. Als würde er selbst Gift durch meine Adern pumpen, um es zu verhindern.

Was ist real? Die Frage schleicht sich durch meinen Kopf. Berührt mein Herz mit ihren kalten Fingern. Für einen Moment fühlt auch mein Herz sich kalt an. Als würde es nicht mehr zu mir gehören. Als würde es nicht mehr schlagen. Als wäre mein Körper bereits tot.

KAPITEL 1

Als ich vollends begriff, wo ich war, riss ich die Augen auf und suchte nach Kyle. Er war nicht mehr da. Der Schmerz in meiner Brust drängte sich wieder nach vorne. Es war, als wäre Kyle gerade erst gegangen. Seine Enttäuschung brannte sich in mein Bewusstsein, als würde sie immer noch den Raum erfüllen.

Ich hustete und versuchte mich aufzurichten. Plötzlich spürte ich, dass ich nicht alleine war. Es dauerte eine Weile, bis ich die dunkle Gestalt in der Ecke erkannte.

»Er ist nicht hier.« Leos Stimme schnitt eine weitere Wunde in mein Herz. Ich hatte nicht nur Kyle verletzt. Auch in Leo hatte ich etwas zerbrochen. Das konnte ich deutlich spüren und hören.

»Es gibt einige, die dich hängen sehen wollen, Insidia Jones«, murmelte er, als wäre es eine Nebensache.

»Und du?«, krächzte ich und hustete den Staub aus, der meine Stimmbänder belegte. Ich fühlte mich, als wäre ich innerlich vertrocknet.

»Spielt das überhaupt noch eine Rolle für dich? Schließlich bin ich nicht mehr der Kronprinz.« Er spuckte die Worte förmlich aus. Es war, als würde er mir mit jedem Ton zu verstehen geben, wie sehr ich ihn verletzt hatte.

»Ob du willst oder nicht: Du weißt, dass du mir etwas bedeutest, Leo!«

»So viel, wie Kyle dir bedeutet?«

Ein Schauer lief über meinen Rücken, als er seinen Namen aussprach. Was sollte ich sagen? Dass ich Kyle wollte und nicht ihn? Das war für ihn doch nichts Neues.

»Das kannst du nicht vergleichen!«, entgegnete ich mit einem patzigen Unterton. Ich atmete tief durch und versuchte mich wieder zu beruhigen und runterzukommen, schließlich erlaubte meine Lage es nicht, sauer oder zickig zu sein.

»Ach nein? Warum? Weil du ihn liebst und mir nur etwas vorgespielt hast? Oder hast du uns beiden etwas vorgespielt und wolltest dir nur sämtliche Optionen offen halten?«

Wieder hätte ich am liebsten wütend geantwortet. Aber ich zügelte mich.

»Ich habe Kyle nie etwas vorgespielt!«, murmelte ich wahrheitsgetreu. Vielleicht gab es eine Zeit, in der ich ihm nicht sagen konnte, dass ich eine Agentin war. Aber er hatte immer gewusst, dass ich ihn wollte und Leo wählen musste. Das hatte ich ihm mehr als einmal deutlich zu verstehen gegeben.

»Ach so, und mir schon?« Leos Stimme klang so verbittert, dass ich zusammenzuckte.

»Ja ... Nein ... Ich weiß es nicht!«, schrie ich, wobei mein »Schreien« eher einem armseligen Krächzen glich.

»Du weißt es also nicht.« Er lachte kühl.

»Ich habe etwas für dich gefühlt, Leo. Ich tue es auch jetzt noch. Aber ich weiß nicht, was es ist. Ich wusste es nie. Du warst ein Auftrag. Ich begann dich zu mögen. Aber ich habe auch Kyle gemocht. Und als ich dich kennengelernt habe, sind die Grenzen verschwommen. Ich wusste nicht mehr, was Auftrag und was echt ist.« Auch wenn es wehtat. Ihm und mir. Es war die Wahrheit.

Leo schwieg eine Weile und ich ließ mir alle Gefühle der letzten Wochen noch einmal durch den Kopf gehen. Ich war mir sicher, was ich für Kyle empfand. Bei Leo war das etwas völlig anderes. Er war ein ehrlicher und aufrichtiger Mensch. In seiner Nähe hatte ich mich stets wohlgefühlt. Aber irgendetwas hatte immer gefehlt. Fehlte auch jetzt noch. Und doch verletzte seine Wut mich. Dass er so kalt und herzlos mit mir redete, obwohl er einer der wärmsten Menschen war, die ich kannte. Aber es raubte mir nicht so sehr den Atem wie bei Kyle, als er an seiner Stelle gestanden hatte. Mein Magen zog sich schmerzhaft zusammen, als ich daran dachte.

»Und ihr seid natürlich fein raus! Ihr habt nie gelogen! Ihr habt nicht versucht mir weiszumachen, du seiest der Kronprinz und er nur der abtrünnige

Cousin. Kyle sagte einmal zu mir, ich sei selbstgerecht. Und ja, ich stimme ihm zu. Aber ihr beide seid nicht besser!« Jetzt war die Wut in mir doch zum Vorschein gekommen. Und sie musste raus.

Ja, ich verstand die beiden. Ich wollte mich meiner Schuld auch nicht entziehen. Dennoch hatten sie ihren Beitrag dazu geleistet. Sie hatten gewusst, wer ich war. Was für einen Auftrag ich hatte. Und waren mir mit diesem Wissen näher gekommen. Und das alles nur, damit ich mich für Kyle entschied, ohne zu realisieren, wer er wirklich war.

»Ihr habt bei all dem vergessen, wie sehr ich mich bereits gegen das *PG* gestellt habe. Wie sehr ich mich selbst und auch andere Menschen in Gefahr gebracht habe, weil ich liebend gern mit offenen Karten gespielt hätte. Ihr habt vergessen, dass es bei all dem nicht nur um mich und meine Gefühle und euren Stolz ging. Ihr habt keine Ahnung, wer *sie* sind und wozu *sie* fähig sein könnten!«, knurrte ich, angstachelt von meinem Zorn.

»Etwa den König Insidias zu töten?«

Ich sah Leo einen Moment lang stumm an. Dann nickte ich. Mir war klar, dass er mir die Schuld dafür gab. Aber es war mir egal. Ich hatte davon nie etwas gewusst.

Er schwieg wieder eine Weile und wandte sich dann zum Gehen.

»Eins noch ...«, raunte ich.

Leo drehte sich zu mir um und beäugte mich mit einem abwertenden Blick. Aber ich wusste, dass es in ihm anders aussah.

»Seit ich denken kann, war das *PG* mein Zuhause. Die Leute dort haben mich großgezogen. Mich erzogen. Mich zum Kämpfen ausgebildet und mir erklärt, wie die Welt funktioniert. Sie haben mich konditioniert und mir keinen Platz für menschliche Gefühle eingeräumt. Als ich hier angekommen bin, hat mich diese Welt erschlagen. Ich habe das alles in Frage gestellt und mich deshalb verloren gefühlt. Weil ich nun einmal nichts anderes kannte!«

Meine Stimme war so hasserfüllt, dass ich sie kaum wiedererkannte. Leos Blick wurde ein wenig weicher.

»Ich bin nicht mit einem Menschen aufgewachsen, der für mich wie ein Bruder war. Ich hatte nie Eltern, die sich um mich gekümmert haben. Die mich in den Arm genommen haben, wenn ich traurig war, oder mir meine Wunden gepustet haben. Denn Traurigsein und Weinen waren mir nicht gestattet. Ich hatte niemanden, der mir behutsam gezeigt hat, wie Liebe funktioniert und wie man damit umgeht. Ich hatte nur jemanden, der mir mit zehn Jahren eine Waffe in die Hand gedrückt hat, damit ich einen Mann erschieße. Ich hatte nie das, was ihr hattet! Ich war immer alleine. Ich hatte keine Mutter, keinen Vater, keine Geschwister und keine beste Freundin! Ich hatte immer nur mich – und das *PG*! Und du solltest wissen, wie schwer es ist, die einzigen Menschen, die immer da waren, zu hintergehen. Auch wenn sie schlechte Menschen sind. Sie sind alles, was ich je hatte und kannte.«

Leos Augen glitzerten. Das, was ich gesagt hatte, traf ihn. Ich konnte es deutlich sehen.

Er machte einen Schritt auf mich zu und öffnete den Mund, als wollte er etwas sagen.

»Es reicht!« Die Stimme zerriss mein Herz. Woher kam sie?

Die Tür wurde aufgestoßen und Kyle stürmte wütend auf Leo zu.

»Sie ist eine geschulte Lügnerin, Leonard!«, knurrte Kyle.

Ich atmete stoßartig. »Kyle ...« Sein Name verließ automatisch meinen Mund.

Er warf mir einen kalten Blick zu. »Weißt du, was du bei all dem vergessen hast, kleine Verräterin?!«, fuhr er mich an.

Ich presste die Lippen aufeinander. Tränen verließen meine Augen. Ich war nicht imstande, sie aufzuhalten.

»Wir haben dir all das gegeben. All das, was du von ihnen nie bekommen hast. Und du hast es mit Füßen getreten! Du warst nie allein. Nicht in der Zeit, als du Emili, Leo und mich hattest. Doch jetzt bist du es. Und das für immer!«

Auch wenn ich es nicht wahrhaben wollte: An seinen Worten war etwas dran.

Meine Gedanken wanderten zu Emili. Was sie wohl von mir dachte? Sie musste mich hassen.

Immer mehr nasse Perlen verließen meine Augen. Weinen war etwas so Seltsames.

»Ich wollte euch doch nur beschützen!«, schrie ich und setzte mich ein wenig auf. »Du warst dabei, als das *PG* in das Schloss eingedrungen ist. Du hast gesehen, wie sie dich zugerichtet haben. Ich hatte Angst um euch. Angst, die Menschen zu verlieren, die mir etwas bedeuten!«

Kyle starrte mich entsetzt an. Bei all meiner Wut hatte ich vergessen, dass er nicht wusste, dass der Angriff im Schloss nicht von Aufständischen durchgeführt worden war.

»Das waren deine Leute?! Hast du es gewusst?«

»Das sind nicht *meine* Leute!«

Kyle kam auf mich zu und riss mich an meinem Oberteil zu sich hoch.

»Kyle! Du tust mir weh!«, stöhnte ich.

»Hast. Du. Es. Gewusst???«

Ich presste meine Lippen zusammen. Er roch so gut, dass ich mich nicht mehr auf die Schmerzen konzentrieren konnte. Alles, was ich wollte, war, bei ihm zu sein.

»Kyle, bitte!«

Seine Augen funkelten mich wütend an. Wütend und voller Abscheu. Ja, jetzt wusste ich, was Abscheu *wirklich* war.

»Ich habe einen von ihnen erkannt«, stammelte ich. »Aber ich hatte Angst, dass –«

Er ließ mich abrupt auf den Boden zurückfallen. Ich landete unsanft auf meinem Knie und schrie auf.

»Ich will deine Lügen nicht mehr hören, Insidia!«

Er ging wieder zu Leo, zog ihn mit sich zur Tür und drehte sich noch einmal um. »Meine Mutter wird über dein Schicksal entscheiden. Und vergiss nicht: Deinetwegen ist ihr Mann gestorben!«

Mit einem metallischen Geräusch schob er die Tür wieder zu und ließ mich mit all dem alleine.

KAPITEL 2

Ich hörte ihre Schritte schon von Weitem. Dennoch öffnete ich meine Augen nicht, sondern hoffte nur inständig, dass sie mich einfach umbrachte. Auch wenn ich nichts mit dem Tod des Königs zu tun hatte. Ich wollte nicht mehr. Nichts ergab noch einen Sinn. Mein Leben war so oder so bereits zu Ende.

Als die Tür aufgeschoben wurde, richtete ich mich auf. Ich wollte einer Königin wenigstens ehrenvoll entgegentreten.

Als sie auf mich zukam, war ich geblendet von ihrer Schönheit. Wenigstens etwas, das mich von all dem hier ablenkte. Ich hatte sie zwar bei den Wettbewerben ein paar Mal aus der Ferne betrachtet, aber sie so nah vor mir stehen zu sehen, ihre Augen starr auf mich gerichtet, war etwas völlig anderes. Sie besaß eine solche Anmut, dass ich kaum glauben konnte, dass sie auch einmal zum *PG* gehört hatte.

»Das ist sie also ...«, murmelte sie nachdenklich. Ich atmete schwer. Dass sie von mir in der dritten Person sprach, war kein gutes Zeichen. Es wirkte, als sei ich ein Ding.

»Du bist das Mädchen, das meinem Sohn den Kopf verdreht hat. Er ist ziemlich wütend.« Aus irgendeinem Grund wirkte ihre Stimme beruhigend auf mich. Sie klang warm und liebevoll. War das bloß Fassade?

»Ich habe nichts davon gewusst, dass sie den König töten wollten.«

»Ich weiß«, entgegnete sie gelassen, »Ich jedoch habe es gewusst.«

Ich keuchte. Wie bitte?!

»Aber am besten fange ich von vorne an«, murmelte sie nachdenklich und grinste. So als würde sie gerade in alten Zeiten schwelgen. Was war hier los?

»Als ich Ferdinand kennengelernt habe, gab es einen solchen Wettbewerb noch nicht. Damals lief alles über die Empfehlungen der Generäle und – nun ja. Du weißt ja, welchen Einfluss das *PG* hat.« Sie räusperte sich.

»Zuerst war er nur ein Auftrag. Ich war bereit, die Beta-Phase mit Bravour zu bestehen – und es gelang mir auch sehr gut. Bis ich mich in Ferdinand verliebte. Ich verstehe deine Gefühle für Eduard Kilian nur zu gut, meine Liebe. Er ist in vielen Belangen genauso wie sein Vater. Nach und nach bröckelte die Fassade.«

Ich zog meine Augenbrauen zusammen. Genau das hatte auch Philipp gesagt. Wenn die Fassade bröckelt. Was hatte das zu bedeuten?

»Ich verliebte mich und das *PG* erschien mir plötzlich falsch und ungerecht. Ich wollte Ferdinand nicht in die Richtung lenken, die ihnen vorschwebte – und eines Tages erzählte ich ihm alles. Oh, er war wütend. Das kannst du mir glauben. Nicht so wütend, wie Kilian jetzt, aber er war auch kaum zu bändigen. Dennoch fanden wir wieder einen Weg zueinander und ich schwor ihm, dass ich auf seiner Seite war und wir zusammen gegen das *PG* vorgehen würden. Deshalb auch das Spiel mit Leonard und Kilian.«

Sie schwieg. War sie etwa fertig? Wollte sie, dass ich etwas dazu sagte?

»Werden Sie mich nun töten?« Jetzt, da ich es ausgesprochen hatte, wusste ich, dass ich es nicht wollte. Ich wollte nicht sterben. Ich wollte ihn wiederhaben.

»O nein, nein, meine Liebe. Ich werde dich nicht töten und auch kein anderer wird das tun.«

Ich warf ihr einen irritierten Blick zu. »Also werde ich mein Leben lang in diesem Kerker hocken?«

Sie lachte leise vor sich hin. »Für wie unmenschlich hältst du mich?«

Ich zuckte mit den Schultern. Was wollte sie dann von mir?

»Er liebt dich.« Ihre Worte erschütterten mich bis ins Mark. Und trotzdem musste ich es hören.

»Leo oder Kyle?«

Nun lächelte sie warm. »Sie lieben dich beide, kleine Spionin – oder sagen wir, sie sind *verliebt*. Aber Kilian wird ohne dich nie wieder glücklich sein.«

Ich atmete schwer. Ihre Worte taten mehr weh, als dass sie mich hätten freuen können. Ich wollte nicht, dass Kyle unglücklich war.

»Ich werde dich aus drei Gründen nicht töten, meine Liebe.

Du hast von Ferdinands bevorstehender Ermordung nichts gewusst. Du liebst meinen Sohn wirklich und er liebt dich.

Und: Du erinnerst mich an mich selbst. Ich denke, dass das reicht, um dich zu verschonen. Allerdings kann ich nicht für Kilian sprechen. Es ist ...«

Sie hielt kurz inne. So als würde sie darüber nachdenken, wie sie mir das Folgende am schonendsten beibringen könnte.

»Das Volk weiß jetzt, wer der Prinz ... König ist. Und die Menschen wollen eine Königin an seiner Seite sehen. Sie wollen aber auch, dass es fair bleibt, deshalb wird es einen weiteren Wettbewerb geben. Nur für den König.«

Mein Herz blieb stehen. Vor ein paar Minuten hatte ich noch geglaubt, dass das alles nicht schlimmer werden könnte, und jetzt sollte Kyle bald schon ein anderes Mädchen als mich zur Frau erwählen? Innerlich hasste ich mich dafür, dass *meine* Wahl nicht auf ihn gefallen war. Warum war ich nur so dumm gewesen?

»Ich möchte, dass du dabei bist!«

Meine Augen weiteten sich. Das war unmöglich!

»Du sollst nicht daran teilnehmen. Aber ich möchte, dass du dich in Kilians Nähe aufhältst, damit er seine Gefühle für dich nicht vergisst oder verdrängt.«

Ich musterte sie argwöhnisch. Was für einen Plan heckte sie da aus? Sie hatte vorher von dem geplanten Mord an ihrem Mann gewusst, aber nichts getan, und jetzt wollte sie, dass ich – also eine *PG*-Agentin – mich ihrem Sohn näherte? Gehörte sie etwa doch noch dazu?

»Warum?«, fragte ich skeptisch. Ich bemühte mich nicht einmal anders zu klingen, als ich mich fühlte.

»Ich bin eine Mutter, die ihren Sohn liebt. Das kannst du mir glauben. Genauso wie du hatte ich nie eine Familie. Und jetzt habe ich sie. Ich werde nicht zulassen, dass das *PG* sie mir wegnimmt ...« Sie machte eine kleine Pause. »Mir noch mehr meiner Familie wegnimmt«, fügte sie dann nachdenklich hinzu.

»Und Sie wollen das *PG* ruhigstellen, indem Sie ihn mit einer von ihnen verheiraten?«

Die Königin entgegnete nichts mehr. Das war dann wohl Antwort genug.

»Dann bringen Sie mich lieber um! Ich werde Kyle kein zweites Mal belügen und ihn für irgendwelche Zwecke benutzen!«, knurrte ich sie an. Am liebsten hätte ich sie geschlagen. Aber mal abgesehen von meiner schlechten körperlichen Verfassung, schickte es sich mit Sicherheit nicht, eine Königin zu schlagen. Und ihr Echo wäre höchstwahrscheinlich nicht ohne. Schließlich war sie selbst ausgebildete Agentin.

»Manchmal heiligt der Zweck die Mittel.«

Ich schüttelte den Kopf. »Deshalb habe ich das alles getan. Um ihn zu schützen! Und dafür hasst er mich! Und abgesehen davon wird er mich niemals wieder lieben können!«

Die Königin strich sich nachdenklich über ihre Wange. »Schön«, murmelte sie, »du wirst in die Dienste eines der Mädchen gestellt.« Sie stand auf und wollte gehen. Ich hielt sie fest. So schnell ich konnte, zog ich meinen Arm zurück. Was hatte ich mir nur dabei gedacht?

Sie warf mir einen fragenden Blick zu.

»Was soll das heißen, in ihre Dienste?«, flüsterte ich ängstlich.

»Du bist ihre Hofdame«, erklärte sie ruhig und ging davon.

Ich wollte mir nicht einmal vorstellen, wie sehr Kyles Zorn jetzt steigen würde.

Die Tür wurde nicht geschlossen. Nachdem die Königin hinausgegangen war, kam ein Mann herein und schmiss Kleidung vor mich auf den Boden. »Anziehen!« Dann trat er wieder rasch vor die Tür.

Ich betrachtete das schwarzweiße Gewand. Ich hatte es bereits bei den Bediensteten gesehen.

Als ich daran zurückdachte, kam mir ein ganz anderer Gedanke. Kyle würde mit Sicherheit in dem kleinen Anwesen wohnen und nicht im Schloss. Also würde ich ihm vielleicht nicht über den Weg laufen müssen. Außer, die Mädchen würden bei ihm leben. Eine Woge der Erleichterung durchfuhr mich, gemischt mit Enttäuschung. Ich musste ihn daran hindern, sich in jemand anderes zu verlieben!

Sogleich schüttelte ich den Kopf. Nein, das durfte ich nicht! Ich durfte jetzt nicht mehr egoistisch sein. Er sollte glücklich werden. Nicht ich.

Ich zog meine schmutzigen Klamotten aus und mir die Angestellten-Kleidung über, bevor ich dem Wachmann Bescheid gab.

Unsanft begleitete er mich nach draußen.

Als ich die Gänge vor mir erblickte, blieb ich irritiert stehen. War ich zwischendurch in einen anderen Kerker gebracht worden? Ich war mir sicher, dass das hier das Schloss und nicht das Kolosseum war.

Jäh wurde ich aus meinen Gedanken gerissen, da die Wache mir in den Rücken stieß. Ich setzte mich in Bewegung.

Spätestens, als wir die Treppe erklommen hatten, wusste ich genau, dass wir uns im Schloss befanden.

Wir schritten durch die Gänge und Türen, hinaus in den Garten, auf – das Anwesen zu. Wieder blieb ich stehen.

»Du hast echt Lust zu sterben, Mädchen!«, knurrte der Wachmann und schlug mir mit einem metallenen Stab in mein Kreuz. Ich krümmte mich vor Schmerzen und sank zu Boden. Ging man hier etwa so mit Hofdamen um oder galt diese spezielle Behandlung nur mir?

»Ich könnte Sie mit einem Schlag töten!«, fauchte ich, während ich auf dem kalten Rasen saß. Ohne darüber nachzudenken, trat ich ihm mit voller Wucht in die Kniekehlen und holte ihn so von seinen Beinen.

Wütend fuchtelte er noch auf dem Boden liegend herum und versuchte meine Haare zu greifen, doch ich war schneller. Ich richtete mich auf und trat ihn zwei Mal in die Hüfte. Er stöhnte.

Erst jetzt bemerkte ich, dass der Wachmann nicht viel älter sein konnte als ich.

»Ich finde den Weg alleine, du Mistkerl!«, sagte ich siegessicher und schritt davon.

Obwohl ich wusste, dass es nicht lange dauern würde, schmerzte es, als er mich von hinten zu Boden riss und mir seine Faust ins Gesicht rammte.

»Was ist denn bitte mit dir los?!«, schrie ich. »Ich bin ein Mädchen!«

Er lachte laut auf. »Du bist kein Mädchen! Du bist eine Agentin. Und ich habe keinen Bock mehr auf dein Gezicke. Also. Komm. Jetzt. Mit! Ohne Murren!«

Ich atmete wütend durch, entschied mich dann aber mitzugehen und währenddessen meine blutige Nase zu befühlen. Der Typ hatte sie doch nicht mehr alle! Mein Auge pochte und ich konnte förmlich spüren, wie es immer dicker wurde.

Super! Jetzt war ich nicht mehr nur die miese Verräterin, sondern auch noch die hässliche, entstellte miese Verräterin. Es konnte wirklich nicht mehr schlimmer werden.

Als wir beim kleinen Schloss ankamen, zog sich alles in mir zusammen. Am liebsten hätte ich die dämliche Wache erneut außer Gefecht gesetzt und wäre abgehauen – was natürlich wenig dienlich gewesen wäre. Früher oder später würde mich jemand aufhalten.

Als wir eintraten, vernahm ich lautes Geschrei. Ich kannte die Stimme. Mein Herz verbrannte mich von innen. So als wollte es mich bestrafen. Ich verzog den Mund. Schlimmer konnte es also *immer* werden.

»Nein! NEIN! Das kannst du mir nicht antun!«

»Ich tue dir gar nichts an, Kilian!« Die Stimme der Königin klang immer noch genauso ruhig wie gerade in meinem Kerker. Irgendwie sehnte ich mich dahin zurück.

»Ich will sie hier nicht haben!«

»*Ich* will sie aber hier haben! Und du hältst dich jetzt zurück. Ich bin deine Mutter und du tust, was ich sage!«

Stille. Es war verwunderlich, dass eine Mutter selbst auf einen König einen dermaßen großen Einfluss besaß.

Die Tür mir gegenüber wurde aufgeschlagen und Kyle stapfte wütend den Gang entlang auf uns zu. Bis er vor mir zum Halten kam. Schnell senkte ich den Kopf.

»Wenn du es wagst, in meiner Gegenwart auch nur irgendeinen Ton von dir zu geben, dann lasse ich dich wieder einsperren!«

Ich antwortete nichts. Bemühte mich nur die Tränen zurückzuhalten, die wie aus dem Nichts wieder in meinen Augen brannten.

»Hast du mich verstanden?« Unsanft fasste er mich am Kinn und zog mein Gesicht hoch, sodass ich ihn ansehen musste.

»O mein Gott! Was ist passiert?«, fragte er geschockt und berührte mein Auge. Der Wachmann hinter mir änderte nervös seine Haltung.

»Warst du das?«, knurrte Kyle ihn an.

War das etwa Fürsorge? Bedeutete ich ihm doch noch etwas?

»Sie wollte fliehen, Eure Majestät!«, rechtfertigte sich der Wachmann.

Kyle wandte seinen Blick wieder mir zu. Ein schelmisches Lächeln huschte über seine Lippen. »Immer noch die gleiche kleine Rebellin, hm?«, flüsterte er.

Ich starrte ihn mit großen Augen an. Na ja. Eines von ihnen war wahrscheinlich nicht ganz so groß, aber mein Erstaunen konnte ich kaum zurückhalten.

Als Kyle klar wurde, was er da gerade machte, ließ er mich abrupt los. Ich konnte die Königin hinter ihm lächeln sehen.

»Wie gesagt: kein Wort! Und am besten gehst du mir, soweit es dir möglich ist, aus dem Weg!«, knurrte er wieder kühl und ging davon.

Zurück blieb ich, die nicht mehr wusste, wohin mit all diesen widerstreitenden Gefühlen. Am liebsten hätte ich geweint. Aber ich musste stark bleiben.

Nur, wie sollte ich das schaffen? Als Hofdame eines dieser Mädchen? Niemals würde mir das gelingen!

KAPITEL 3

Zum Glück erlaubten sie mir erst einmal zu duschen, bevor ich was auch immer tun sollte. Wahrscheinlich hatten sie bei Tageslicht dann endlich realisiert, dass ich viel zu schmutzig und blutig war, als dass ich hier unbemerkt hätte herumspazieren können.

Immer noch war ich nicht in der Lage, meinen eigenen nackten Körper anzusehen. Schon im Kerker, als ich meine Klamotten wechseln sollte, hatte ich es nicht über mich gebracht. Vielleicht hatte ich keine Angst vor den Blessuren, die mir die leichten Schmerzen im Bauch verursachten, sondern vielmehr vor mir selbst. Vor dem, was ich war und was aus mir geworden war. Nichts Halbes und nichts Ganzes. Ich war weder eine Agentin, ich hatte mich die letzten Wochen nicht einmal ansatzweise so verhalten, noch war ich wirklich einfach nur Insidia aus Sves. Und mein nackter Körper würde mir nur allzu deutlich vor Augen führen, dass kaum noch etwas von dem Menschen übrig war, der ich gewesen war und der ich sein wollte.

Nachdem ich fertig war, setzte ich mich noch einen Moment lang auf das knarrende Bett in meinem neuen Zimmer. Der Raum war sehr klein und nur spartanisch eingerichtet. Ich kannte es vom *PG* zwar nicht anders, aber ich wünschte mir mein Zimmer bei Emili zurück.

Emili. Sobald ich an sie dachte, verkrampfte sich mein Magen. Wenn ich wenigstens wüsste, ob sie mich ebenfalls hasste. Schließlich hatte ich auch sie angelogen. Aber das war doch alles nur zu ihrem Schutz gewesen. Vielleicht hatte ich am Anfang noch an meinen »Auftrag« geglaubt. Aber danach hätte ich alles dafür gegeben, es ihr sagen zu können.

Wahrscheinlich hatte ich sie, wie die anderen, auch verloren. Ich stand also wieder an demselben Punkt wie zu Beginn meiner Reise hierher. Aber warum fühlte sich das nun so anders an? Weil ich jetzt wusste, wie es war, etwas zu haben? War ich nicht eigentlich darauf trainiert, so etwas wegzustecken? Einfach weiterzumachen?

Aber diese blöden Gefühle standen dem im Wege. Ich war nicht in der Lage, sie abzuschalten, und allmählich verstand ich, warum das *PG* uns von ihnen ferngehalten hatte. Sie überschatteten jegliche Vernunft, alles, was ich je gelernt hatte. Und sie schmerzten. Sie schmerzten mehr als jeder Schlag, jede Kampfeinheit und jede Nacht, in der das *PG* uns mit Psycho-Spielchen wachgehalten hatte.

Dieser Schmerz, den ich jetzt spürte, war mit nichts vergleichbar. Wie also konnte Kyle so kalt sein? Wie hatte er es geschafft, seine Gefühle für mich einfach so auszuschalten?

Oder hatte er das gar nicht? Waren sie noch da? Hinter einer Mauer aus Enttäuschung und Wut, die er aufgebaut hatte?

Ein Klopfen riss mich aus meinen Gedanken. Irritiert schüttelte ich den Kopf. »Ja?«

»Sie sollen sich zur Begrüßung einfinden, Miss ...« Der Wachmann in meiner Tür unterbrach sich selbst. Er wusste offensichtlich nicht, ob er mich weiterhin *Miss* nennen sollte. Und ja – wahrscheinlich war das die falsche Anrede für ein Dienstmädchen.

Ich atmete tief durch, stand auf, strich das schwarze Kleid und die weiße Schürze glatt und ging ihm hinterher. Ich war mir sicher: Mit diesem Tag würde mein Leben enden. Auch wenn ich nicht getötet wurde.

Wir liefen an einigen Räumen vorbei. Die Tür zur *Blauen Lagune* stand offen und mein Herz versetzte mir einen Stich. Es kam mir so vor, als wären Jahre vergangen, seit ich hier das letzte Mal auf die Aufgabe gewartet hatte und dieses ekelhafte *PG* das Schloss eingenommen hatte. Irgendwann würden diese Leute dafür büßen. Das schwor ich mir. Jetzt, wo mein Leben nicht endete, war das alles, woran ich mich festhielt.

Wir traten in die große Empfangshalle und ich erkannte Kyle, der neben seiner Mutter und Leo stand und auf die Tür starrte.

Gleich würden hier jede Menge junger Damen hereinspazieren, wahrscheinlich eine schöner als die andere, und nicht so dumm sein wie ich – sie würden alles dafür tun, Kyle für sich zu gewinnen. Galle kroch mir die Kehle hinauf. Das brennende bittere Zeug vernebelte meine Sinne.

Ich stellte mich zu den anderen Hofdamen, die links neben Kyle in einer Reihe standen. Das alles kam mir plötzlich vor wie ein schlechter Scherz.

Die Königin warf mir einen unauffälligen Blick zu und lächelte. Ich wollte mich an ihren Intrigen jedoch nicht beteiligen und hoffte, dass sie das verstanden hatte.

Obwohl sie warm und liebevoll wirkte, war da etwas an ihr, das ich nicht einschätzen konnte. Etwas Falsches. Etwas Undefinierbares. Ich wusste nur, dass ich mich von dieser Frau fernhalten musste. Komme, was wolle.

Als ich Kyle ansah, trafen sich unsere Blicke. Es versetzte mir einen solchen Schlag, als hätte ich in ein offenes Kabel gegriffen. Seine Augen musterten mich, bevor er ohne eine Regung wieder zur Tür starrte.

Ich dachte an unser Spiel im Zug – *sein* Spiel. Und wünschte mir, ich könnte zu diesem Augenblick zurückkehren. Aber das war nicht möglich. Was geschehen war, war geschehen, und ich musste für immer damit leben.

Als zwei Wachen die Türen aufmachten, hätte ich mich beinahe übergeben. Ich musste mich sehr darauf konzentrieren, die Übelkeit, die mich überkam, wegzudrücken. Als hätte ich Säure getrunken, die sich nun langsam und genüsslich durch meinen Körper fraß.

Am liebsten wäre ich vor die Tür gesprungen. Hätte sie gewaltsam wieder verschlossen und Kyle gebeten, mich zu wählen. Aber die Vorstellung davon war mit Sicherheit um einiges heldenhafter und romantischer, als sie im Nachhinein gewirkt hätte. Eine um sich schlagende Irre, die von den Wachen davongetragen wurde. Vor den Augen aller. Nein, das war keineswegs romantisch. Mit dem echten Leben war es so, wie Emili immer gesagt hatte: Das, was in Filmen total mutig und romantisch war, wirkte in der Realität irre und verzweifelt. Also ließ ich es und blieb stumm neben den anderen Dienstmädchen stehen.

Die Mädchen trudelten nach und nach ein und stellten sich Kyle vor. Ich bekam es kaum mit. Eigentlich hatte ich mir geschworen, jede einzelne von ihnen genauestens unter die Lupe zu nehmen, aber der Schmerz betäubte mich und ich fühlte rein gar nichts mehr. Alles war wie in einem düsteren Traum. Kyle, verfolgt von hundert Blondinen. Ein echter Horrortrip!

Ich warf Leo während des Schauspiels einen verstohlenen Blick zu. Er wirkte nicht gerade begeistert von all dem hier. Ganz plötzlich war er nicht mehr der Prinz und auch nicht mehr der Mittelpunkt hysterischer junger Mädchen.

Ich wandte meinen Blick wieder zur Tür, als die Königin mich auffordernd ansah. Da bemerkte ich – *sie*. Emili. Sie war es wirklich. Bevor ich es verhindern konnte, verließ ein hoher Schrei meinen Mund, und alle Augen waren ganz plötzlich auf mich gerichtet.

Emili lächelte mich an. Mein Herz drohte mir aus der Brust zu hüpfen. Ich blickte zu Kyle. Auf seinen Lippen erkannte ich ebenfalls ein Lächeln. Und es war echt. Es war nicht hämisch oder selbstgerecht. Es war ehrlich und warm. Er wollte Emili nicht. Sie war meinetwegen hier.

Ich spürte förmlich, wie sich ein kleiner Funke Hoffnung zurück in mein Herz schlich und ein warmes Gefühl hinterließ.

Ich betete, dass ich ganz bald die Möglichkeit bekommen würde, mit Emili zu sprechen. Allein.

Nachdem alle Mädchen in der nun überfüllten Eingangshalle standen, sollten die Dienstmädchen sie auf ihre Zimmer geleiten. Eine ältere Frau teilte uns zu. *Ich* sollte Emili ihr Zimmer zeigen. Ich konnte es kaum glauben. Kam das alles von Kyle? Oder war es die Königin, die mich friedlich stimmen wollte? Ich konnte mir keinen Reim darauf machen.

Emili schwieg auf dem Weg nach oben und ich sagte auch nichts. Ich wusste nicht, wo ich anfangen sollte. Auch wenn sie gelächelt hatte: Ich war mir sicher, dass sie sauer war. Schließlich hatte ich sie die ganze Zeit über belogen.

Als wir in ihrem Zimmer ankamen, musterte sie mich einen Augenblick lang mit einem seltsamen Blick, den ich bei ihr nie zuvor gesehen hatte. Dann ging sie zur Tür und schloss sie.

»Sag mal, haben die mich verarscht oder bist du wirklich ne Geheimagentin?«, fragte sie mit weit aufgerissenen Augen.

»Sie haben die Wahrheit gesagt«, gab ich kleinlaut zurück.

»Ach du Scheiße! Wie krass ist das denn bitte?!«

Ich sah sie irritiert an. War sie begeistert oder entsetzt?

Sie kam auf mich zu und als ich schon glaubte, sie würde mich schlagen, nahm sie mich in den Arm. Es war das erste Mal, dass ich mich wirklich wohl dabei fühlte. So wohl, dass ich zu weinen begann. Ich schluchzte und sie strich mir sanft über den Rücken.

»Meine arme kleine Insidia. Wie konntest du nur so lange mit so einem Geheimnis leben? Das muss schrecklich gewesen sein! Jetzt wird mir einiges klar!«

Ich drückte mich von ihrer Brust weg und sah sie an. Wie konnte ein Mensch nur so gut sein wie sie? So liebevoll und selbstlos? Trotzdem war da noch etwas anderes in ihrem Blick. Schuld. Doch warum sollte ausgerechnet sie sich schuldig fühlen?

»Aber mal abgesehen davon, ist es ehrlich gesagt auch ziemlich cool! Kannst du auch so Saltos in der Luft und so was?«

Ich warf den Kopf zurück und begann lauthals zu lachen. So glücklich wie in diesem Moment war ich schon lange nicht mehr gewesen. Es kam mir vor, als lägen zwischen unserem Wiedersehen Monate.

»Ich dachte, du bist sauer auf mich!«, keuchte ich.

»Sauer? Warum denn?« Emili musterte mich irritiert und wieder war da dieses seltsame Aufblitzen von Schuld in ihren Augen. Aber ich ignorierte es. »Ich habe mir eher Sorgen gemacht!«

»Na, weil ich dir nichts gesagt habe«, murmelte ich schuldbewusst, »ich wollte es dir ja sagen, ehrlich.«

»Es hat schon seinen Sinn, dass in Geheimagent das Wort ›geheim‹ steckt«, lachte sie.

Ich konnte nicht anders, als sie erneut in den Arm zu nehmen, obwohl das eigentlich so gar nicht meine Art war.

»Du bist ja heute so liebesbedürftig!«

Da stimmte ich in ihr Lachen ein, bis ich ganz plötzlich verstummte. »Kyle hasst mich.«

»Kyle hasst dich nicht, Insidia. Er ist verletzt.«

»Er hasst mich trotzdem. Er ist so kalt zu mir.«

Sie verzog den Mund und nickte. »Ehrlich gesagt, raff ich diesen Jungen nicht. So wie ich das mitbekommen habe, wusste er das doch alles schon vorher. Dann stellt er dich auf die Probe – und ist sauer. *Du* solltest sauer sein. Er hat dich genauso verarscht.«

Ich biss mir auf die Unterlippe. Natürlich war an dem, was Emili da sagte, etwas Wahres dran. Aber sie wusste nicht genug. Sie konnte es nicht voll und ganz verstehen. Ich selbst verstand es ja nicht einmal. Kyle war enttäuscht, ja. Und verletzt. Aber da war noch etwas anderes.

»Was machst du eigentlich hier?«, fragte ich Emili, während wir uns nebeneinander auf ihr Bett setzten.

»Kyle hat mich gebeten. Ich habe ihm gesagt, dass er nicht mein Typ ist, aber er hat nicht lockergelassen. Und jetzt, wo Philipp irgendwie verschwunden ist und Nasti in Kyles alter Wohnung eine Party nach der anderen veranstaltet, dachte ich, ein wenig Ablenkung täte mir ganz gut und hatte gehofft, dass ich dich dann in deiner Agenten-Zelle besuchen könnte.«

Ich lachte erneut bei ihren Worten. Wie war es möglich, dass ein einziger Mensch so viel Freude in mir auslösen konnte?

Und Kyle – Kyle hatte sie meinetwegen hergeholt. Die Hoffnung in mir wuchs.

»Philipp ist weg?«

Emili nickte.

»Er gehört zum *PG!*«, sagte ich, so schnell ich konnte. So schnell, dass mein Verstand es mir nicht verbieten konnte. Ich wollte keine Geheimnisse mehr haben. Diesen Fehler würde ich nicht noch einmal machen.

»Habe ich mir ehrlich gesagt gedacht, als Kyle mir das mit dir erzählt hat. Du und Philipp, ihr habt nie wie Fremde gewirkt, und er war wirklich sehr geheimnisvoll.«

Wie aus dem Nichts begann mein Kopf schmerzhaft zu stechen. Ich hielt mir die Hand vor die Stirn und stöhnte auf.

»Was ist los?«, fragte Emili erschrocken.

Ich schüttelte nur den Kopf, war nicht in der Lage, irgendetwas zu sagen. So sehr schmerzte es.

Bilder tauchten vor mir auf. Die weißen Wände zogen wieder an mir vorbei.

Ein Mann in einem weißen Schutzanzug stand vor mir. In seiner Hand hielt er ein Klemmbrett und einen Stift. Er beäugte mich. Bewegte den Kopf abschätzig von der einen zur anderen Seite. Meine Beine waren so kalt. Ich zitterte. Der Mann kam näher und berührte meine Schläfe.

Der Schmerz ließ wieder nach.

»Insidia, ich mache mir Sorgen! Was ist mit dir?«

»Nur Kopfschmerzen. Geht schon wieder«, murmelte ich wie in Trance. Wann war das gewesen? Wer waren diese Männer und wo hatte das alles stattgefunden? Waren das nur Alpträume, die ich im Kerker gehabt hatte, oder war das Realität?

Emili stand auf und holte mir ein Glas Wasser, das ich dankend entgegennahm.

»Kein Wunder, so wie dein Gesicht aussieht«, murmelte sie traurig.

Ich nickte ihr zu. Insgeheim war mir aber klar, dass der Schmerz nicht von meinen Blessuren herrührte. Aber solange ich selbst nicht genau wusste, was es war, würde ich Emili nicht damit beunruhigen.

Bevor wir weiterreden konnten, klopfte eine Wache und gab uns Bescheid, dass Emili beim Essen erscheinen sollte.

Ich ging ihr nach, blieb dann aber vor dem Speisesaal stehen und schritt in einen Nebenraum, in den die Bediensteten gerufen wurden.

Die Tische hier waren vollgeladen mit Getränken und allerlei Köstlichkeiten, welche ein Mädchen nach dem anderen hineintrug. Durch einen kleinen Aufzug kam immer neues Essen nach. Wahrscheinlich befand sich die Küche im Keller.

Ich verzog den Mund. Ich hatte mir vorher nie Gedanken darüber gemacht, welch eine Arbeit hinter all dem steckte – und wer sie verrichtete. Jetzt wusste ich es.

Eine ältere Frau, die ebenfalls die schwarzweiße Kluft trug, schubste mich auf die Tische zu und befahl mir, etwas hinauszutragen.

Alles in mir sträubte sich dagegen. Für keinen Penny wollte ich dort hinein. Mit einer Karaffe oder einem Tablett in der Hand. Zu ihnen. Zu Kyle – und diesen Mädchen. Ich konnte mir nichts Schlimmeres vorstellen.

Wofür hatte ich Kyle eigentlich geopfert? Das *PG* selbst hatte den Plan der Königin nicht durchschaut. Ich hatte meinen Auftrag also erledigt. Auch wenn er nicht so ausgegangen war, wie sie sich das vorgestellt hatten, war das alles nicht meine Schuld.

Und dennoch war ich jetzt abgeschrieben und sie ließen mich hier versauern? Ich hasste sie. Hasste sie abgrundtief.

Mal ganz abgesehen davon, dass ich beim besten Willen nicht von ihnen gerettet werden wollte.

Die ältere Frau stieß mich erneut an, und ich stand kurz davor, ihr meine Faust in ihr verbittertes Gesicht zu rammen. Was bildete sie sich eigentlich ein? Hatten die hier alle vergessen, dass ich sie noch vor ein paar Wochen gerettet hatte? Vermeintlich gerettet – und ja, vor den Leuten, für die ich gearbeitet hatte. Trotzdem: Gerettet war gerettet.

Widerwillig nahm ich eine Karaffe in die Hand und ging ein paar Runden durch den Raum. Darauf hoffend, dass niemandem auffallen möge, dass ich das Zimmer nicht verließ. Doch die alte Frau hatte mich offensichtlich auf dem Kieker und warf mir einen vernichtenden Blick zu.

Resigniert schritt ich, bewaffnet mit der riesigen Karaffe, auf die Tür zu. Ich atmete schwer. Wie hatte sich mein Leben in dieser kurzen Zeit nur so verändern können?

Jemand schubste mich von hinten und ich stieß mit einem lauten Knall gegen die Flügeltür, die sich weit öffnete. Mal wieder waren alle Blicke auf mich gerichtet. Ich hasste das alles jetzt schon.

Ich schüttelte den Kopf und schritt dann an den Tisch, um diesen blöden Tussis Wein nachzuschenken. Sie beachteten mich kaum. Eine von ihnen musterte mich abfällig, das war aber auch schon alles.

Verstohlen inspizierte ich die Gläser, die allesamt gefüllt waren – bis auf eines. Kyles. Ich schluckte schwer und machte mich auf den Weg zu ihm. Neben ihm saß Leo.

Wie schön, dass sie ihre Brüderschaft wiedergefunden haben, dachte ich wütend.

Ich drängte mich sanft zwischen Kyle und das Mädchen, das auf seiner anderen Seite saß, und füllte sein Glas. So langsam es ging. Obwohl ich diese Schmach eigentlich schnell hinter mich bringen wollte, saß mir diese blöde Kuh definitiv viel zu nah dran an Kyle. Ihre Augen glitzerten bei jedem seiner Worte und sie lächelte falsch. Merkte er das denn gar nicht?

Als er ihr ein verschmitztes Lächeln zuwarf, räusperte ich mich lauter, als ich eigentlich wollte.

Die beiden starrten mich an. Aber ich hatte nur Augen für Kyle. Er musterte mich mit einer Mischung aus Mitleid und Freude. Was sollte das? Ich war kurz davor, ihm und ihr die Karaffe über den Kopf zu hauen, als das Mädchen entsetzt zu quieken begann.

»Pass doch auf, du unnützes Ding!«, fauchte sie mich an und sprang auf. Geschockt warf ich einen Blick auf Kyles Glas, das bereits übergelaufen war. Der Rotwein hatte einen Bach gebildet und tröpfelte am Rand des Tisches als Rinnsal auf das weiße Kleid des Mädchens.

Meine Augen weiteten sich. Ich musste ein Lachen unterdrücken.

Ich sah Kyle an, der nur Augen für das Mädchen hatte. Aber er sah keineswegs mitleidig oder bedrückt aus. Er war sauer. Auf sie!

»Nenn sie noch einmal so und du kannst deine Sachen packen!«, knurrte er so leise, dass nur wir drei es hören konnten. Mein Herz machte einen Satz. Am liebsten wäre ich Kyle an den Hals gesprungen.

»Und du …« Seine Augen wanderten nun wieder zu mir.

Ich hielt die Luft an. Mein Herz hatte die Euphorie von gerade eben längst vergessen.

Er machte eine lange Pause. So als müsste er überlegen, was er sagen sollte. Wie und ob er mich maßregeln sollte. Vielleicht sogar, ob er mich anschreien sollte?

»Pass das nächste Mal besser auf!« Seine Stimme wirkte herrisch. Ganz anders, als ich ihn kannte. Lag es daran, dass er jetzt der König war? Oder an seinem Hass auf mich?

Als ich zum Gehen ansetzte, räusperte er sich leise, und ich drehte mich noch einmal um.

»Am ersten Tag kann so etwas schon mal passieren«, murmelte er und schenkte mir ein leichtes Lächeln.

Ich schluckte und ging, bevor ich etwas sagen konnte. Mein Mund war oftmals schneller als mein Verstand und Kyle hatte mir ein ausdrückliches Redeverbot erteilt.

Als ich noch einen schnellen Blick zurückwarf, musterte Kyle mich nachdenklich. Aber er sah mich nicht. Es war, als würde er durch mich hindurchsehen, weil er so vertieft in seine Gedanken war.

Ich erinnerte mich an unseren ersten Kuss. Als wir den kompletten Inhalt des Gefrierschranks auf den Boden geleert hatten und an Emilis argwöhnischen Blick.

Dieses Gefühl, ihn zu küssen. Es durchfuhr mich bei den Bildern, die vor mir auftauchten.

Ob es jemals wieder so sein würde?

Ich schüttelte den Kopf. Nein! Das war ausgeschlossen. Es war zu viel zwischen uns vorgefallen. Vieles war kaputt. Und er war nicht mehr einfach nur der Junge von nebenan. Er war jetzt nicht mehr Kyle. Er war König Eduard Kilian Windsor, und ich war nicht mehr das Mädchen aus Sves – sondern eine Verräterin.

KAPITEL 4

Als ich alles erledigt hatte, was mir aufgetragen worden war, legte ich mich auf mein Bett und starrte die Decke an. Gedanken und Erinnerungen erdrückten mich. Und obwohl ich gefühlte Tage nicht richtig geschlafen hatte, war ich hellwach.

Entnervt stand ich auf, vergewisserte mich, dass der Flur leer war, und stahl mich, so leise ich konnte, aus meinem Zimmer.

Wir Dienstmädchen waren im dunklen Keller untergebracht. Nur die Treppe auf der anderen Seite des Flurs war durch den Mond, der durch ein Fenster im oberen Stockwerk hereinschien, beleuchtet.

Ich ging auf sie zu und schlich hinauf.

Zwar hatte ich mein bisheriges Leben fast nur in einem tageslichtlosen Bunker verbracht, aber ich hatte mich zu sehr an Fenster, die Sonne und den Mondschein gewöhnt und fühlte mich erdrückt in meinem neuen Keller-Zimmer.

Mit klopfendem Herzen stieg ich eine weitere Treppe hinauf, bis ich zu *der* Tür kam. Der Tür, hinter der das Zimmer lag, in dem Kyle und ich aus dem Fenster gesprungen waren. Das Zimmer, in dem ich später gewohnt hatte.

Ein Stich durchfuhr mich, als ich an den Verrat dachte, der mit all dem einherging. Dass ich damals gewusst hatte, dass es das *PG* war und dass sie hinter Kyle her gewesen waren.

So leise ich konnte, legte ich mein Ohr an die Tür und bevor ich mein Gleichgewicht halten konnte, schob sich die Tür nach vorne und ich knallte mit voller Wucht auf den Boden.

»Du bist in letzter Zeit ziemlich unbeholfen für eine Geheimagentin!« Kyles Stimme trieb mir die Schamröte ins Gesicht. Ich konnte förmlich spüren, wie es glühend heiß wurde.

Ich wollte ihm erklären, dass ich dachte, die Tür sei zugeschlossen. Und dass ich nur horchen wollte, ob jemand darin wohnte. Aber ich traute mich nicht zu reden.

»Spionierst du mich aus oder was sollte das werden?«

Ich musterte Kyle, der an einem Schreibtisch saß. Vor ihm brannte eine Kerze und auf dem Tisch lag ein ganzer Berg Unterlagen, die er offensichtlich gerade studierte.

Ich schüttelte den Kopf.

»Ist dein komischer Verein hier wieder eingedrungen und hat dir die Zunge rausgeschnitten, damit du nichts preisgeben kannst, oder warum hat es dir die Sprache verschlagen?«, lachte er kalt. »Du hast mir doch verboten zu reden, du Superdetektiv!«, fauchte ich und funkelte ihn böse an. Erst jetzt bemerkte ich, dass ich immer noch auf dem Boden saß.

Er strich sich mit der Zunge über seine Lippen, die sich zu einem schiefen Lächeln formten.

»Hast du ja lange durchgehalten«, knurrte er und wendete sich wieder seinen Unterlagen zu.

»Was ist eigentlich dein Scheißproblem?« Ich sprang auf, knallte die Tür zu und ging auf ihn zu. Ohne darüber nachzudenken, riss ich ihm das Blatt aus den Händen, das ja *sooo* interessant war, und warf es hinter mich auf den Boden.

Kyle zog die Augenbrauen zusammen und musterte mich einen Augenblick lang.

»Hasst du mich? Oder hasst du mich nicht? Entscheid dich vielleicht mal!«

»Ich habe mich bereits entschieden!«, knurrte er.

Ich schnaubte. »Und deshalb holst du Emili hierher, verteidigst mich vor dieser blöden Pute und bist mal so und mal so zu mir? Gestern wolltest du mich noch töten!«, schrie ich. Ich kam mir irgendwie blöd und unauthentisch vor, wie ich da vor ihm stand. Darüber hatte ich mir vorher keine Gedanken gemacht. Ich wusste nicht, wohin mit meinen Händen und wie ich am besten stehen sollte, während er ganz gelassen auf seinem Stuhl saß und mich musterte. Wäre ich doch nur auf dem Boden geblieben.

»Gestern?« Er hob die Brauen.

»Ja, als du mich hast einsperren lassen!«

Kyle starrte mich an, als zweifelte er an meinem Geisteszustand. »Das war vor drei Wochen, Insidia.«

»Was?« Ich keuchte und nutzte die Möglichkeit, mich auf die Tischkante zu setzen. Er ließ es zu. Mir kam jetzt erst der Gedanke, dass das wohl irgendwie unangebracht war.

Wie konnte ich drei Wochen lang weggetreten gewesen sein?

»War ich irgendwo anders?«

»Als in dem Kerker? – Nein. Du hast aber dauerhaft geschlafen.«

»Ich habe drei Wochen lang geschlafen? Willst du mich verarschen, Kyle?«

Er schüttelte genervt den Kopf. »Ich weiß überhaupt nicht, warum ich mit dir rede. Verschwinde einfach aus meinem Zimmer, Insidia!«

Eine Erinnerung schoss mir in den Kopf. Damals, als Kyle mir gesagt hatte, ich sollte gehen. Damals war er auch so kalt gewesen. Doch dann hatte er mir noch etwas Zeit gegeben. Ich biss mir auf die Lippe. Und ich hatte trotzdem Leo gewählt.

»Ich brauche deine Hilfe …«, murmelte ich nachdenklich.

Kyle lachte laut auf. »Hast du sie noch alle?«

Ich verdrehte die Augen. »Meinst du wirklich, dass ich das Übel dieser Welt bin und du, indem du mich zu einer Karaffenschubse machst, alle Probleme löst?«

»Ehrlich gesagt habe ich das Gefühl, dass ich damit noch mehr Probleme bekomme, weil du mir jetzt rund um die Uhr auf die Nerven gehen kannst. Und dabei siehst du auch noch so aus. Nicht mal was fürs Auge, was das Ganze aufwerten würde.« Er zwinkerte mir siegessicher zu.

Ich öffnete empört den Mund und suchte nach den richtigen Worten. Aber dann brandete plötzlich ein Gefühl in mir auf. Ein Gefühl, das ich kannte. Egal, wie böse seine Aussage gerade war: Das war Kyle. Kyle, genau so, wie ich ihn kennengelernt hatte.

Mein erschrockener Gesichtsausdruck wich einem Lächeln.

»Bist du in diesem Kerker verrückt geworden oder warum entgleiten dir deine Gesichtszüge so dermaßen?«, fragte Kyle mich skeptisch.

»Ich freue mich.«

»Und worüber, wenn man das erfahren darf? Vorausgesetzt natürlich, man kann es auch nachvollziehen – was ich ehrlich gesagt bezweifle.«

»Geht dich gar nichts an!«, gab ich zurück und verschränkte meine Arme.

Er schüttelte belustigt den Kopf, bevor er sich an etwas zu erinnern schien und wieder eine ernste und kühle Miene aufsetzte. »Sag jetzt, was du von mir willst, und verschwinde dann, Insidia!«

»Ich will, dass sie bezahlen!«

Er sah mich ausdruckslos an. Offensichtlich wusste er nicht wirklich, was er darüber denken sollte.

»Für was?«, entgegnete er dann leise.

»Für alles!« Ich hätte gerne gesagt, dafür, dass sie uns auseinandergebracht haben, oder dafür, dass sie ihn und die anderen bedroht haben, aber ich wollte die Schuld nicht von mir weisen.

»Aha«, entgegnete er.

Nun war ich es, die verwirrt dreinsah. Was wollte er mir damit sagen?

»Kyle, sie sind durch mich nicht weg. Sie sind nicht geschwächt. Sie werden nicht aufhören.«

Er nickte. »Und was hat das mit dir zu tun?«

»Ich habe meine eigenen Gründe. Und den Grund, dass sie diese Herrschaft mit allen Mitteln zu verhindern versuchen. Die Regierung hinter dir ist das *PG*. Sie kontrollieren alles. Sie werden dich umbringen. Und das will ich nicht!«

»Keiner wird mich umbringen«, erwiderte er gelassen. »Ich habe die Regierung aufgelöst.«

Ich sah ihn entsetzt an. »Du hast was getan?«

Aufgebracht stand ich auf und lief hin und her, um irgendwie meine Nervosität abzuschütteln.

»Was ist? Stinkt es dir, dass ihr jetzt keinen Einfluss mehr auf mich und diesen Staat nehmen könnt?«, lachte er verächtlich.

Ich ging wütend auf ihn zu, kniete mich vor ihn hin und griff nach seiner Hand. »Kyle, ich gehöre nicht zu ihnen! Nicht mehr. Ich will, dass DU in

Sicherheit bist, und sie werden nicht aufgeben, nur weil du die Regierung aufgelöst hast! Im Gegenteil! Sie werden dich umbringen!« Tränen sammelten sich in meinen Augen.

Kyle sah mich geschockt an. Dann schüttelte er meine Hand ab und stand auf. Ging einen Schritt von mir weg, als wäre ich giftig. »Fass mich nie wieder an!«, schrie er.

Ich wich ebenfalls zurück, stand auf und bewegte mich zur Tür, während mir Tränen über die Wangen liefen. Doch Kyle packte mich am Arm und zog mich an sich.

Mein Atem ging schneller. Meine Brust brannte fürchterlich. Ich sah in seine dunklen Augen. Seine Berührung fühlte sich an, als sei ich endlich wieder vollständig. Mein Körper verzehrte sich nach ihm.

Wir standen einfach nur da. So nah wie schon seit einer gefühlten Ewigkeit nicht mehr und sahen uns an. Seine Augen wanderten immer wieder zu meinen Lippen.

Sein Atem ging auch schneller. Ich spürte ihn auf meiner Haut. Er war so groß. So stark. Meine Knie drohten nachzugeben. Wir standen so nah, dass meine Hüfte seine Beine streifte. Er hielt immer noch meinen Arm fest umklammert. Die Stelle brannte. Alles in mir brannte.

Seine Haare fielen ihm ins Gesicht und alles, woran ich denken konnte, war, sie anzufassen. Meine Finger in ihnen zu vergraben. Egal, was zwischen uns vorgefallen war.

Kyle atmete immer noch schwer und biss sich auf die Lippen.

»Schwör mir, dass du nicht mehr zu ihnen gehörst!«, knurrte er. Aber da war wieder etwas in seiner Stimme, das mich an die Zeit vor all dem hier erinnerte.

»Ich schwöre es dir, Kyle. Ich würde alles tun, um dich zu schützen!«

Er schloss die Augen und atmete schwer. Offensichtlich wusste er nicht, ob er mir vertrauen konnte.

»Warum soll ich dir jetzt glauben?«

»Ich weiß, ich war nicht ehrlich zu dir, Kyle. Aber ich habe dich auch nie wirklich belogen. Ich wollte dich einweihen, doch ich hatte Angst. Und nachdem ich dir gesagt habe, dass ich Leo wählen muss, hat das *PG* mir einen Besuch abgestattet und euch alle bedroht. Ich *wollte* dich wählen, aber ich konnte nicht!« Wieder verließen Tränen meine Augen. Ich wünschte mir so sehr, dass er mir glaubte.

Wieder schloss er die Augen und lehnte seine Stirn an meine. Die Berührung fühlte sich an wie eine Droge. Ich wollte mehr.

Ich nahm all meinen Mut zusammen, hob die Hand, die er nicht festhielt, und strich ihm eine Strähne aus dem Gesicht. Er öffnete seine Augen wieder.

»Was tust du da?«, murmelte er nachdenklich. Er griff nach meiner Hand. Hielt sie fest. Nahm sie aber nicht von seinem Gesicht weg. Ich keuchte und seine Augen weiteten sich.

Ganz plötzlich änderte sich etwas in seinem Blick und er drängte mich Richtung Bett, das sich auch in diesem Zimmer befand. Er packte mich an der Hüfte und warf mich unsanft darauf. Ich keuchte erneut. Irgendetwas daran war seltsam.

Ich fühlte mich so unwohl, als ich da auf dem Bett lag, dass ich wieder weinen musste. Warum war ich bloß so nah am Wasser gebaut?

Kyle trat einen Schritt näher und beugte sich über mich. So, dass sich keines unserer Körperteile berührte. Aber es war, als würde die Luft zwischen uns brennen.

»Ist es das, was du willst?« Er lachte verachtend.

Meine Augen weiteten sich. »Was?«, stieß ich hervor.

»Ob es das ist, was du willst. So tun, als wärst du das unschuldige Mädchen vom Lande, das mich mal wieder mit seinen Reizen verführt. Und dabei bist du natürlich völlig unbeholfen. Natürlich!«

Ich biss die Zähne zusammen. Wie konnte er nur so etwas sagen? Wie, nachdem gerade alles so schön gewesen war?

Ich drehte mich unter ihm weg, doch er hielt mich fest.

»Was? Wenn du nicht bekommst, was du willst, hast du keine Lust mehr?«

Ich heulte auf vor Wut. Wie konnte er nur?

Erneut versuchte ich mich unter ihm wegzurollen, doch wieder hielt er mich fest.

Ohne darüber nachzudenken, schlug ich ihm mit der flachen Hand ins Gesicht. Es war zwar nicht meine Art, mit der flachen Hand zu schlagen, ich bevorzugte die Faust. Aber das hier war bedeutender. Bedeutender als ein dumpfer Schlag mit der Faust. Es drückte viel mehr aus.

Entsetzt starrte Kyle mich an. Und ganz plötzlich war ich auch entsetzt über mich selbst. Hatte ich gerade wirklich den König von Insidia geschlagen?

Kyle sah mich weiterhin einfach nur an. Ich wand mich wieder unter ihm, konnte mich jedoch nicht aus seinem eisernen Griff befreien. So schlug ich wieder zu. Am liebsten hätte ich ihn immer weiter geschlagen. So lange, bis seine kalte Fassade endlich fiel. Ich war so wütend, dass ich mein Gesicht von ihm abwandte. Doch er griff nach meinem Kinn und zog mein Gesicht wieder zu sich.

Voller Zorn schlug ich seine Hand weg.

»Lass mich in Ruhe, Ky...«

Plötzlich spürte ich seine Lippen auf meinen. Ich wusste nicht, ob ich ihn wegdrücken oder es zulassen sollte, aber mein Körper hatte längst für mich entschieden.

Ich griff in seinen Nacken und zog ihn weiter zu mir. Spürte ihn. Hitze stieg in mir auf.

Er vergrub seine Hände in meinen Haaren und alles in mir begann wieder einen Sinn zu ergeben.

Das hier war echt. Das war das, was ich wollte.

Er ließ von mir ab und sah mich erschrocken an. Blitzartig, als hätte er sich an mir verbrannt, stand er auf und fuhr sich durch die Haare. Dann lief er aufgeregt hin und her. »Verschwinde bitte von hier, Insidia!«, raunte er tonlos.

»Aber ich ...«

»VERSCHWINDE!«, schrie er nun so laut, dass mir das Blut in den Adern gefror. Ich keuchte auf vor Schreck, als er nach meiner Hand griff und mich in Richtung Tür zog. Meine Gedanken waren so verwirrend, dass ich nicht einmal mehr etwas sagen konnte, bevor er mich in den Flur geschoben hatte und die Tür mit einem lauten Knall zufiel. Was bitte war das?!

Ich wusste nicht, was ich fühlen sollte. Mir war einfach nur noch zum Heulen zumute.

Nach ein paar Minuten lief ich dann zurück in mein Zimmer, wühlte mich unter meine Decke und schlief irgendwann, ermüdet von den Weinkrämpfen, ein.

Als ich aufwachte, brannte mein Herz noch genauso. Etwas in mir hatte wirklich gehofft, dass der Schmerz verschwand. Aber das war offensichtlich ein Trugschluss gewesen.

Es klopfte an meiner Tür. Ich versteckte mich unter der Decke und antwortete nicht. Nach dem dritten Klopfen trat jemand ein.

»Das ist unhöflich!«, raunte eine Stimme. Empört schlug ich die Decke von mir und blickte dem Wachmann in die Augen, mit dem ich mir gestern den kleinen Kampf geliefert hatte.

»*Das* ist unhöflich!«, fauchte ich und deutete auf die Tür, die er ohne meine Erlaubnis geöffnet hatte.

»Wenn du nicht antwortest.« Er zuckte mit den Schultern. Beim Du waren wir jetzt offensichtlich auch schon angekommen.

»Was willst du? Hast du noch nicht genug eingesteckt? Willst du einen Nachschlag?«, fragte ich ihn gereizt, brachte jedoch ein beinahe unschuldiges Lächeln zustande.

Er lachte und schüttelte dann den Kopf. »Nach dir wird verlangt!«, entgegnete er. »Und du siehst ziemlich scheiße aus!«

»Und du bist scheiß unhöflich! Du könntest dich mir wenigstens vorstellen, wenn wir schon per du sind.«

»Ich heiße Jaden«, murmelte er und plötzlich nahm seine Stimme einen warmen Unterton an.

»Ich würd ja gern sagen, dass ich mich freue, deine Bekanntschaft zu machen, aber dem ist leider nicht so!«, erwiderte ich und stand auf.

»Gleichfalls. Und: Schläfst du immer in deinen Arbeitsklamotten?« Er zwinkerte mir frech zu.

Ich sah an mir hinab. Ich hatte tatsächlich immer noch das schwarzweiße Kleid an.

»Natürlich. Du etwa nicht?«

Er grinste schief und schüttelte dann wieder den Kopf. »Umso besser, dann kannst du direkt mitkommen!«

»Dürfte ich mir vielleicht noch kurz die Zähne putzen, Chef?«, fragte ich genervt.

»Oh, wenn du mich so ansprichst ... Klar doch!«

Ich verdrehte die Augen. Dieser Depp wusste genau, wie das gemeint war.

Ohne ein weiteres Wort ging ich ins Badezimmer, putzte mir die Zähne und wusch mir mein Gesicht. Mein Auge war ein wenig abgeschwollen, glänzte aber immer noch bläulich. Ich nahm etwas von der Schminke, die Emili mir gestern heimlich zugesteckt hatte, und bemühte mich, das Ganze zu kaschieren, bevor ich wieder zu Jaden trat, der mich argwöhnisch musterte.

»Geheimagentinnen schminken sich also auch?«

Ich spitzte die Lippen und sah ihn genervt an. »Halt doch einfach deinen dummen Mund!«

»Na gut!«, gab er lachend zurück und führte mich ein paar Gänge entlang, bis wir vor einer Tür zum Halten kamen und er klopfte.

Eine Frau in einem schwarzen Anzug trat heraus und nickte. Als Jaden eintreten wollte, schüttelte sie den Kopf. »Nur sie«, murmelte sie und deutete auf mich.

Als ich hineinging, konnte ich es mir nicht verkneifen, noch einmal zurückzusehen und Jaden die Zunge rauszustrecken. Er lachte und schüttelte – mal wieder – den Kopf.

Als ich mein Gesicht nach vorne wandte, entdeckte ich einen runden großen Tisch, an dem sechs Männer und die Königin saßen. Die Einzigen, die ich aus der Herrenriege kannte, waren Kyle und Leo. Die anderen trugen irgendwelche Uniformen mit Abzeichen und sahen ziemlich wichtig aus.

Ich straffte meine Haltung, um nicht ganz so armselig zu wirken, wie ich mich gerade fühlte.

»Setzen Sie sich!«, befahl die Frau im schwarzen Anzug und verließ daraufhin den Raum.

Ich tat wie geheißen und alle Augen waren auf mich gerichtet. Wollten sie mich jetzt etwa doch noch umbringen oder wieder einsperren?

Ängstlich sah ich zu Kyle, doch er schüttelte unmerklich den Kopf und lächelte mir ganz sanft zu. Warum beruhigte er mich jetzt? Was wollte dieser Kerl eigentlich?

Ich verzog den Mund. Noch vor Kurzem war ich wohl genauso undurchsichtig für ihn gewesen, mit meinem ständigen Hin und Her.

»Der König hat uns erzählt, dass Sie bereit zur Kooperation sind«, sagte der Älteste der Männer.

Ich warf Kyle einen fragenden Blick zu.

Er nickte wieder.

»Äh ja«, antwortete ich.

Kyle lächelte mir zu.

»Da Ihr Auftrag im Endeffekt *nicht erfolgreich* war, befürchten wir, dass das *PG* einen anderen Weg finden wird, Zugang zur Königsfamilie und damit zur Herrschaft zu erlangen. Wissen Sie etwas über einen Plan B?«

Mir stockte der Atem. Kalter Schweiß bildete sich auf meinem Rücken. Mein Atem ging schneller.

Nicht erfolgreich.

Nicht erfolgreich.

Nicht erfolgreich.

Ich kannte diese beiden Wörter. Und ich kannte die Stimme. Die Art, wie es gesagt wurde. Ich erkannte ihn wieder.

»Ich werde Ihnen gar nichts sagen!«, fauchte ich und warf ihm einen vernichtenden Blick zu.

»Wie bitte?«, entgegnete er fast zeitgleich mit Kyle, der wütend »Was?« knurrte.

»Das *PG* hat seine Gründe, diese Regierung – diese Diktatur zu beenden. Und ich werde alles dafür tun, dass Sie nichts erfahren!«

Kyles Blick war vernichtend, aber ich musste das tun. Dieser Mann durfte nicht wissen, dass ich mich gegen das *PG* gestellt hatte.

»Sind Sie völlig wahnsinnig geworden? Wir werden Sie für diese Aussage hängen!«, knurrte der Mann. Aber es wirkte nicht echt. Kein Wunder.

»Ich bitte Sie! Wir befinden uns nicht im Mittelalter. Niemand wird gehängt!«, entgegnete ich kühl. »Und das *PG* würde das niemals zulassen!«

»Vielleicht mache ich für dich eine Ausnahme!«, knurrte Kyle.

Mein Blick huschte kurz zu ihm. Seine Augen, sein Mund, seine Haltung – alles zeigte, wie sehr er mich in diesem Moment verabscheute.

Ich lehnte mich vor und lächelte Kyle an. »Mach doch!«

»Raus hier!«, schrie er. Alle am Tisch schreckten auf – bis auf mich.

»Sie haben den König gehört!«, knurrte der alte Mann.

»Er hat nicht mich gemeint!«, entgegnete ich siegessicher. Sie tauschten Blicke und starrten dann alle Kyle an.

»Ihr habt mich verstanden! Verschwindet und lasst uns allein!«, befahl er.

Die Männer am Tisch sahen verwirrt aus. Trotzdem standen sie auf und verließen den Raum. Nur die Königin blieb zurück.

»Du auch!«

Sie warf ihrem Sohn einen entsetzten Blick zu.

»Mutter! Versuch es erst gar nicht! Lass uns allein!«

Widerwillig erhob sie sich und verließ ebenfalls den Raum.

Kyle wartete ein paar Augenblicke, bevor er aufstand, auf mich zuschritt und seine Faust vor mir auf den Tisch knallen ließ.

Ich schrak zusammen.

»Was für ein krankes Spiel spielst du hier?!«, schrie er mich an und trat mit seinem Fuß gegen eines meiner Stuhlbeine. Ich rutschte ein wenig nach hinten. Kyle machte mir wirklich Angst. Er lehnte sich gegen den Tisch und verschränkte die Arme vor der Brust. Unwillkürlich musste ich daran denken, wie er immer in Emilis Tür gestanden hatte, und es durchfuhr mich.

»Kannst du mich erst mal fragen, ob es für mein Verhalten vielleicht einen Grund gab?«, erwiderte ich sauer.

»Wie bitte?!«

Er wirkte so wütend, dass ich beschwichtigend meine Hand hob. »Der Typ gehört zum *PG!*«

»Welcher Typ?«

»Na der, der gerade mit mir gesprochen hat!« Ich schnaubte, und Kyle lachte.

»Ich glaube, du bist wirklich verrückt geworden!«, sagte er und schüttelte verständnislos den Kopf.

Ich griff nach seinem Arm. »Habt ihr mich in der Zeit, in der ich angeblich im Kerker war, untersucht? Habt ihr mich irgendwo anders hingebracht und mir Schläuche und Kabel in meinen Körper gerammt?«

»Was redest du denn da?«, fragte er irritiert.

»Habt ihr oder habt ihr nicht?«

»Natürlich nicht!«

»Siehst du! Dann war es das *PG*!«, entgegnete ich zufrieden. Wobei ich keinesfalls sicher war, ob ich darüber wirklich zufrieden sein konnte. Ich wusste ja nicht mal, was sie mit mir gemacht hatten.

Kyle schüttelte nachdenklich den Kopf. »Wie hätten sie das denn anstellen sollen?«

»Es wimmelt doch überall von ihnen! Sie haben zu allem Zugang, Kyle. Sogar hierzu!«

Er packte meinen Arm und begutachtete ihn. »Ich sehe da keine Stiche!«, stellte er fest und ließ meinen Arm achtlos fallen.

Ich schloss die Augen und versuchte mich an die Situation zu erinnern.

»Sie waren in meinem Bauch. «Kyle lachte bitter. »So ein Schwachsinn!«

»Das ist kein Schwachsinn! Ich war nicht ganz wach und immer wieder bewusstlos. Aber ich weiß, dass es so war!« Meine Stimme hörte sich eher hysterisch als bestimmt an. Ich räusperte mich.

Im nächsten Moment schoss Kyle vor, griff nach dem Stück meines Kleides am Bauch und zerriss es.

Ich weitete erschrocken die Augen. »Was tust du denn da?!«, schrie ich und hielt mir das aufgerissene Kleid zu, dass jetzt auch meinen BH offenlegte.

Ich musste an Emilis Worte denken, als sie meine Unterwäsche das erste Mal gesehen hatte, und schämte mich.

Auffordernd blickte ich Kyle entgegen, doch er sah nur erschrocken auf meinen Bauch und schob meine Hände zur Seite.

Ich folgte seinem Blick – und schrie auf, als ich meinen entstellten Bauch sah. Augenblicklich schämte ich mich noch mehr. Ich bemühte mich hektisch, mein Kleid wieder zusammenzuziehen, doch Kyle ließ es nicht zu. Er saß immer noch halb auf der Tischkante und hielt nun meine nervöse Hand fest. Seine Augen hafteten an meinem Bauch, der völlig vernarbt war. Wahrscheinlich war es nicht ganz so schlimm, wie ich es gerade wahrnahm. Irgendwann wären nur noch blasse Narben zu sehen. Dennoch hatte sich das *PG* offensichtlich keine Mühe gegeben, die Wunden, die ihre Schläuche verursacht hatten, fachgerecht zu verarzten.

»Sieh da nicht hin!«, stammelte ich aufgebracht und packte Kyles Kinn. Doch er kniete sich hinunter, um es noch besser in Augenschein nehmen zu können.

»Das hätte genäht werden müssen. Und …« Er stockte und schluckte schwer. »Mein Gott Insidia, hast du denn keine Schmerzen?«

Ich sah ihn einen Moment lang stumm an. »Schmerzen? Deshalb?«

Er hob die Brauen.

»Kyle, ich spüre körperliche Schmerzen anders als andere. So war es schon immer.«

»Wie soll das gehen?«

»Was denkst du, was ich im *DF* des *PG* getan habe? Barbie gespielt? Ich hatte schon mit fünf Jahren Kampftraining und habe Schläge von 15-Jährigen eingesteckt. Irgendwann ist man abgehärtet. Und vergisst die Schmerzen. Und ich dachte, dass mein Bauch noch von den Schlägen deiner Wachen schmerzt.«

»Das tut mir so leid …«, murmelte er und strich sanft mit dem Daumen über meinen Handrücken.

Ich zupfte unterdessen immer wieder an meinen Stofffetzen herum.

Da erwachte Kyle aus seiner Starre, stand auf und zog seinen halblangen Mantel aus, der wohl zu seiner Königskluft gehörte. Vorsichtig legte er ihn mir um, damit ich mich verhüllen konnte.

»Und du bist dir sicher, dass du seine Stimme gehört hast?«

»Ja!« Ich würde seine Stimme niemals vergessen – sie unter Tausenden wiedererkennen.

»Ich werde ihn umbringen!«, knurrte er und ballte seine Hand zu einer Faust.

»Nein, Kyle!«

»Doch!« Er kniete sich wieder vor meinen Stuhl, sodass er mit mir auf einer Höhe war, und sah mich mit seinen schokoladenbraunen Augen an wie ein angeschossenes Reh. Aus ihnen sprach so viel Trauer, dass ich ihm die Schmerzen und all die Last, die er tragen musste, am liebsten abgenommen hätte.

»Er hat dir das angetan! Dafür wird er zahlen! Ich werde ihm immer wieder ein Messer in den Bauch –«

»Kyle!«, unterbrach ich ihn entsetzt.

Er ließ nachdenklich den Kopf hängen.

»Ich habe das vorhin aus einem bestimmten Grund getan! Er soll denken, dass ich noch auf der Seite des *PG* stehe!«

Kyle musterte mich, so als würde er nach etwas suchen.

»Das bist du aber nicht«, stellte er fest. Aber es klang viel mehr wie eine Frage. Eine Bitte.

»Nein!«, sagte ich leise, aber bestimmt.

Er nahm wieder meine Hand und beobachtete eine Weile unsere verschränkten Hände.

»Kyle? Ich ...«

Eine zarte weibliche Stimme ließ ihn aufschrecken. Augenblicklich ließ er meine Hand los.

Ich sah mich um. In der Tür stand eines der Mädchen, die gestern angekommen waren.

»Oh entschuldige. Ich wollte nicht stören«, stotterte die Kleine unsicher. Sie war wirklich hübsch.

Ein Knoten zog sich in meiner Brust zusammen. »Ich wollte nur ... ähm, ich habe auf dich gewartet, draußen. Und ich wollte wissen, ob unsere Verabredung noch steht.«

Ich keuchte, bemühte mich aber, Haltung zu bewahren. Kyle? Du? Warum waren sie bereits so vertraut?

»Nein. Du störst nicht!«, sagte er und stand auf.

Ich zog mir seine Jacke enger um den Bauch.

»Eines der Dienstmädchen hatte ein Problem und ich musste mich kurz darum kümmern«, erklärte er und schenkte ihr ein warmes Lächeln.

Wer war dieser Typ? Zu mir war er nie so gewesen. Ich hatte immer nur die Gemeinheiten geerntet. Na ja, fast immer. Lag es daran, dass er jetzt König war?

»Du kümmerst dich höchstpersönlich um deine Angestellten? Das finde ich toll!«

Ich verdrehte die Augen. Die Tussi bettelte echt darum, ihr blödes Grinsen aus dem Gesicht geschlagen zu bekommen.

»Ich bin eben der Mann für alles!«, sagte Kyle mit einem Lächeln in der Stimme.

Ich prustete los, hielt mir aber augenblicklich die Hand vor den Mund und tat so, als würde ich wimmern.

»Oh! Ihr scheint es wirklich nicht gut zu gehen. Kümmere dich ruhig um sie. Ich warte im Schlossgarten auf dich.«

Das Mädchen verließ den Raum und zurück blieb eine bedrückende Stille zwischen Kyle und mir.

»Du bist also der Mann für alles, ja?«, zischte ich.

»Halt dich da raus!«, entgegnete Kyle. Es war nichts mehr von seiner Fürsorge übrig.

Ich presste meine Lippen aufeinander, um meine Trauer zu bekämpfen. »Ist ja gut. Es hat mich nur gewundert, dass es so schnell ging!«

»Ernsthaft, Insidia? Falls du es vergessen hast, warst du die Einzige für mich. Und du warst es auch, die das kaputt gemacht hat!«

Ich schnaufte. Aber ich wusste, dass er recht hatte, also blieb ich still.

»Wir gehen jetzt erst einmal zum Krankenflügel. Du kannst dann ja Leo fragen, ob er sich zu dir ins Bett legt«, sagte er bitter.

Ich starrte ihn einfach nur an. Vor mir tauchten die Bilder auf, als Kyle mit seinem demolierten Gesicht in mein Krankenzimmer gekommen war und ich mit Leo dort gelegen hatte. Mein Magen verkrampfte sich.

»Ich habe Leo nie gewollt«, flüsterte ich.

Kyle zuckte kurz zusammen, setzte dann aber eine gleichgültige Miene auf. »Ich will so etwas nicht hören, Insidia. Es ist zu spät!«

»Ich werde dir trotzdem helfen.«

»Das ist nett, aber ehrlich gesagt hast du auch keine andere Wahl.«

»Natürlich. Die hat man immer!«

»Ach, hat man das?!«, entgegnete er schneidend.

Ich biss mir auf die Unterlippe, weil ich wusste, dass er auf meine Wahl zwischen ihm und dem *PG* anspielte.

»Wie auch immer: Emili ist nicht zu deiner Belustigung hier im Schloss, sondern als Druckmittel. Also hast du keine andere Wahl«, raunte er.

Entsetzt hob ich die Augenbrauen. »Wenn ich nicht tue, was du willst, geschieht einem Menschen, den ich liebe, etwas? Also doch die gleiche Wahl, die mir das *PG* gelassen hat!«, zischte ich.

Er sah mich einen Moment lang erschrocken an, ging dann zur Tür und forderte mich auf, ihm zu folgen.

Und schon war er wieder weg. Der Kyle, den ich kannte. Und zurück blieb das, was ich aus ihm gemacht hatte.

KAPITEL 5

Ich konnte kaum fassen, dass Kyle wirklich zu dieser Verabredung gegangen war. Keine fünf Minuten hatte er mit mir hier gewartet.

Ich musterte das Krankenzimmer. Besah die kahlen Wände, spürte das grelle Licht. Warum hatte er mich hier allein gelassen?

Urplötzlich griff die Müdigkeit nach mir, Traum und Realität verschwammen und ich sah wirres Zeug.

Schweißgebadet wachte ich auf. Vor meinen Augen immer noch Kabel, Schläuche und weiße Wände. Woher kamen diese weißen Wände? Im *PG* war immer alles grau gewesen. Ich hörte den Schrei eines kleinen Mädchens in meinen Ohren widerhallen und riss die Lider auf, um die Bilder zu verscheuchen.

Neben meinem Ohr piepste etwas. Wieder war ich an Geräte angeschlossen und wusste nicht warum.

»Du musstest operiert werden.«

»Wie war dein Date?«

Kyle lachte. »Wie kann man in so einer Verfassung über so etwas nachdenken?«

Ich zuckte mit den Schultern und mich durchfuhr ein unangenehmer Schmerz.

»Beweg dich nicht zu viel. Eine Wunde hatte sich entzündet«, erklärte Kyle und lehnte sich in seinem Stuhl nach hinten.

Ich spürte Enttäuschung, weil er sich nicht zu mir beugte und meine Hand nahm. Stattdessen begutachtete er meinen Bauch, als würde da gleich irgendetwas herausspringen.

»Kommst du dann jetzt allein klar?«

Ich schluckte schwer und nickte widerwillig. Er lächelte, erhob sich und ging zur Tür.

»Kyle?«

Er drehte sich mir zu.

»Ich habe gelogen. Ich möchte nicht allein sein.« Es fiel mir schwer, das zu sagen. Aber es war die Wahrheit und ich wollte nicht mehr lügen. Dass das der Grund für meine Offenheit war, redete ich mir zumindest ein.

Kyle atmete schwer. »Hör zu, Insidia. Ich werde trotzdem gehen.«

Mein Hals verengte sich so sehr, dass ich nicht mehr atmen konnte. Hatte er das gerade wirklich gesagt?

»Deine Nähe tut mir weh«, flüsterte er.

Ich schluckte gegen den Kloß in meinem Hals an. Wieder liefen mir Tränen über die Wangen. Ich hasste mich dafür, dass ich so schwach geworden war. Oder es vielleicht sogar immer war, ohne es zu merken.

»Warum?«, stieß ich hervor und versuchte mich zu beruhigen.

Er kam ein paar Schritte auf mich zu und setzte sich wieder. »Weil ich mich in deiner Nähe nicht unter Kontrolle habe und ...« Er machte eine kleine Pause. »Und weil ein kleiner Teil in mir bei dir sein will.«

Ich keuchte. Mein gesamter Körper fing Feuer. »Aber das kannst du doch!«, flüsterte ich.

»Nein. Das kann ich nicht.«

»Warum?«

»Mach es mir nicht so schwer, Insidia!«

»Warum?!«, wiederholte ich.

»Weil ich dir nicht mehr vertrauen kann. Weil ich eine Frau finden muss und mich davon nicht von dir ablenken lassen kann. Weil keine von ihnen eine echte Chance gegen dich hat. Nicht, solange du in meiner Nähe bist und diese Gefühle in mir auslöst!«

Ich schluchzte und er sah zu Boden. Er nahm nicht meine Hand oder versuchte mich zu trösten. Er wollte einfach nur Abstand und ich empfand es als das Schlimmste, was uns passieren konnte. Ich hasste die Vorstellung, nicht mehr bei ihm zu sein. Ihn mit jemand anderem ertragen zu müssen.

Ich schlug meine Faust gegen das Bett. Mein Bauch schmerzte. Aber es war mir egal. Alles war mir egal. Ohne ihn hatte nichts mehr einen Sinn.

»Wäre es jetzt anders? Wenn ich mich für dich entschieden hätte?«

»Natürlich!« Er antwortete viel zu schnell.

»Sei ehrlich, Kyle. Du wusstest, wer ich war. Wenn ich mich für dich entschieden hätte, hättest du dann darüber hinwegsehen können?«

Er schwieg eine Weile, bevor er nickte. »Ich hätte dann gewusst, dass ich dir wichtiger bin. Dass du auf meiner Seite stehst, egal, was sie von dir verlangen.«

Ich biss mir auf die Lippe. Ich wollte mich selbst für meine Dummheit schlagen.

»Was du nicht weißt und nicht verstehst ... Und auch nie glauben wirst, ist, dass ich es genau aus diesem Grund getan habe. Weil du mir wichtiger bist. Dein Leben ist mir sogar wichtiger als meine Gefühle. Deshalb habe ich es getan.«

Kyle räusperte sich und stand auf. Dann beugte er sich zu mir und strich mir sanft eine Träne von der Wange. »Wenn das wirklich so ist, Insidia ... Dann lass mich gehen!«

Ich versuchte mich noch zu wehren, aber mein Körper begann wie von allein zu beben und noch mehr Tränen zu produzieren. Waren die eigentlich nie alle?

Kyle schenkte mir ein enttäuschtes Lächeln, küsste mich auf die Stirn und ging.

Ich vergrub den Kopf in meinem Kissen und weinte. Mal wieder. Das war dann wohl mein neues Ich. Herzlichen Glückwunsch, Insidia!

Ich weinte noch eine ganze Weile. Es war, als würden mich gerade alle Gefühle, all die Trauer und der Schmerz überrollen, die ich all die Jahre beim *PG* nicht zugelassen oder gar nicht erst gefühlt hatte.

Ich hasste Kyle.

Ich hasste mich selbst.

Und ich hasste das *PG*.

Gleichzeitig bemitleidete ich mich auch ein wenig. Für meine Dummheit und meinen Verlust. Aber es war, als würde mir etwas aus der Brust gerissen werden, das eine Lücke hinterließ, die ich nicht stopfen konnte.

»Warum ist mein Leben eigentlich so langweilig?«

Als ich Emilis Stimme hörte, lächelte ich über meine Tränen hinweg.

Sie kam auf mich zu und setzte sich zu mir auf das Bett.

»Wie schaffst du es, dass bei dir immer etwas los ist – *oh!*« Sie stockte, als sie meine Tränen sah. »Hey, was ist los?«

»Kyle möchte, dass ich ihn gehen lasse«, murmelte ich nach ein paar Sekunden.

»Oh!«, machte sie noch mal und das war etwas, was ich auf keinen Fall hören wollte. Hätte sie nicht einfach sagen können, dass er es bestimmt nicht so meinte?

»Und warum?«, hakte sie nach und strich sich nachdenklich mit ihren Fingern über die Lippen.

»Weil er mir nicht mehr vertrauen kann«, wiederholte ich seine Worte.

Sie verzog den Mund. »Da ist wahrscheinlich etwas Wahres dran«, murmelte sie.

Ich weitete meine Augen. »Du vertraust mir doch auch!«

»Ich hatte auch gar nichts mit deinem Auftrag zu tun. Außer, dass du bei mir leben solltest. Aber am Ende hast du dich nicht für eine andere beste Freundin entschieden.«

Ich lachte laut auf, obwohl mir gar nicht zum Lachen zumute war, und Emili sah mich ernst an.

»Vielleicht kannst du das nicht nachvollziehen, weil du ja weißt, dass du jetzt hundertprozentig hinter ihm stehst und einen Fehler gemacht hast. Aber er denkt wahrscheinlich, dass es wieder passieren kann. Vielleicht nicht wegen der Geheimorganisation – die dich übrigens sowieso entlassen wird, wenn ihre Leute dich so sehen –, sondern wegen anderer Sachen.«

»Aber ich wollte ihn schützen. Und dich schützen. Ich hatte doch keine Wahl.«

»Schon mal drüber nachgedacht, dass er gewollt hätte, dass du ihm das sagst? Was wäre, wenn dich jemand bedroht und du weißt nichts davon, weil Kyle sich deshalb von dir fernhält und eine andere wählt? Du würdest wollen, dass er mit offenen Karten spielt!« Sie zuckte mit den Schultern, als wäre das alles selbstverständlich. Und wie immer hatte sie auch recht.

»Aber er hätte versucht die Gegner aufzuhalten!«, verteidigte ich mich.

»Ja und? Es wäre aber seine eigene Entscheidung gewesen! Und nicht deine! Und gebracht hat es auch nichts. Jetzt muss er sie so oder so aufhalten. Also alles umsonst!«

Ich sah sie entgeistert an. Irgendwo tief in mir drinnen wusste ich, dass sie die Wahrheit sprach. Dennoch war ich sauer. Sauer, dass sie mir die Schuld an dem ganzen Desaster gab. Ich hatte sie alle doch nur beschützen wollen! Warum verstand das niemand?

»Und jetzt?«, patzte ich.

Emili sah mich mit hochgezogenen Augenbrauen an. »Hey, ich bin nicht dein Feind! Zeig Kyle einfach, dass er dir sehr wohl vertrauen kann!«

Ich verzog den Mund. Das war leichter gesagt, als getan.

»Und jetzt komm erst mal wieder auf die Beine!«, sagte sie und stand auf. »Ich muss jetzt zu irgendeinem Essen!« Sie verdrehte die Augen, küsste mich auf die Wange und verschwand.

Die jähe Einsamkeit erdrückte mich beinahe. Ich fragte mich, wie ich das damals ausgehalten hatte. Natürlich war Philipp oft da gewesen, aber die meiste Zeit war ich allein gewesen. Warum fiel es mir dann jetzt so schwer?

»Ihr alle handelt im selben Muster!« Die Stimme trieb mir Schweißperlen auf die Stirn. Panisch sah ich mich um. Niemand war hier. Ich keuchte. Woher war diese Stimme nur gekommen?

Mein Kopf pochte schmerzhaft. Ich berührte meine Schläfe. Das Bild eines Mannes tauchte vor mir auf.

»Ihr alle handelt im selben Muster!«

Mir wurde schlecht. Seine kalten Gesichtszüge bereiteten mir eine solche Angst. Wie er diese Worte sagte. Und was meinte er?

»Wir fangen schon wieder von vorne an. Verstehst du das? All die Arbeit war umsonst!«

Ich wollte aufstehen und wegrennen, aber meine Arme und Beine waren an einer Liege befestigt. Wie kam ich plötzlich hierher?

Ich schloss die Augen und öffnete sie wieder. Vor mir erstreckten sich die kahlen Wände des Krankenzimmers. Der Schmerz und der Mann waren verschwunden.

Es war, als würde ich nichts mehr fühlen, außer eines: Das *PG* war so stark, so mächtig und so groß, dass wir es niemals schlagen könnten.

***

Es dauerte noch zwei Tage, bis sie mich endlich entließen. Zwei Tage, in denen mich nur Emili besucht hatte. Kyle war nicht aufgetaucht. Wahrscheinlich hatte er längst eine andere. Mir wurde übel bei dem Gedanken.

Als ich zurück in meinem kleinen Kellerzimmer war, sehnte ich mir die kahlen, aber hellen Wände des Krankenzimmers herbei. Ich sehnte mir so einiges herbei und dieses karge Zimmer erinnerte mich schmerzhaft an das, was ich verloren hatte.

Ohne großartig darüber nachzudenken, verließ ich den Raum wieder und tapste die Stufen zu Kyles Zimmer hinauf. Dieses Mal war die Tür verschlossen und ich überlegte einen Moment, ob ich klopfen sollte.

»Es stimmt also, dass du ihn stalkst!«, raunte eine Stimme hinter mir. Schuldbewusst drehte ich mich zu Leo um.

»Ich … ähm …«

»Ja?«

»Ich wollte nur mal nachsehen, ob es ihm gut geht«, murmelte ich eine Erklärung.

»Er ist nicht da.«

»Ach so? Wo ist er denn?« Eifersucht kochte in mir hoch.

»Nicht da«, antwortete Leo knapp.

Ich verzog den Mund. »Gut, wenn du nicht mit mir reden willst, dann gehe ich«, fauchte ich und wandte mich ab.

»Lass uns eine Runde zusammen gehen!«

Er formulierte es eher wie einen Befehl, also nahm ich es hin, und wir liefen hinaus aus dem Anwesen in Richtung Statue.

»Erinnerst du dich noch an die Nacht, als wir geschwommen sind?«

Ich nickte einfach nur. Warum musste er bloß damit anfangen? Natürlich, es war schön gewesen. Ich hatte mich frei und glücklich gefühlt. Aber jetzt erinnerte es mich nur noch an meinen Verrat.

Wir schwiegen einige Minuten, bis wir uns auf die Bank vor der Statue setzten. Mein Blick war auf das Schloss gerichtet, das sich im See gegenüber spiegelte. Es hatte sich so vieles verändert.

»Wer bist du eigentlich, Insidia?«

Ich sah ihn skeptisch an. »Du weißt doch, wer ich bin«, entgegnete ich.

»Nein. Wer du wirklich bist. Wie *du* bist.«

»Ich weiß nicht«, flüsterte ich. Es tat weh. Aber es war die Wahrheit.

»Fangen wir mit was Einfacherem an: Was magst du gerne?«

Ich musterte Leo. Er wirkte beinahe so wie früher. Nur nicht mehr ganz so unbeschwert. Die Schatten um seine Augen waren dunkler und sein Grinsen wirkte gezwungen.

»Ich mag Schnee.«

»Schnee?« Er lachte laut auf. »Hier unten gibt es seit Ewigkeiten keinen Schnee mehr. Aber trotzdem kann ich mir nicht vorstellen, wie man dieses kalte, nasse Zeug mögen kann.«

»Du kennst es nicht. Deshalb kannst du es nicht verstehen.«

»Dann erklär es mir!«

Ich dachte einen Moment lang nach. Wie automatisch legte sich ein Lächeln auf meine Lippen. »Ich mag den Geruch von Schnee. Er riecht frisch und gibt der Umwelt einen reinen Duft. Er ist sanft. Er fällt ganz leise. Du hörst ihn kaum, aber nach ein paar Stunden ist alles weiß und – still. Er verzaubert die Welt und nimmt ihr all die Hektik. Und ja – er ist kalt. Aber nicht richtig nass. Und das Beste ist: Wenn du durch ihn hindurchläufst, quietscht er.«

Leo lachte wieder. »Der Schnee quietscht?«

Ich nickte lächelnd. »Und man kann Bälle aus Schnee formen und sich damit bewerfen. Es ist bestimmt lustig, wenn man es nicht im Geschicklichkeitstraining macht.«

Leo sah mich mit zusammengepressten Lippen an. »Das, was du da gesagt hast – also im Kerker –, das war die Wahrheit, oder?«

Ich dachte an meine verbitterten Worte und ein drückender Schmerz kehrte in meine Augen zurück. Ich nickte. Es war die Wahrheit. Ich hatte nie das gehabt, was sie hatten.

»Das tut mir leid«, murmelte er, als wäre er schuld daran.

»Du kannst nichts dafür.«

»Trotzdem tut es mir leid.«

Wir schwiegen wieder eine ganze Weile. Es gab auch nicht wirklich etwas dazu zu sagen. Aber wenigstens hatte ich das Gefühl, dass Leo mich jetzt ein bisschen besser verstand.

Irgendwann nahm er meinen Arm und zog ihn zu sich. Ich wollte mich wehren, sah mich schon panisch um, ob Kyle hier irgendwo steckte und das nur wieder ein Test war. Doch dann strich er meinen Ärmel ein wenig nach oben und pustete auf die Stelle, an der mir die Ärzte wohl die Narkose- und Schmerzmittel gespritzt hatten.

Ein warmes Gefühl durchzog mich.

»Du bist zwar nicht mehr klein. Und ich bin – zum Glück – nicht deine Mutter«, lachte er, »aber jetzt hat wenigstens mal jemand deinen Schmerz weggepustet.«

»Danke«, murmelte ich und sah ihn an. Seine eisblauen Augen hielten so viel Kummer zurück, dass ich schwer atmete. Wir zwei waren wirklich das perfekte Team. Die Sorgen erdrückten uns. Beide.

»Hasst Kyle mich?«

Ich sah Leo an, dass es nicht seinen Vorstellungen entsprach, dass ich das Thema auf Kyle lenkte. Aber ich musste es von ihm hören.

Er schüttelte den Kopf. »Kyle ist schwierig«, raunte er.

»Und er hat Stimmungsschwankungen!«, fügte ich hinzu.

Da hob Leo seine Brauen. »Inwiefern?«

»Erst hasst er mich und ich bin Abschaum. Dann redet er plötzlich doch mit mir und verteidigt mich sogar. Ich ...«

»Insidia«, unterbrach Leo mich und sah traurig zu Boden. »Also erst mal: Natürlich hasst er dich nicht. Und genau daraus entstehen solche Widersprüche. Er will dich vergessen, aber er will auch bei dir sein. Es ist schwer für ihn. Und ...«

»Ja?«, hakte ich nach, als er nicht weitersprach.

»Seine Mutter hat einen großen Einfluss auf ihn. Und sie hat ihn gebeten, nett zu dir zu sein.«

Mir blieb die Spucke weg. Sie hatte was? Wut kochte in mir hoch, obwohl es ja eigentlich nett von ihr war.

Aber ... Kyle war nur ihretwegen so zu mir? Es lag gar nicht daran, dass er mich doch noch wollte?

Ich knirschte mit den Zähnen.

»Ich weiß, dass das nicht unbedingt das ist, was du hören wolltest. Aber wenn sie schon nicht mit offenen Karten spielen, sollte es dir vielleicht jemand sagen.«

Ich winkte ab und tat so, als würde es mich nicht interessieren. Aber meine Enttäuschung konnte ich mit Sicherheit nicht verstecken und schon gar nicht vor Leo.

»Ich versteh das nicht!«, sagte ich plötzlich hysterisch und stand auf. Ich war nicht in der Lage, mich zu bremsen. »Warum ist er so kalt? Du bist es doch auch nicht!« Ich schrie Leo nun beinahe an. Obwohl er am wenigsten dafür konnte.

»Kyle ist auch aus ganz anderen Gründen sauer auf dich als ich, Insidia«, murmelte er nachdenklich.

»Weil ich dich gewählt habe und nicht ihn?«

Er schüttelte den Kopf.

»Warum dann?«

»Weil du ihn verändert hast.«

»Ich hab doch gar nichts gemacht!«, rief ich sauer.

Leo hob belustigt die Brauen und ich hätte ihn beinahe dafür geschlagen.

»Insidia ... Kyle liebt dich. Das hast du getan!«

Ich legte verwirrt den Kopf nach hinten. »Mann, bin ich böse!«, knurrte ich sarkastisch.

»Ich hab dir doch gesagt, dass Kyle schwierig ist!«, lachte Leo.

Ich verzog den Mund, lächelte aber auch und setzte mich dann wieder.

»Hör zu, Insidia: Kyle und ich wissen seit unserem zwölften Lebensjahr, dass es einmal einen solchen Wettbewerb geben würde. Mit einem Mädchen namens Insidia. Wir wussten, dass du eine Agentin bist. Damals haben wir auch das erste Mal verstanden, warum wir uns immer bedeckt halten mussten und keiner wissen durfte, wer der Prinz ist und wer nicht. Ich für meinen Teil fand das alles gar nicht so schlimm. Ich war jung und fand die Vorstellung toll, einen Wettbewerb lang der Prinz sein zu dürfen. Aber Kyle hasste dich schon damals. Er schwor sich, dass er dich fertigmachen würde. Dass er alles dafür geben würde, dich auffliegen zu lassen und das *PG* gleich mit dir.«

»Er hat also wirklich von Anfang an gewusst, wer ich war?«

Leo nickte. »Sie wussten, von wo du kommen würdest, und er hat sich zu dir in den Zug gesetzt. Nach der Zugfahrt war er wie ausgewechselt. Er hat an unserem Plan gezweifelt. Er hat immer wieder gegen mich gewettert, dass ich dich in Ruhe lassen sollte, obwohl genau das unser Plan war. Dich vor allen auffliegen zu lassen. Und das *PG* dadurch zu schwächen.

»Er ist bestimmt hundertmal hysterisch in mein Zimmer gerannt gekommen und hat mir den Kontakt zu dir verboten, weil du angeblich zu gefährlich wärst. Aber ich wusste es. Ich wusste, dass er Gefühle für dich hatte. Und dass er nur eines wollte: Dass du dich für ihn entscheidest und er so allen beweisen konnte, dass du nicht mehr zum *PG* gehörst. Aber ...«

»Ich habe mich für dich entschieden ...«, vervollständigte ich seinen Satz traurig.

»Ich wollte unseren Plan weiter durchziehen. Angestachelt davon, dass ich Angst hatte, du könntest ihn hintergehen, aber auch, weil ich selbst Gefühle für dich entwickelt habe.«

Ich presste die Lippen aufeinander.

»Deshalb habe ich dir damals gesagt, dass er eine andere liebt. Was natürlich nicht stimmte. Kyle liebt nicht. Er hat nie geliebt. Vielleicht hat er mich ein bisschen geliebt. Seinen Vater. Seine Mutter. Aber niemals jemand anderen und nie auf diese Art und Weise. Er ist ein kühler Mensch. Nach außen. Und diese Fassade hast du zerstört, als er sich in dich verliebt hat. Und ehrlich gesagt glaube ich, dass er sich viel mehr dafür hasst, als dass er dich hasst.«

Ich blinzelte ein paar Tränen weg. »Und jetzt?«, fragte ich kleinlaut.

»Er will diese Liebe nicht, Insidia. Er will nicht mehr so blind sein, wie er es während des Wettbewerbs war. Er denkt, dass du ihn schwächst. Und Schwäche kann er sich nicht erlauben.«

Ich strich mir nachdenklich durch die Haare. »Und du denkst auch, dass es besser ist, wenn ich ihn in Ruhe lasse?«

Leo schüttelte den Kopf. »Nein.«

Mein Herz machte einen Satz. Gab es doch noch eine Chance?

»Aber Kyle ist stur. Ich weiß nicht, ob es nicht vielleicht besser für dich ist.«

Ich biss mir in die Wange. Schmeckte Blut. »Warum sollte das besser für mich sein?«

»Denk mal darüber nach, Insidia. Und denk auch an das, was ich dir jetzt erzählt habe. Über den Plan und all das. Ihr habt beide gelogen. Aber meiner Meinung nach war Kyles Lüge schlimmer. Mir hast du dich nur genähert, weil es dein Auftrag war.«

Ich schluckte schwer. Ein schlechtes Gewissen übermannte mich.

»Ihm hast du dich nur genähert, weil du dich für ihn interessiert hast. Und er war hinter dir her, weil er genau wusste, wer du bist, und dich fertigmachen wollte. Und dennoch: Für ihn wäre es das Beste, wenn du dranbleibst. Er wird durch dich zu einem besseren Menschen. Aber du musst dir langsam mal überlegen, was das Beste für *dich* ist. Jetzt, da du nicht mehr irgendwem gerecht werden musst.«

Leo sprach zu ehrlich, als dass ich ihm das, was er sagte, hätte übelnehmen können. Ich wusste, dass es hier nicht um ihn und mich ging. Es ging ihm wirklich nur um mich. Aber wollte ich das? Wollte ich ohne Kyle sein? Wer war ich überhaupt? Ohne das *PG* und ohne ihn? Ein Niemand. Außerdem hatte Leo keine Ahnung, wer sie wirklich waren. Was für eine Macht sie besaßen. Ich würde ihnen immer »gerecht« werden müssen.

»Du kannst mir nicht einmal sagen, wer du bist, Insidia. Finde das heraus. Dann kannst du immer noch wählen.«

»Es tut mir leid …«, flüsterte ich.

»Was?«

»Dass ich dich benutzt habe.«

Leo räusperte sich und blieb ein paar Sekunden stumm.

»Du hast mich nicht benutzt, Insidia. Sie haben dich benutzt. Und so lange du das nicht begreifst, kannst du dir selbst nicht verzeihen. Und das musst du.«

KAPITEL 6

Ich schlug die Augen auf. Meine Nächte waren in letzter Zeit geprägt von diesen Bildern und Gestalten. Sie verfolgten mich. Ließen mich nicht los. Als würde mir mein Unterbewusstsein etwas mitteilen wollen.

Ich schob die Gedanken beiseite und erinnerte mich an Leos Worte.

Ich musste mir selbst verzeihen. Wie sollte das gehen? Und wie sollte ich mich selbst finden? Herausfinden, wer ich war und was mich ausmachte?

Mich als eigenständig denkenden Menschen gab es nicht. Oder gab es mich mittlerweile schon?

Ich schüttelte den Kopf. Wenn es eine eigenständig denkende Insidia gab, dann war sie eine verwirrte Heulsuse. Und *das* war mit Sicherheit nicht das, was ich wollte.

Ich war nicht ich selbst. Ich war abhängig. Erst war ich abhängig vom *PG* gewesen und jetzt war ich abhängig von Kyle und seiner Entscheidung, mir zu verzeihen – oder auch nicht. Warum konnte ich nicht einfach abhängig von mir selbst sein?

Oder war ich das bereits? Abhängig von meinen Gefühlen? Galt das schon als Merkmal einer eigenständigen Persönlichkeit?

Wahrscheinlich nicht. Ich musste Zugang zu weiteren Gefühlen finden. Gefühlen, die nur mich selbst betrafen.

Ich stand auf und zog mir eine Hose und ein Oberteil über. In der nächsten Woche durfte ich nicht arbeiten. Bis mir die Fäden gezogen wurden.

Ich lief die Treppe hinauf und stahl mich in die *Blaue Lagune*. Zum Glück war niemand hier. Schnell setzte ich mich auf das Sofa – was mir immer noch so vorkam, als würde ich mich auf etwas setzen, das nur zu Dekozwecken dastand.

Das grelle Blau stach mir in den Augen. Aber dieses Mal fühlte es sich gut an. Es erinnerte mich an so viele Dinge. Und daran, dass ich lebte.

Ich.

Es gab also ein Ich, dem das Blau in den Augen brannte. Vielleicht war das ja ein Anfang.

Ich sah aus dem Fenster hinüber zu der Statue. Worüber sollte ich jetzt nachdenken, wenn nicht über Kyle? Meine Gedanken stahlen sich immer wieder zu ihm. Ich konnte nichts dagegen tun. Meine Gefühle herrschten über mich. Und das, nachdem ich sie doch all die Jahre angeblich abtrainiert bekommen hatte. Irgendetwas war faul an der ganzen Sache. Als diente dieses Gefühlschaos, das seit Wochen mein Leben bestimmte, wieder nur einem bestimmten Zweck, der für das *PG* von Nutzen war.

Ich lenkte meine Gedanken zu Leo und seinen Augen. Der Raum erinnerte mich an ihn. Aber die Erinnerungen stammten aus einer anderen Zeit. Einer anderen Welt, wie es mir schien.

»Dem *PG* noch so treu und dennoch auf freiem Fuß?« Die Stimme brannte in meiner Brust. Aber ich bemühte mich unbeteiligt zu wirken.

»Ich glaube, es ist ihnen egal. Abhauen könnte ich sowieso nicht«, entgegnete ich und schenkte dem alten Mann keinerlei Beachtung.

»Das war mutig!«

»Was?«, entgegnete ich gereizt.

»Vor mir zuzugeben, dass Sie immer noch an das *PG* glauben«, raunte er und schloss die Tür hinter sich.

»Mir ist schnuppe, was Sie denken. Das *PG* ist meine Familie. Das verstehen Sie nicht!« Ich gab mir Mühe, ehrlich und gereizt zu klingen.

»Doch, das verstehe ich sehr wohl.«

Ich lachte auf. Gab er gerade wirklich zu, dass er dem *PG* angehörte?

»Woher wollen Sie wissen, wie das ist?«

Er sah mich einfach nur an. »Mitternacht. Im Keller der Basilika.«

Ohne ein weiteres Wort verließ er den Raum.

Ich atmete erleichtert auf. Endlich war er weg.

Hatte ich es doch gewusst! Er gehörte zum *PG*. Und ich würde jetzt alles wiedergutmachen, indem ich herausfand, was sie vorhatten und es dann Kyle sagte.

Ich stoppte mich selbst in meinen Gedanken – Nein! Ich musste es ihm jetzt sagen! Ich durfte keine Geheimnisse mehr vor ihm haben. Und auch keine geheimen Treffen abhalten. Ich musste es ihm auf der Stelle erzählen.

Aber was, wenn dieser alte Kerl mich nur testete? Wenn er nur darauf wartete, dass ich jetzt zu Kyle rannte, um mich als Lügnerin zu entlarven.

Ich biss mir mal wieder auf meine geschändete Wangeninnenseite und überlegte hin und her. Wie sollte ich das am besten anstellen?

Tief durchatmend stand ich auf und verließ den Raum. Ging hinunter in mein Zimmer und zog mir die neue Dienstmädchen-Kleidung an, die mir gebracht worden war, nachdem Kyle meine alte zerrissen hatte. Es durchfuhr mich, als ich daran dachte.

Unbemerkt schlich ich mich in den Raum, von wo aus wir das Essen in den Speisesaal brachten, und wartete darauf, dass die anderen eintrafen, um das Abendessen zu servieren.

Es dauerte noch etwa eine halbe Stunde, bis der Aufzug angeschaltet wurde und etwas hinaufgefahren kam.

»Ach, heute mal fleißig?«, giftete eine Stimme hinter mir. Die alte Frau stand in der Tür und musterte mich skeptisch.

Ich nickte einfach nur und öffnete die Klappe des Aufzugs, um das Essen auf eine der Warmhalteplatten zu stellen. Ich wollte so wenig Aufmerksamkeit wie möglich auf mich ziehen, da ich streng genommen noch gar nicht wieder arbeiten durfte.

Nach und nach füllte sich der Raum mit Essen und Menschen, und endlich konnte ich das erste Tablett nach nebenan tragen.

Der Speisesaal war erfüllt von nervigen Mädchenstimmen und Gelächter. Ich entdeckte Emili. Sie saß in einer der hinteren Ecken und zog Grimassen mit Kyle. Ein Lächeln huschte über meine Lippen.

Sie waren also immer noch die Art Freunde, wie sie es vorher gewesen waren. Wenigstens etwas, das ich nicht zerstört hatte.

Ich lief mit meinem Tablett auf Kyle zu und blieb neben ihm stehen. Als er mich bemerkte, funkelte er mich wütend an.

»Du sollst dich schonen!«

Das Mädchen, das heute neben ihm saß, musterte ihn argwöhnisch. Ich grinste innerlich.

Dann warf ich ihm einen entschuldigenden Blick zu, nahm einen Teller mit Suppe von meinem Tablett – und leerte ihn über Kyles Schoß aus.

Er schrie erschrocken auf. »Scheiße, ist das heiß!«

Alle Augen waren auf ihn gerichtet. Und auch meine Augen weiteten sich.

Er räusperte sich, als er begriff, was er da vor all diesen Mädchen für ein Wort benutzt hatte.

»Oh! Wie ungeschickt von mir!«, rief ich gespielt erschrocken und nahm eine Serviette vom Tisch.

»Damit bekommst du das bestimmt nicht weg!«, zischte das Mädchen neben Kyle genervt.

»Das stimmt natürlich. Kommen Sie mit, Eure Majestät. Ich werde Ihnen neue Sachen bringen lassen!«

Kyle hob die Brauen. Schelmisch grinste er mich an.

Ich warf ihm einen auffordernden Blick zu, doch er bewegte sich nicht.

»Bitte, Eure Majestät. Ich kann das nicht verantworten!«, stotterte ich und bemühte mich, ruhig zu bleiben.

»Ach nein?«, entgegnete er und lächelte mich schadenfroh an.

»Du kommst jetzt sofort mit mir!«, knurrte ich.

Das Mädchen neben ihm keuchte pikiert.

Kyle hob wieder die Brauen, stand dann aber auf und folgte mir aus dem Speisesaal.

Ich ging ihm voraus zu seinem Zimmer, sah mich im Flur noch einmal um und sagte dann so laut und glaubwürdig ich konnte: »Ich suche Ihnen neue Kleidung heraus, Eure Majestät. Bitte entschuldigen Sie mein Fehlverhalten!«

Als ich ins Zimmer trat und die Tür hinter uns schloss, stand Kyle mit verschränkten Armen da und musterte mich skeptisch.

»Was zum Henker soll das?«, knurrte er.

Ich warf einen Blick auf seinen Schritt, der komplett nass von der Suppe war, und begann zu kichern. Er wirkte verdutzt und sah dann selbst hinab auf seine Hose.

»Sehr autoritär!«, lachte ich. Und auch er konnte sich ein Lachen nicht verkneifen. Ich hatte wirklich ganze Arbeit geleistet. Sein kompletter Schritt und sein Oberteil am Bauch waren durchnässt.

»Was sollte das, Insidia?«, fragte er ernst, doch als ich ihn ansah, konnte ich wieder nur laut kichern.

»Findest du das witzig?«, bellte er. Doch ich wusste, dass er selbst kaum ein Lachen zurückhalten konnte.

Ich nickte und hielt mir die Hand vor den Mund.

Er hingegen stöhnte – und zog sich dann mit einem Ruck sein Oberteil über den Kopf.

Beschämt keuchte ich auf und drehte mich dann von ihm weg.

Ich war mir sicher, dass mein Gesicht dunkelrot anlief. Es glühte, genauso wie mein gesamter Körper.

Verstohlen warf ich noch einen Blick auf seinen muskulösen Oberkörper und auf seine Narbe an der Leiste. Ich schluckte schwer. Mein Körper schrie mich an, ihn endlich anzufassen – Wie bitte?! Warum passierte das immer? Ich musste mich konzentrieren!

»Wirke ich jetzt etwas autoritärer?«, flüsterte er und kam einen Schritt auf mich zu.

Ich pustete immer wieder Luft aus, um mich zu beruhigen.

»Nein. Nur anziehender!«, gab ich zurück. Mein Blick war immer noch abgewendet. Zumindest soweit ich ihn unter Kontrolle hatte. Ein paar Mal huschte er nämlich doch zu Kyle.

»Gut. Bleib da stehen. Ich zieh mich um. Vielleicht bekommst du dann ja ein vernünftiges Wort raus.«

Ich nickte einfach nur. Es war so still, dass ich hörte, wie er seine Hose öffnete und sie sich über die Beine zog. Dann seine Boxershorts. Ich keuchte hörbar und war mir sicher, dass er es gehört hatte. War er gerade wirklich nackt??? Hätte er dafür nicht in sein Bad gehen können? Und so wollte er erreichen, dass ich mich von ihm fernhielt? Wie sollte das bitte gehen?

Ich atmete stoßartig. Alles, was ich nun hörte, war das Rauschen des Blutes in meinen Ohren. Am liebsten hätte ich mich auf Kyle gestürzt.

Hastig wagte ich einen kleinen Blick hinter mich und entdeckte Kyles Rücken. Er war gerade dabei, sich neue Boxershorts anzuziehen.

»Scheiße!«, raunte ich.

»Was?«, entgegnete Kyle mit selbstgefälliger Stimme.

»Nichts.« Nach wie vor war ich nicht in der Lage, in vollständigen Sätzen zu sprechen.

»Beeilst du dich vielleicht mal ein bisschen?!«, knurrte ich dann nervös.

»Fertig!«

»Na endlich!«, zischte ich und drehte mich um. Nein. Kyle war ganz offensichtlich noch nicht fertig. Der Schalk blitzte in seinen Augen auf, als er meinen entsetzten Blick sah.

Ich hatte ihn zwar bereits nur in Boxershorts gesehen – aber es verschlug mir trotzdem die Sprache und ließ meine Gesichtszüge entgleiten.

»Jetzt besser?« Er zwinkerte mir zu.

»Du bist echt so ein Arsch, Kyle!«, knurrte ich ihn an. Mein Blick ruhte auf seiner Narbe.

Konnte mich nicht jetzt ganz plötzlich mein altes Ich wieder einholen? Das *PG* – Ich, das sich aus nackten Männern nichts machte? Beim Schwimmtraining hatte ich doch oft halbnackte Männer gesehen. Und ihre Körper waren wirklich nicht zu verachten. Aber das hatte mich nie interessiert. Also warum tat es das jetzt? Warum hatte Kyle diese seltsame Wirkung auf mich?

Ich kniff die Augen zusammen. »Bitte zieh dir etwas an. Ich muss wirklich mit dir reden!« Beinahe verzweifelt hielt ich mir die Hand vor die Augen, weil meine Lider sich immer wieder selbstständig machten, um doch noch einen Blick von Kyle zu erhaschen.

»Irgendwie süß«, lachte er.

Ich schüttelte genervt den Kopf. »Was daran ist bitte süß?«, zischte ich.

»Dass du so empört bist!«

Das Blut in meinen Adern gefror, als ich Kyles Stimme direkt neben meinem Ohr hörte. Ich spürte seinen warmen Atem und erschauderte. Blitzartig zog ich meine Hand weg, öffnete die Augen und sah nach oben in sein Gesicht. Ich konnte diese immense Anziehungskraft zwischen uns zwar nicht leugnen, aber ich ärgerte mich auch über seine Selbstgefälligkeit.

»Du bildest dir ganz schön viel ein!«

Er lachte. »Kann ich das etwa nicht, kleine Raubkatze?«

Mein Magen verkrampfte sich, als er mich so nannte. Mein Gott! Warum machte dieser dämliche Körper das nur mit mir?

Ich ging einen Schritt nach hinten. Was nur zur Folge hatte, dass ich jetzt wieder seinen kompletten Körper begutachten konnte. Dumm gelaufen.

»Bitte hör auf damit!«, wisperte ich.

»Womit?«

»Du weißt, womit. Du willst, dass ich mich von dir fernhalte. Und du willst mich nicht mehr. Dann mach es mir bitte nicht so schwer!«

Er verzog den Mund. Ganz plötzlich war ich wirklich sauer auf ihn. Spielte er etwa gerade mit mir?

Schnaubend verschränkte ich die Arme vor meiner Brust, um ihm meine neugewonnene Erkenntnis deutlich zu machen. »Machst du das eigentlich mit Absicht?«

»Was? Mich ausziehen? Ne – ist aus Versehen passiert!«

Ich sah ihn grimmig an.

»Außerdem hast *du* mich doch mit voller Absicht mit Suppe begossen!«, gab er zurück.

»Ich musste mit dir reden!«, rechtfertigte ich mich.

»Für die Zukunft: Kann ich mal mit dir reden, ist auch eine Alternative, jemandem das mitzuteilen.«

»Haha! Ich hatte keine andere Wahl!«

»Das war verdammt heiß! Ich habe Verbrennungen!«

»O ja, ich sehe schon, wie sich hier überall Blasen bilden!«, fauchte ich und drückte ihm mit meinen Fingerspitzen gegen die angeblich verbrannten Stellen an seinem Bauch.

Er zuckte zusammen. Jetzt ging auch sein Atem schneller und ich brauchte eine Weile, bis ich wieder klar denken konnte.

»Er will sich mit mir treffen!«, platzte es dann aus mir heraus. Ich wollte nur, dass diese seltsame Situation sich schleunigst wieder entspannte.

»Wer?«, knurrte Kyle.

Ich sah ihn verwundert an. War er gerade eifersüchtig?

»Dieser alte Mann, der zum *PG* gehört.«

»Syder? Auf keinen Fall!«, schrie er aufgebracht.

Ich schrak zusammen. Mit einer solch heftigen Reaktion hatte ich nicht gerechnet.

»Doch natürlich! Nur, um dir zu berichten!« Einmal mehr war ich wütend, dass er mir nicht vertraute. Was sollte ich noch tun?

»Es ist mir egal, Insidia! Du wirst dich nicht allein mit diesem Wichser treffen!«

Ich starrte ihn fassungslos an. Seit wann verwendete er solche Begriffe?

»Er ist das übelste Arschloch, das ich kenne! Schon bevor ich wusste, was er im Schilde führt! Mein Vater wollte ihn immer im engsten Kreis haben, weil er so abgezockt ist. Für ihn sind Menschenleben nichts wert!« Kyle fuhr sich aufgebracht durch seine verstrubbelten, dunklen Haare.

»Ich habe dir das nicht erzählt, weil ich dich um deine Erlaubnis bitten wollte!«, entgegnete ich.

Kyle hob die Brauen, ich ließ ihn jedoch nicht zu Wort kommen.

»Ich will keine Geheimnisse mehr vor dir haben. Und ich will dir helfen, das *PG* zu erledigen! Aber ich lasse mir nichts von dir verbieten!«

»Dann sperre ich dich ein!«

Ich lachte laut auf. »Wie bitte?!«

»Ich meine es bitterernst. Und wenn ich dich selbst festhalten muss! Ich lasse dich da nicht hingehen!«

»Falls du es vergessen hast: Ich bin eine ausgebildete Agentin und kein kleines dummes Mädchen!«, schrie ich ihn an.

»Glaub mir, das habe ich nicht vergessen!«, knurrte er todernst. Jetzt wurde auch mir klar, dass es nicht die beste Idee gewesen war, ihn daran zu erinnern. Aber ich musste da hin! Er durfte mich nicht davon abhalten!

»Dann komme ich mit!«

»Hast du den Verstand verloren, Kyle? Was ist das denn für eine Logik?«

Er lief aufgebracht hin und her, bis er vor mir stehen blieb und mich an den Schultern packte. »Kannst du dich nicht einfach von mir fernhalten und dich dabei nicht ständig in Gefahr bringen?« Seine Augen wirkten so finster, als würde sich in ihnen sein Zorn zu einem Gewitter zusammenbrauen. Gleichzeitig sah ich Angst darin. Angst um mich.

»Ich bringe mich nicht in Gefahr. Ich will dir helfen. Ich will dir beweisen –«

»Es hat keinen Sinn mehr, mir irgendetwas zu beweisen! Es ist zu spät! Wann verstehst du das endlich?«

Ich schluckte schwer bei seinen Worten. »Dann beweise ich dir eben nichts. Dann tue ich es nur für mich. Ich will sie auch fallen sehen!«, sagte ich. Ein wenig Wahrheit steckte darin. Aber hauptsächlich tat ich es für ihn.

»Du machst mich verrückt! Hör auf, dich in Gefahr zu bringen. Tu einfach das, was die anderen Dienstmädchen machen! Ich will mir keine Sorgen mehr um dich machen müssen!«

»Warum? Kann dir doch egal sein! Es ist ja sowieso zu spät!«, blaffte ich ihn an.

Sein Gesicht kam näher, beinahe berührten seine Lippen meine. Er sah mich an. Anders als zuvor, als aus seinen Augen nichts als Aggressivität gesprochen hatte, war sein Blick nun so liebevoll, dass eine Träne meine Wange hinabkullerte. Er ließ wieder von mir ab, sein Gesicht war mir aber immer noch so nah, dass kaum mehr als ein Blatt zwischen uns gepasst hätte. Ich ging zusammen mit ihm ein paar Schritte nach hinten und prallte gegen die Tür.

»Bitte, Insidia. Hör auf, dich in Gefahr zu bringen. Das halte ich nicht aus. Ich kann mit der Angst um dich nicht umgehen!«

Ich atmete schwer. »Ich kann nicht anders. Und ich verspreche dir, dass ich nicht in Gefahr bin!«

Er berührte meine Lippen mit seinen. Es war kein richtiger Kuss. Seine Lippen fühlten sich kühl an. Kühl wie Schnee. Meine Hände wanderten an seine Hüfte und erst jetzt realisierte ich wieder, dass er immer noch halbnackt war.

Ich schluckte schwer. Es war, als würde mir das alles nicht mehr reichen. Als würde ich alles von ihm aufsaugen müssen, damit meine Begierde gestoppt wurde. Ich konnte hier nicht so nah mit ihm stehen. Alles in mir schrie nach ihm. Ich drückte ihn ein wenig an mich und, anders als ich erwartet hatte, ließ Kyle nicht von mir ab, sondern presste mich noch fester gegen die Tür.

Was war das hier eigentlich? Wollte er sich nicht von mir fernhalten? Mich vergessen? Ganz plötzlich fühlte ich mich, als wäre ich seine geheime Affäre, aber für den kurzen Moment schob ich den Gedanken beiseite und zog ihn noch näher an mich. Ich spürte seinen warmen Körper an mir. Und als ich nur noch im Kopf hatte, dass ich meine eigene Kleidung loswerden musste, um ihm näher, immer näher zu sein, stieß ich ihn erschrocken von mir.

Kyle stemmte sich mit seinen Armen gegen die Tür und sah mich völlig verwirrt an. »Das dürfen wir nicht«, murmelte er.

»Was?« Ich war verwirrt. Wie kam er plötzlich von *Ich will dich nicht mehr* zu *Wir dürfen das nicht*?

»Wir dürfen das hier nicht!«, wiederholte er einfach nur.

»Wie meinst du das, Kyle?«

Er stieß sich von der Tür ab und schritt in seinem Zimmer umher. »Geh einfach!«, raunte er dann angestrengt.

»Nein! Ich lass mich nicht schon wieder von dir rausschmeißen, nachdem es so seltsam nah zwischen uns war!«, schrie ich sauer. »Erklär mir jetzt, warum wir das nicht dürfen!«

»Wir dürfen das. Aber ich darf mich dabei nicht verlieren!« Es war, als wäre er völlig weggetreten. Er lief aufgebracht hin und her und raufte sich immer wieder die Haare.

»Knallst du grad durch?«, fragte ich vorsichtig. Wahrscheinlich war es nicht die beste Art, einen gerade irre Werdenden anzusprechen, aber ein wenig bekam ich es nun schon mit der Angst zu tun.

»Nein ... Ich ... Ich kann dir das nicht erklären!«

»Aber fast küssen kannst du mich?«, schrie ich aufgebracht, ging auf ihn zu und schubste ihn.

»Hör damit auf!« Er hielt meine Hände fest, damit ich ihm nicht weiter wehtun konnte.

»Dann sag du mir, warum du dich nicht verlieren darfst!«

»Weil du deinen Scheißzweck erfüllen sollst! Aber nicht mehr als das!«

»Wie bitte?« Ich sah ihn erschrocken an.

»Und welchen Zweck soll ich für die Königliche Hoheit erfüllen, wenn ich fragen darf?!«

Ich war so wütend, dass ich vor Zorn wieder weinen musste. Und hasste meinen Körper dafür.

»Geh und triff dich mit Syder und berichte mir dann davon. Für mehr will ich dich hier nicht haben!«

Ich befreite meine Hand von ihm und schlug ihn. Ich schlug ihn in letzter Zeit wirklich ziemlich oft. Aber es war nun mal die einzige Art und Weise, wie ich mit so etwas umzugehen gelernt hatte. Und um einiges besser, als meine pubertären Ausbrüche, die sich in den letzten Wochen gehäuft hatten.

»Du kannst mich mal, Kyle! Halt dich körperlich von mir fern, wenn ich nur ein Stück Fleisch für dich bin!«

So schnell ich konnte, rannte ich aus seinem Zimmer. Dieser blöde Mistkerl. Welchen Zweck sollte ich bitte erfüllen?

Und er durfte sich nicht verlieren? Was war mit mir? Wie konnte man nur so ekelhaft egoistisch sein?!

War ihm überhaupt klar, was er da machte? Dass er Hoffnung in mir weckte? Oder war genau das vielleicht sein Ziel?

Wollte er mich nur gefügig machen?

Galle kroch meine Kehle herauf.

Er benutzte mich. So wie ich Leo benutzt hatte. Es war wirklich ein schreckliches Gefühl. Und ich war ein schrecklicher Mensch.

KAPITEL 7

»Hey, was ist denn mit dir los?«

Emilis Stimme ließ mich innehalten. Eigentlich wollte ich auf schnellstem Wege zu meinem Zimmer rennen. Weg von all dem. Einfach fliehen. Vor meinen verwirrenden Gefühlen und vor meiner Wut auf Kyle.

Trotzdem drehte ich mich um. »Ich ... ähm ... habe Kyle vollgekleckert. Mit Suppe.«

»Ja, ich weiß«, gab sie irritiert zurück und musterte meine mit Sicherheit glasigen Augen. Sie zog mich in ihr Zimmer und bugsierte mich auf ihr Bett.

»Erklärst du mir bitte, was hier abgeht?«

Ich verzog den Mund. »Wenn ich das wüsste ...«

»Es hat sich echt gar nichts verändert. Du und Kyle, ihr seid echt ... anstrengend!«

Ich sah sie empört an. »Ich doch nicht! Er!«, verteidigte ich mich.

»Erst warst du anstrengend und jetzt ist er es. Ihr nehmt euch nicht viel!«

Ich nickte resigniert.

»Und was soll dieses Outfit? Du wurdest gerade operiert!«

Da verdrehte ich genervt die Augen. »Ja, Mama!«

Emili würde sich nie ändern.

Schnell warf ich einen Blick auf die Uhr. Wie lange hatten Kyle und ich eigentlich dagestanden?!

»Ich muss jetzt los!«

Emilis Augen weiteten sich. »Ach so«, entgegnete sie nur.

Ich warf ihr einen entschuldigenden Blick zu. »Danach komme ich wieder, versprochen.«

Sie nickte und ging dann einfach in ihr Bad.

War sie etwa sauer? Emili? Ich schüttelte den Kopf. Es gab jetzt Wichtigeres zu tun, als mit ihr über diesen Mistkerl zu diskutieren.

Ich lief in mein Zimmer, befreite mich aus dem Kleid und zog mir wieder die schwarze Hose und das schwarze Oberteil von heute Mittag an. Warum war es plötzlich so spät? Mit Kyle vergaß ich alles um mich herum. Ich hatte kaum noch Zeit bis Mitternacht.

Als ich fertig war, stapfte ich siegessicher aus meinem Bad.

»Vielleicht hättest du dir noch zwei schwarze Streifen auf jede Wange malen sollen!«

Ich zuckte zusammen. Der hatte Nerven.

»Geh weg!«

»Ist das nicht mein Satz?«, entgegnete Kyle lachend.

»Ja, jetzt bin *ich* aber sauer. Und was du bist, ist mir egal!«

Er lachte nur. Stand in meinen Türrahmen gelehnt, wie er es immer tat, und sah verdammt heiß dabei aus.

Ich schüttelte den Kopf. Was war nur los mit mir?

»Was willst du hier?«

»Ich komme mit!«

»Ganz bestimmt NICHT!«

»Ganz bestimmt SCHON!«

Ich schnaubte. »Du hast Nerven!«

»Ich verstecke mich. Ich komme nicht mit rein. Aber wenn ich auch nur ein seltsames Geräusch höre, dann bringe ich diesen Mistkerl um!«, raunte er. Es schmeichelte mir, aber ich war trotzdem dagegen.

»Meinst du, der ist blöd? Er rafft das doch!«

»Ist mir egal. Ich gefährde lieber die Infos als dich!«

Stille trat ein. Weder ich noch er wussten offensichtlich, was wir sagen sollten. Das zwischen uns war seltsam. Und ja – Emili hatte recht – auch ziemlich anstrengend. Aber so wie es aussah, konnten wir weder mit noch ohne den anderen. Und vielleicht machte uns ja genau das zu einem guten Team. Oder ich redete mir das bloß ein ...

»Genau, du Schlaumeier, weil mich deine Anwesenheit ja nicht erst richtig in Gefahr bringt!« Ich gab einen genervten Laut von mir und marschierte dann aus dem Schloss hinaus, in Richtung Basilika.

Als ich mich umsah, konnte ich Kyle nicht entdecken. Schön, wenn er sich im Gestrüpp verstecken wollte wie ein Super-Ninja – bitteschön. Im Zweifelsfall tat ich so, als hätte ich von seiner Anwesenheit nichts gewusst.

Die Dunkelheit verschluckte alles um mich herum. Ein mulmiges Gefühl durchfuhr mich. Aber es lag nicht an der Finsternis. Es war wegen Kyle. Ich wollte ihn nicht hier haben. Und noch weniger wollte ich, dass er sich in der Nähe von diesem Syder aufhielt. Ich spürte, dass er gefährlich war.

Als ich an der Basilika ankam, sah ich mich noch einmal suchend um. Irgendein Zeichen von Kyle, dass es ihm gut ging, wäre schön gewesen. Aber alles um mich herum war in nächtliche Stille gehüllt.

Ich trat ein, lief die kleine Treppe hinunter – und erschauderte fürchterlich, als ich *ihn* sah.

Mein Atem blieb stehen. Ich wollte umdrehen und wegrennen, aber das hätte nichts gebracht. Nicht mehr.

Ich betete inständig, dass Kyle gut versteckt war. Er durfte ihn auf keinen Fall entdecken.

»Meine Liebe!« Seine Stimme löste so viele Erinnerungen und Gefühle in mir aus. Seine Augen bohrten sich in mein Herz.

Wäre diese blöde Waffe damals nur geladen gewesen. Dann gäbe es einen Tyrannen weniger auf dieser Welt.

Er starrte mich siegessicher an. So wie er es damals in der Lagerhalle getan hatte – der Chef des *PG*. Ziemlich riskant, hier aufzukreuzen.

Hinter ihm auf einem Stuhl saß Syder und musterte meine erfrorene Miene mit einem selbstgefälligen Lächeln.

Ich schluckte schwer und bemühte mich, meine Ängste hinunterzuschlucken und zu verdammen.

»Sieht so aus, als hätten wir dir den Falschen verboten«, hauchte der Chef des *PG* mit seiner kalten, grausamen Stimme. Wie ich ihn hasste!

»Wen meinen Sie? Kyle?«

Er nickte und ich schnaubte verächtlich. »Ihr Fehler. Ich habe nur getan, was mir aufgetragen wurde.«

Er lachte kalt. » Da hast du recht. Aber jetzt weiß er von dir. Also, was hast du mir anzubieten?«

Ich ihm anzubieten? Ich warf einen Blick auf Syder. Was sollte das? Warum war er plötzlich in der Position, Forderungen zu stellen? Sie konnten froh sein, dass ich überhaupt noch mit ihnen redete.

»Sind Sie nicht derjenige, der die Pläne schmiedet?«, entgegnete ich gespielt gelassen.

»Pläne sind dazu da, sie von loyalen Kämpfern ausführen zu lassen. Und nicht von kleinen Mädchen, die verliebt sind.«

Ich atmete tief ein und hielt die Luft in meinen Lungen. Ich durfte jetzt nicht wütend werden. Ich bemühte mich, meinen Puls zu beruhigen, wie ich es gelernt hatte.

»Ja. Sie haben recht. Ich bin verliebt. Gewesen!«

»Gewesen?« Er hob skeptisch die Augenbrauen.

»Sie haben mich in einen Kerker geworfen. Eingesperrt. Mich geschlagen, mich beleidigt und jetzt bin ich ihr Dienstmädchen. Ich habe nichts, was mich bei diesen Menschen hält. Nicht einmal meine Gefühle.«

»Gut. Dann hast du sicher nichts gegen einen Test!«, raunte er.

Ich sah ihn erschrocken an, bemühte mich aber gleichzeitig, eher skeptisch zu wirken. »Was für ein Test?«

»Ein Lügendetektor-Test.«

Ich schüttelte lachend den Kopf. »Ihnen ist aber schon bewusst, dass ich dazu ausgebildet wurde, so einen Test zu manipulieren.«

Er nickte lächelnd. »Aber du hast nie gelernt, ihn zu umgehen, während du gleichzeitig starke Gefühle hast. Solche Gefühle sind für Agenten nicht vorgesehen.«

Nicht vorgesehen ... Ich schmeckte bittere Galle in meinem Mund. Ja genau. Wir waren zu gefühllosen Wesen erzogen worden, die einfach nur nach den Vorgaben des *PG* handelten. Am liebsten hätte ich ihn geschlagen. Oder erschossen. Hauptsache, dieses dämliche, selbstgefällige Grinsen würde von seinem Gesicht verschwinden.

Ich hasste es, dass er mich behandelte, als wäre ich ein Ding, das man nach Belieben benutzen oder wegwerfen konnte.

»Meinetwegen. Und wie soll ich in einen der Verhörräume gelangen?«, fragte ich genervt. Gleichzeitig überschlug sich mein Herz und alles in mir schrie danach, auf der Stelle wegzulaufen.

»Syder!«, forderte er den Oberst auf. Dieser erhob sich und kramte ein Gerät sowie Kabel aus seiner Tasche.

Die blanke Angst packte mich. Ihre kalten grausamen Finger zogen mich in ein Gewirr aus Erinnerungen und Furcht. Wie sollte ich hier jetzt noch ungeschoren davonkommen?

Ich versuchte mich zu beruhigen. Das war das Wichtigste. Mein Puls musste ruhig bleiben. Nichts durfte auf diesem Gerät ausschlagen und mich verraten.

»Setz dich!«, befahl der alte Mann, und ich nahm bereitwillig auf dem Stuhl Platz.

Syder schob einen Tisch an mich heran und begann damit, das Gerät aufzubauen und die Kabel an mir zu befestigen.

»Ist Ihr Name Insidia Jones?«, begann Syder das Verhör. Der Chef des *PG* musterte mich interessiert, was die ganze Sache nicht besser machte.

»Nein!«, antwortete ich.

Syder hob die Brauen. »Wie ist Ihr richtiger Name?«

»Insidia.«

Der Chef des *PG* lächelte zufrieden, während das Gerät meine Werte kritzelte.

Ich sammelte meine Gedanken.

»Wie alt sind Sie?«

»Sechzehn«, entgegnete ich knapp. Es war schwer, die Fragen ohne Nachdenken zu beantworten. Im *PG* waren es immer nur Fragen gewesen, die wir mit Ja oder Nein beantworten konnten.

»Waren Sie verliebt in König Eduard Kilian Windsor?«

Ich atmete ein und aus. Beruhigte mein Herz. »Ja.«

»Sind Sie immer noch verliebt in ihn?«

Es war so seltsam, solche Fragen bei so einem Test gestellt zu bekommen.

Ich erinnerte mich an Kyle und wie er einmal war und an – den König. Kyle war für mich nicht der König. Ich lenkte meine Gedanken auf seinen Vater. Redete mir ein, die Frage lautete, ob ich ihn liebte.

»Nein!«

Das Gerät malte weiter, während Syder und der Chef des *PG* aufmerksam dabei zusahen, was es da malte.

»Sind Sie immer noch Agentin des *PG*?«

Ich war nie aus dem Dienst entlassen worden.

»Ja.«

»Es entspricht alles der Wahrheit«, murmelte Syder.

Der Chef des *PG* musterte uns argwöhnisch. »Fragen Sie sie!«

Was sollte er mich fragen?

Syder räusperte sich und sah wieder mich an. »Wollen Sie den Chef des *PG* umbringen?«

»Ja!«, antwortete ich wahrheitsgetreu. Ich hatte zu viel Hass auf ihn, um bei einer falschen Antwort ungeschoren davonzukommen.

»Auch die Wahrheit«, sagte Syder und wirkte unentschlossen.

»Sehr gut! Wenigstens bist du ehrlich!«, murmelte sein Boss und lachte grausam.

»Ich bringe einfach gerne zu Ende, was ich angefangen habe!«, raunte ich kühl.

Immer noch lächelte er zufrieden. Es war einfach nur krank, dass ihn das zufriedenstellte.

»Du darfst gerne irgendwann dein Glück versuchen!«, gab er zurück und musterte mich immer noch lächelnd. Es war einfach nur abartig. *Er* war abartig. Wahrscheinlich wusste er gar nicht, wie man ein echter Mensch sein konnte.

Syder befreite mich von den Kabeln. Ich sah sie abwechselnd fragend an.

»Ist das Kindertheater jetzt vorbei? Können Sie mir nun meinen nächsten

Auftrag mitteilen?«, knurrte ich, als sei mir das hier alles zu blöd. Was es ja auch irgendwie war.

»Halt dich an Leonard!«, befahl er.

Ich sah ihn skeptisch an. »Wie bitte?«

Nun wirkte er wütend. Ihn in Frage zu stellen, war auch nicht gerade mein intelligentester Einfall. Aber sonst würde ich rein gar nichts über ihren Plan erfahren.

»Der König wird dir nicht vertrauen. Abgesehen davon, dass er zu viel weiß und viel zu schlau ist. Leonard ist anders.«

Was sollte das heißen? Ich konnte nicht weiter nachbohren. Das war unüblich. Eine Agentin stellte keine Fragen. Sie befolgte Anweisungen. Ohne jeglichen Zweifel.

»Er hat auch Einfluss«, murmelte Syder.

Der Chef des *PG* warf ihm einen vernichtenden Blick zu. Ganz offensichtlich war es ihm nicht recht, dass er überhaupt redete.

»Habe ich das richtig verstanden, dass ich eine Liebesbeziehung zu ihm aufbauen soll?«

Der Chef des *PG* nickte. Das war doch wohl ein schlechter Scherz. »Insofern hat sich an deinem Auftrag nichts verändert!«

Ich verzog den Mund. Langsam beschlich mich das Gefühl, dass das *PG* sie nicht mehr alle hatte. Was sollte es bringen, wieder eine Beziehung zu Leo aufzubauen? Waren sie in einer Sackgasse angekommen und wussten nicht mehr weiter?

Ich nickte einfach nur. Ich wusste nicht, was mir über die Lippen gekommen wäre, wenn ich gesprochen hätte.

»Abtreten!«, befahl der Chef des *PG* und ich musste ein Würgen unterdrücken. Ich hasste es, so zu tun, als würde ich von ihm noch Befehle entgegennehmen.

Ich wollte ihn töten. Ja. Ich spielte wirklich mit dem Gedanken, ihn für alles leiden zu lassen, was er mir, meiner Schwester, unseren Eltern, Leo, Kyle und all den anderen Agenten angetan hatte. Aber das *PG* war zu groß. Er war vielleicht der Chef. Aber er zog einen riesigen Rattenschwanz hinter sich her und durch seinen Tod würde sich nichts ändern. Also nickte ich und ging.

Als ich fast am Schloss angekommen war, spürte ich Kyles Nähe. Ich wusste, dass er hier irgendwo war. Dass er mir wieder zurückgefolgt war.

Ich wollte mit ihm reden. Ihm das alles erklären. Aber jetzt war nicht der richtige Zeitpunkt. Wahrscheinlich wurde ich noch beobachtet.

Ich lief ins Schloss, die Treppe hinauf, in Kyles Zimmer. Ich musste mir zwar noch einen Plan überlegen, wie ich hier unbemerkt wieder hinauskam. Aber darum würde ich mich später kümmern.

Aufgeregt lief ich hin und her, bis Kyle eintrat und mich verwundert ansah. »Ach, wollen wir dieses Mal mit offenen Karten spielen, hm?«

Ich verdrehte die Augen. »Ich musste einen Lügendetektortest machen.«

Er hob die Brauen. »Und was wollten sie wissen?«

»Ob ich in dich verliebt war und – ob ich es immer noch bin«, antwortete ich und fürchtete mich davor, dass er nachhakte. »Ich habe gelernt solche Tests zu umgehen«, erklärte ich, ohne dass er fragte. Damit hatte ich mich dann selbst verraten und sein Blick wurde noch skeptischer.

»Aha!«, war alles, was er sagte.

Ich verzog den Mund. »Sie wollen, dass ich mich an Leo halte.«

»Aha«, machte er wieder.

Wut kochte in mir hoch. »Sag mal, kannst du vielleicht mal was anderes dazu sagen als *aha*?!«, zischte ich.

»Aha!« Er lachte. Aber ich fand das alles ganz und gar nicht witzig.

»Also sollst du ihn mal wieder verführen, oder was? Sie haben echt einen Narren an Leo gefressen. Aber meinetwegen …«, raunte er, als würde es ihn kalt lassen.

»Du kannst mich mal!«

»Gerne!«, lachte er und zwinkerte mir zu.

Ich verdrehte wieder nur die Augen.

»Und was genau wollen sie damit erreichen? Was haben sie von Leo?«

»Ich weiß es nicht. Sie haben gesagt, dass du zu viel weißt und zu schlau bist und dass Leo auch wichti…« Mir stockte der Atem.

»Jaa?«, forderte Kyle.

»O nein!« Nein! Nein! Nein! »Nein!«

»Insidia, könntest du mich in deine Konversation mit dir selbst einweihen? Oder soll ich euch zwei vielleicht allein lassen?«, lachte Kyle.

Ich ging auf ihn zu und packte ihn an den Schultern. »Wenn du stirbst, Kyle, wer ist dann dein Nachfolger?«

Er sah mich irritiert an. »Ich sterbe nicht.«

»Kyle! Bitte sei einmal ernst! Wer wäre dein Nachfolger?«, schrie ich ihn hysterisch an.

Er überlegte kurz. Und dann schien auch ihm ein Lichtlein aufzugehen. Er sah mich ausdruckslos an. »Leo …«, murmelte er wie in Trance.

»O Gott! Sie wollen dich umbringen!«

Ich ließ ihn los und lief aufgeregt durch den Raum. Tränen strömten aus meinen Augen. Aber dieses Mal machte ich mir überhaupt keine Gedanken, dass ich eine dumme Heulsuse war. Sie wollten ihn töten. Kyle!

»Mach dir keine Sorgen. Ich bin nicht so leicht umzubringen«, sagte Kyle und machte eine wegwerfende Handbewegung.

Ich warf einen Blick auf seinen Schreibtisch. Innerhalb von wenigen Sekunden schnappte ich mir den Brieföffner, der darauf lag, ging auf Kyle zu und bevor er schalten konnte, hatte ich seinen Arm auf den Rücken gedreht. Er knurrte auf. Ich zog seinen Arm höher und er ging immer weiter in die Knie, sodass ich ihm den Brieföffner vor seine Kehle halten konnte.

»Ja, du bist wirklich schwer zu töten!«, raunte ich verachtend und als ich ihn gerade loslassen wollte und unaufmerksam war, packte er mich mit dem Arm, den ich gerade noch festgehalten hatte, und stemmte mich über seinen Rücken. Mit einem schmerzhaften Knall landete ich vor ihm auf dem Boden.

»Au!«, schrie ich und starrte ihn ungläubig an. »Hast du jetzt vollkommen den Verstand verloren?«

»Du hast mich angegriffen!«, verteidigte er sich, aber ich sah in seinen Augen, dass es ihm leidtat.

»Hätte ich es wirklich gewollt, hätte ich dich bereits getötet, du Idiot!«

»Ich kann mich ganz gut verteidigen. Auch wenn ich nicht, so wie du, zum

Töten ausgebildet wurde!« Er warf mir einen verächtlichen Blick zu, und ich trat ihm aus Wut in seine Kniekehlen. So wie ich es bei Jaden getan hatte.

Irgendwie rechneten Männer wohl nicht damit, dass eine Frau, die am Boden lag, sie von den Beinen holen konnte.

Auch Kyle landete mit einem Poltern auf dem Boden.

»Soll ich jetzt etwa beeindruckt sein?«, höhnte er.

»Eure Majestät! Wir haben laute Geräusche gehört!«

Unsere Blicke wanderten gleichzeitig zur Tür, in der nun zwei bewaffnete Männer standen und uns skeptisch anschauten.

»Und spätestens jetzt wärst du tot!«, lachte Kyle.

»Dummkopf! Es ist denen doch egal, ob sie sterben. Hauptsache, sie haben dich vorher getötet!«

Die Wachen sahen zwischen uns hin und her. Offensichtlich unschlüssig, ob sie einschreiten sollten. Unser Gespräch machte die Sache wohl nicht besser.

»Alles in Ordnung!«, versicherte Kyle. Trotzdem dauerte es eine Minute, bis sie sich vollends entschieden, den Raum zu verlassen.

»Und jetzt?«, wollte ich wissen. Wir lagen immer noch nebeneinander am Boden. Ich drehte mein Gesicht zu Kyle. Er war mir mal wieder viel zu nah.

»Jetzt lasse ich mich einfach nicht töten«, sagte er lächelnd.

»Bitte, Kyle ... Ich mache mir Sorgen!«

»Ich bin jetzt wenigstens darauf vorbereitet. Du hältst dich an Leo. Aber ich werde ihn einweihen. Ich will nicht, dass du ihm noch mal das Herz brichst. Wir machen ihnen also glauben, dass du ihren Auftrag erfüllst, und wenn sie zuschlagen, wissen wir Bescheid.«

»Aber sie können jederzeit zuschlagen. Und sie sind überall. Selbst Syder gehört zu ihnen.«

»Wir haben aber keine andere Wahl.«

»Und wem willst du vertrauen?«, fragte ich vorsichtig. Ich hatte Angst um ihn. Wollte, dass er all seine Wachen alarmierte, damit sie aufmerksam waren. Andererseits konnte jeder von ihnen zum *PG* gehören.

»Das bleibt ausschließlich unter uns dreien«, sagte er bestimmt. Er drehte seinen Kopf ebenfalls zu mir und unsere Nasenspitzen berührten sich. Ich erschauderte und auch Kyle zuckte ein wenig zusammen.

»Du siehst heiß aus in deinem Agentenoutfit«, flüsterte er. Ich hätte bei so einem Satz eigentlich Hohn erwartet. Aber da war nichts. Er sagte es so ernst, dass meine Brust merkwürdig brannte.

»Das ist kein Agentenoutfit!«, gab ich zurück. Aber meine Stimme hatte nicht die Festigkeit, die ich ihr eigentlich verleihen wollte.

»Trotzdem heiß!«

Heiß war das Stichwort. Hitze stieg in mir hoch und mal wieder zog mich eine unsichtbare Macht an Kyle. Er grinste mich schelmisch an und ich ermahnte mich selbst. Solange er nicht wusste, was er wollte, und ich nicht, wer ich eigentlich war, konnten wir das nicht machen.

Sein Gesicht kam ein bisschen näher.

»Nein!«, raunte ich.

»Nein?«, entgegnete er lächelnd.

»Nein. Ich möchte das zwischen uns nicht. Nicht, solange du nicht weißt, was du eigentlich willst, und mich nur benutzt!« Seine Augen weiteten sich. »Ich würde dich nie benutzen.«

»Doch. Das tust du. Und ich kann es dir nicht einmal verübeln. Aber –«

Kyles Hand glitt zu meinem Gesicht. Er strich mir eine dunkle Strähne zur Seite. »Aber?«, wiederholte er so leise, dass seine Stimme nur mehr ein Hauch war.

»Ich glaube, du weißt einfach nicht, was du willst. Das Einzige, was du weißt, ist, dass du mich nicht wollen willst!«

Er lachte bei meiner Ausdrucksweise. Aber schnell kehrte eine ernste Miene in sein Gesicht zurück. »Ja. Du hast recht. Ich weiß es nicht«, murmelte er, und es brach mir das Herz. Aber was hatte ich erwartet? Ich wusste, dass er unschlüssig war. Doch irgendwo tief in mir drinnen hatte wohl etwas gehofft, dass er sich ganz plötzlich sicher war. Ein böser Fehler. Denn jetzt überrannte mich die Enttäuschung förmlich.

»Ich wünschte, ich hätte dich gewählt ...«, murmelte ich mehr zu mir selbst.

»Es geht nicht nur darum. Es wäre gelogen, das zu behaupten. Ich weiß schon mein Leben lang, dass ich dir nicht vertrauen darf. Ich bin sauer auf mich selbst, dass ich es für eine kurze Zeit vergessen habe, und das will ich nicht wieder.«

Ich biss mir auf die Unterlippe. Leo hatte mir ja erzählt, dass er bereits in jungen Jahren erzählt bekommen hatte, wie grausam ich doch war. Aber es aus Kyles Mund zu hören, war etwas anderes. Es verletzte mich. Es verletzte mich mehr als alles, was er bisher gesagt hatte, weil ich wusste, dass uns das *wirklich* im Wege stand. Ich wünschte mir seine Wut zurück. Wut war wenigstens auch ein Ausdruck von großen Emotionen. Aber das, was er jetzt sagte, wirkte so abgeklärt. So entschlossen, dass etwas in mir zerbrach.

»Ich wollte dich auch hassen«, murmelte ich und dachte an meine kläglichen Versuche zurück, Kyle von mir wegzustoßen.

»Das hat wirklich eins a geklappt, Frau Agentin«, lachte er.

»Warum hast du an dem Wettbewerb teilgenommen? Um mich zu überwachen?«

Er schüttelte den Kopf. »Ich war in Sves am Bahnhof, weil wir wussten, dass du von dort anreisen würdest. Als ich dich da stehen sah, das war irgendwie bezaubernd.« Er lächelte beinahe sanft, während er in Erinnerungen schwelgte.

»Bezaubernd?«, fragte ich entrüstet.

»Ja. Du warst gerade bei diesem Infoschalter abgewimmelt worden. Die Wut stand dir ins Gesicht geschrieben – aber auch die Hilflosigkeit. Wie du die Schilder studiert hast und immer nervöser wurdest. Das war süß. Zumal ich etwas anderes erwartet hätte.«

»Was hast du denn erwartet?«

»Na ja. Eine abgezockte Agentin und kein unbeholfenes kleines Mädchen!«

Ich schlug ihm gegen die Schulter.

Er lachte laut. »Ich habe dich angesprochen und du warst so was von zickig! Das war auch irgendwie süß. Und du warst so weltfremd. Das mochte ich. Eigentlich wusste ich ja, dass du eine ausgebildete Agentin bist. Aber in anderer Hinsicht warst du so unschuldig. Die gesamte Zugfahrt über hast du nicht verstanden, was ich eigentlich gesagt habe. Und es immer mit deiner Ignoranz zu verstecken versucht. Das war wirklich süß. Und deine kühle Art habe ich dir schon damals nicht abgekauft.«

»Ich *war* kühl!«, beschwerte ich mich.

»O ja. Das habe ich gemerkt. Wie lange hat es gedauert, bis du wegschauen musstest, weil du mir nicht mehr in die Augen sehen konntest?«

Ich verzog den Mund und antwortete nicht.

»Das mit dem Wettbewerb war irgendwie eine Kurzschlussreaktion.«

»Was? Wie meinst du das?«

»Na ja. Ich habe mir zwar eingeredet, dass ich es tat, um dich zu überwachen. Auch wenn das nie zum Plan gehörte. Aber eigentlich wollte ich erfahren, wer du wirklich bist. Ich war neugierig. Und irgendwie auch fasziniert. Erst wusste ich nicht, ob das deine Masche ist. Dieses unschuldige Mädchen aus Sves zu spielen. Aber ich habe schnell gemerkt, dass du zwar zuschlagen kannst, aber mit Gefühlen wirklich schlecht umgehst.«

»Pfft!« Ich schnaubte. Ich konnte sehr wohl mit meinen Gefühlen umgehen. Das redete ich mir zumindest ein. Der Wahrheit entsprach es beim besten Willen nicht.

»Also warst du an mir interessiert, weil ich so unschuldig war, und sonst nichts?« Meine Stimme klang irgendwie enttäuscht. Ich räusperte mich, um davon abzulenken. »Ich war also doch nur wie alle anderen Mädchen eine Eroberung.«

Kyle lächelte liebevoll. »Nein. Das warst du nicht.«

»Und was war dann anders?«, entgegnete ich immer noch patzig.

»Ich habe lange gebraucht, um zu verstehen, was mich eigentlich so mit dir verbunden hat. Es war dein Blick.«

»Mein Blick?« Verdutzt schaute ich ihn an und ganz plötzlich fragte ich mich, wie ich jetzt in diesem Moment wohl aussah. Was mein Blick ihm verriet.

»Ja. Im Gegensatz zu jedem anderen Menschen hast du mich angesehen und nicht meine Fassade. Es war, als würdest du hinter all das sehen. Als würdest du mich von der ersten Sekunde an kennen und entwaffnen.«

»Es gibt mit Sicherheit noch ein paar andere, die dich sehen, wie du bist«, murmelte ich. Irgendwie war mir das Gespräch nun äußerst unangenehm.

»Nein, Insidia. Frauen haben mich immer nur fasziniert angesehen, weil ich in ihnen ihren Jagdinstinkt geweckt habe. Mein Vater hat mich immer nur angesehen, um in mir seinen perfekten Sohn zu erblicken, der einst ein Königreich zu regieren hat und schon mit zwölf erwachsen ist. Leo hat mich immer nur als seinen Konkurrenten gesehen und meine Mutter sieht in mir nur das Abbild meines Vaters.«

»Und was habe ich deiner Meinung nach gesehen?«

»Du hast meine verletzliche Seite gesehen. Du hast meine Lügen sofort durchschaut. Du hast gesehen, dass ich mich mit all den Sprüchen und Provokationen nur hinter etwas verstecke.«

»Ich denke, Leo hat das auch gesehen ...«

Warum sprach ich ihm gerade eigentlich ab, dass ich die Einzige war, die ihn wirklich kannte? So blöd musste erst mal jemand sein.

»Leo ist wahrscheinlich die Person, die mir am nächsten ist, ja. Und mich am besten kennt, weil wir zusammen aufgewachsen sind. Ich weiß, dass er immer dafür plädiert, dass ich ein gutes Herz habe. Trotzdem sieht er mich nicht so, wie ich wirklich bin.«

»Ich dachte nie, dass du dich hinter etwas versteckst«, entgegnete ich. Ich wusste selbst nicht, woher das plötzlich kam. »Nicht hinter etwas, sondern hinter dir selbst. In vielen Situationen warst du für mich unbegreiflich und ich wollte dich töten. Aber ich wusste immer, dass es einen anderen Kyle gibt. Dass du etwas verbirgst und dass du eine große Last trägst. Ich wusste es, weil ich in deinen Augen gesehen habe, was ich in mir gespürt habe. Diese Bürde der Pflicht. Aber es gab auch Momente, in denen ich dich einfach nur für ein blödes Arschloch gehalten habe!«

Er lachte auf und berührte wieder meine Wange. »Was siehst du jetzt?«

Ich sah ihn an. Musterte seine dunklen Augen. »Das ist nicht schwer. Du hast mir gesagt, dass du hin- und hergerissen bist.« Ich wendete meinen Blick ab.

»Komm, du Hellseherin. Sag mir, was du siehst!« Er lächelte mir zu und fuhr sich mit der Zunge über die Lippen.

»Du bist nicht mehr der, der du einmal warst, Kyle.«

»Sondern?«

»Ein König.«

»Das siehst du in meinen Augen?«

»Nicht nur in deinen Augen. In allem. Was du sagst, wie du gehst und an deiner Haltung«, erklärte ich.

»Ich liege gerade auf dem Boden, weil ich von einem Mädchen verprügelt wurde!«, lachte er laut. »Meine Haltung ist mit Sicherheit nicht königlich!«

»Vielleicht jetzt gerade nicht!«, gab ich kichernd zurück. Er strich mit seinen Fingern über meine Wange.

»Weißt du, was ich glaube?«

Er nickte mir auffordernd zu.

»Ich glaube, dass du dich unterschätzt, Kyle. Diese ganze Art, die du an den Tag legst. Du versteckst dich vor dir, ja. Weil dein echtes Ich voller Selbstzweifel ist. Du solltest anfangen an dich zu glauben. Und nicht auf so eine dämliche Art und Weise, als seist du unsterblich. Glaub an dich. Frag dich, was dir wichtig ist. Frag dich nicht, was deinem Vater wichtig gewesen wäre. Das ist jetzt dein Königreich. Es ist deine Aufgabe. Und diese Last kann dir keiner nehmen. Also entscheide, in welche Richtung du dein Königreich lenken willst. Was du von deinem Leben erwartest. Und setze es um. Und bitte hör auf mit den Mädchen zu flirten. Das lenkt nur ab!«, fügte ich mit einem nervösen Lächeln hinzu.

Er lachte und schüttelte den Kopf. »Wenn ich nur auf die gleiche Art und Weise in deinen Kopf gucken könnte, kleine Raubkatze.«

Ich sah ihm wieder in die Augen, erwiderte seinen Blick. Es war, als würde er irgendetwas in ihnen suchen. Konnte er das nicht? – Nein. Sonst würde er mir ja wieder vertrauen.

»Ich habe keine Geheimnisse vor dir, Kyle. Nicht mehr.«

»Und ich will es sehen und nicht hören«, raunte er.

Warum sah er das nicht? Waren meine Augen etwa nicht ehrlich?

»Du könntest es sehen, wenn du es sehen wolltest!« Meine Stimme klang bitter. Und so fühlte ich mich auch. Ich war sauer auf ihn. Es war, als hätte er mir gerade gesagt, dass er mich gar nicht aufrecht lieben könnte, weil ich so unergründlich war. Wenn *er* meine Aufrichtigkeit nicht sehen konnte, wer dann?

»Es tut mir leid«, murmelte er. »Ich denke, dass es daran liegt, dass du dich selbst noch überhaupt nicht gefunden hast.«

»Ach, aber das kannst du in meinen Augen lesen, oder was?«, fauchte ich ihn an.

Er presste die Lippen zusammen. »Erzähl mir etwas über deine Kindheit!«

»Was soll das, Kyle? Du weißt, dass ich keine Kindheit hatte!«

»Über deine Kindheit im *DF*. Erzähl mir etwas, das du noch nie jemandem anvertraut hast!«

Ich dachte einen Moment lang nach.

Offenbar war Kyle gerade wirklich in Redelaune, denn er begann stattdessen in längst vergangenen Erinnerungen zu kramen: »Ich zum Beispiel habe Leo einmal einen Pfeil in seinen Arsch geschossen. Das wissen zwar viele, aber nicht, dass es Absicht war. Leo denkt es sich zwar, aber zugegeben habe ich es nie. An dem Tag hat er mich bei meinem Vater verpetzt, hat ihm verraten, dass ich eine Puppe zum Schlafen hatte. Ich war wirklich stinksauer auf ihn«, erzählte er, wahrscheinlich, um mir Mut zu machen.

Ich lachte laut los. »Wie alt warst du da?«

»Neun«, sagte er verschämt.

»Was war das für eine Puppe? Und warum hattest du sie bei dir?«, fragte ich interessiert. Ich hatte nie Puppen gehabt. Ich wollte verstehen, warum er sie bei sich haben wollte.

»Ach, kein hämisches Wort über einen Jungen, der eine Puppe zum Schlafen braucht?«

Lächelnd schüttelte ich den Kopf.

»Ich habe sie von Nastasia bekommen. Sie hat sich immer Puppen aus Stroh gebastelt und dann mit ihnen Teeparty gespielt«, erzählte er lachend.

Ein seltsames Kribbeln wanderte meine Wirbelsäule hinauf. Ich kannte Kyle. Aber plötzlich hatte ich das Gefühl, dass ich ihn erst jetzt *richtig* kennenlernte.

»Ich habe ihr immer dabei zugesehen. Ich war fasziniert, dass sie diese

Strohdinger ihren teuren, richtigen Puppen vorzog. Als ich sie danach fragte, bastelte sie mir eine eigene, die sie mir dann schenkte. Sie war wirklich ausgesprochen hässlich. Nasti war damals, wie auch heute noch, nicht wirklich begabt in so etwas. Aber die Puppe besaß eine Rüstung aus Dosenresten und ein Schwert aus einem Zahnstocher. Und sie hatte eine Feder auf dem Kopf. Die im Gegensatz zu ihrem Schwert überdimensional groß war. Aber ich habe diese Puppe von der ersten Sekunde an geliebt.«

Ich kicherte bei der Vorstellung von der riesigen Feder.

»Und erst habe ich sie natürlich nicht mit in mein Bett genommen. Nasti hat mir prophezeit, dass ich es verstehen würde, und nach einer Weile verstand ich es wirklich. Ich hatte zwar eine Familie, im Gegensatz zu dir, aber ich war oft allein. Ich wusste, dass immer eine Wache vor meiner Tür stand, aber ich fühlte mich nicht so. Ich hatte Angst. Ich weiß nicht, woher diese Angst kam. Aber sie hielt ungefähr ein Jahr an. Und diese doofe Puppe – sie nahm sie mir ein wenig. Ich redete mit ihr. Erzählte ihr von den Ängsten, die ich keinem anderen anvertrauen konnte. Und irgendwann nahm ich sie dann mit in mein Bett. Wenn die Puppe da war, konnte ich schlafen.«

Zutiefst gerührt sah ich ihn an, wusste nicht, was ich sagen sollte. Ich konnte kaum fassen, dass er mir das anvertraute.

»Jetzt du!«, lenkte er ab, und ich kramte in meinem Kopf nach etwas, das ich noch nie jemandem erzählt hatte.

»Am Ende, im *DF*, war ich eigentlich immer allein. Mein Unterricht hat mit Philipp, meinem Mentor, stattgefunden. Wir aßen zusammen und trainierten zusammen. Nur wir beide. Den Rest des Tages war ich für mich.«

Er hob die Brauen. »Ist das das Geheimnis?«

Ich lächelte und schüttelte den Kopf. »Als ich klein war, war das etwas anders. Ich war in einer Gruppe mit vier anderen Jungen. Ich war das einzige Mädchen. Damals war ich sieben Jahre alt. Die Jungs hassten mich. Sie waren kleine Tyrannen und schikanierten mich bei jeder Gelegenheit. Einmal jedoch ging es mir zu weit und ich schlug einen von ihnen. Den Schlimmsten. Vor den Augen der anderen. Sie verpetzten mich und ich musste eine Woche lang in den Panikraum.«

»Panikraum?«, fragte Kyle und legte sich auf die Seite, um mich besser ansehen zu können. Ich tat es ihm nach. Unsere Gesichter waren nur wenige Millimeter voneinander entfernt.

»Das ist ein Raum ...« Ich unterbrach mich selbst. »Ähm – eher eine Aussparung in einer Wand«, erklärte ich, doch Kyles Blick nach zu urteilen nicht wirklich gut.

»Stell dir eine dicke Steinmauer vor. Darin wurde ein Loch gemacht, das einen Meter hoch und einen Meter breit ist. Ein Quadrat. Ungefähr auf der Höhe deiner Hüfte. Und schließen konnte man es mit einer kleinen Stahltür.«

Er sah mich schockiert an. »Da musstest du aber nicht rein?!«

»Doch. Das ist der Panikraum. Er ist für Bestrafungen da. Wir durften vieles schlagen. Aber uns gegenseitig außerhalb des Trainings zu schlagen, war ausdrücklich verboten. Ich musste also in das Loch klettern und jemand hat von außen die Tür verschlossen.«

»Eine Woche lang?!« Kyles Stimme klang aufgebracht.

»Ja. Jeden Tag wurde die Tür einmal geöffnet und ich durfte ein kleines Glas Wasser trinken.«

»Und essen?« Er legte seine Hand auf mein Ohr.

Ich schüttelte den Kopf.

»O mein Gott, Insidia. Das ist das Grausamste, was ich je gehört habe!« In seinen Augen glitzerte etwas. Erst als ich genauer hinsah, erkannte ich, dass es Tränen waren.

»Es war gar nicht so schlimm. Ich musste nur das eine Mal da drinnen sein«, erklärte ich.

»Natürlich ist das schlimm! Du musst dich so einsam und schrecklich gefühlt haben! Ich kann das gar nicht fassen. Das bricht mir das Herz!« Er kam näher zu mir und küsste mich auf die Stirn. »Ich bringe diese Bestien um! Das schwöre ich dir!«

»Eigentlich wollte ich auf ein anderes Geheimnis hinaus«, lenkte ich ab. Doch Kyles Trauer war immer noch da.

»Erzähl!«, raunte er liebevoll.

»Also, nachdem ich in diesem Panikraum gewesen war, begann die Schikane erst so richtig. Sie lauerten mir überall auf. Verprügelten mich ständig. Sie traten immer und immer wieder in meinen Bauch. Das war bei uns so üblich, damit man die Blessuren nicht sehen konnte. Ich habe dann irgendwann ein Messer aus dem Trainingsraum mitgehen lassen und es unter meinem Kissen versteckt.«

Ich erwartete, dass Kyle mich erschrocken ansehen würde, aber er wirkte eher traurig und verständnisvoll.

»Nachts hat sich dann wieder einer von ihnen an mein Bett geschlichen. Er hatte eine Seife in ein Handtuch gesteckt und schlug damit auf mich ein. Da habe ich das Messer genommen und ...« Ich schluckte schwer. Ich hatte das alles eigentlich verdrängt. Ich wusste nicht, warum ich es Kyle überhaupt erzählte. Er würde mich wahrscheinlich noch mehr hassen.

Kyle blinzelte. Er sah immer noch nicht so aus, als würde er mich verurteilen.

»Ich stach es ihm in den Bauch.«

Er atmete tief ein.

»Ist er gestorben?«

Ich schüttelte den Kopf. »Fast. Er musste notoperiert werden und seine Genesung hat sehr lange gedauert. Ich habe ihn danach nie wiedergesehen. Ich glaube, dass er aus dem Dienst entlassen wurde. Aber ich weiß es nicht. Ich wurde nicht bestraft. Sie fanden das Handtuch mit der Seife und stempelten es als Notwehr ab. Obwohl ich das Messer geklaut hatte.«

Kyle fuhr mir sanft durch meine Haare. »Und da warst du sieben Jahre alt?«

Ich nickte.

Er schwieg.

Die Stille machte mir Angst. Verurteilte er mich etwa doch?

»Er hatte es verdient. Und du warst ein Kind. Du wusstest dir nicht anders zu helfen.«

Ich zuckte mit den Schultern. Ich wusste nicht genau, ob das stimmte. Ob ich wirklich nicht gewusst hatte, was ich da tat. Ob ich wirklich noch ein Kind gewesen war. Ob ich überhaupt jemals ein Kind gewesen war ...

»Das Schlimmste daran ist, dass ich danach im Ansehen des *PG* gestiegen bin. Sie nannten mich von da an nur noch ›Wunderkind‹.«

»Das sind kranke Bestien, Insidia. Sie werden dich nie wieder so behandeln! Das schwöre ich dir! Und ich erzähle dir was von einer dummen Puppe!« Er schüttelte entschuldigend den Kopf.

»Ich mag die Geschichte. Die Vorstellung, dass es überhaupt mal jemanden gab, den du in deinem Bett hast schlafen lassen.«

Er grinste. »Dich würde ich auch darin schlafen lassen.« Er zwinkerte mir zu. Aber es wirkte nicht ansatzweise so gelassen wie sonst. Über seine Augen und seine Stimme hatte sich ein Schleier aus Trauer gezogen und ich fragte mich, ob es das Richtige gewesen war, ihm davon zu erzählen.

»Komm!«, murmelte er, stand auf und zog mich zu sich hoch.

Ich fühlte mich schwach. Die Erinnerungen, die ich so lange vergraben gehalten hatte, kehrten zurück und umschlangen mich. Eine Träne verließ meine Augen und ich fühlte mich so erdrückt, wie damals im Panikraum.

Kyle führte mich zu seinem Bett und schob die Decke zur Seite. Ich setzte mich, während er sich auf die andere Seite legte und mich zu sich zog.

»Es tut mir leid«, murmelte er.

Ich legte mich in seinen Arm und schüttelte den Kopf. »Du kannst doch nichts dafür.«

»Nein. Es tut mir leid, dass ich dir gesagt habe, dass du jetzt für immer allein bist«, raunte er neben meinem Ohr.

Ich spürte seinen heißen Atem und ein warmes Gefühl durchfuhr mich. Ich erinnerte mich an seine Worte im Kerker.

»Du wirst nie wieder allein sein. Das werde ich nicht zulassen!« Er drückte mich noch ein wenig fester an sich. »Versuch ein bisschen zu schlafen. Ich bleibe wach und passe auf, bis du eingeschlafen bist!«

Ein Lächeln zog sich über meine Lippen. Und das erste Mal in meinem Leben fühlte ich mich wirklich geborgen.

KAPITEL 8

Als ich erwachte, spürte ich Kyles Atem in meinen Haaren. Er war schwer und langsam. Es beruhigte mich.

Ich rückte ein Stück nach hinten und sah nach oben zu ihm. Seine Haare waren noch verwuschelter als sonst und die kurzen Stoppeln in seinem Gesicht ein wenig länger.

Seine Augen zuckten hin und her. Seine Lippen bebten. Ich wollte diesen Moment nicht zerstören. Um nichts auf der Welt, denn ich wusste, wie schnell es wieder vorbei sein würde.

Als es klopfte, verfluchte ich die Person, die vor der Tür stand.

Wie vom Blitz getroffen öffnete Kyle seine Augen. Ich rückte ein Stück von ihm ab, weil ich wusste, dass er mich augenblicklich von sich drücken würde, falls die Person hereinkam, aber er zog mich wieder zu sich.

»Nicht abhauen!«, flüsterte er und zog einen Mundwinkel nach oben.

»Ja, bitte?«, rief er dann Richtung Tür und küsste mich auf die Stirn. Ich konnte mein Glück kaum fassen.

Eine Wache trat ein. Jaden.

»Eure Majestät, entschuldigen Sie die Störung. Wir wollten Sie nur informieren, dass Miss Jones nicht auffindbar ist. Wir vermuten, dass sie geflüchtet ist!«, sagte er und warf erst dann einen Blick auf uns.

»Oh!«, machte er.

»Äh ja, Jaden. Wie du siehst, ist sie nicht geflüchtet.«

»Entschuldigen Sie, Eure …«

»Schon gut!«, unterbrach ihn Kyle. Ich wäre am liebsten im Erdboden versunken. Irgendwie hatte ich mir das romantischer vorgestellt, dass Kyle zu mir stand. Dass ich stolz sein würde. Aber in Wirklichkeit trieb es mir nur die Schamesröte ins Gesicht.

»Und Lord Leonard wünscht Sie zu sprechen!«, fügte er hinzu und verließ eilig den Raum. Herein trat Leo. Und gerade als ich dachte, ich wäre am Tiefpunkt meiner Scham angelangt, wurde mir etwas anderes bewiesen.

»Schließ die Tür!«, befahl Kyle.

Leo sah etwas verdutzt aus. Vielleicht sogar traurig, aber er tat wie geheißen und kam zu uns. Wieder machte ich Anstalten, von Kyle abzurücken. Dieses Mal ließ er es zu und setzte sich selbst auf.

»Wir müssen mit dir reden!«

»Ich dachte, ich wäre zu euch gekommen und nicht andersrum«, lachte Leo. War er etwa doch nicht enttäuscht?

»Aber ich wollte mich nur vergewissern, ob meine Vermutung stimmt, dass Insidia bei dir ist. Deine Mutter dreht vollkommen durch und stellt das ganze Schloss auf den Kopf!« Er lachte und Kyle stimmte mit ein. Es war das erste Mal, dass ich sie so vertraut miteinander erlebte, dass sie mir wirklich vorkamen wie Brüder, die etwas ausheckten.

»Also, was gibts?«, fragte Leo neugierig.

Ich bemühte mich unterdessen eine Stellung zu finden, in der ich mir nicht wie eine Mätresse vorkam, die gerade beim König erwischt wurde. Unsicher verschränkte ich die Arme und setzte mich etwas aufrechter hin, was die Sache jedoch nicht besser machte.

Kyle erzählte ihm von meinem Gespräch am gestrigen Abend und dass wir zu dem Schluss gekommen waren, dass sie Kyle töten wollten, um ihn, Lord Leonard, zum neuen König zu machen.

»Perfekt!«, lachte Leo und Kyle boxte ihn gegen seine Schulter.

»Also, das heißt, dass wir nach außen hin so tun sollen, als würden Insidia und ich uns wieder näherkommen?«, fragte er dann ernst und wirkte skeptisch dabei.

Ich wusste nicht, ob es an der Situation zwischen ihm und Kyle lag oder an mir.

»Ja«, knurrte Kyle.

»Aber begeistert bist du davon nicht. Ich meine, ihr seid ja jetzt wieder ...« Er sprach nicht weiter. Und keiner von uns verneinte oder bestätigte, was er dachte. Wie auch? Was waren wir überhaupt?

Und gerade diese Situation interpretierte er falsch. Wir hatten wirklich nur geredet. Mehr geredet als jemals zuvor. All der andere Kram war dadurch unwichtig geworden. Für eine kurze kostbare Zeit.

»Nein. Begeistert bin ich davon nicht. Aber wie du weißt, läuft hier auch noch ein Wettbewerb.«

Ich verzog den Mund. Den Wettbewerb hatte ich völlig vergessen. Ich stöhnte.

Kyle warf mir einen Blick zu.

Das mit uns konnte überhaupt nichts werden. Auch wenn er der König war. Und die Königin auf unserer Seite stand. Die paar Männer der Regierung, die noch zu ihnen hielten, hatten ihre Töchter hierhergeschickt, damit er eine von ihnen zur Frau wählte. Und nicht, damit er sie alle verschmähte und die kleine Agenten-Verräterin heiratete.

Kyle sah mir offensichtlich meine Zweifel an, denn er strich mir beruhigend über den Rücken.

»Wir schaffen das schon irgendwie. Wir drei«, sagte plötzlich Leo. »Wenn wir erst einmal eine Spur zu ihnen haben, steht Kyle auch nicht mehr unter diesem Druck, eine Frau zu wählen.«

Ich nickte. Aber wirklich überzeugt war ich nicht. Mal abgesehen davon, dass wir uns letzte Nacht zwar emotional wieder ein wenig nähergekommen waren, aber sonst rein gar nichts zwischen uns geklärt war.

»Also ist der Plan, dass du dich an die hysterischen Weiber ranmachst und Insidia sich an mich!«, lachte Leo. Doch weder mir noch Kyle war zum Lachen zumute.

Ich verschränkte genervt die Arme. »Und wofür soll das gut sein, wenn er sich an die Mädchen ranmacht?«

Kyle lachte neben mir.

Ich warf ihm einen vernichtenden Blick zu.

»Ich suche immer noch eine Königin, Insidia.«

»Autsch!«, warf Leo ein und nun war ich es, die ihn gegen die Schulter schlug.

»Ich will Emili einweihen!«, warf ich ein.

»Von mir aus!«, entgegnete Kyle.

Nur Leo musterte mich abermals skeptisch. »Sicher, dass wir ihr vertrauen können?«, fragte er vorsichtig.

Kyle lachte auf. »Ihr können wir noch eher vertrauen als Insidia!«

Erschrocken sah ich ihn an.

»So war das nicht gemeint«, murmelte er entschuldigend.

»Doch, ich denke, genau so war es gemeint!«, fauchte ich.

Er zuckte nur mit den Schultern. Wenigstens hatte er sich für sie eingesetzt.

Leo verschwand und tauchte ein paar Minuten später zusammen mit Emili wieder auf. Sie sah uns vorwurfsvoll an.

»Unfassbar, dass ihr hier Geheimagenten-Treffen ohne mich abhaltet!«, mahnte sie uns und hob ihren Finger. Dann lächelte sie und schmiss sich zu uns aufs Bett.

»Nettes Büro!«, sagte sie zu Kyle, der nur lächelnd den Kopf schüttelte.

Wir erzählten auch ihr von unserem Plan und als Kyle ihn wiederholte, fühlte ich mich plötzlich, als seien wir Kinder, die dachten, ihre Eltern austricksen zu können. Aber einen anderen Plan gab es nicht.

Emili war sofort Feuer und Flamme. Nur, dass ihr keine Rolle zukam, stimmte sie nicht wirklich positiv.

»Leider habe ich keine einflussreichen Eltern. Sonst könnte ich wenigstens deine Zukünftige spielen, Kyle.«

Ich lachte bitter. Das wäre wirklich das Beste, was mir passieren konnte. Ich vertraute Emili blind.

»Es wird Janine, Anabell oder Sophia sein müssen«, murmelte Kyle.

»Wer?« Ich bemühte mich desinteressiert zu klingen. Aber allein schon die Frage schloss mein Desinteresse aus.

»Janines Vater ist der oberste Kommandant der Truppen in Amerika. Anabells Mutter ist – war –, bevor Kyle die Regierung aufgelöst hat, die Familienministerin. Sie war für das Einsetzen und Planen der Embryos zuständig. Kyle hat ihr schon erklärt, dass er die Regierung nur aufgelöst hat, um die Reihen zu säubern, und eine neue Regierung einberufen will. Aber ein Zeichen des guten Willens wäre von Vorteil. Und Sophia ist die Tochter des Ministers von Sves.«

»Ich dachte, Mary war seine Tochter«, murmelte ich nachdenklich und dachte an Philipps Worte damals und das Mädchen, das den König erschossen hatte.

»Des alten Ministers, ja. Aber Kyle hat ihn absetzen lassen. Sie gehörten zum *PG*. Es wäre sicherlich hilfreich, den neuen Minister zur Familie zählen zu können. Die Zustände in Sves verschlechtern sich von Tag zu Tag. Die Rebellionen werden immer größer«, erklärte Leo zu Ende.

»Am besten heiratest du sie gleich alle. Wo willst du da Abstriche machen?!«, knurrte ich.

»Das werden wir sehen. Eine von ihnen wird sich als am wichtigsten erweisen«, erwiderte Kyle.

Super! Und wo war ich in dieser Rechnung? Natürlich konnte ich nicht viel erwarten. Ich trug eine große Schuld an dem Zusammenbruch dieses Staates. Aber so oder so war er kontrolliert worden und nur ein Trugbild gewesen – was ich mit einem lauten Knall aufgelöst hatte.

»Ich muss hier raus. Das ist mir alles viel zu romantisch!«, fauchte ich sarkastisch, stand auf und wollte gehen, doch Kyle zog mich zurück.

»Ich mag dich trotzdem«, murmelte er schuldbewusst.

Wie bitte?! Er mochte mich? Trotzdem? Wollte er mich verarschen?

Emili lachte hysterisch. Als könnte sie das, was er da gerade gesagt hatte, nicht ernst nehmen.

»Du magst mich trotzdem?!«, schrie ich ihn an.

Er zuckte mit den Schultern. »Was ist daran jetzt wieder falsch?!«

»O Mann, Alter!« Leo schüttelte halb lachend den Kopf.

Ich riss mich von Kyle los und stapfte wütend hinaus.

Ich mag dich trotzdem?! Der Typ war doch echt ohne Gehirn auf die Welt gekommen!

»Weißt du, was seltsam ist?« Ich sah mich erschrocken um. Blickte in Syders Augen. Er stand in der Ecke des Flurs. Hatte er uns belauscht?

»Was?«, entgegnete ich kühl.

»Dass der König weder dich noch mich wegsperrt.«

»Warum sollte er?«

»Du hast in unserer Sitzung beteuert, dass du eine treue *PG*-Anhängerin bist. Vor ihm. Dann hast du allein mit ihm geredet und er hat dir nichts angetan.

Das Einzige, was du hättest tun können, wäre gewesen, ihm zu erzählen, wer ich bin. Aber mir hat er ebenfalls nichts angetan. Er hat mich nicht weggeschlossen oder umbringen lassen. Nichts. Also warum verschont er dich auch?«

»Weil er mich liebt!«, knurrte ich.

»Das hat sich gerade etwas anders angehört. Meinst du nicht?«

Ich biss vor Wut die Zähne zusammen.

»Wenn Sie doch sowieso alles gehört haben, warum fragen Sie dann noch?«

»Weißt du, eure süßen kleinen Geschichten haben mich müde gemacht. Der Prinz, der mit einer Puppe ins Bett geht. Das arme kleine Agenten-Mädchen, das gepiesackt wird. Da schaltet man schon mal ab und muss die wichtigen Fakten noch einmal zusammenführen.«

»Sie ekelhaftes Arschloch!«, knurrte ich ihn an und ging ein paar Schritte auf ihn zu. Wo waren die Wachen und vor allem Jaden, wenn man ihn mal wirklich brauchte?

Er lächelte mir finster entgegen. Es war eine seltsame Mischung, die mir einen Schauer über den Rücken jagte. Dann bewegte er sich auf mich zu.

Ich war gelähmt von meiner Wut.

Er lächelte noch einmal und plötzlich spürte ich warme Flüssigkeit an meiner Brust. Ein jäher Schmerz durchzog mich. Ich konnte nicht mehr atmen. Kraftlos sank ich auf meine Knie und sah hinab auf meine Brust, in der ein Messer steckte. Blut floss heraus. Es war so viel Blut! Zu viel Blut!

»Agentin 487, hiermit entlasse ich Sie aus unseren Diensten«, sagte Syder auf und zog das Messer mit einem kräftigen Ruck wieder aus meiner Brust.

Ich starrte ihn an. Ein noch schlimmerer Schmerz durchfuhr mich. Und noch mehr Blut verließ meinen Körper. Ich würgte vor Schmerz. Bemühte mich zu atmen, aber es war, als hätte er mir die Lunge zerfetzt. Ich sank noch weiter zu Boden. Dunkle Flecken tanzten vor meinen Augen. Finstere Schatten, die mich verfolgten. Syder verschwand durch den langen Gang.

»Kyle!«, krächzte ich, doch es kam kaum etwas aus meinem Mund. Von weit her hörte ich Lachen. Ich wusste, dass es Emili war. Ich betete, dass sie herauskommen möge. Kalter Schweiß lief über meinen Rücken. Die Bewusstlosigkeit griff nach mir, aber ich wehrte mich. Stemmte mich mit meinen Armen vom Boden ab und schleppte mich zu Kyles Tür. Ich würde es nicht schaffen.

Ich hustete Blut. Meine Augen drehten sich immer wieder weg. Ich würde sterben. Ich war mir sicher. Aber Kyle musste wissen, wer es war. Dass sie alles wussten. Ich konnte keinen klaren Gedanken fassen. Der Schmerz betäubte mich und ich zog mich weiter zu seiner Tür. Hinter mir bildete sich eine Blutspur. Ich verlor zu viel Blut.

Meine Arme gaben nach und mein Kopf knallte auf den Boden. Aber ich spürte es nicht mehr. Röchelnd rang ich nach Luft.

Mit letzter Kraft streckte ich meinen Arm aus und kratzte an Kyles Tür. Zum Klopfen war ich nicht nah genug. Ich kratzte immer weiter. Kämpfte gegen den Drang an, einfach aufzugeben und mich der Bewusstlosigkeit hinzugeben.

»Kyle!«, krächzte ich wieder und das Lachen im Raum erstarb. Alles war still. Ich hörte nicht einmal mehr das Blut in meinen Ohren rauschen. War ich tot?

Die Tür wurde aufgerissen. Ich hörte Kyles Schrei. Dann Emilis.

Kyle kniete sich zu mir auf den Boden. Nahm meinen Kopf auf seinen Schoß und drückte meine Wunde mit seiner Hand zu. Doch das Blut floss hindurch, wie dickflüssiges Gift, das sich einen Weg nach draußen suchte.

»Sie verblutet!«, schrie Emili panisch. Ich hörte, dass sie weinte. Aber ich sah sie nicht. Ich suchte nach Kyle zwischen den unscharfen Gestalten und dann wurde sein Gesicht klar. Er weinte. Und am liebsten hätte ich auch geweint. Sein Blick sah so hoffnungslos aus.

»Syder«, flüsterte ich. Es kam kaum ein Ton heraus.

»Was?«, fragte Kyle hysterisch.

»Syder!«, wiederholte ich und hustete erneut Blut.

Schritte. Metallene Schritte.

»Syder ... Ne... fest ...« Ich konnte Kyles Worte, die er an die Wachen richtete, nur halb hören. Als würde alles um mich herum verzerrt stattfinden.

»Ein Ar...t!«

Arzt? Ich wusste nicht, wovon er sprach. Aber ich glaubte nicht daran, dass ein Arzt mir helfen könnte.

»Mir ist so kalt«, flüsterte ich und atmete wieder röchelnd. Es war, als würde nur ein Bruchteil des Sauerstoffs wirklich bei mir ankommen. Emili rannte davon und kam mit einer Decke wieder, die Kyle mir umlegte.

»Ihr i... kal!«, schrie Emili, »I... darf nicht ka... sein!« Ich versuchte mich auf die Worte zu konzentrieren. Aber es war so schwer.

»Sie stirbt!« Emili brach zusammen. Doch ich konnte nicht darüber nachdenken, zitterte am ganzen Körper.

Hektisch wickelte Kyle mich noch enger in die Decke ein.

Ich schloss meine Lider. Ich wollte den Schmerz und all das einfach hinter mir lassen und gehen.

»Hey! Nicht schlafen!« Kyle schlug mir auf die Wange und seine Stimme war plötzlich wieder ganz klar.

»Ich muss schlafen.«

»Nein!«, schrie Kyle mich an, doch meine Lider senkten sich von allein. Die schwarzen Schatten wichen einem bunten Licht und ich wollte in es hineintauchen. Sie alle – auch Kyle – hinter mir lassen.

»Insidia!« Er schlug mich wieder. »Ich liebe dich!«

Ich wollte meine Lider wieder öffnen. Wollte ihm noch einmal in die Augen sehen. Aber ich war zu schwach.

»Nein! Nein! Nein!«, schrie Kyle. Er rüttelte an mir. Versuchte meinen Körper wieder lebendig zu machen.

»Insidia!«, schrie er immer wieder. Schlug mich, doch ich spürte es kaum.

»Bitte, lass mich nicht allein! Bitte!« Die Verzweiflung in seiner Stimme brannte in meinem Herz. Aber ich konnte nichts mehr tun.

»Weg da!«

Ich kannte die Stimme. Es war die Stimme des Arztes, den ich damals angeschrien hatte, weil er mir Blutegel unter die Haut gespritzt hatte.

Ich versuchte noch einmal meine Augen zu öffnen. Gegen dieses Licht auszukämpfen, das mir plötzlich gefährlich und grell vorkam.

»Retten Sie sie oder ich werde Sie töten!«, schrie Kyle.

Für einen kurzen Moment öffneten sich meine Lider noch einmal. Kyle war über mich gebeugt, während der Arzt ein röhrenartiges Ding über meine Brust hielt, als würde er mich erneut erstechen. Kyle drückte meine Hand. Seine Augen waren voller Tränen.

»Ich liebe dich!«, flüsterte er mir ins Ohr und der Arzt stach zu.

KAPITEL 9

Mein Mund war trocken. Mir war so kalt. Ich konnte die Augen nicht öffnen, aber ich war mir sicher: Mit mir stimmte etwas nicht. Was war passiert?

Ich hörte Stimmen. So als wären sie weit entfernt.

»Was, wenn sie nie wieder aufwacht? Oder wenn sie aufwacht, aber nicht mehr laufen kann?«, hörte ich Emilis Stimme schluchzen.

»Äh, ihr wurde in die Brust gestochen. Nicht in ihr Bein oder ihr Rückgrat. Das ist dir klar, oder?« Ich war mir sicher, dass es Leos Stimme war. »Was ihr an der nur findet«, murmelte er grimmig hinterher.

»Sei leise, du Möchtegern-Prinz!«, fauchte Emili ihn an.

»Seid beide einfach still!«, knurrte Kyles Stimme.

Kyle!

Ich öffnete die Augen.

»Kyle?« Sofort erschien er an meiner Seite und ergriff meine Hand.

»Kyle! Syder. Er weiß es!«

»Ich weiß, Insidia!«, hauchte er beruhigend und strich mir über die Wange.

»Aber er ... Er hat uns belauscht und ist dann abgehauen!« Kyle warf einen Blick zu Leo. Sie sahen sich skeptisch an.

»Was ist los?«, krächzte ich und hustete. Ein drückender Schmerz zog sich über meine Brust.

»Du stehst noch unter Schock. Ruh dich aus, Insidia. Wir haben Syder erwischt!«

Erleichtert atmete ich aus und sah dann nach, was mir so furchtbar in die Brust stach. Ich erkannte nur einen rot getränkten Verband. Plötzlich vernahm ich ein Piepsen neben mir. Mal wieder hing ich an irgendwelchen Geräten.

»Syder hat dich mit einem Messer verletzt«, raunte Kyle. Ein paar Erinnerungen stiegen empor. Kyles Tränen. Emilis entsetzte Schreie. Ich stöhnte auf.

»Bitte ruh dich jetzt aus.«

Ich warf einen Blick auf Emili und Leo, die sich genervte Blicke zuwarfen. Warum hassten sie sich so sehr?

»Konnte er dem *PG* Bescheid sagen?«

»Wir versuchen es gerade aus ihm – herauszubekommen. Aber so wie es aussieht, hat er es nicht geschafft, sie zu informieren«, erklärte Kyle ruhig und strich sanft mit seinem Daumen über meinen Handrücken.

»Ich ... Ich ...« Ich wusste nicht wirklich, was ich sagen wollte. Mir brannte so vieles auf der Seele, dass ich keinen klaren Gedanken fassen konnte.

»Bin ich tot?«, war das Einzige, was ich herausbrachte.

»Was?«, entgegnete Kyle erschrocken.

Ich schüttelte den Kopf. »Ich bin verwirrt«, erklärte ich, obwohl ich mich trotzdem fragte, ob ich tot war. Alles fühlte sich so seltsam weit entfernt an.

»Schlaf ein bisschen, Insidia! Ich bleibe bei dir.« Kyle zog sich einen Stuhl neben mein Bett, setzte sich und hielt meine Hand fest umschlungen.

Ich schloss die Augen und schlief ein.

Als ich aufwachte, spürte ich Kyles Kopf auf meinem Arm. Er war taub, aber ich wollte Kyle nicht wecken. Seine Nähe war so schön, dass es alles wiedergutmachen würde.

Ich sah mich in dem unbekannten Raum um. Sofort wusste ich, wo ich war. In einem richtigen Krankenhaus. Es schien also etwas Ernstes zu sein.

Ich atmete schwer. Meine Brust stach fürchterlich und jeder Atemzug war eine Qual. Trotzdem war ich mir sicher, dass der Schmerz viel schlimmer hätte sein müssen.

Emili und Leo waren nicht mehr hier. Neben meinem Bett, auf einem Tisch, standen Blumen und ein Tablett. Zu gerne hätte ich nach dem Wasser darauf gegriffen, aber selbst wenn Kyle nicht auf mir liegen würde, hätte ich es mit Sicherheit nicht geschafft. Es fühlte sich an, als würden meine Gliedmaßen nicht mehr zu mir gehören.

Die Tür ging auf und eine Frau in einem weißen Kittel kam herein. Sie lächelte, als sie Kyle schlafen sah, und trat so leise sie konnte an meinen Tropf und wechselte die Flasche aus. Hoffentlich waren das Schmerzmittel.

In der Tür erkannte ich Wächter des Königs, die jeden Schritt der Krankenschwester beobachteten, bis sie wieder zu ihnen trat und die Tür schloss.

»Hey …«, murmelte Kyle verschlafen, der durch das Schließen der Tür aufgeschreckt war. »Wie geht es dir?«

»Gut«, log ich und lächelte.

»Dir geht es nicht gut!«

»Kannst du also doch in meinen Augen lesen?«, flüsterte ich, und er lachte.

»Willst du was trinken?«

Ich nickte eifrig und bereute es kurz darauf auch schon wieder. Ein Brennen zog sich durch meinen Brustkorb.

Er gab mir ein Glas Wasser und ich leerte es sofort, obwohl es mir Übelkeit bereitete.

»An was erinnerst du dich noch?«

Ich sah ihn nachdenklich an. Ich glaubte, mich an alles wieder vollkommen zu erinnern. Aber er spielte wohl auf eine bestimmte Sache an.

»Es ist schon okay. Du dachtest, ich sterbe. Da sagt man manchmal Dinge, die man nicht so meint«, murmelte ich.

»Was?«, fragte er entsetzt.

Oje. Ich hätte lieber so tun sollen, als wüsste ich nichts mehr von seinem Geständnis.

»Es war nicht …«

»Ich will nicht darüber reden!«, unterbrach ich ihn und er nickte enttäuscht.

Wir schwiegen eine Weile.

»Seit ich dich kenne, ist mein Leben wirklich ziemlich aufregend!«, lachte er und ich kniff ihn mit all meiner Kraft in die Hand. Was sich wahrscheinlich anfühlte wie ein Fliegenbiss.

»Wie ist unser Plan?«

»Über was du dir Gedanken machst, Insidia. Du liegst im Krankenhaus! Auf dich wurde eingestochen!« Kyle schüttelte genervt den Kopf.

»Vielleicht habe ich es verdient. Ausgleichende Gerechtigkeit.«

Er sah mich skeptisch an, wusste, dass ich auf den Jungen anspielte, dem ich das Messer in den Bauch gerammt hatte.

»Schlafend gefällst du mir besser«, lachte er. Ich versuchte meine Augen zu verdrehen, was mir jedoch nicht gelang und Kyle nur noch mehr zum Lachen brachte.

»Du machst mir echt Sorgen, Insidia.«

»Und du nervst mich. Musst du nicht irgendwelche Königssachen machen?«

»Autsch!«, entgegnete er und lächelte.

»Es gibt da noch etwas«, flüsterte ich ihm zu.

»Was?«

»Eine Sache, die niemand von mir weiß.«

In seinen Augen blitzte etwas auf und er schmunzelte.

»Und – willst du es mir erzählen?«, fragte er erfreut nach. Ich nickte wieder. »Als ich zehn Jahre alt war, bekam ich eine Waffe in die Hand gedrückt. Die anderen Kinder sollten damit auf Zielscheiben schießen. Ich – auf einen Mann.«

Kyle schluckte. Vielleicht hatte er nach der letzten Geschichte dieses Mal mit etwas Lustigerem gerechnet.

»Ich habe abgedrückt.«

Kyle blieb still.

»Die Waffe war nicht geladen, aber ich habe abgedrückt. Und später habe ich herausgefunden, dass er der Chef des *PG* ist. Dieser Mann. Früher konnte ich deshalb nicht schlafen. Seit ich es weiß, muss ich nicht mehr ständig an seine Augen denken und an das, was ich getan habe. Dabei bleibt es doch Dasselbe.«

Ich atmete erleichtert aus. Ich war froh, dass ich es ihm endlich gesagt hatte. Es war, als würde ich diese Schuld nicht mehr allein tragen müssen.

»Du warst zehn Jahre alt, Insidia.«

»Entschuldigst du jetzt all meine Taten mit meinem Alter?«

Er schüttelte den Kopf. »Nicht nur. Aber weißt du, sie haben dir ein falsches Weltbild vermittelt. Du kanntest es doch gar nicht anders. Und du hast dich schuldig gefühlt. Obwohl du anders erzogen worden bist. Und wenn dir dein Gefühl jetzt sagt, dass es okay ist, weil er ein böser Mensch war, dann ist das in Ordnung. Auch wenn du es damals nicht wusstest. Ich denke, du hast lange genug Buße getan.«

»Auch lange genug, um dich wiederzugewinnen?«

Er strich sich mit der Zunge über die Lippen und schwieg. Der Knoten in meiner Brust zog sich wieder zusammen. Aber das rührte nicht von dem Messerstich her.

»Es geht nicht um dich. Es geht um mich. Das habe ich dir erklärt«, murmelte er.

Ich nickte resigniert.

Er wollte nicht die Kontrolle verlieren. Und mit mir tat er das.

Langsam schloss ich meine Augen und atmete schwer, damit er glaubte, ich würde schlafen.

Irgendwann musste ich wirklich eingeschlafen sein, denn plötzlich wurde ich wach und Kyle war weg. Leere breitete sich in mir aus, für die ich mich am liebsten selbst geschlagen hätte. Wie konnte ich mich nur so wertlos fühlen, wenn er nicht da war? Konnte ich nicht einfach mit mir selbst glücklich sein? Früher war das doch auch möglich gewesen!

»Wie ich sehe, besucht dich der König immer noch.«

Ich schrak zusammen. Die Wunde in meiner Brust pochte schmerzhaft und ich keuchte auf.

»Was wollen Sie hier?«

Der Chef des *PG* trat aus der Ecke, in der er gestanden hatte. »Was ist mit Syder passiert? Er meldet sich nicht mehr. Und – hängt deine Verletzung mit ihm zusammen?«

Ich sah ihn abfällig an. »Ihr toller Syder wurde festgenommen, weil er auf mich eingestochen hat!«, knurrte ich.

Er hob kaum merklich die Brauen. »Und warum hat er das getan?«

Ich wunderte mich, dass er mich das fragte. Ich dachte eigentlich, er wäre hier, um zu Ende zu bringen, was Syder begonnen hatte.

»Offensichtlich hat er mir nicht vertraut«, entgegnete ich knapp.

»Könntest du etwas genauer werden – bitte«, fügte er hinzu, und ich staunte nicht schlecht. Was sollte seine pseudo-nette und geduldige Art?

»Ich war beim König. Als ich herauskam, zweifelte er an meinen guten Absichten und hat mich erstochen – und somit des Dienstes enthoben.«

»Aha«, gab er zurück. »Und was wolltest du bei Eduard?«

Ich schüttelte entnervt den Kopf.

»Ich war bei ihm, um ...« Während ich schon eine Ausrede in meinem Kopf zusammenlegte, stockte ich und sah ihm direkt in die Augen. »Ich habe die Nacht mit ihm verbracht«, sagte ich wahrheitsgetreu. Ich hatte keine Lust mehr zu lügen.

»Und warum hast du das getan?«

Ich hasste seine neue väterliche Art. Damit machte er mich noch wütender.

»Weil ... Weil ich Gefühle für ihn habe!«

Er sah mich ausdruckslos an. »Wolltest du dich nicht an Leo halten? Und hattest du nicht gesagt, dass da nichts mehr zwischen euch ist?«

»Ich werde nicht mit Ihnen über meine Gefühle diskutieren, also töten Sie mich oder lassen Sie es bleiben!«

»Kannst du ein Treffen arrangieren?«

Ich sah ihn entsetzt an. War er jetzt etwa verrückt geworden? Ich schüttelte den Kopf. Er war schon immer verrückt.

»Nein! Das werde ich nicht. Ich werfe ihn Ihnen nicht zum Fraß vor. Ich weiß genau, was Sie vorhaben!«, knurrte ich.

»Und das wäre?«, lachte er kalt.

»Sie wollen ihn umbringen, damit Leo den Thron besteigt, so wie es eigentlich gedacht war.«

»Du bist schlauer, als deine Taten vermuten lassen.«

Ich schnaubte. »Ich werde Sie töten, wenn Sie mich jetzt nicht umbringen. Das wissen Sie, oder?«

»Ach Insidia, es gibt Wichtigeres als den Tod. Zumindest als den der meisten Menschen. Dein Tod wäre sowohl für uns als auch für das Königreich schädlich. Also, keine Angst: Eher sterbe ich, als dass ich dich töte.«

»Ach, und wenn ich wirklich so wichtig bin, warum hat Syder mich dann erstochen?«

»Glaub mir, meine Liebe, Syder wird dafür büßen.«

Ich sah ihn skeptisch an. War das sein Ernst? Ich verzog den Mund. »Und was wollen Sie von Kyle?«

»Das geht nur ihn und mich etwas an. Aber ich werde ihn nicht töten.«

Ich lachte laut. »Und das soll ich Ihnen glauben?«

»Du kannst vieles von mir halten, aber ich stehe immer zu meinem Wort!«

»Und das weiß ich woher?«

»Weil ich es sage!«

Ich lachte erneut. Obwohl es in meiner Brust schmerzte.

»Dann reden Sie!« Es durchzog mich, als ich Kyles Stimme hörte.

»Kyle! Verschwinde von hier!«

»Bestimmt nicht!«, knurrte Kyle. Ich musterte seine große drahtige Statur, wie er da in der Tür stand, einen Becher Kaffee in der Hand. Er hingegen sah mich nicht einmal an. Seine Augen waren nur auf ihn gerichtet. Bereit, ihn zu töten. Was er niemals schaffen würde.

Der Chef des *PG* lachte erfreut. »Ich freue mich, Eduard. Mein Name ist Gregori.«

Kyle wirkte erschrocken. »Gregori, sagten Sie?«, fragte er entsetzt und ignorierte die Hand, die Gregori ihm entgegenstreckte.

»Du kennst mich noch?«

Ich sah Kyle irritiert an. Woher sollte er den Chef des *PG* kennen?

»Ihren Namen. Mehr nicht«, antwortete Kyle knapp.

»Ich jedoch erinnere mich noch genau an dich. Damals, als du klein warst. Süßes Kind.«

Kyle lachte kalt.

Was war hier eigentlich los? Woher kannten die beiden sich?

»Ich muss mit dir unter vier Augen sprechen, Eduard.«

»Ich habe keine Geheimnisse vor Insidia!«, bellte Kyle zurück.

»Glaub mir, das möchtest du erfahren. Und du willst sie auf keinen Fall dabei haben! Dein Vater war bei solchen Sachen ziemlich kooperativ!«

Kyle kam ein paar Schritte näher, stellte den Kaffee ab und ballte seine Hand zu einer Faust. Ich befürchtete schon, dass er sie ihm ins Gesicht schlagen würde, als er nickte.

»Nein, Kyle! Er darf nicht mit dir allein sein!«, schrie ich panisch. Was, wenn er ihn doch tötete?

»Insidia, lass es! Ich entscheide das. Hauptsache, dieser Kerl lässt dich in Ruhe!«

Ich schüttelte aufgebracht den Kopf, doch da verließen sie schon gemeinsam den Raum. Ich tobte in meinem Bett, versuchte aufzustehen, aber ich konnte nichts dagegen tun. Kyle sah mich noch einmal schuldbewusst an. Dann schloss er die Tür.

Es dauerte Stunden. Nervös lag ich wie ein Stein in meinem Bett. Konnte mich kaum bewegen. Allein das Zittern meines Körpers brannte mir in der Brust. Wo war die Schwester mit ihren Schmerzmitteln, wenn ich sie mal brauchte?

Aufgeregt biss ich auf meinen Nägeln herum, bis die Tür aufging. Kyle trat ein. Ohne Gregori. Aber wenigstens lebte er noch.

»Was wollte er?«, stieß ich hervor.

Kyle strich sich nervös durch die Haare und setzte sich neben mich auf den Stuhl.

»Wasser?«, fragte er.

Ich schüttelte genervt den Kopf. »Kyle!«

»Ich ... Insidia, ich kann nicht mit dir darüber reden. Aber ...« Er stockte.

»Ich dachte, wir wollten keine Geheimnisse mehr voreinander haben!«

Skeptisch sah mich Kyle an. »Ich glaube, das war so, dass DU keine Geheimnisse mehr vor MIR haben wolltest«, sagte er und schmunzelte.

»Das gilt für uns beide!«, fauchte ich.

»Ich kann es dir nicht sagen. Es tut mir leid, Insidia. Aber etwas hat sich geändert.«

»Und das wäre?«, entgegnete ich wütend.

»Wir schließen Frieden mit dem *PG*.«

»Was?«, schrie ich und zuckte schmerzhaft zusammen. Meine Brust stach entsetzlich.

»Insidia, akzeptier es einfach. Es gibt Gründe dafür. Wirklich.«

»Nein, Kyle! Ich akzeptiere das nicht so einfach. Genau aus solchen Gründen hast du mich in einen Kerker werfen lassen und mich abgeschrieben! Und jetzt machst du genau das Gleiche!«

»Es gibt Gründe«, wiederholte er.

»Bei mir gab es auch Gründe.«

»Nimm es hin!«, knurrte er kühl.

»Ich dachte, du willst es besser machen als die anderen! Ich dachte, du wärst anders als dein Vater!« Tränen schossen mir in die Augen. Ich war so unfassbar wütend und ich wusste, dass ich nichts dagegen machen konnte. Er hatte seine Entscheidung getroffen und ich musste damit leben.

Was hatte ihm dieser Scheißkerl gesagt? Womit hatte er ihn erpresst? Und was hatte das alles mit mir zu tun? Ich keuchte vor Wut. Mein Atem ging immer schneller, bis mir meine Brust so sehr schmerzte, dass ich fast hyperventilierte.

»Beruhige dich, Insidia! Ich werde es anders machen. Das verspreche ich dir!«

»Was macht dieser Kerl, dass er jeden Menschen hier dermaßen in der Hand hat?!«, keuchte ich und rang nach Luft.

Kyle griff nach meiner Hand. »Bitte beruhige dich jetzt, Insidia! Ich schwöre dir, dass keiner von uns in Gefahr ist!«

Ich schluchzte auf. »Das behauptet er!«

»Ich weiß, dass es der Wahrheit entspricht«, murmelte Kyle nachdenklich.

»Und woher willst du das wissen?«

»Glaub mir, Insidia, ich weiß es!«

Ich verzog trotzig den Mund. Warum wollte er mir nicht sagen, worum es ging? Hatte er ihm gedroht? Hatte das wirklich irgendetwas mit mir zu tun?

Kyle drückte meine Hand ein wenig fester. »Mach dir nicht so viele Gedanken!«

»Und jetzt? Lässt du dir von nun an vom *PG* vorschreiben, wie du zu regieren hast?«

»Ich werde eine neue Regierung einberufen. Gregori wird Innen- und

Außenminister und ist für die Sicherheit des Staates zuständig«, erklärte Kyle ruhig. Als wäre es nichts.

Ich schnaubte und schüttelte den Kopf. »Du weißt, dass du gerade dein Todesurteil unterschrieben hast, oder?«, fragte ich leise.

Er hatte keine Ahnung, wer Gregori war. Was und wen er alles in der Hand hatte. Nicht einmal ich wusste es wirklich.

Aber ich hatte einen anderen Zugang zu all dem. Ich wusste, was das *PG* mir und all den anderen Kindern angetan hatte.

Ich wusste, welche Zustände dort herrschten und dass es Tausende von Menschen gab, die schon als Kinder zum Töten erzogen wurden und jetzt unter uns lebten.

Ich kannte Gregoris wahres Gesicht. Das Gesicht, das er gerade zu verstecken versucht hatte. Ich wusste, dass er alles und jeden beseitigte, der ihm im Weg stand.

Und ich wusste, dass das, was das *PG* vorhatte, größer war als wir. Größer als Kyle. Größer als ich. Größer, als wir es uns auch nur ansatzweise vorstellen konnten.

»Solange ich damit dein Leben absichere, ist mir das egal«, raunte er und strich mir eine Träne von der Wange.

Er würde es nie verstehen. Erst, wenn es zu spät sein würde.

KAPITEL 10

Nach geschlagenen zwei Wochen, durfte ich endlich wieder das Krankenhaus verlassen.

»Ich möchte keinen Streit!« Das war das Letzte gewesen, was ich von Kyle zu hören bekommen hatte, bevor er gegangen und nicht mehr aufgetaucht war.

So schnell es ging, schlüpfte ich in meine Klamotten und packte den Rest zusammen. Dann setzte ich mich noch einmal auf mein Bett und atmete tief durch.

Wer konnte schon wissen, was in diesen zwei Wochen alles passiert war? Ich schnaufte.

Als Emili kam, wechselte ich kaum ein Wort mit ihr. Ich wusste, dass es sie traurig machte. Schon die letzte Woche hatte ich nicht mehr gesprochen als nötig, aber ich konnte nicht anders. Diese Verletzung hatte alles verändert. Vielleicht sogar noch mehr als mein Verrat an Kyle.

Ein Auto brachte uns zurück zum Schloss und alles in mir zog sich zusammen.

Was hatte Gregori Kyle nur erzählt, dass er all seine Prinzipien aufgab und ihm auch noch so hohe Positionen zukommen ließ?

Mir war egal, ob die beiden jetzt die neuen Super-Verbündeten waren. Wenn ich die Möglichkeit dazu bekäme, würde ich Gregori töten. Das stand fest. Er hatte mir einfach zu viel genommen.

Wir gingen in das Schloss hinein und Emili brachte mich auf mein »neues« Zimmer. Es lag im ersten Stock, genau gegenüber von Kyles Zimmer. Wahrscheinlich wollte er mich im Auge behalten. Aus irgendeinem Grund, den er mir nicht nennen wollte, war ich ja plötzlich ach so *wertvoll* geworden. Ich verzog den Mund.

Emili sagte etwas, aber ich hörte nicht zu. Irgendwann verließ sie dann freiwillig mein Zimmer und ließ mich allein.

Allein war ich sowieso besser dran. Auch wenn ich nicht wusste, wer ich war.

Ich legte mich unter Schmerzen auf mein Bett und hielt mir die Brust. Warum tat das immer noch so weh? War ich nicht immun gegen Schmerzen?

Leise aufseufzend sah ich an meine Decke und fühlte mich das erste Mal seit den zwei Wochen *wirklich* allein. Ich wusste nicht, warum. Schließlich hatte ich alle bewusst von mir abgeschirmt und war selbst schuld daran.

Es klopfte an der Tür und ganz plötzlich war ich genervt und wollte doch allein gelassen werden. Also antwortete ich nicht. Ich hatte keine Lust auf Emilis Aufmunterungsversuche, Leos Weisheiten oder Kyles Geheimnisse. Ich war es einfach leid.

Die Tür öffnete sich und ich sah Kyle aus dem Augenwinkel. Doch ich blickte ihn nicht an, wollte niemanden mehr sehen.

Er schloss die Tür hinter sich und setzte sich zu mir aufs Bett.

»Wie geht es dir?«

Ich antwortete nicht. Dachte er wirklich, er könnte nach zwei Wochen hier hereinspazieren und so tun, als wäre nichts?

»Es tut mir leid«, murmelte er und nahm meine Hand.

Ich entzog sie ihm. Ein Schmerz durchfuhr mich. Ich wollte nicht angefasst werden. Von ihm nicht und auch von niemand anderem.

»Du hast dich zwei Wochen nicht blicken lassen, also brauchst du jetzt auch nicht hier aufzutauchen«, raunte ich kühl.

Er seufzte. »Es gab viel zu tun. Und ich wollte –«

»Mir aus dem Weg gehen?«, fiel ich ihm ins Wort und er nickte nur lahm.

Wut kochte in mir hoch. Ich hatte mit einer Stichverletzung allein im Krankenhaus gelegen und er wollte mir aus dem Weg gehen? Super Zeitpunkt!

»Hat das *PG* die Macht jetzt übernommen, ja?!«, fragte ich knapp.

»Ich habe die Macht. Sie unterstützen uns nur!«

Ich schnaufte. Sagte aber nichts weiter. Sollte er sein Königreich doch in den Ruin treiben. Und sich gleich mit dazu. Was ich davon hielt, war ja sowieso nebensächlich.

»Ich verstehe, warum du dagegen bist. Und ich bin es ja eigentlich auch. Aber es gibt Gründe.«

»Dann nenne mir diese Gründe! Oder ich schwöre dir, Kyle, ich werde nie wieder ein Wort mit dir reden!«

Nun sah er mich verdutzt an. Und das erste Mal blickte auch ich ihm direkt in die Augen. Wärme durchzog mich und ich verlor mich beinahe in ihrer Dunkelheit.

»Es hat etwas mit deinen Genen zu tun, Insidia. Ich kann dir das nicht erklären«, murmelte er nachdenklich.

»Was stimmt nicht mit meinen Genen?«, fauchte ich. Was sollte das heißen? Dass ich ein Mutant war? Ich funkelte ihn finster an.

»Mit deinen Genen stimmt alles. Im Gegensatz zu unseren Genen«, erklärte er. Aber wirklich verstehen würde das wahrscheinlich niemand. Er sprach in Rätseln, was mich noch wütender machte.

»Und so einen Scheiß hast du ihm abgekauft?«, fragte ich lachend. Es war ein kaltes, fieses Lachen.

»Insidia, dadurch, dass du ein Zwilling bist, hast du andere Gene als wir übrigen. Deine Gene sind so wie die von den Menschen vor unserer Zeit. Aus der alten Welt.«

Irritiert sah ich ihn an. »Was soll das heißen?«

»Ich darf dir das eigentlich gar nicht erzählen, verdammt!«, bellte er.

»Ist mir egal! Du musst!«

Er seufzte wieder. »Durch die Art und Weise, wie Kinder gezeugt werden, haben wir alle einen Gendefekt. Eine Genmutation. Die Regierung hat irgendwann herausgefunden, dass es bei Zwillingen so ist, dass eines der beiden Kinder diesen Gendefekt nicht besitzt. Er war aber gewollt und deshalb ließ sie Zwillinge verbieten. Das *PG* forschte jedoch weiter und stieß auf einen Fehler in den Analysen. Dieser Gendefekt bringt zwar Vorteile, die die Regierung wollte, aber er verursacht auch Krankheiten. Auf Dauer wird er die Menschheit ausrotten.«

In mir drehte sich alles. »Krankheiten? Was für Krankheiten? Und du hast diesen Gendefekt auch?«, schrie ich ihn panisch an.

Er nickte.

»Wie kannst du da einfach nicken? Was, wenn du stirbst?«

»Insidia, das Wichtigste ist, dass du überlebst. Und – dass du irgendwann gesunde Kinder bekommst. Ohne Gendefekt.«

Ich sah ihn irritiert an.

»Jeder kann Kinder bekommen!«, knurrte ich.

»Nicht mehr lange. Und keine Kinder ohne Gendefekt«, murmelte er.

»Soll das heißen, dass ihr mich als menschliche Brutmaschine braucht?!« Ich konnte meinen Zorn kaum mehr zurückhalten.

»Nein. Das heißt es natürlich nicht. Es heißt nur, dass du nicht mit jemandem zusammen sein kannst, der ...« Er unterbrach sich. Sammelte sich. »... einen Gendefekt hat.«

Mir stockte der Atem. »Also ...« Ich konnte nicht mehr klar denken.

Kyle rückte ein Stück näher an mich heran. »Es tut mir leid«, flüsterte er in mein Ohr. Ich konnte den Schmerz in seiner Stimme hören.

Ich sah ihm in die Augen und plötzlich presste er etwas auf meinen Mund. Ein Tuch. Es roch so schrecklich, dass ich würgte. Ich wehrte mich, aber ich hatte keine Chance gegen Kyle und die Bewusstlosigkeit griff nach mir.

»Es tut mir so leid, Insidia!«

***

Ich öffnete die Augen. Mein Körper schmerzte. Ich blinzelte. Bemühte mich, etwas zu erkennen. Aber um mich herum war nur Dunkelheit. Mein Atem ging schwer. Es war, als hätte ich kein Gleichgewicht mehr. Mir war so schwindelig.

Ich befühlte meine Umgebung. Spürte raues Holz unter mir. Wo war ich nur? Ein jähes Poltern riss mich aus meinen Gedanken.

Ich hörte dumpfe Stimmen, aber ich konnte sie nicht zuordnen. Ein Knacken – und ich presste die Augen zusammen. So grell erschien mir das Licht, das plötzlich den Weg zu mir fand.

Unwillkürlich rutschte ich zurück in die hinterste Ecke der Kiste, in der ich saß. Es war wirklich eine Kiste. Panik kroch mir die Kehle hinauf. Erinnerungen an den Panikraum durchfurchten mein Innerstes. Die Angst ergriff mich und ich wusste nicht, ob sie mehr von dem unbekannten Licht oder der Enge hier drinnen herrührte. Wie kam ich nur hierher?

Kyles Gesicht tauchte in meinen Gedanken auf und ich schrie vor Wut. Er war das. Er hatte mich betäubt und in diese Kiste gesperrt. Mein Herz brannte. Tränen verließen meine Augen.

Da trat jemand zu mir, wollte meine Hand nehmen, doch ich wehrte mich. Schrie und schlug um mich.

Sollten sie mich doch einfach in dieser Kiste lassen.

»Insidia, ich bin es!«

Ich blickte in Leos Augen. Seine Hände waren erhoben, um mir zu zeigen, dass er nichts Böses von mir wollte, aber ich glaubte ihm nicht. Ich glaubte niemandem mehr.

»Warum bin ich hier drin?«, schrie ich ihn an.

»Wir mussten dich unbemerkt wegschaffen«, raunte er schuldbewusst.

Ich keuchte und sah mich um. Angst hatte sich in jeder Faser meines Körpers ausgebreitet. Warum wollten sie mich wegschaffen?

»Ist Kyle hier?«

Leo schüttelte den Kopf.

Erleichtert atmete ich aus. Ich konnte es mir selbst nicht erklären, aber ich hatte Angst vor ihm. Angst, dass er nicht mehr auf meiner Seite war. Oder vielleicht nie gewesen war.

Ich wartete noch ein paar Sekunden, bevor ich Leos Hand ergriff und mit seiner Hilfe diese düstere Kiste verließ.

»Nein, nein, nein!« Wasser. Überall um mich herum war Wasser.

»Was habt ihr getan?«, schrie ich und riss mich wieder von ihm los.

»Insidia, bitte!«

Ich sah mich auf dem Schiff um, auf dem ich mich nun offenbar befand. Es gab keine Möglichkeit zu fliehen. Ich war gefangen.

Ohne darüber nachzudenken, kroch ich wieder in die Kiste und kauerte mich in die hinterste Ecke.

Er hatte mich weggeschickt. Kyle. Er hatte mich einfach wegbringen lassen. Wie konnte er nur?!

»Holt Emili!«, knurrte Leo von draußen und ich schloss meine Augen. Das konnte nur ein böser Alptraum sein. Wie sollte Kyle das allein schaffen? Gerade erst war er einen Deal mit dem *PG* eingegangen. Und wenn sie rausfinden würden, dass er mich weggebracht hatte, würden sie ihn töten.

Oder wusste das *PG* davon? War es ihr gemeinsamer Plan?

»Ist ja nicht so, als hätte ich dir nicht gesagt, dass das eine richtig dumme Idee ist!«, keifte Emili Leo an. Dann trat sie zu mir an die Kiste.

»Gefällts dir hier ehrlich so gut?«, fragte sie skeptisch und strich sich den Staub vom Kleid.

»Wusstest du davon? Hast du schon im Krankenhaus von diesem irren Plan gewusst?«, knurrte ich und wich vor ihrer Hand zurück, die sie nach mir ausstreckte.

Da nickte sie.

»Wie konntest du mir das nur antun?!«

»Insidia, es war der einzige Weg. Du bist wirklich in Gefahr!«

»Ach. Hieß es nicht, dass ich so wichtig bin und nicht sterben kann?!«, fauchte ich wütend.

»Der Tod ist nicht das, was dich erwartet hätte. Es gibt viel schlimmere Dinge. Zum Beispiel, ein Versuchskaninchen zu sein!« Ihre Stimme klang wütend. Aber was bildete sie sich eigentlich ein, wütend zu sein? Ich war es, die betäubt, in eine Kiste gesperrt und aufs Meer hinaus gebracht worden war!

»Lass mich einfach in Ruhe!«, knurrte ich.

»Nein! Das werde ich ganz bestimmt nicht. Ich habe dir nie übelgenommen, dass du mich wegen deiner Absichten belogen hast! Weil ich darauf vertraut habe, dass du mich nur schützen wolltest und es das Beste für mich war! Jetzt bring mir gefälligst das gleiche Vertrauen entgegen!«

Ich sah sie erschrocken an. Diese Momente, in denen Emili so ernst und bestimmt war, gab es wirklich selten.

»Aber …« Ich sank kraftlos nach hinten und begann haltlos zu weinen. »Wo bringt ihr mich hin?«

»Wir bringen dich nirgendwohin! Wir sind doch zusammen hier, Insidia. Siehst du das nicht? Wir haben dich nicht einfach allein auf ein Schiff gesteckt und dich im Stich gelassen! Aber wenn ich so recht überlege, wäre das vielleicht gar nicht so schlecht gewesen!«

Ich keuchte. Wie konnte sie nur so etwas sagen?

»Komm da jetzt raus!«

Ich nickte resigniert und gab ihr meine Hand.

Das Wasser spiegelte die untergehende Sonne und es stach immer noch in meinen Augen.

Wahrscheinlich werde ich nie eigene Entscheidungen treffen können. Dürfen.

Leo und Emili führten mich in einen kleinen Raum unter Deck. Ich setzte mich und warf einen Blick zur Tür, durch die nun auch Jaden trat.

»Was macht der hier?!«, bellte ich.

»Dir auch ein schönes Hallo!«, lachte er und setzte sich, ohne mit der Wimper zu zucken.

Ich schnaufte verächtlich.

Da saßen wir nun. Leo und Emili sahen nervös in der Gegend herum und Jaden aß in aller Seelenruhe einen Apfel, als wären wir auf einem Ausflug.

»Sagt mir jetzt vielleicht mal jemand, was hier los ist?!«

Jaden lachte, während Emili und Leo sich unsichere Blicke zuwarfen. Offensichtlich handelten sie gerade stumm aus, wer mir das alles erzählen musste.

»Mein Gott, Kinder!«, stöhnte dann Jaden und setzte sich so, dass wir uns ansehen konnten.

»Das *PG* möchte deine Gene benutzen, um die Menschheit zu retten. Kyle will dich aber nicht hergeben, und deshalb geht jetzt das Königreich vor die Hunde!«, sagte er knapp, lächelte mir zu – und aß dann weiter seinen Apfel.

»Jaden!«, maßregelte Emili ihn, doch der zuckte nur mit den Schultern.

»Nein. Es ist besser, wenn er mir die Wahrheit sagt, als mir weiter irgendwelche Lügen aufzutischen, damit die arme kleine Insidia nicht weint!«, fuhr ich sie an.

Emili biss nervös auf ihrer Unterlippe herum. Das tat sie sonst nie.

»Ganz so einfach ist es aber nicht!«, mischte sich nun Leo ein.

»Dann erklär es mir!«

»Erstens: Wir glauben nicht wirklich daran, dass das *PG* die Menschheit retten will.« Er warf Jaden einen vernichtenden Blick zu. »Und natürlich hat Kyle dich nicht ausgeliefert, damit sie irgendwelche kranken Sachen mit deinem Körper anstellen. Wir versuchen das Königreich zu retten.«

Jaden schnaubte, und ich war auch nicht so wirklich überzeugt von dem, was Leo da sagte.

»Jetzt mal langsam«, murmelte ich. »Weiß das *PG*, wo wir sind?«

Leo schüttelte den Kopf. »Nein. Kyle behauptet, du seist geflohen.«

Ich atmete schwer. Für wie dumm hielten sie das *PG* eigentlich?

»Und wohin fahren wir?«

Wieder tauschten sie betretene Blicke. Ich kannte die Antwort bereits. Ich musste es aber hören.

»In das Land der Träume!«, lachte Jaden.

Amerika. Ich konnte es kaum fassen. Natürlich hatte ich schon einmal mit dem Gedanken gespielt, Amerika sehen zu wollen. Aber doch nicht unter diesen Voraussetzungen. Nicht so. Und nicht, wenn Kyle und mich jetzt ein ganzer Ozean trennte und er in Lebensgefahr schwebte. Wegen mir.

Ich fuhr mir durch die Haare. Was hatten sie sich nur dabei gedacht?

»Das *PG* hat die Menschen in Amerika versklavt. Aber sie haben nicht viele Agenten dort, die für Ordnung sorgen. Sie müssen sich schließlich keine Sorgen machen, dass die Amerikaner in Insidia einfallen. Die haben weder Schiffe noch Waffen, soweit ich weiß. Und da es so wenige Agenten des *PG* sind, werden wir sie überwältigen können!«, erklärte Leo.

Ich lachte auf. »Wer soll das tun? Emili vielleicht?!«

Sie sah mich entsetzt an. Dabei wusste sie genau, dass sie keiner Fliege etwas zuleide tun konnte.

»Wir haben Männer der Königsgarde an Bord.«

Wow. Das war wirklich alles durchdacht. Und mich zu fragen, ob ich überhaupt nach Amerika wollte, war offensichtlich nie eine Option gewesen.

Ich hob die Augenbrauen. »Und dann?«

»Dann retten wir Insidia.«

Verdutzt sah ich Leo an. Sie wollten also mit den Sklaven Insidia retten? Wie sollte das gehen? Das waren arme Menschen, die vom *PG* gezwungen wurden, ihre Arbeiten zu verrichten. Sie konnten nicht kämpfen.

»Land in Sicht!«, schrie eine Person von draußen. Meine drei Begleiter sprangen auf und rannten hinaus. Nur Emili blieb kurz stehen und sah mich mitleidig an.

»Es tut mir leid, kleine Cousine. Aber das ist der beste Plan.«

»Ich wünschte mir einfach nur, dass ich etwas davon gewusst hätte. Und nicht mir nichts, dir nichts auf einem Schiff aufgewacht wäre«, murmelte ich enttäuscht.

»Du weißt, dass du nicht mitgemacht hättest. Wegen Kyle. Aber er wollte es so. Und er ist der König, Insidia. Es ist jetzt seine Aufgabe, Entscheidungen zu treffen.« Damit verließ sie den Raum.

Ich wartete noch ein paar Sekunden, dann ging ich Emili hinterher und stellte mich zusammen mit all den anderen an den Bug des Schiffes.

Ich rang nach Luft. Ich kannte Bilder von Amerika. Aber das, was da jetzt vor uns lag, war einfach nur eine kaputte, zerstörte Stadt.

An manchen Stellen ragten noch zerschlagene Hochhäuser hinaus. Und von hier wirkte es so, als sei alles zugewuchert.

Das, was da vor uns lag, war eine Geisterstadt und ich ahnte, dass es nicht so einfach werden würde.

»Da sollen die Sklaven sein? Der Kontinent ist riesig. Warum sollten sie sich in einem Trümmerhaufen aufhalten?«

»Wir müssen da nur durch. Sie dürfen uns nicht kommen sehen, sonst werden sie es unverzüglich melden.«

Ich verzog den Mund. Wussten sie überhaupt, auf was sie sich da einließen? Vieles war besser als das *PG*. Aber das hier?

Ich konnte mir nicht vorstellen, dass das *PG* in dem Punkt einmal die Wahrheit gesagt hatte und dass hier wirklich nur ein paar Menschen lebten, die das *PG* sich als Sklaven hielt.

Es dauerte noch ewig, bis wir wirklich da waren. Als das Schiff anlegte, wurden wir in kleinen Booten nacheinander an Land gebracht. Mir kam das alles so unwirklich vor.

Wir fuhren in einen alten Hafen – oder in das, was davon noch übrig war. Es wirkte nicht so, als könnte man auf einem der verfallenen Stege sicher laufen.

Ich sah hinauf und öffnete wie automatisch den Mund. Ein Schauer lief mir über den Rücken. Ganze Gebäudeteile lagen vor uns auf den Straßen. Alte Autos, die ausgebrannt waren. Überall wuchs irgendein undefinierbares Zeug die Hauswände hinauf, die noch zur Hälfte standen.

Es war, als wären wir in einer anderen Welt gelandet.

Was war hier nur geschehen? In Insidia hatten zwar auch einige Gebäude wieder aufgebaut werden müssen. Aber das hier …

Ich stieg aus und ging auf die zerstörte Stadt zu, ohne darüber nachzudenken, wie morsch das Holz des Stegs unter mir sein mochte.

Die anderen taten es mir schweigend nach. Selbst Jaden hielt für den Moment mal die Klappe und wirkte so gar nicht mehr selbstgefällig.

»Das … Das ist ja schrecklich!«, stotterte Emili, als wir auf dem Asphalt standen und hob ein Kinderspielzeug vom Boden auf. Es war eine alte verbeulte Spieluhr.

»Da!« Wir schraken alle zeitgleich zusammen, als einer von der Garde rief. Ich drehte mich zu ihm um und folgte dann seinem Finger, der auf – Rauch deutete.

»Hier ist jemand!«, knurrte Jaden neben mir und packte mich an der Schulter, um mich hinter sich zu ziehen.

»Von dir brauche ich bestimmt nicht beschützt zu werden!«, fauchte ich ihn an und wehrte mich, doch er war stärker als ich und mein Bauch stach fürchterlich.

»Ich habe einen Auftrag. Bild dir nichts drauf ein!«, gab er zurück und griff nach seiner Waffe. Mir lief es eiskalt den Rücken hinunter. Ich hatte so lange keine Waffe mehr in der Hand gehabt, dass es mir jetzt Angst machte.

»Warum lassen wir sie nicht einfach in Frieden hier leben?«, schrie ich ihn an und zog seine Hand von seiner Waffe weg. »Wer gibt uns das Recht, hier aufzutauchen und sie zu behandeln, als wären sie unser Eigentum?«

»Insidia, wir wollen ihre Hilfe. Mehr nicht!«, raunte mir nun Leo zu, offenbar darum bemüht, mich zu beruhigen.

»Das ist laut unseren Aufzeichnungen nicht das Sklavenlager«, sagte einer der Garde.

Ich presste meine Lippen aufeinander.

»Dann gehen wir dahin und bitten sie um Hilfe!«, flüsterte ich Leo zu.

»Wie stellst du dir das vor? Wir können nicht einfach bei ihnen hineinspazieren. Vielleicht sind sie gefährlich!«, war seine ernüchternde Antwort.

Eine Sirene riss mich aus dem Gespräch. Wie automatisch griff ich mir an die Ohren und sah mich geschockt um.

Meine Gedanken wanderten zu dem letzten Wettbewerb. »Finde einen Ausweg!« Die Stimme hallte in meinem Kopf nach und ich bemühte mich gleichzeitig, dieses grelle, laute Geräusch zu ignorieren.

»Was ist das?!«, schrie ich gegen den Lärm an.

»Das sind Bombenwarnungen!«, rief ein weiterer aus der Garde. »Wir müssen uns verstecken!«

»Aber wer sollte denn Bomben auf uns werfen?«, gab ich irritiert zurück. Der Krieg war doch längst vorbei.

Im selben Moment hörte ich ein jaulendes Geräusch und sah nach oben.

»Kampfjets!«

Wir rannten los. Ich hörte den ersten Einschlag. Er war nicht weit entfernt, und die Erde unter uns bebte. Meine Ohren piepten unerträglich.

Meine Augen schweiften gehetzt umher. Emili rannte hinter mir und stürzte. Ihr Kleid zerriss und ihre Knie bluteten. Sie weinte.

Ich hastete zurück, half ihr auf und zog sie mit mir zu einem der Gebäude.

Ein paar Männer der Garde waren bereits darin verschwunden, um sich zu verstecken, als eine Bombe das Haus in Schutt und Asche legte.

Wir wurden zurückgeschleudert. Ich landete unsanft auf meinem Hinterkopf. Meine Brust schmerzte ein wenig. Aber offensichtlich hatte ich auf dem Schiff einige Tage zur Erholung gehabt. Bevor Kyle mich betäubt hatte, war der Schmerz viel schlimmer gewesen.

Ich bemühte mich, meine Benommenheit zu bekämpfen, und sah mich um. Überall war nur dichter Rauch, der mir die Sicht nahm.

Ich suchte am Boden nach Emili, doch griff immer wieder nur nach irgendwelchen kaputten Teilen.

»Emili!«, schrie ich panisch. Sie musste doch hier irgendwo sein.

»Insidia!« Leos Stimme riss mich aus meiner Panik. Zumindest für einen kurzen Moment. Er griff nach meinem Arm und zog mich mit sich.

»Emili!«, schrie ich ihn an. »Sie ist hier noch irgendwo!«

Er sah mich durch den Rauch an. So als würde er wirklich überlegen, sie ihrem Schicksal zu überlassen. Dann schnaufte er und ging zurück. Was war nur los mit ihm?

»Emili!«, schrie ich erneut und suchte den Boden nach ihr ab. Ich konnte nicht weit sehen. Dann hörte ich ein Jammern und rannte in die Richtung.

Das Blut in meinen Adern gefror, als ich Emili entdeckte, die unter einem Betonteil lag. Sie blutete. Ihr Gesicht war ganz bleich.

»Emili!«, schrie ich wie in Trance.

Leo kam zu mir gerannt und sah Emili voller Trauer an.

Ich kniete mich zu ihr. Versuchte mit all meiner Kraft, diesen Klotz von ihr zu schieben, aber er war so schwer. Tränen flossen aus meinen Augen, ohne dass ich es wirklich wahrnahm.

»Steh da nicht so rum, verdammt! Hilf mir!«, herrschte ich Leo an.

»Insidia ...«

Ich warf ihm einen Blick zu. Seine belegte Stimme. Sein mitleidiger Blick. Das alles sprach Bände. Aber ich wollte es nicht wahrhaben.

»Hilf mir jetzt!«, rief ich erneut. Doch er bewegte sich nicht. Er hatte sie bereits abgeschrieben. Ich schrie auf. Zerrte immer weiter an dem riesigen Betonteil.

Bilder tauchten vor mir auf. Ich erinnerte mich an jede einzelne Sekunde mit Emili. An ihre Umarmung damals im Bahnhof. Sie war so freundlich zu mir gewesen, obwohl sie mich nicht kannte. Alles, was ich über diese Welt wusste, hatte ich von ihr gelernt.

Sie durfte nicht sterben! Und auf keinen Fall würde ich sie hier zurücklassen. Ich schrie innerlich. Ich suchte in meinem Kopf nach einer Lösung. Aber verwirrende Gefühle und Gedanken benebelten meinen Verstand.

»Leo? Insidia?« Jaden tauchte hinter Leo auf und sah entsetzt auf Emili. Doch er stand auch nur da.

»Ihr helft mir jetzt, oder ich bleibe so lange hier und versuche es allein, bis ich von einer Bombe erwischt werde!«, knurrte ich.

Sie sahen sich an, kamen dann zu mir und stemmten mit mir zusammen das Betonteil von Emili.

Sie blutete. Sie blutete zu stark.

Ich schluchzte, während ich sie zu mir nahm und in meine Arme schloss.

»Los! Wir müssen hier weg!«, schrie Jaden, riss ein Stück von Emilis Kleid ab und band es ihr um ihr blutendes Bein. Dann hob er sie auf seine Arme und trug sie. Wir rannten weiter. Überall explodierten Autos und Häuser. Versperrten uns immer wieder den Weg. Aber das Geräusch, das die Bomben in meinen Ohren hinterließen, war das Schlimmste überhaupt. Es war, als würde ich durch das Piepsen kaum noch geradeaus gehen können.

Dennoch liefen wir weiter, liefen zu einem der Häuser in der Nähe und traten ein.

Eine Eingangshalle erstreckte sich vor uns. Überall waren Teile der Wand herausgefallen und die Deckenbeleuchtungen lagen in Bruchstücken auf dem Boden verstreut.

Wir bahnten uns einen Weg zum noch halbwegs intakten Treppenhaus und rannten hinunter in die Tiefgarage.

Jaden legte Emili hinter ein Auto auf den Boden und ich kniete mich neben sie. Sie war wie weggetreten, wimmerte nur immer wieder und schien gegen Dämonen anzukämpfen.

Ich sah mich um. Das Auto, hinter dem wir uns versteckt hatten, war zwar verstaubt, aber sonst sah es aus wie neu.

Hastig rappelte ich mich auf und zerrte an der Kofferraumtür herum, doch sie ließ sich nicht öffnen. Ich schlug dagegen, immer und immer wieder. Plötzlich tauchte Jaden mit einer Eisenstange neben mir auf und zertrümmerte das Fenster. Ich sah ihn irritiert an.

»So gehts schneller«, raunte er und ließ die Stange fallen. Ich krabbelte in den Kofferraum und sah mich um. Irgendwo hier musste es doch einen Verbandskasten geben.

»Wir müssen den Boden öffnen!«, erklärte Jaden und zog mich wieder hinaus. Er riss an dem Boden des Kofferraums herum, und zum Vorschein kamen ein Reifen und ein Verbandskasten. Ich hätte Jaden am liebsten in den Arm genommen. Und das, obwohl er eigentlich ein Arsch war.

Leo stand einfach nur da. Als hätte ihm jemand seinen Verstand geraubt. Er konnte das alles offensichtlich nicht fassen.

Jaden öffnete den Verbandskasten und zog alle Verbände heraus, die er finden konnte.

»Das wird nicht helfen, wir müssen die Blutung stoppen!«, flüsterte er mir zu, damit Emili uns nicht hörte. Aber sie war sowieso in einer anderen Welt.

»Und wie?«

»Brennen wäre gut.«

»Was?!«, gab ich zurück. Ich wusste, dass man Wunden ausbrennen konnte, damit sie sich schlossen. Aber bei Emili? Hier? Wo sollten wir jetzt Feuer herbekommen?

Emilis Schrei riss mich aus meinen Gedanken. Erschrocken sah ich mich um. Ein Mädchen in meinem Alter stand über ihr. Mit einem Schwert in der Hand.

Ich rannte auf sie zu, um sie von Emili wegzustoßen, doch sie packte mich, hielt meine Hand am Rücken und presste mir das Messer an die Kehle. Es war so heiß, dass ich dachte, meine Haut müsse schmelzen.

»Ihr habt mir schon genug Probleme bereitet!«, knurrte sie. Die Art, wie sie die Worte betonte, wirkte anders. »Also haltet euch jetzt zurück und lasst mich das Mädchen retten!«

»Retten? Du wolltest sie erstechen!«, schrie ich sie an.

Sie hielt das Schwert noch dichter an meine Kehle. Ich keuchte. »Wenn du dich dagegen wehrst, dauert es nur noch länger!«

Widerwillig nickte ich. »Dann hilf ihr!«

Sie ließ mich los und schubste mich in Jadens Arme. Er hatte seine Waffe bereits griffbereit. Ich berührte seine Hand, damit er sie nicht benutzte. Das Mädchen war unsere letzte Hoffnung.

Sie ging um das Auto herum zur Fahrertür und schlug sie ein, um sie zu öffnen. Dann riss sie eine Klappe unter dem Lenkrad auf und berührte zwei Kabel, bis das Auto startete.

Wie konnte das Auto immer noch funktionieren? Und was wollte sie damit? Wollte sie abhauen?

Sie stieg aus und öffnete die Motorhaube, riss wieder Plastikteile ab und steckte ihr Schwert in das Auto, bis es glühte. Es dauerte eine gefühlte Ewigkeit.

Als sie mit dem Schwert auf Emili zuging, schloss ich die Augen. Jaden umfasste meine Schultern. Entweder, damit ich nicht dazwischenging, oder, um mir Kraft zu spenden. Ich wusste es nicht.

Emili schrie wieder auf und etwas zischte.

Ich rannte zu ihr. Kniete mich neben sie. Sprach sie an, doch sie war weggetreten.

»Du hast sie umgebracht!«, schrie ich, rannte auf das Mädchen zu und schlug sie. Immer und immer wieder. Sie wehrte sich nicht.

Irgendwann griff sie nach meinen Händen. Ich sah direkt in ihre dunklen Augen.

»Die Bomben haben ihr das angetan. Wenn sie überlebt, dann wegen mir!«

Ich blickte sie einfach nur an. Sie konnte nicht älter sein als ich. Aber alles an ihr wirkte so selbstsicher und erwachsen. Und: Aus irgendeinem Grund glaubte ich ihr.

»Wir müssen hier weg. Ihr habt dafür gesorgt, dass es hier nicht mehr sicher ist! Außerdem habe ich nur ihre Blutung gestillt. Fürs Erste. Das wird sie aber nicht gesund machen!« Sie ging auf Emili zu, um sie hochzuheben.

»Moment!«, knurrte Jaden. Er musterte sie abfällig, bemaß ihre seltsame Kleidung, die so aussah, als wäre sie eine Wikingerin.

»Erst sagst du uns, wer du bist! Eine Sklavin?!«

Sie richtete sich wieder auf und schaute nun Jaden angeekelt an.

»Eine Sklavin? Du bist undankbar!«

»Was bist du dann?!«, entgegnete er wütend und stellte sich wieder vor mich.

Ich verdrehte die Augen.

»Wie kommst du darauf, dass ich eine Sklavin bin? Wer sollte uns versklaven?«

Irritiert sah ich sie an. Wusste sie nichts von der Sklavenarmee des *PG*?

»Du lebst echt auf dem Mond, Mädchen!«, knurrte Jaden.

Leo war immer noch völlig abwesend. Das Mädchen zückte ihr Schwert und ging auf Jaden zu, der auch nach seiner Waffe griff.

»Ich komme nicht vom Mond. Und wir sind keine Sklaven.«

»Was seid ihr dann?« Er richtete seine Waffe auf das Mädchen.

Es lächelte nur selbstgefällig. »Meine Vorfahren sind Amerikaner, aber einige von uns haben Vorfahren aus Insidia. Sie waren Aufständische und wurden hierher verbannt.«

»Sie wurden nach Amerika verbannt? Um Sklaven zu sein?«

Sie lachte. In allem, was sie tat, wirkte sie anders. Weltfremd. Oder waren wir es, die weltfremd waren?

»Hier gibt es niemanden, der uns versklaven könnte, kleiner Insidianer. Um Sklaven zu sein, sind wir für die Männer, die unser Land zerstören, wahrscheinlich nicht gut genug. Das hier ist ein Gefängnis.«

Jaden verschlug es die Sprache. Und auch ich wusste nicht wirklich, wohin mit den Gedanken, die auf mich einprasselten.

»Ein Gefängnis?!«, fragte ich dann entsetzt.

Was hieß das? Dass hier Schwerverbrecher lebten? Ich schluckte.

»Ja. Ein Gefängnis, aus dem man nicht ausbrechen kann. Ein Gefängnis, in dem es darum geht, um Land und Überleben zu kämpfen. Ein Gefängnis, in das man hineingeboren wird. Ein Gefängnis, das immer wieder bombardiert wird, um Fortschritt zu vermeiden! Ein Gefängnis, das *ihr* errichtet habt!«, knurrte sie und warf uns der Reihe nach tödliche Blicke zu.

»Damit haben wir nichts zu tun!«, entgegnete ich und schüttelte gedankenverloren den Kopf. Das konnte alles nicht wahr sein.

»Damit aber schon!«, raunte sie und deutete nach oben. Es war offensichtlich, dass sie die Bomben meinte.

»Ich könnte euch einfach hier lassen. Ich müsste es sogar. Aber ich habe das Gefühl, dass ihr mir nützlich sein werdet. Also kommt mit oder ich töte euch auf der Stelle!«

Ich hörte Jaden neben mir lachen. Aber ich war mir nicht sicher, ob sein Selbstvertrauen an dieser Stelle wirklich angebracht war. Die Unbekannte wirkte nicht gerade wie ein Mädchen, das mit Puppen aufgewachsen war. Und außerdem hatte sie beim Erlernen der Kampfkunst keine Regeln gehabt so wie wir. Sie war eine Wilde. Das verrieten allein ihre Stimme und ihr Auftreten.

»Und was ist mit ihr?!« Wir alle warfen einen erstaunten Blick auf Leo, der offensichtlich endlich seine Stimme wiedergefunden hatte.

»Ihr werdet sie tragen müssen«, erwiderte das Mädchen.

»Wie ist dein Name?« Ich sah sie durchdringend an. Eigentlich war es egal. Aber es gab mir ein besseres Gefühl, mit jemandem mitzugehen, dessen Namen ich kannte.

»Shanira«, gab sie ohne Einwände zurück.

»Das ist Emili – das Leo und das Jaden.« Ich deutete der Reihe nach auf sie.

»Und du?« Shanira hob ihre Augenbrauen.

»Ich heiße Insidia.«

»Du bist ihre Prinzessin. Oder?«

Ich presste die Zähne aufeinander. Am liebsten hätte ich sie dafür angespuckt. Ich wusste nicht einmal wirklich, warum. Denn beinahe wäre ich ihre Prinzessin geworden.

»Nein. *Das* bin ich mit Sicherheit nicht!«, knurrte ich und sie hob wieder nur ihre Brauen.

»Kommt jetzt!«, befahl sie dann und drehte sich um, »Du auch, Prinzeschen!«

Ich verdrehte die Augen. Ich hasste sie. Auch wenn sie Emilis und womöglich auch unser Leben rettete. Irgendetwas an ihr stimmte nicht.

Jaden kicherte, ging dann zu Emili und warf sie sich wieder über die Schulter.

Shanira lief unterdessen zu einer seltsamen Stahltür, die sie aufbrach. Dahinter erstreckte sich ein verdreckter alter Gang, der nach Kloake roch. Und wahrscheinlich war es auch genau das. Eine alte Kanalisation. Ich würgte bei dem Gedanken, ging ihr aber nach.

Immer wieder warf ich dabei Blicke nach hinten und stellte wütend fest, dass Emili mittlerweile eingedeckt von Spinnweben war. Mal wieder hatte ich große Lust, Jaden zu schlagen. Aber er war der Stärkste von uns und ich sollte froh sein, dass er Emili nicht einfach liegen gelassen hatte.

Wir liefen gefühlte Stunden durch den dunklen Tunnel. Immer wieder bebten die Wände und ich wusste genau, dass es Bomben waren, die irgendwo über uns noch mehr der Häuser zerstörten.

»Wer wirft diese Bomben ab?«, fragte ich in die Stille hinein. Meine Worte hallten an den kalten Wänden wider.

»Euer Volk«, gab Shanira wütend zurück. Doch trotz ihrer Wut hatte sie etwas Beruhigendes an sich

»Kyle würde das nie tun«, murmelte ich. Mehr, um mich selbst davon zu überzeugen.

»Wer ist dieser Kyle?«

»Er ist unser König. Der neue König.«

Sie stoppte abrupt. Ich rannte gegen sie. Sie drehte sich zu mir und packte mich an den Schultern.

»Was ist mit dem alten König?«, schrie sie mich beinahe an.

»Er ist tot!«, erwiderte ich genervt und bemühte mich, mich aus ihrem Griff zu befreien.

»Gregori ist tot?« Ihre Augen blitzten erfreut auf.

»Gregori?« Meine Augen weiteten sich.

»Gregori war nie unser König.«

Shanira starrte mich irritiert an.

»Gregori ist euer König! Hör auf zu lügen!«

»Nein, verdammt!«, schrie ich sie an und schubste sie von mir. Ich hatte keine Lust mehr, mich wie ein kleines schwaches Mädchen zu verhalten.

»Mir ist egal, was irgendwelche Menschen euch angetan haben! Wir waren das nicht! Kyle war es nicht! Und auch nicht sein Vater. Gregori ist ein schrecklicher Mann, der die Macht haben will und hinter mir her ist. Deshalb sind wir geflohen!«

Ich hörte Jaden genervt schnaufen. Natürlich war es nicht das Schlaueste, ihr zu erzählen, dass Gregori mich wollte. Vor allem, weil es offensichtlich er war, der ihnen das Leben hier zur Hölle machte. Aber ich war die ganzen Geheimnisse und Lügen einfach leid.

»Ich mag dich.«

Ich zog die Augenbrauen zusammen. Hatte sie das gerade wirklich gesagt? Sie zuckte mit den Schultern, drehte sich um und ging einfach weiter, als wäre nichts gewesen.

Nach einer weiteren Ewigkeit blieb sie endlich stehen und deutete über sich auf eine Luke, zu der eine Leiter führte.

Mit aller Kraft schleppten wir Emili hinauf und krochen ins Freie.

Draußen war es mittlerweile dunkel. Trotzdem erkannte ich die Umrisse der zerstörten Stadt hinter uns. Wir liefen eine Weile, bis wir auf einer riesigen Straße ankamen und alte Autos passierten. Ich fühlte mich fremd hier. Wie in einer anderen Welt. Nein, ich verstand diese Welt nicht. Hatte Gregori gelogen oder war das hier seine Vorstellung von Sklaverei?

Beim Vorbeigehen blickte ich in ein paar der Autos hinein, erkannte bei der Dunkelheit aber nicht viel. Emili gab immer wieder stöhnende Geräusche von sich.

»Wo bringst du uns hin?«, unterbrach irgendwann Jaden die unheilvolle Stille.

»In mein Dorf.« Irgendetwas an der Art, wie sie es sagte, stimmte nicht.

Ich blieb abrupt stehen. Es dauerte jedoch eine Weile, bis auch Shanira anhielt, obwohl ich mir sicher war, dass sie mein Stoppen sofort bemerkt hatte.

»Was ist jetzt, Prinzessin?«

Abermals rollte ich mit den Augen. »Was stimmt mit deinem Dorf nicht?«

Jaden warf mir einen skeptischen Blick zu. Sie hatten Shaniras Unterton wohl nicht bemerkt. War ich nur paranoid? Oder er so wenig geschult?

Shanira musterte mich wütend. Aber sie dachte nach, was mich in meiner Annahme bestätigte.

»Ich gehe keinen Schritt weiter, wenn du mir nicht sagst, was mit deinem Dorf ist!«, knurrte ich sie an und sie lachte nur.

»Dann bleib und stirb!«, erwiderte sie, doch sie stand immer noch wie angewurzelt da. Ich fühlte, dass sie wichtig für mich war. Wir hatten keine Garde mehr im Gepäck, einige von ihnen waren gestorben und die anderen hatten wir verloren, als wir uns in Sicherheit gebracht hatten. Emili war schwer verletzt und wir wussten nichts, aber rein gar nichts über diese Welt. Doch etwas in ihren Augen verriet mir, dass sie mich viel mehr brauchte. Alles an ihr strahlte Selbstsicherheit und Stärke aus. Nur ihre Augen verrieten sie. Sie war verzweifelt.

»Dann bleibe ich!«, raunte ich und verschränkte die Arme. Gespielt lustlos sah ich mich um, als würde ich nach einer Schlafmöglichkeit suchen.

Shanira lachte immer noch und schüttelte den Kopf, als sei ich ein beleidigtes kleines Kind. Sie konnte ja auch nicht wissen, dass ich alles andere als das war. Und dass wir viel mehr gemeinsam hatten, als sie glaubte. Weder sie noch ich waren jemals ein beleidigtes kleines Kind gewesen.

Sie schnaubte, drehte sich um, setzte zum Gehen an, sah sich noch einmal um, ging dann wieder einen Meter – und drehte sich dann wieder wütend zu mir. »Es ist nicht mehr mein Dorf, okay! Ist es das, was du hören wolltest?!«, knurrte sie. Durch ihren Akzent nahm ihre Wut wirklich etwas Gefährliches an.

»Und was sind wir? Dein Pfand, um wieder dort leben zu dürfen? Da hast du dich geschnitten!« Ich warf ihr einen vernichtenden Blick zu. Sie kam auf mich zu und stellte sich so dicht vor mich, dass ich es mit der Angst zu tun bekam. »Ich bin freiwillig gegangen! Ich mache das für euch!«, raunte sie.

Ich spürte ihren Atem auf meiner Haut. Blickte in ihre dunklen Augen und wusste, dass sie die Wahrheit sagte.

»Was hat das mit uns zu tun?« Meine Augen schweiften kurz zu ihren zu Zöpfen geflochtenen dunklen langen Haaren. Sie hatte sie mit einem Tuch zurückgebunden.

»Sie braucht einen Heiler.«

Plötzlich lachte Jaden neben mir los und legte Emili auf einer nahen Motorhaube eines rostigen Fahrzeugs ab. »Als ob eure sogenannten Heiler ihr helfen könnten! Wir sollten augenblicklich zurück zum Schiff gehen!«

Ich schüttelte den Kopf. »Bis wir in Insidia sind ... Das dauert Tage. Wir müssen ihr vertrauen!«

»Insidia hat recht!«, meldete sich Leo zu Wort. Und mal wieder sahen wir ihn alle erschrocken an. Seit den Bombenangriffen redete er wirklich wenig.

Emilis Stöhnen riss uns aus unseren Gedanken. Shanira ging auf sie zu und inspizierte ihre Verletzung. »Wir müssen weiter. Die Wunde ist entzündet!«

»Ja, weil du mit deinem dreckigen Schwert daran herumgebohrt hast! Erst sagst du uns, warum du dein Dorf verlassen musstest!«, knurrte Jaden, der mittlerweile meinen Platz eingenommen hatte und mit verschränkten Armen da stand.

Shanira sah erst mich, dann wieder Jaden an und ließ die Schultern sinken. »Ich weiß nicht, wie es in eurem Land ist, aber ich bin diejenige, die euch hilft. Normalerweise solltet ihr dankbar sein und euren Mund halten!«

»Offensichtich willst du auch etwas von uns. Also, rück raus mit der Sprache!«, entgegnete Jaden. Es missfiel mir, immer mehr unter die Nase gerieben zu bekommen, wie ähnlich Jaden und ich uns doch waren. Ich hasste ihn doch eigentlich.

»Ich war verlobt. Seit meiner Geburt. Ich wollte ihn aber nicht heiraten, also bin ich abgehauen«, entgegnete sie knapp und hörbar genervt.

»Na super, also treffen wir da auch noch auf einen wütenden, sitzengelassenen Verlobten?« Jaden schüttelte mit einem bitteren Lachen den Kopf.

»Er wollte mich auch nicht heiraten!«, fauchte Shanira.

»Kann ihn verstehen!« Jaden grinste breit.

Shanira sah ihn einfach nur abfällig an, bevor sie sich von ihm wegdrehte und sich stattdessen mir zuwendete. »Wenn sie wirklich deine Freundin ist, dann kommt jetzt mit mir! Wir sind fast da!« Sie blickte mir tief in die Augen.

Ich wusste nicht, ob ich ihr vertrauen konnte, aber ich hatte keine andere Wahl.

Ich bedeutete Jaden und Leo, ihr wieder zu folgen, und sie taten es. Jaden warf zwar mit Flüchen um sich, die ich noch nie gehört hatte, aber er nahm Emili auf die Schulter und lief uns nach. Ich schenkte ihm ein Lächeln und er wuchs in meinem Ansehen. Auch wenn ich wusste, dass er es nur wegen Kyle tat.

KAPITEL 11

Bereits von Weitem konnte ich Lichter durch die Bäume schimmern sehen. Dass es ein Dorf gab, stimmte also zumindest. Wie wohlgesonnen die Bewohner uns jedoch waren, war keinem von uns klar. Nicht einmal Shanira. Aber offensichtlich riskierte sie einiges, um uns zu helfen. Und auch wenn sie ihre eigenen Gründe dafür haben mochte, war ich ihr dankbar.

»Lasst mich reden!«, knurrte sie, bevor wir auf die Lichter zumarschierten.

Ich hatte Angst. Und ich hasste es. Angst war etwas, womit ich schlecht umgehen konnte. Ich hatte es nie gelernt. Aber Emili war jetzt wichtiger.

Ich erspähte sie vor den anderen. Gut, Shanira hatte sie vielleicht ebenfalls kommen sehen, weil sie die Bewohner ihres Dorfes kannte. Jaden und Leo jedoch waren überrascht, als einer von ihnen aus dem Dickicht trat.

»Shanira. Was willst du? Wer ist das?« Der Akzent des Fremden war um einiges auffallender als der von Shanira. Aber verstanden hatten wir ihn alle. Und auch das, was in seinen Worten mitschwang: Verachtung.

»Menschen aus Insidia. Gregori hat mir aufgetragen, sie hierher zu bringen. Ihr sollt sie verarzten!« Auch Shanira sprach jetzt nicht mehr so verständlich wie zuvor.

Der Mann, der ebenfalls aussah wie ein Wikinger, musterte zunächst Shanira, bevor er anfing jeden einzelnen von uns mit einem abfälligen Blick zu begutachten.

»Keiner von uns hat damit gerechnet, dich jemals lebend wiederzusehen!«, sagte ein anderer jüngerer Mann, der nun ebenfalls aus dem Schatten trat.

Sofort wurden Shaniras Züge weicher und auch er schien keineswegs so erbost zu sein wie sein Mitstreiter.

Shanira ging einen Schritt auf den Unbekannten zu und sie begrüßten sich, indem sie ihre Stirn aneinanderlegten. Zumindest ging ich davon aus, dass es ein Gruß war.

Der junge Mann war unbestreitbar hübsch. Sein Bart war nicht ganz so lang wie der des anderen und irgendwie wirkte er insgesamt viel gepflegter. Seine dunklen Haare waren ähnlich Shaniras zu Zöpfen gebunden, die er mit einem Tuch aus dem Gesicht hielt.

»Bringt uns zu Líder«, sagte Shanira bestimmt.

Die beiden Männer warfen sich Blicke zu, bevor sie losmarschierten. Und wir hinterher. Allein Jaden zögerte ein wenig. Ihm war das alles offensichtlich nicht sehr geheuer, aber auch er folgte den beiden Männern schließlich in Richtung Lichter.

Ein ungutes Gefühl ergriff mich, ein Kribbeln kroch meine Wirbelsäule hinauf und ich sah mich wachsam um. Etwas stimmte hier nicht. Ich hörte einen erstickten Schrei, doch bevor ich reagieren konnte, packte mich jemand von hinten und presste mir eine raue große Hand auf den Mund. Ich spürte kalten Stahl an meiner Kehle und schluckte schwer. Ich wurde nach vorne gedrängt. Die Lichter vor meinen Augen verblassten und vergeblich hielt ich nach den anderen Ausschau.

Die Gestalt hinter mir rammte mir ein Knie in den Rücken und ich sank zu Boden, keuchte auf vor Schmerz.

Der Geruch, die groben, großen Hände und die massige Statur verrieten mir, dass es ein Mann war. Er drückte sein Gesicht an meinen Hinterkopf, als er meine Hände nahm und sie auf meinen Rücken band. Ich erschauderte. Seine Nähe trieb mir ein unangenehmes Gefühl in den Nacken. Als würden Tiere dort hinaufkrabbeln. Sein Geruch und sein stacheliger Bart lösten Übelkeit in mir aus. Ich war so benebelt, dass ich mich nicht einmal wehrte. Ich wollte einfach nur, dass er verschwand. Dass diese Nähe zwischen uns ein Ende fand. Und das würde sie nicht, wenn ich mich wehrte. Wahrscheinlich würde er sich auf mich stürzen und das Gefühl des Ekels stiege damit ins Unermessliche.

Endlich löste er sich etwas von mir und als sich mein Körper gerade ein wenig entspannte, spürte ich seine Hand erneut in meinem Nacken. Sie grub sich in meine Haare und riss mich zurück auf die Beine. Ich presste die Lippen zusammen.

Es war eine Falle. Ich hatte geahnt, dass etwas mit Shanira nicht stimmte, und jetzt war es zu spät. Was würden sie mit Emili anstellen? Sie brauchte dringend Hilfe.

Ich blinzelte ein paar Mal, bemühte mich, etwas zu erkennen, und tatsächlich entdeckte ich Jaden. Er lag auf dem Boden und rührte sich nicht. Panik ergriff mich. Meine Brust brannte und meine Kehle schnürte sich zusammen.

»Los!«, knurrte der Mann hinter mir mit dem hier offenbar typischen Akzent und schubste mich vor sich her, ohne die Hand von meinem Nacken zu nehmen.

Ich setzte einen Fuß vor den anderen. Wir entfernten uns von den Lichtern. Irgendwann blieb der Mann stehen und band mir etwas um die Augen, bevor er mich weiter vor sich her schubste.

Ich bemühte mich, durch den Mund zu atmen. Das Tuch ragte leicht über meine Nase und roch nach Schweiß und Tod.

Spucke sammelte sich in meinem Mund und ich war einen Moment lang so unachtsam, dass ich stolperte und auf meinem Gesicht landete. Ein schrecklicher Schmerz fuhr mir durch die Nase bis in den Kopf. Ich schrie auf.

Der Mann trat nach mir und ein Brennen durchfuhr meine Rippen. Ich krümmte mich. Schmeckte Blut. Tränen schossen mir in die Augen. Aber nicht vor Schmerz oder Trauer. Der Aufprall meiner Nase löste die Tränen, die nach und nach in dem mit Blut getränkten Tuch ihr Ziel fanden.

Der Mann zog mich an einem Arm wieder in die Höhe und das Seil riss mir die Haut an meinen Handgelenken auf.

Was sollte ich jetzt tun? Mich wehren? Um mich treten? Ich entschied mich, nichts zu tun, und kam mir vor wie ein kleines schwaches Mädchen. Aber was hätte es genützt? Mein Angreifer war doppelt so groß wie ich und ich hatte verbundene Augen und Hände. Also lief ich weiter.

Der Mann schubste mich immer wieder und meine Rippen stachen mir in die Lunge. Ich atmete keuchend und bemühte mich mit den Füßen so vorsichtig zu laufen, dass ich nicht noch einmal stolperte.

Meine Nase blutete noch immer. Aber das war nicht das Schlimmste an dieser Situation. Blutige Nasen war ich gewohnt. Jemandem schutzlos ausgeliefert zu sein, nicht.

Zu dem Knacken der Äste unter uns gesellte sich plötzlich ein seltsames, rhythmisches Geräusch. Je weiter wir gingen, desto deutlicher hörte ich es. Trommelschläge. Sie formten ein Lied. Eine Melodie – oder wie man das nannte.

Ein seltsames Gefühl breitete sich in mir aus und ich rief mir alle Geschichten über die Alte Welt in Erinnerung. Über Rituale und wilde Völker, die Menschen Körperteile abschnitten und sie wie eine Medaille mit sich herumtrugen. Ekel kroch mir die Kehle hoch und ich würgte. Bitterer Geschmack breitete sich in meinem Mund aus und ich musste sämtliche Kraft aufbringen, um mich wieder auf den Boden unter mir konzentrieren zu können. Das gelang mir aber nur so lange, bis ich die Trommeln direkt vor mir hörte. Ein unheilvolles Knistern lag in der Luft, herber Rauch erfüllte meine Nase. Sie würden mich verbrennen!

Mein Überlebensinstinkt tauchte so plötzlich wieder auf, dass ich das Gefühl hatte, das Knistern rührte von einem Feuer in meiner Brust. Ich schlug um mich, trat nach dem Mann und kratzte hinter meinem Rücken in die Luft. Doch wie erwartet stürzte sich der Mann auf mich, trat mich und drückte meinen Kopf in den Waldboden unter mir.

Verzweifelt bemühte ich mich durch den Staub Luft zu holen. Und wand mich unter ihm, um wieder atmen zu können. Meine Brust brannte wie Feuer. Ich war kurz davor, den Staub in meine Lunge zu ziehen, nur um ihr Verlangen zu stillen, etwas in sich aufzusaugen. Es war, als wäre es ihr egal, was sie bekam. Ein Reflex, den ich nicht steuern konnte. Doch dann grub der Fremde seine Hand wieder in meine Haare und riss meinen Kopf zu sich. Ich atmete hustend ein.

Meine Nackenhaare sträubten sich gegen die wiederkehrende Nähe des Mannes. Er roch nach Rauch, Alkohol und totem Tier. Sein Bart kitzelte an meinem Ohr und ich wimmerte. Ein kaltes, feuchtes Lachen streifte mich. Ich betete, dass er von mir weichen möge.

»Ich rate dir, zu tun, was dir gesagt wird!«, hörte ich seine widerliche Stimme. Alles an ihm trieb mir bittere Galle in den Hals, mein gesamter Körper wehrte sich gegen ihn. Gegen seinen Geruch, seine Stimme, seine Wärme und seinen nassen Atem.

So nickte ich einfach nur. Betend, dass er mich wieder loslassen würde.

»Kal! Was soll das?« Eine Stimme drang an mein Ohr, die meinen Körper wieder etwas entspannen ließ. Eine Stimme, die mir vertraut schien und doch kannte ich sie nicht.

»Wir haben dir ein neues Spielzeug mitgebracht!«, knurrte dieser Kal über mir.

Einen Augenblick später ließ er meinen Kopf unsanft auf den Boden fallen. Meine Lippe platzte auf und ich rang nach Luft angesichts des brennenden Schmerzes und des widerlichen Geschmacks von Dreck und Eisen.

»Bringt sie wieder zurück!«, befahl die Stimme. Sie wirkte autoritär. So autoritär, dass es mir Gänsehaut bereitete. Ich schluckte schwer. Betrogen mich meine Sinne gerade? Alles an dieser Stimme sollte mir zeigen, dass dort ein grausamer Mann stand, wahrscheinlich der Anführer dieser Barbaren. Und trotzdem fühlte ich mich wohl, wenn er sprach.

Eine seltsame Mischung aus Angst und Vertrautheit ergriff mich. Leise ächzend rollte ich mich unter Schmerzen auf den Rücken, um wieder atmen zu können. Dann bewegte ich meinen Kopf hin und her, um meine Augenbinde zu lösen, und erkannte eine dunkle große Gestalt auf der anderen Seite des Feuers. Hastig suchte ich meine Umgebung nach Kal ab, dem Mann, der mich hierhergebracht hatte, und erschrak fürchterlich, als ich ihn sah. Sein dunkler, fieser Blick war auf mich gerichtet. Sein Gesicht war übersät von Narben und Haaren. Eines seiner Lider war geschlossen und vernarbt.

Ich kniff die Augen zusammen, damit ich ihn nicht länger ansehen musste. Dann wagte ich einen weiteren Blick auf den anderen Mann. Er trug eine Kapuze. Sein Gesicht war in Dunkelheit gehüllt. Seine Statur war so mächtig, stark und muskulös, dass all die angenehmen Gefühle, die ich bei seiner

Stimme gespürt hatte, mit einem Schlag wie weggefegt waren. Ich schluckte Dreck und Blut. Jede Faser meines Körpers strömte Angst aus. Alles in mir schrie mich an, wegzulaufen und gleichzeitig einfach liegen zu bleiben, bis das hier endlich ein Ende nahm.

Meine Lippen bebten. Der Mann mit der Kapuze trat näher und ich war mir sicher, dass mein Herz aussetzte. Meine Brust brannte und zog sich schmerzhaft zusammen, als würden Tiere in ihr wohnen, die meine Haut nach innen zogen. Ich konnte meine Augen nicht abwenden, obwohl mir mein Verstand sagte, dass es besser wäre, ihn nicht anzustarren wie ein angeschossenes, hilfloses Reh.

Er beugte sich zu mir und legte seinen Kopf zur Seite. Als würde er ein Wesen betrachten, das er nie zuvor gesehen hatte. Dann streckte er seine Hand nach mir aus und berührte mein Kinn. Das Blut in meinen Adern gefror.

Ich fragte mich, ob es mir etwas bringen würde, ihn zu beißen. Ob ich damit für genug Aufruhr sorgen würde, um wegrennen zu können. Aber ich verwarf den Gedanken schnell wieder und bemühte mich, meine Lippen zum Stillstand zu bringen. Er musste es spüren. Die Angst sehen. Und das Zittern an meinem Kinn mit seinen kühlen Händen fühlen können.

Sein Gesicht war immer noch dunkel. Trug er eine Maske? Ich sah ihn suchend an und fand seine dunklen warmen Augen. Sie waren umrandet von dunklem Metall, das ein wenig glänzte.

Ganz sanft drückte er mein Gesicht an meinem Kinn zur Seite, nahm meine Haare mit der anderen Hand und strich sie zur Seite. So als würde er nach etwas an meinem Nacken suchen.

Als er mein Gesicht wieder zu sich drehte, wusste ich nicht, ob er gefunden hatte, was er gesucht hatte. Sein Antlitz war schwarz und seine Augen hatten sich nicht verändert.

Die Stille um uns herum fraß mich auf. Nur das Knistern des Feuers prasselte hinter uns. Die Trommeln und die Stimmen der anderen Menschen hier waren verstummt.

»Verbindet ihr wieder die Augen und bringt sie in mein Zelt«, sagte er im

Befehlston. Er blieb noch einen Moment bei mir sitzen und sah mich an. Es war, als würde er etwas in meinem Gesicht suchen. Wie zuvor, war ich nicht in der Lage, meinen Blick abzuwenden. Bis mich Kal wieder von hinten packte und die Binde über meine Augen schob. Diesmal war er tatsächlich etwas vorsichtiger.

Wortlos schubste er mich vor sich her. Mein Gesicht streifte Stoff und kurze Zeit später schleuderte er meinen Körper unsanft auf einen Stuhl. Meine Hände schmerzten, eingeklemmt zwischen der Lehne und meinem Rücken, bis eine kühle Hand sie vorsichtig nahm und hinter die Lehne legte. Ich wusste, dass es dieser riesige Mann war und nicht Kal.

»Raus!«, befahl der Fremde kühl. Stille trat ein. Ich spürte, wie meine Augen umherwanderten. Es hatte keinen Sinn. Die Binde versperrte mir die Sicht. Aber gegen den Reflex meiner Augen konnte ich nichts tun.

»Was macht ein Mädchen aus Insidia hier in Amerika?«

Ich schluckte schwer und antwortete nicht. Was sollte ihm diese Information auch bringen?

»Wie bist du hierhergekommen?«

Ich entgegnete wieder nichts und biss die Zähne zusammen. Seine Stimme wirkte jung. Aber die Erinnerung an seine Umrisse ließ sich nicht damit vereinbaren.

»Kannst du reden?«

Abermals blieb ich stumm. Vielleicht würde er jetzt glauben, dass ich nicht reden konnte, und aufhören, mir Fragen zu stellen. Ich hörte seine Schritte. Ein Kribbeln schoss durch meinen Magen und meine Wirbelsäule hinauf.

Er berührte mich an der Schläfe und löste meine Augenbinde. Ich blinzelte und wich zurück, als ich in das Gesicht vor mir starrte. Hektisch kniff ich die Augen wieder zu und wandte meinen Kopf ab.

Als er ebenfalls schwieg, öffnete ich vorsichtig meine Lider und sah auf die schwarze Maske, die nur wenige Zentimeter von mir entfernt war. Meine Lippen bebten. Ich biss mir auf die Unterlippe, um sie zu beruhigen. Aber es hatte keinen Sinn.

Ich starrte die unheimliche Maske vor mir an. Ihre seltsame Struktur aus

Gold und Schwarz und die verzerrte Grimasse, die sie malte. Sah er so aus? Auch unter der Maske? Mein Körper bebte vor Angst. Wenn es eine Person gab, die der Tod war, dann war es sicher diese Gestalt vor mir. Plötzlich war ich mir nicht einmal mehr sicher, ob sie überhaupt ein Mensch war.

Ich fühlte mich, als würde mein Herz Gift durch meine Adern pumpen. Mein gesamter Körper brannte vor Furcht.

Wieder kam seine Hand näher und ich fuhr zusammen. Doch er ließ sich nicht aufhalten, berührte mit seinem kühlen Finger meine Lippe und öffnete sie.

»Eine Zunge hast du noch«, stellte er fest.

Ich weitete meine Augen. Hatte er wirklich erwartet, jemand hätte mir meine Zunge herausgeschnitten, um mich verstummen zu lassen?

»Wer bitte sollte mir meine Zunge rausschneiden?!« Viel zu spät bemerkte ich, wie bissig meine Stimme klang und dass ich überhaupt etwas sagte. Ich starrte ihn abwartend an.

Er musterte mich einen Augenblick mit seinen dunklen Augen. Ich meinte sogar ein Lächeln in ihnen erkennen zu können. Aber als sich unsere Blicke begegneten, verwarf ich diesen Gedanken wieder. Hass sprach aus ihnen. Was hatte ich ihm nur getan?

»Da wir jetzt wissen, dass du sehr wohl eine Stimme hast: Antworte!«

Unruhig rieb ich meine Finger aneinander und senkte meinen Blick. Möglichst unauffällig musterte ich meine Umgebung. Ich befand mich in einem Zelt. Es war zu dunkel hier, um mehr erkennen zu können.

»Ich bin mit einem Schiff hergekommen«, raunte ich und betrachtete kurz seine Hände, die neben mir auf den Stuhllehnen ruhten. Seine Nähe machte mir Angst. Dennoch: Trotz der gruseligen Maske sahen seine Hände schön aus. Er wirkte gepflegt. Ganz anders als dieser Barbar Kal, der mich hierher geschleift hatte.

»Und warum bist du hier?«

»Bist du ihr Anführer?«

Seine Augen weiteten sich und ich war mir sicher, es lag daran, dass er seine Brauen hob.

»Stellst du jetzt die Fragen?«

»Ich habe dir eine Antwort gegeben, also gibst du mir ebenfalls eine!«, entgegnete ich kühl und bemühte mich dabei, meinen ängstlichen Körper zu beruhigen, damit er mir meine vermeintlich selbstsichere Art abkaufte.

»So wird das nicht laufen, kleine Insidianerin«, raunte er und richtete sich wieder auf. Er ging ein paar Schritte weg und hob einen Gegenstand von einem Tisch auf, mit dem er eine Weile herumspielte, bis er sich mir wieder zudrehte. Als ich einen kleinen Dolch in seiner Hand erkannte, zuckte ich zusammen. Ich betete, dass er es nicht gesehen hatte, doch der Ausdruck in seinen Augen sagte etwas anderes.

Er kam wieder auf mich zu und kniete sich vor mich. Er war so muskulös, dass ich jeden seiner Muskeln durch seinen schwarzen Überwurf sehen konnte. Seine braunen, offenen Stiefel knarrten, als er sich hinhockte, und ich hob vor Angst meinen Kopf ein wenig. Offensichtlich kam ihm das zugute, denn kurz darauf strich er mit der kalten Spitze des Dolches meinen Hals entlang.

Gänsehaut durchzog meinen Körper. Angst und ein anderes Gefühl mischten sich. Ich konnte es nicht definieren, aber es verwirrte mich, weil es angenehm war. Etwas in seinen Augen wirkte bekannt. Vertraut. Als würde uns etwas verbinden.

»Wenn du mich umbringen willst, dann tu es einfach!«, knurrte ich ruhig. Bemüht, meinen Hals dabei nicht zu sehr zu bewegen. Die Klinge strich immer noch darüber.

Sein Geruch stieg mir in die Nase und ich musste mich wieder zusammenreißen. Er war angenehm und erinnerte mich an Freiheit. Er roch nach Wald und Schnee. Rein und sauber. Und eben vertraut, auf eine kranke Art und Weise.

»Frech«, hauchte er und hob seine Augen. Unsere Blicke begegneten sich und mein Herz versetzte mir einen Stich. Ein Flattern durchfuhr mich und meine angespannte Haltung löste sich ein wenig.

»Ich habe keine Angst vor dir«, murmelte ich.

»Doch, das hast du«, entgegnete er ruhig.

Ich sah ihn einfach nur an. Als würde er mich in eine Art Bann ziehen. »Aber du wirst mir nichts tun.«

Seine Augen verengten sich, doch er rührte sich nicht mehr. Der Dolch lag mit seinem kalten Stahl ruhig auf meinem Schlüsselbein. Bereit zu schneiden, bereit, das zu tun, wofür er gebrannt, geformt und geschliffen worden war. Nur die Person, die den tödlichen Dolch in der Hand hielt, war es nicht.

Der Mann mit der Maske würde mir nichts tun. Da war ich mir sicher.

Der Fremde blieb weiter starr und stumm. Er sah mich an und wieder übermannte mich das Gefühl, er würde nach etwas suchen. Aber nach was? Nach Antworten? Wie sollte er sie in meinem Blick finden?

Ich erinnerte mich an Kyles Worte. Als er sagte, dass er in meinem Blick nicht lesen könnte, und Wut kochte in mir hoch.

»Du bist wütend«, stellte der Maskenmann prompt fest.

Wie ertappt strich ich mir mit der Zunge über die Lippen und biss danach nervös darauf herum.

»Warum?«

»Das geht dich nichts an!«, fauchte ich und wandte endlich meinen Blick ab. Ich atmete schwer, als hätte ich all die Zeit, die wir uns angesehen hatten, nicht wirklich Luft geholt.

Mein Gegenüber richtete sich wieder auf und ließ seine Hand in der Kapuze verschwinden, schloss die Augen und bewegte seinen Kopf zur Seite, während er sich über den Nacken strich. Dann erwachte er plötzlich und lief an mir vorbei. Ich hörte etwas klirren, und jetzt, da er irgendwo hinter mir stand, war ich mir plötzlich gar nicht mehr sicher, ob er mir wirklich nichts antun würde. Warum war ich davon gerade noch so überzeugt gewesen? Waren es seine Augen? Irgendetwas lösten sie in mir aus, was mit tiefem Vertrauen verankert war.

Als er wieder an mir vorbeischritt, schrak ich zusammen wie ein ängstliches Tier. Er blieb abrupt stehen und blickte mich ausdruckslos an.

»Etwa doch Angst?« Seine Stimme wirkte, als würde er ein wenig lächeln. Aber wenn es so war, kam es nicht in seinen Augen an. Was mir noch viel mehr Angst machte.

Ich warf einen Blick auf seine Hände. Er hatte eine kleine Schale und ein Tuch geholt und kniete sich vor mich. Vorsichtig tunkte er das Tuch in die Schale mit Wasser und mein Herz schien zu explodieren. Ich erinnerte mich blitzartig an die bitteren Stunden im *PG*, in denen wir auf Folter vorbereitet worden waren. Sämtliche Methoden schossen mir durch den Kopf und ich versuchte auszusortieren, welche in der jetzigen Situation in Frage kämen. Plötzlich berührte er meine Haut mit dem kühlen nassen Tuch und bevor ich mich wehren konnte, drückte er es auf meinen Mund. Ich keuchte und drehte meinen Kopf zur Seite, woraufhin er sofort von mir abließ.

Er sah mich von unten an und legte das Tuch dann erneut auf meine Haut und rieb daran herum. Erst jetzt begriff ich, was er da tat. Er wischte mir das Blut und den Dreck aus meinem Gesicht.

Ich schluckte, wusste nicht, was ich darüber denken sollte. Was wollte er damit erreichen? Dass ich ihm vertraute und ihm Geheimnisse erzählte? Welche Geheimnisse das auch immer sein sollten: Irgendein Interesse bestand daran, dass ich aus Insidia hierhergekommen war.

Vorsichtig säuberte er erst meinen Mund und dann die Haut unter meiner Nase. Ich verzog mein Gesicht, als er über die aufgeplatzte Stelle an meiner Lippe strich, und seine Augen musterten mich entschuldigend. Ohne es wirklich zu wollen, bildete sich ein Lächeln auf meinen Lippen.

Er starrte darauf, sichtlich verwirrt. Ich wusste es, auch wenn ich nur seine Augen sehen konnte. Aber ich war genauso verwirrt, über mich selbst und meine blöden Lippen, die sich selbstständig gemacht hatten.

Abrupt löste er sich von mir und legte das dreckige Tuch zurück in die Schale. Dann ging er ein paar Schritte auf den Tisch zu und nahm den Dolch wieder an sich. Als er ihn erneut auf meinen Hals legte, lächelte ich wieder.

»Hast du mich etwa saubergemacht, um mich zu töten? Soll ich dir das wirklich glauben?«

»Ich bin nicht darauf angewiesen, dass du mir etwas glaubst«, erwiderte er kühl.

Mein Körper sendete mir unterschiedlichste Signale: Angst, Furcht, Vertrautheit, Sicherheit. Wie sollte das alles zusammenpassen? Und wer war dieser Typ?

»Was willst du von mir?«, fauchte ich aufgebracht. Offensichtlich war meine Angst nicht groß genug, um mich ein wenig zurückzuhalten.

»Ich dachte, du wärst zu mir gekommen«, murmelte er nachdenklich. Seine Stimme klang seltsam gedämpft unter dieser Maske und ich fragte mich erneut, wie er wohl darunter aussah. War sein Gesicht ebenfalls so schrecklich? Oder sogar noch schlimmer?

»Líder!« Ich erblickte einen Mann, der im Zelteingang stand und mich abwertend musterte. Die Angst kehrte zurück.

Er hieß also Líder. Ein seltsamer Name.

Der Mann im Eingang sprach in einer fremden Sprache mit Líder. Ich musterte seine nachdenkliche Miene und hörte Shaniras Namen aus dem Mund des Mannes.

»Shanira war bei ihnen?«, fragte er und warf einen Blick auf mich, während der Mann am Eingang ihn argwöhnisch musterte. Wahrscheinlich, weil er in unserer Sprache geantwortet hatte.

»Meine Freundin. Sie braucht Hilfe«, flehte ich ihn an, da mir mit Schrecken Emili wieder einfiel. Wie hatte ich sie nur so vergessen können?

Er hielt einen Arm um seinen Bauch und berührte mit der anderen Hand nachdenklich sein Kinn.

»Warum war Shanira bei euch?«

Ich presste die Lippen aufeinander. »Sie hat uns gerettet und hierhergebracht, um meine Freundin verarzten zu lassen.«

Seine Augen verengten sich, als würde er abwägen, ob er mir glauben konnte.

Flehend sah ich ihn an. »Bitte hilf ihr!«, wisperte ich. Meine Lippen bebten wieder. Ich wollte mir nicht einmal vorstellen, wie es wäre, wenn ich Emili verlor. Das durfte einfach nicht passieren.

Er befahl dem Mann etwas in der fremden Sprache und bedeutete ihm dann mit der Hand hinauszugehen.

»Hilfst du ihr?«

Er nickte. »Und du erklärst mir, was Shanira bei euch getan hat!«

Ich schloss meine Augen. Eine Woge der Erleichterung überrollte mich.

»Wir kamen mit einem Schiff. Doch als wir an Land gegangen sind, wurden Bomben auf uns geworfen. Meine Freundin wurde von einem herabfallenden Betonteil erwischt und später hat Shanira ihre Wunde ausgebrannt und uns hierhergebracht«, erzählte ich die kurze Version der Geschehnisse.

»Warum sollte Shanira euretwegen wieder herkommen?«, fragte er mehr sich selbst als mich und ich war mir nicht sicher, ob ich darauf antworten sollte.

»Tut ihr nichts!«, flüsterte ich.

Er warf mir einen fragenden Blick zu.

»Du hast sie verbannt! Sie war ganz alleine da draußen! Und sie wollte uns helfen! Dafür darfst du sie nicht bestrafen!«, schrie ich ihn an, verzweifelt und kraftlos zugleich.

Nun wirkten seine Augen wütend. Er stemmte sich wieder mit seinen Händen auf den Stuhllehnen ab und kam mit seiner gruseligen Maske viel zu nah an mich heran. »Rede nicht über Dinge, von denen du keine Ahnung hast!«, knurrte er.

»Kal!«, brüllte er dann und ich zuckte zusammen.

»Nein!«, wisperte ich und schüttelte zittrig den Kopf. »Nein! Es tut mir leid! Schick mich nicht wieder zu ihm!«

»Kal!«, schrie er noch lauter. Noch wütender. Ich wand mich auf dem Stuhl und versuchte die Fesseln loszuwerden. Warum hatte ich nur immer so ein freches Mundwerk?

Da hörte ich auch schon jemanden eintreten und ich musste nicht nachsehen, um zu wissen, wer da stand.

»Schaff sie mir aus den Augen! Doch wage es ja nicht, ihr auch nur ein Haar zu krümmen!«, knurrte er und wandte sich von mir ab.

»Nein! Bitte nicht!«, weinte ich, doch die Tränen hielt ich zurück.

Ich verscheuchte die Bilder, die vor mir auftauchten. Bilder, die meiner Vorstellung davon entsprachen, was dieser Kal mir antun würde. Egal, was der Maskenmann ihm gesagt hatte: Ich erkannte es an seinem ekelhaften Blick.

Er kam auf mich zu und zog mich unsanft nach oben. Der Maskenmann stand immer noch da, hatte mir den Rücken zugekehrt und ignorierte meine bitteren Schreie.

Kal schleifte mich hinaus und ließ mich auf dem Platz neben dem Feuer auf den Boden fallen. Die Hitze brannte in meinem Gesicht und ich bemühte mich, meinen Körper weiter von dem Feuer wegzudrehen.

Aus dem Augenwinkel nahm ich wahr, wie Shanira grob in Líders Zelt gebracht wurde und keuchte auf.

Das alles war nur meine Schuld. Ich hätte sie gehen lassen sollen. Und mich und die anderen damit nicht in die Gefahr bringen sollen, in eines ihrer Dörfer gebracht zu werden.

Als ich mich ein wenig von dem Feuer entfernt hatte, stieß Kal mich wieder zurück. Ich roch mein verbranntes Haar und kugelte mich hin und her, weg von der Hitze.

Kal griff nach meinen Haaren und riss mich vom Boden. Er ließ aber nicht zu, dass ich meine Füße auf den Boden stellte, und schleifte mich hinter sich her in den Wald.

»Nein«, schrie ich, »Er hat es dir verboten!«

Kal lachte kalt. Der Lärm, der am Feuer geherrscht hatte, wurde immer leiser. Wir waren zu weit weg. Keiner würde mich hören. Und dieser kranke Kerl würde mich langsam und grausam sterben lassen.

Verzweifelt trat ich um mich. Kal ließ meine gefesselten Hände los und ich fiel mit einem dumpfen Schlag auf den Boden. Ich jaulte vor Schmerz, richtete mich aber so schnell ich konnte auf, doch da spürte ich einen weiteren Tritt und Hände in meinem Nacken. Ich schluchzte auf. Mehr vor Ekel als vor Schmerz. Wieder spürte ich seinen Bart und seinen warmen, nassen Atem.

Krampfhaft bemühte ich mich, an etwas anderes zu denken, doch all meine Gedanken richteten sich auf das Hier und Jetzt und darauf, wie ich gleich sterben würde.

Ein dumpfer Knall riss mich aus meinen Gedanken und Kal ließ von mir ab. Ich fiel auf die Knie und sah mich schreckhaft um.

Die riesige Gestalt des Mannes mit der Maske hatte Kal am Hals gegriffen. Ein Knurren, das unmenschlich klang, verließ seinen Mund. Ich zuckte zusammen.

Kals Beine schwebten einige Zentimeter über dem Boden und ich riss meine Augen auf, um mir sicher zu sein, dass das echt war. Dass dieser Maskenmann wirklich so viel Kraft besaß, einen Bären wie Kal am Hals in die Höhe zu heben.

Instinktiv kroch ich ein wenig weiter weg von den beiden. Angst packte mich mit ihren kalten unbarmherzigen Fingern und lähmte mich. Ein seltsames Gefühl, weil sie mir gleichzeitig befahl wegzurennen. Wie sollte das zusammenpassen? Es war, als würde die Angst sich selbst durch diese zwiespältigen Reaktionen verdoppeln.

»Ich habe gesagt, dass du sie in Ruhe lassen sollst!«, knurrte Líder unter seiner Maske hervor. Seine Stimme löste einen kalten Schauer in mir aus.

Kals Kopf lief rot an. Selbst in dieser Dunkelheit konnte ich das erkennen.

Er ließ ihn los und Kal landete mit einem lauten Plumps auf dem Boden und rang nach Luft.

Das Maskengesicht drehte sich mir kurz zu und ich öffnete erschrocken meinen Mund, als ich in seine furchteinflößenden Augen sah. Doch Sekundenbruchteile später hatten sie sich bereits wieder Kal zugewandt:

»Verschwinde von hier und komm nie wieder oder ich werde dich töten!«, knurrte er. Sein Körper wirkte angespannt und dadurch noch stärker. Es war ein Wunder, dass er ihn nicht gleich an Ort und Stelle tötete. Alles an seiner Haltung sprach dafür, dass er kurz davorstand, ihn mit bloßen Händen zu erwürgen.

Und wirklich: Kal richtete sich zittrig auf und rannte davon.

Da kam Líder auf mich zu. Mein Atem stockte. War ich die Nächste? Auch wenn er mich gerade verteidigt hatte: Ich war mir sicher, dass es weniger an mir, als an der Tatsache lag, dass Kal einen Befehl ignoriert hatte.

Er blieb vor mir stehen, kniete sich zu mir und löste meine Fesseln, bevor er mir seine Hand entgegenhielt, um mir aufzuhelfen. Ich ergriff sie, ohne nachzudenken. Als würde mein Körper mir befehlen, ihm zu vertrauen.

»Alles in Ordnung?« Seine Stimme schien sich über meine Haut zu legen wie ein warmer Mantel, der mir Sicherheit gab.

Ich nickte und sah ihm in seine dunklen Augen. »Wer bist du?«, fragte ich und berührte die eiserne Maske, die sein Gesicht verdeckte. Ich schreckte zurück, als ich begriff, was ich da tat, aber seine Augen wirkten nicht wütend. Also berührte ich sie erneut. Griff nach ihr und zog sie langsam von seinem Gesicht. Er ließ es zu.

Ich öffnete erschrocken den Mund, als ich sein Gesicht erblickte, und ließ die Hand, in der ich die Maske hielt, sinken.

Er zog vorsichtig seine Kapuze vom Kopf und blickte mich ernst an.

Nun sah ich ihn, sah seine dunklen Haare, die ebenfalls zu Zöpfen gebunden waren, und seine dunklen Augen. Seine Haare waren viel kürzer als die der anderen.

Mein Blick wanderte zu seinen muskulösen Armen und seinen Händen. Hände, die in ihrem Leben viel gearbeitet hatten, aber wunderschön waren. Und ... wieder zurück zu seinem Gesicht. Er sah aus wie gemalt. Ich hatte etwas ganz anderes erwartet. Aber egal, wie angsteinflößend er war: Er war ohne Frage wunderschön und strahlte eine so extreme Autorität aus, dass mir kalt und heiß zugleich wurde.

Ich konnte meinen Blick nicht von ihm lösen und fuhr mit den Augen seine kantigen Gesichtszüge nach. Ein kurzer Bart rahmte sein Gesicht ein und umspielte seine gezeichneten Lippen. Er sah ganz anders aus als jeder Mann, den ich bisher gesehen hatte. Aber ja, er war wirklich schön. Als wäre er nicht echt.

Ich atmete tief durch. Plötzlich kehrten Zweifel zurück in meine Brust und drohten mich zu erdrücken. Hatte ich gerade einen Fehler begangen? Aber hätte er dann nicht verhindert, dass ich ihm die Maske vom Gesicht zog?

»Es tut mir leid.«

Wie sehr erschrak ich, als ich feststellte, dass er das gesagt hatte und nicht ich. Für einen kurzen Moment schien es, als würden wir uns schon ewig kennen.

»Mir tut es leid«, murmelte ich. »Ich hätte sie nicht abnehmen sollen.« Schüchtern hielt ich ihm die Maske entgegen.

»Ach das. Das ist doch bloß ein Stück Metall, das meine Vorfahren schufen. Ich habe es nur getragen, weil heute der Tag der Urväter ist.«

Nachdenklich sah ich ihn an. Überlegte, ob ich ihn fragen sollte, was es damit auf sich hatte. Aber ich blieb stumm. Vorerst zumindest.

KAPITEL 12

Als wir durch die Bäume traten, hielt ich erschrocken inne. Das sogenannte Dorf war in Wahrheit ein Zeltlager. Ich fand kein anderes Wort dafür.

Als ich auf dem Boden gelegen hatte, war ich zu beschäftigt mit seiner Gestalt gewesen, als dass ich es hätte wahrnehmen können. Doch nun hatte ich urplötzlich das Gefühl, ins Mittelalter zurückversetzt worden zu sein. Mein Mund öffnete sich automatisch.

In der Mitte brannte das Feuer, um das ein paar ältere Frauen saßen und Fleisch grillten. Einige Männer hockten ebenfalls da und warfen mir argwöhnische Blicke zu. Gerade noch hatten sie dabei zugesehen, wie Kal mich immer weiter auf das Feuer zu getreten hatte, und nichts getan.

Sonst war der Platz in der Mitte der Zelte ziemlich leer. Hier und da liefen ein paar Männer herum, die allem Anschein nach Wache schoben.

Líder schob mich in das größte Zelt hinein. Sein Zelt. Das, in dem ich gerade schon auf dem Stuhl gesessen hatte.

Wir gingen auf besagten Stuhl und den Tisch, der danebenstand, zu. Mein Begleiter bedeutete mir, mich zu setzen. Ich überlegte kurz, ob ich nicht lieber stehen bleiben – oder noch besser – zurückgehen sollte, um zu sehen, ob es meinen Freunden gut ging, aber ich entschied mich, ihm zu gehorchen.

»Du bist also Gregoris Tochter«, stellte er fest. Für ihn war das offensichtlich klar.

Ich sah ihn irritiert an und senkte dann meinen Kopf. Wenn er mir nur deshalb geholfen hatte, war es wahrscheinlich nicht so schlau, ihm die Wahrheit zu sagen.

»Ich bin die Verlobte des Prinzen«, log ich und seltsamerweise fühlte ich mich so, als würde ich die Wahrheit sagen. Ich dachte an Kyle. Obwohl er mich hierhergeschickt hatte, vermisste ich ihn.

Líder hob eine Augenbraue. »Also wirst du die zukünftige Königin«, stellte er wieder fest.

Ich nickte einfach nur. Dann besann ich mich endlich und nahm eine bessere Haltung ein. Schließlich war ich seines Wissens die zukünftige Herrscherin Insidias – und verhielt mich wieder wie ein kleines Kind.

»Vielleicht rede ich dir deinen Prinzen ja noch aus.« Er grinste mich schelmisch an und ich brauchte eine ganze Weile, bis ich verstand, was er da gerade gesagt hatte.

»Meine Freundin benötigt wirklich Hilfe!«, sagte ich, um abzulenken.

»Sie ist bereits bei unserem Heiler«, gab er zurück und nahm einen Schluck aus einem Krug.

»Wie heißt du?«

Ich blinzelte schnell. Es war seltsam, plötzlich sein Gesicht in Gänze sehen zu können. Immer wieder erwischte ich mich dabei, wie ich ihn anstarrte.

»Insidia. Und du?« Ich wusste nicht wirklich, wie ich ihn ansprechen sollte.

Er lächelte nur. »Ich heiße Satan. Waren meine Eltern nicht überaus kreativ?«

Erst jetzt bemerkte ich, dass er unsere Sprache akzentfrei sprach.

»Vielleicht waren sie ja auch einfach hellseherisch begabt, ich kann es noch nicht beurteilen«, entgegnete ich und lächelte ebenfalls.

Er leckte sich über seine Lippen, die zu einem Grinsen geformt waren. »Meine Freunde nennen mich Sate.« Die Art, wie er den Namen aussprach, verriet mir, dass es hier wohl doch noch amerikanische Einflüsse gab.

»Und der Rest?«

»Líder.«

»Und was soll das bedeuten?«, fragte ich genervt.

»Anführer«, erklärte er knapp.

Ich verdrehte die Augen. »Und was wollt *Ihr* jetzt von mir?« Eindringlich sah ich ihn an.

»Erstens: Diese Höflichkeitsform ist völlig unangebracht. Zweitens ist es ebenso dein missbilligender Blick und drittens bist *du* hier, um Fragen zu beantworten. Nicht ich!« Sein Tonfall war plötzlich herrisch, was zu seinem ganzen Auftreten passte.

Ich biss die Zähne zusammen. »Na, dann frag!«

Er lachte lautlos. »Du bist nicht die Prinzessin von Insidia. Habe ich recht?«

Mist! Ertappt! Das verriet wohl auch mein erschrockener Gesichtsausdruck. »Nein!«, gab ich zurück. »Erst wenn der Prinz und ich verheiratet sind.«

»Gut gespielt. Aber du bist auch nicht seine Verlobte. Du bist eine schlechte Lügnerin. Ich habe den Schmerz in deinen Augen gesehen, als du gesagt hast, du wärst es. Daraus schließe ich, dass du wirklich gerne die Prinzessin wärst.«

Ich schnaubte. »Bestimmt nicht!«, gab ich wütend zurück.

»Woher kommt dann der Schmerz?«, fragte er und lehnte sich nach vorne. Er roch gut. Warum roch er gut? Er war ein Wildling!

Ich schüttelte den Kopf, um mich wieder zu besinnen. »Das geht dich nichts an!«, raunte ich und wieder lächelte er nur. Am liebsten hätte ich ihm sein Lächeln aus dem Gesicht geprügelt. Aber gegen ihn hätte ich nun wirklich keine Chance.

»Mir ist es egal, dass du nicht die Prinzessin bist. Nicht egal ist mir hingegen, wenn mir etwas verheimlicht wird.«

Ich wurde aus ihm nicht schlau. Was wollte er von mir? Dass ich meinen gesamten Herzschmerz vor ihm ausbreitete? Der hatte doch nicht mehr alle Tassen im Schrank! Gerade im Wald war er mir um einiges sympathischer gewesen. Es war, als hätte er sich plötzlich wieder besonnen und festgestellt, dass ich böse war.

»Es ist kompliziert! Aber ich bin seine Verlobte!«, fauchte ich.

»Ist es das nicht immer?« Sate stand auf und ging um den Tisch herum, an mir vorbei. Und er roch *wirklich* verdammt gut. Anführer hatten wohl die Möglichkeit zu baden.

Er schritt auf ein Tischchen zu und hob den winzigen Dolch auf. Mir stockte der Atem. Was wollte er jetzt wieder damit? Meine Antwort erzwingen?

»Ich rate dir, es zu lassen.«

»Was zu lassen?«, fragte ich genervt.

»Ihn zu heiraten oder seinetwegen zu trauern. Was auch immer von beidem stimmt: Er wird nicht mehr lange leben!«

Ich zog die Augenbrauen zusammen. »Was willst du mir damit sagen? Dass du ihn töten wirst? Viel Spaß!«, erwiderte ich lachend. Das konnte der ja wohl nicht ernst meinen.

»Wir haben uns lang genug klein halten lassen. Es wäre alles in Ordnung gewesen. Ihr hättet uns hier unsere Gesellschaft aufbauen lassen können und wir euch euer Königreich. Aber ihr wolltet die Einzigen sein. Die alleinige Herrschaft an euch reißen. Und jetzt seid ihr auch noch so dumm, uns in die Karten zu spielen und hierher zu kommen!«

Angst breitete sich in mir aus. Angst, die Kyle galt. Ich wollte nicht, dass er starb, und vergaß alles.

»Gregori ist nicht unser König!«, rief ich aufgebracht und sprang ebenfalls auf.

Sate zog eine Augenbraue hoch und machte einen Schritt auf mich zu. Offensichtlich mochten diese Amerikaner Nähe.

»Warum lügst du mich an? Ich mag dich.«

»Ich lüge nicht. Er will die Macht an sich reißen. Und das wollen wir verhindern!«

Sate sah mich prüfend an und kam mir noch näher. »Das ist die perfekte Taktik, nicht?«

Ich hob meinen Kopf, um ihm ihn die Augen zu sehen. Er war wirklich groß.

»Wenn ich dich austausche, gegen unseren Frieden, könntest du auf leichte Art und Weise zu ihm zurückkommen. Ich glaube dir kein Wort.«

»Deine Logik ist wirklich unlogisch!«, fauchte ich ihn an und griff nach dem Dolch in seiner Hand. Er konnte gar nicht schnell genug reagieren. »Bevor du mich an diesen Mistkerl auslieferst, bringe ich mich lieber gleich hier um!«, schrie ich. Mir war egal, wer uns hörte. »Oder noch besser: Ich töte ihn!« Ich verengte meinen Bick. Dachte an Gregoris Gesicht, dachte an damals, als ich auf ihn geschossen hatte, und wünschte mir, dass die Waffe geladen gewesen wäre.

Entschlossen ging ich wieder auf Sate zu, griff nach seiner Hand, öffnete sie und legte den Dolch hinein. »Vertrau mir oder töte mich. Eine andere Wahl hast du nicht!«

Sate schloss seine Hand um den Dolch und meine Finger. Ein warmes Gefühl durchfuhr mich. Als würden wir uns schon ewig kennen. Es war, als wären wir verbunden. Irgendetwas einte uns. Ich wusste nur nicht, was es war.

»Wenn ich dir vertrauen soll, dann musst du etwas tun, um mir das zu beweisen.«

»Und das wäre?« Alarmiert hob ich meine Augenbrauen.

»Wir haben einen Mann gefangen genommen. Er gehört zu Gregori. Töte ihn!«

Ich fühlte mich schlagartig in mein zehntes Lebensjahr zurückversetzt. Jähe Panik ergriff mich. »Ich werde niemanden töten!«

»Das wirst du. Das musst du. Oder du wirst sterben.«

Ich erinnerte mich an eine Lehrstunde. Es ging um die Psychologie der Menschen und wie weit sie gehen würden, um ihre eigene Haut zu retten.

»Zeig ihn mir!«, knurrte ich.

Auf Sates Gesicht bildete sich ein Lächeln ab.

Er ging zu der Tür aus Vorhängen, sprach mit einem Wachmann, der davorstand, und kam dann zu mir zurück. Und als wäre es das Normalste auf der Welt, nahm er eine meiner Strähnen in die Hand.

Ich bemühte mich, seine Hand wegzuschlagen, doch er ergriff sie.

»Ich habe dir zu keinem Zeitpunkt gestattet, mich respektlos zu behandeln, Insidia!«, sagte er und funkelte mich böse an.

»Respektlos ist, mich ohne mein Einverständnis anzufassen!«, knurrte ich und er lächelte wieder nur.

So standen wir einige Zeit da. Er hielt meine Hand in seiner. Nach und nach wurde sein Griff wieder lockerer. Ich hätte meine Hand aus seiner lösen können. Aber ich wollte es nicht und ich hasste mich dafür. Ich dachte unmittelbar an Kyle. Ich vermisste ihn. Ich fühlte mich auch irgendwie schuldig. Aber mir war auch bewusst, mit wem er gerade Zeit im Schloss verbrachte, und das ermutigte mich nur noch mehr, Sates Hand *nicht* loszulassen.

Unsere Blicke trafen sich. Seine Augen funkelten autoritär und warm zur gleichen Zeit. Ich konnte mich nicht von ihm lösen. Etwas in mir sagte mir, dass wir verbunden waren. Auf eine kranke Art und Weise.

Ein dumpfes Schreien riss mich aus meiner Starre. Neben uns stand plötzlich ein Mann. Und vor ihm kniete ein weiterer. Sie hatten einen alten Sack über seinen Kopf gestülpt. Der Wachmann musterte unsere verschränkten Hände – und ich riss mich von Sate los.

»Du kannst gehen!«, befahl Sate. Der Wachmann nickte nur, stieß den Gefangenen zu Boden und verließ das Zelt.

Sate legte mir den Dolch in die Hand, schritt zu dem Gefangenen, der nun vor mir kniete, und riss ihm den Sack vom Kopf.

Sogleich stürzten Tausende Bilder auf mich ein. Grausame Bilder. Dieser Mann war grausam.

Ich sah ihn, wie er mich in das Loch in der Wand sperrte. Immer und immer wieder. Wie er dabei lächelte. Wie er vor meinem Zimmer stand und immer wieder das Licht anmachte, wenn ich gerade eingeschlafen war. Wie er mir Bücher über das Meer vor die Nase gelegt hatte. Wie er mir immer wieder ins Gesicht schlug, um mir beizubringen, meine Wut zu zügeln – nicht im Affekt zu handeln. Wie er mich trat, wenn mein Bett nicht gemacht war. All das prasselte auf mich ein. Bilder, deren Realität ich längst vergessen hatte. Ausgerechnet er saß nun vor mir. Mein Freiticket war der Mann, der mich all die Jahre gequält hatte.

Ich erhob das Messer. Gerade weil er es war, war es mir egal, dass ich im Affekt handelte. Ich ging einen Schritt auf ihn zu. Er hatte mich längst erkannt. Das sah ich an seiner hämischen Miene. Müsste er nicht um sein Leben flehen? Nein – das würde dieser Mann niemals tun. Noch ein Grund mehr, ihn zu töten!

Kurz entschlossen holte ich aus und – Sate griff nach meinem Arm, bevor der Dolch die Brust des Widerlings durchbohrte.

»Beruhige dich, Insidia!«, flüsterte Sate mir zu. Erst jetzt spürte ich das Zittern, das meinen gesamten Körper durchströmte. Ich wehrte mich gegen ihn. Wie konnte er mich nur aufhalten? Ich wollte nichts mehr, als diesen Mann zu töten. Er hatte es verdient! Tränen füllten meine Augen. Tränen vor Wut. Vor Zorn. Vor Scham. Und vor Verzweiflung.

»Lass mich!«, schrie ich Sate an und wand mich unter seinem Griff. Doch er war stärker als ich. Ich sank zu Boden. Weinte. Aber es war mir egal. Ich hasste diesen Mann für das, was er getan hatte, und Sate, weil er mich aufhielt.

Sate nahm mir den Dolch ab und stützte mich, während ich meinen Kopf auf sein Knie legte und weinte. Es war seltsam. Schließlich war er mir fremd. Aber er war da. Und das war die Hauptsache.

Da griff etwas grob nach meinem Hals. Ich blickte nach oben, sah den Mann des *PG*, der die Situation offenbar nutzen und mich angreifen wollte. Innerhalb von Sekunden schnellte Sates Hand mit dem Dolch gegen seine Brust.

Ich sah den Mann an. Sah, wie jegliches Leben aus seinen Augen verschwand, und war froh, dass das nicht mein Verdienst war. Es war schrecklich. Es war, als würde man Gott spielen. Keiner gab uns das Recht, jemandem das Leben zu nehmen. Aber wenn jemand den Tod verdient hatte, dann er.

Sein schlaffer Körper fiel zu Boden und unter ihm bildete sich eine Lache Blut. Dann spürte ich Hände, die sich um mein Gesicht legten.

Sate zog mich zu sich und sah mir in die Augen. Er sah mich einfach nur an. Es lag kein Fünkchen Vorwurf in seinem Blick. Für einen winzigen Moment waren da nur er und ich und kein Toter.

Dann legte er seinen Finger in das Blut des Mannes, malte mir ein Kreuz auf die Stirn und wiederholte es bei sich selbst.

»Estamos conectados por la sangre«, murmelte er und legte seine Stirn an meine.

Ich schluchzte, unfähig zu reden.

Sates Blick ruhte auf mir.

»Was hast du da gemacht?«, fragte ich, als ich meine Stimme wiedergefunden hatte, und sah ihn verstört an.

»Ich habe uns verbunden«, erwiderte er knapp und erhob sich.

Ich tat es ihm nach. Und da standen wir. Eine Leiche neben uns. Seine Hände voller Blut. Und wir, die nicht wirklich wussten, was sie tun sollten.

»Was bedeutet das?«

»Wenn man jemanden tötet, um jemand anderen zu retten, dann ist man durch das Blut miteinander verbunden, Insidia. Das, was ich gemacht habe, war das Ritual, um dieses Band zu vervollständigen.«

Ich war wie betäubt. Ich konnte nichts dazu sagen. Konnte meinen Blick nicht von dem toten *PG*-Mann abwenden. Erst jetzt wurde mir klar, wie naiv ich immer gewesen war. Mein Leben lang war ich davon ausgegangen, dass ich, ohne mit der Wimper zu zucken, jemanden töten könnte. Dass ich dafür ausgebildet wurde. Und ja, wenn Sate mich nicht aufgehalten hätte, hätte ich es wahrscheinlich getan. Aber ich hatte nie eine Ahnung gehabt, wie es war, wenn jemandem vor meinen Augen das Leben aus dem Körper wich. Wenn man wusste, dass man selbst dafür verantwortlich war. Und das war ich.

Mit zitternden Fingern berührte ich meine Stirn. Tränkte meine Hände in dem bisschen Blut, das Sate mir auf die Stirn geschmiert hatte. Ich wollte mich zwar gerne meinem Selbstmitleid hingeben. Aber das war hier völlig fehl am Platz und ich hatte auch nicht die Berechtigung dazu. Der Mann war es, der tot war. Nicht ich.

Schnell richtete ich mich auf und sah Sate selbstsicher an. »Beweis genug?«, schnaubte ich.

Er musterte mich ausdruckslos. »Du bist anders«, stellte er fest.

Ich verzog den Mund. Warum sagte mir das ständig jeder? Ich war nicht anders. Ich war einfach nur ich.

»Reicht dir das nun als Beweis?«, wiederholte ich.

Sate nickte. »Was hat er dir angetan, dass er solch einen Zorn verdient hat?«

Ich presste die Lippen aufeinander. »Ich möchte nicht darüber sprechen.«

Sate nickte wieder nur. »Ich denke, wir haben ein gemeinsames Interesse«, stellte er fest und ging um den Tisch herum. Erst jetzt fiel mir auf, wie fehl dieser hier am Platz war. Mitten in einem Zelt.

Sate fuhr sich nachdenklich mit den Fingern über die Lippen. Schreie rissen ihn aus seinen Gedanken und auch ich war blitzartig kampfbereit.

Er zog sein Schwert und reichte mir seinen Dolch. Nicht gerade die fairste Aufteilung. Mit dem kleinen Ding konnte man zwar ganz offensichtlich sehr viel Schaden anrichten, aber man musste nah an seinen Gegner herantreten. Das Schwert wäre mir lieber gewesen.

Sate ging an mir vorbei und zog vorsichtig den Vorhang zur Seite. Immer mehr aufgebrachte und auch panische Schreie erfüllten das Dorf.

»Es sind Gregoris Männer«, raunte er und kam auf mich zu. Packte mich.

»Ich kann nichts dafür! Ich wusste nicht einmal, dass sie hier sind!«, versuchte ich zu erklären, doch Sate schüttelte nur den Kopf. »Sei still!«, knurrte er. »Du musst dich verstecken!«

»Nein! Ich werde kämpfen! Meine Freunde sind da draußen!«

Der Vorhang zog sich zur Seite und Jaden stürmte herein. Ruckartig blieb er stehen – kurz vor Sates Klinge.

»Hör auf!«, schrie ich Sate an, dessen Klinge immer weiter auf Jaden zuwanderte. Ich griff nach seinem Arm, doch Sates kampfbereiter Blick war fest auf Jaden gerichtet.

»Er gehört zu mir!«, flüsterte ich sanft und spürte, dass sich Sates Körperhaltung entspannte.

»Du musst nicht gleich so übertreiben, Alter. Du hast keine Ahnung, wovor Insidia dich gerade bewahrt hat! Ich hätte dich locker überwältigt«, sagte Jaden und strich sich seine Kleidung glatt.

Sate funkelte ihn böse an. Als würde er überlegen, ihn doch noch zu erstechen, und ich schlug Jaden in sein arrogantes Gesicht.

»Und du musst echt lernen, dein freches Mundwerk zu halten!«, ermahnte ich ihn wie eine Mutter und kam mir dabei selbst ziemlich dumm vor.

Sate lächelte, bis uns ein erneuter Schrei aufschrecken ließ.

»Insidia, wir müssen hier weg! Das *PG* ist hier!«, raunte Jaden, dem wohl plötzlich der Ernst der Lage wieder bewusst geworden war.

»Sie geht nirgendwo hin!«, knurrte Sate und legte seinen Arm vor meine Brust.

»Ach, und du bist jetzt ihr neuer Aufpasser, oder was? Das bekomme ich schon ganz gut allein hin! Danke!«, entgegnete Jaden und zerrte an meinem Arm herum.

»Wir sind verbunden. Und sie wird sich verstecken!« Sates Aussage ließ keine Widersprüche zu. Das verriet alles an ihm. Seine Tonlage, seine Körperhaltung und sein Blick.

»Was ist mit Emili?«, wollte ich von Jaden wissen, doch er zuckte nur mit den Schultern.

»Das Zelt des Heilers ist auf der gegenüberliegenden Seite des Platzes. Ich wurde in ein anderes Zelt gebracht und verhört«, antwortete Jaden. Er warf Sate einen vorwurfsvollen Blick zu und blickte dann auf den toten Mann zu unseren Füßen.

»Hatte er es wenigstens verdient?«

Warum sah er eigentlich mich an? Neben mir stand der Anführer dieses Dorfes, der ganz offensichtlich viel gefährlicher war als ich, und Jaden stellte ausgerechnet mir diese Frage?

Ich nickte einfach nur und Jaden sah beruhigt aus. »Dieser Wikinger-Prollo hat recht, Insidia. Du solltest dich verstecken!«

Ich atmete schwer. Seit ich aus dem *DF* raus war, sollte ich mich immer nur von allem fernhalten. Als wäre ich ein kleines Mädchen. Dafür war ich nicht ausgebildet worden.

»Mir ist egal, was ihr beiden sagt! Ich werde kämpfen!« Wild entschlossen ging ich auf den Vorhang zu. Als ich ihn öffnen wollte, packte mich eine Hand. Wie automatisch drehte ich mich zu den beiden um, die aber immer noch an ihrem Platz standen. Erst viel zu spät begriff ich, dass die Hand von draußen kam. Ruckartig zog mich ein Mann aus dem Zelteingang und ich landete auf dem Boden.

Ich spuckte Erde und Blut und sah nach oben. Nein, ich kannte den Mann nicht. Hektisch sah ich mich um. Menschen lagen um mich herum verstreut. Einige tot, andere wurden von Männern des *PG* auf den Boden gedrückt. Andere kämpften immer noch.

Und dann sah ich ihn. Syder. Wut kochte in mir hoch. Ohne darüber nachzudenken, hob ich den Dolch auf, der mir aus der Hand gerutscht war, und stach dem Mann neben mir in sein Bein. Er heulte auf und sank danieder.

Ich rannte los. Auf Syder zu. Mein einziger Gedanke war, ihn zu töten. Als er mich erblickte, bildete sich ein Lächeln auf seinen Lippen, was mich noch wütender machte.

»Immer noch nicht genug?«, fragte er, da ich nun vor ihm war und doch nicht den Mut hatte zuzustechen. Er selbst stand einfach nur da. Und er lachte. Warum war er hier? Frei? Hatte Kyle ihn nicht festgenommen?

Als ich den Dolch fester umgriff und hob, zückte Syder eine Waffe und drückte mir das kalte Eisen gegen die Schläfe. Ich hatte keine Angst. Vielleicht hätte ich sie haben müssen. Aber da war nichts.

Das Geschrei um mich herum verstummte, als wäre ich taub. Alles um mich herum verschwamm. Ich sah nur noch ihn. Spürte das kalte Metall in meinem Gesicht und roch Blut.

Syder keuchte auf. Rote Flüssigkeit rann aus seinem Mund und er fiel mir entgegen. Ich schubste ihn von mir und blickte in Leos Augen. In seiner Hand hielt er eine Art Skalpell und blickte geschockt auf Syders leblosen Körper hinab. Dann sank er auf die Knie.

»Leo! Alles ist gut! Du musstest es tun!« Ich versuchte ihn von Syder wegzuziehen und sah mich hilfesuchend nach Jaden um. Sate und er kämpften vor dem Zelt gegen zwei *PG*-Männer. Es dauerte, bis Jaden seinen Gegner zu Boden gerungen hatte und mich erblickte. Er stürmte auf mich zu, hob Leo mit Leichtigkeit hoch und brachte ihn weg.

»War er das?«, raunte er und sah mich irritiert an.

Ich nickte. Wusste ich doch selbst nicht genau, was ich davon halten sollte.

»Warum hat er das getan?«

»Weil er wohl dachte, der würde mich erschießen.«

Jaden verzog den Mund. »Wir hätten ihn lebend gebraucht!«, knurrte er und ich hoffte inständig, dass Leo ihn nicht hörte. Aber er schien sowieso gerade in einer anderen Welt zu sein.

Jaden nahm meine Hand und zog mich zusammen mit Leo, den er sich über die Schulter geworfen hatte, von dem Feuerplatz weg zu einem Baum. Dort legte er Leo ab und keuchte schwer. Meine Hand hielt er immer noch. Und das gab mir Sicherheit.

»Er wollte dich umbringen! Ich musste es tun!«, murmelte Leo. Er wirkte irgendwie irre.

»Er hätte sie niemals umgebracht!«, schrie Jaden ihn an.

Erschrocken ließ ich seine Hand los. »Was soll das, Jaden?«, fragte ich ihn leise.

»Es ist doch wahr! Sie brauchen dich! Nur deshalb sind wir hier! Weil sie dich wollen! Und zwar lebend! Und Leo hat unsere einzige Chance verwirkt, herauszufinden, was genau sie von dir wollen!«

Leo schüttelte nur immer wieder den Kopf. Als würde er gegen unsichtbare Dämonen kämpfen.

Ich verzog den Mund. Und plötzlich hörte ich Schritte hinter mir. Hastig drehte ich mich um.

»Deinetwegen waren sie hier?« Sate sah mich ernst an. Hatte sein Gesicht vorher noch Wärme gezeigt, so war sie jetzt gänzlich verschwunden.

Ich senkte den Blick und presste die Lippen zusammen. »Ja. Das ist meine Schuld!«, murmelte ich und deutete auf den Platz, der mittlerweile viel ruhiger dalag. Offensichtlich hatten sie die *PG*-Männer besiegt.

Mein Blick wanderte von Sates Gesicht hinunter zu seinem blutgetränkten Schwert. Ich atmete schwer. »Es tut mir leid. Ich verstehe es, wenn du mich jetzt doch auslieferst.«

»Dein Feind ist mein Feind, Insidia. Ich werde dich nicht austauschen, um Frieden mit jemandem zu schließen, der keinen Frieden verdient hat.«

Einen Moment lang sprachlos sah ich ihn an. Ich hatte sie als Wildlinge bezeichnet. Mir ein Bild über sie gemacht, weil sie hier im Wald lebten – in Zelten – und herumliefen wie Menschen aus einer längst vergangenen Zeit.

Aber sie waren um einiges menschlicher und zivilisierter als einige Vertreter unseres Volkes.

Sate kam einen Schritt auf mich zu und legte seine Stirn auf meine. Es war mir unangenehm. Aber es war nicht die Berührung, sondern die Tatsache, dass Jaden es mitbekam.

Ich ging einen Schritt zurück und erhaschte einen Blick auf Jaden, der irritiert zwischen uns beiden hin und her sah.

»Wir müssen so bald wie möglich weiterziehen«, sagte Sate und sah mich durchdringend an. »Wir warten, bis deine Freundin bereit dazu ist. Und dann verschwinden wir von hier!«

Ich nickte nur. Was blieb mir auch anderes übrig? Ich wollte nicht fragen, wohin wir gehen würden. Es war mir egal. Hauptsache, wir waren Teil seines Plans gegen das *PG*. Mehr wollte ich nicht.

Als er davonging, holte ich tief Luft. Als hätte seine Anwesenheit ein Band um meine Lunge gelegt und ich wäre erst jetzt wieder in der Lage, richtig zu atmen.

»Wo finde ich Emili?«

Jaden zeigte auf eines der Zelte, das etwas abseits lag. »Nimm Leo mit! Der Heiler soll ihn sich ansehen.«

Ich tat wie geheißen, und Leo ließ sich widerstandslos mitführen. Als ich das Zelt betrat und die Wachen sah, die sich um Emili postiert hatten, wuchs dieses Volk noch mehr in meinem Ansehen. Sie hatten eine von uns beschützt, eine Fremde. Obwohl sie nicht einmal sicher sein konnten, auf welcher Seite wir standen.

Emili schlief, als wäre nichts passiert.

»Es wird ihr bald besser gehen«, raunte eine tiefe Stimme hinter mir. Ich drehte mich um. Vor mir stand ein alter Mann. Er sah aus wie die anderen, nur dass seine Haare grau waren. Aber auch sie waren zu Zöpfen gebunden. Seine Augen erinnerten mich so sehr an Sate und ich war sicher, dass sie verwandt sein mussten.

»Sie ist sehr stark.«

»Danke!«, erwiderte ich einfach nur und kniete mich zu Emili. Der Heiler hatte einen Verband auf ihre Wunde gelegt, unter dem Pflanzen hervorlugten, die stark rochen.

Vorsichtig nahm ich Emilis Hand. Sie war unglaublich heiß. Schweiß perlte auf ihrer Stirn und sie atmete angestrengt. Ich betete, dass der Heiler Recht behielt und es ihr bald besser gehen würde.

»Sie schafft das ganz sicher.« Ich erkannte Shaniras Stimme sofort. Es war, als wäre sie mir seit Ewigkeiten bekannt, dabei waren wir uns erst vor ein paar Stunden begegnet. Sie legte ihre Hand auf meine Schulter. Mehr, um mich aufzufordern zu gehen, als um mir Beistand zu leisten, wie mir schien. Aber ich nahm es ihr nicht übel.

Draußen warteten Jaden und Sate, die aussahen wie zwei beleidigte Jungs nach einem Streit. Ich blickte sie nacheinander an und wartete, bis mich jemand aufklärte.

»Ich möchte …«

»Sie schläft nicht bei dir!«, unterbrach Jaden Sate.

Ich zog die Augenbrauen zusammen.

»Bei mir ist sie sicher.«

»Ach so. Und bei mir ist sie nicht sicher?!«, entgegnete Jaden beleidigt und sah mich auffordernd an.

Seit wann interessierte Jaden mein Wohl eigentlich so dermaßen? Lag es wirklich nur daran, dass Kyle es ihm aufgetragen hatte oder waren wir in der kurzen Zeit unserer Reise vielleicht sogar Freunde geworden?

»Und das entscheidet ihr, ja?«, fragte ich irritiert und verzog den Mund. Ich hatte genug von Männern, die sich meinetwegen anfeindeten.

»Es reicht!« Sates Stimme konnte wirklich alles zum Gefrieren bringen. Ich meinte, selbst Jaden zusammenzucken zu sehen.

»Ihr seid meine Gäste. Ich entscheide. Sie schläft in meinem Zelt!«

Zunächst wirkte Jaden resigniert, dann jedoch drehte er sich zu Sate und packte ihn am Kragen. Die Wachen um sie herum nahmen Stellung ein. Doch Sate ließ es zu und beruhigte sie mit einer einzigen Handbewegung. Ich war mir sicher, dass Jaden anders mit ihm umgehen würde, wenn er noch seine angsteinflößende Maske tragen würde.

»Wenn du sie anfasst, bringe ich dich um!«

Sate nickte ihm zu. Mehr sagte er nicht. Er wartete, bis Jaden ihn wieder losließ und ließ seinen Blick dann zu mir schweifen.

»Ich kann auf mich aufpassen«, sagte ich Jaden im Vorbeigehen und drückte kurz seinen Arm. Er verzog nur den Mund. Ganz offensichtlich missfiel ihm das Ganze. Und so ganz egal war es mir nicht.

Dennoch folgte ich Sate zurück in sein Zelt. Der getötete *PG*-Mann war mittlerweile verschwunden und nur noch ein dunkler Fleck erinnerte an ihn.

Sate zog mir einen Stuhl zurecht. Ich setzte mich.

»Was bedeutet dieses Band?«, fragte ich ihn leise.

Sate lächelte. »Die ganze Geschichte?«, entgegnete er und kniff belustigt die Augen zusammen.

Ich nickte.

»Der Krieg traf Amerika am heftigsten. Es blieben nur wenig Menschen übrig, die sich nach und nach in einer Stadt sammelten und diese wieder aufbauten. Sie kämpften um ihr Überleben. Stellten wieder eine Infrastruktur her – und irgendwann auch Schiffe. Sie wollten herausfinden, was in Europa geschehen war. Ob die Überlebenschancen dort besser waren als hier. Sie wussten damals nicht, was sie damit anrichteten. Europa hatte sich schneller erholt. Die Menschen dort wurden bei Weitem nicht so stark getroffen wie Amerika und hatten bereits einen neuen Staat gegründet. Insidia. Und anstatt zu helfen, sahen die Insidianer in den Amerikanern eine Bedrohung und begannen Gefangene aus Insidia nach Amerika zu schicken und unseren Staat weiter zu bombardieren.

Sie zerstörten Main, die Stadt, die sich die Amerikaner wieder aufgebaut hatten, und Amerika löste sich in viele einzelne Gruppen auf, die allein um ihr Dasein kämpften. Sich in den Wäldern versteckten und nur, um Nahrung zu beschaffen, die alten Städte aufsuchten, denn auf sie wurden die meisten Bomben geworfen.«

Ich atmete schwer, auch da ich nicht wusste, was ich von dieser Geschichte halten sollte. Aber ich hatte selbst miterlebt, wie Bomben auf uns abgeworfen wurden.

»Davon wusste ich nichts«, murmelte ich kleinlaut. Als wäre es meine Schuld.

»Es gab damals viele Schwierigkeiten. Die verschiedenen Gruppen. Die vielen Gefangenen. Und die Uramerikaner, die noch übrig geblieben waren. Es gab viele Kämpfe, bis irgendwann zwei verschiedene Gruppen gegen Männer des *PG* kämpften und plötzlich erkannten, wer ihr wahrer Feind war.

Ein Mann der Uramerikaner rettete einem der überführten Gefangenen aus Insidia das Leben. Ihre Körper waren voller Blut und sie schlossen ein Bündnis. Darüber, dass ab diesem Tag ihre Leben miteinander verbunden seien. Und sie füreinander bis zum Tode kämpfen würden. Und schließlich vereinten sie ihre Völker. Der Uramerikaner wurde zum Líder ernannt und es bildete sich ein Staatssystem …«

»Moment!«, unterbrach ich ihn verwirrt. »Du bist dieser Líder?«

»Das ist schon sehr lange her, Insidia«, lachte Sate und biss sich auf die Unterlippe. »Aber ja, ich bin der rechtmäßige Erbe und deshalb jetzt der Líder.«

»Von diesem Dorf?«

Er bewegte den Kopf hin und her. »Das hier ist mein Dorf. Ich bin ihr *Cabeza*. Gleichzeitig bin ich der Líder des Staates.«

Ich schluckte schwer. Er war ihr König?

Blitzartig ging ich in meinem Kopf alles durch, was ich bisher zu ihm gesagt hatte, und schämte mich plötzlich. Ich hatte wirklich ein Talent dafür, mit Hoheiten nicht standesgemäß umzugehen.

»Aber … Du bist so jung«, murmelte ich.

»Ich bin Líder, seit ich ein Jahr alt bin. Das *PG* tötete meine Eltern. Der Heiler, den du kennengelernt hast, ist mein Onkel. Er war Líder auf Zeit – der Regent. So lange, bis ich alt genug war, um meine Regentschaft anzutreten.«

»Und wie alt warst du da?«, fragte ich und sah ihn mit großen Augen an. Er wuchs mit jedem Wort weiter in meinem Ansehen.

»Ich war fünfzehn Jahre alt«, sagte er knapp. So als wäre es das Normalste auf der Welt, als 15-Jähriger einen ganzen Staat zu regieren.

»Aber …« Ich war nicht wirklich in der Lage, meine Gedanken zu sammeln.

»Wie ist das? Wie kannst du von hier aus diesen Staat regieren und was machst du überhaupt hier?«

Sate lächelte wieder. »Wir leben nicht hier. Wir befinden uns gerade auf einer Reise, um uns ein Bild über die Lage zu machen. Denn wie du weißt, planen wir, nicht länger wie ängstliche Hasen davonzulaufen.« Er räusperte sich und öffnete den Knopf seines Überwurfs an der linken Schulter.

Ganz plötzlich schlich sich eine Erinnerung in mein Bewusstsein. Eine Erinnerung an Kyle bei seinen Wettkämpfen. Er hatte die gleiche Kleidung getragen. Die Pumphose, die halbhohen Stiefel, die er offen über der Hose trug, und dieser Überwurf. War das reiner Zufall? Oder kannten sie diese Kleidung? Wusste Kyle doch, was hier vor sich ging?

Nein, das konnte unmöglich sein! Kyle hätte mich niemals hierhergeschickt, wenn er gewusst hätte, welche Wut die Amerikaner gegen uns hegten. Oder war alles, was nach dem Kerker passiert war, gelogen? Hatte er mir nie verziehen und das war seine Rache? Seine Art und Weise, mich loszuwerden? Mich und Leo? Ich atmete schwer.

Ich hasste mich für meine Gedanken. Für das, was ich Kyle zutraute. Aber seine Meinung mir gegenüber hatte sich viel zu schnell geändert. Noch kurz nach dem Turnier hatte er meinen Tod gewollt.

Seufzend schüttelte ich den Kopf und schob meine Gedanken beiseite. Mein Blick fiel auf Sates nackte Arme.

Ich hatte immer gedacht, Kyle wäre muskulös. Aber das war nichts im Vergleich zu Sate.

Mein Gesicht wurde heiß. Wahrscheinlich einfach, weil ich wusste, dass er meinen Blick auf seine Arme bemerkt hatte.

Beschämt hob ich meinen Kopf wieder und musterte das schwarze Oberteil ohne Ärmel, das er jetzt trug. An seinem Rücken hatte es eine Kapuze und wirkte irgendwie moderner als seine anderen Klamotten. Eine Tätowierung zog sich über seinen Arm. Es war ein Baum, an dessen Ästen Namen standen. Wahrscheinlich eine Art Stammbaum. Darüber waren schwarze Vögel in seine Haut gebrannt, die bis zu seinem Hals reichten.

Der Anblick war seltsam. Ich kannte Tätowierungen von alten Bildern. In

Insidia jedoch war es nicht üblich, sich zu tätowieren. Hier hatte das offensichtlich einen höheren Stellenwert.

»Ist irgendetwas falsch an mir?«

Ich sah in Sates Augen. Skeptisch suchten sie meine Reaktion nach einer Antwort ab. Ich schüttelte den Kopf. Aus irgendeinem Grund war ich unfähig zu reden.

Da lächelte er. »Dein Blick sagt mir etwas anderes.«

»Du bist anders«, entgegnete ich, ebenfalls lächelnd. »Ich habe noch nie jemanden gesehen, der Bemalungen an den Armen hat.«

»Familiengeschichte«, gab er knapp zurück. »Wir sollten jetzt schlafen.«

Irritiert sah ich ihn an. Hin und her gerissen, ihm zu widersprechen. Ich hatte noch so viele Fragen. Aber die mussten warten. Also nickte ich und Sate erhob sich.

Er zog einen weiteren Vorhang zur Seite, hinter dem ein Schlafplatz lag. »Da kannst du dich ausruhen.«

»Und du?«

»Ich werde nicht schlafen.«

Mürrisch verzog ich den Mund und sah ihn genervt an.

»Keine Widerrede. Dein Verlobter ist der zukünftige König von Insidia. Und wir wollen endlich Frieden. Also werde ich dich um jeden Preis zu ihm zurückbringen. Wobei ich immer noch nicht verstehe, wie er dich jemals allein lassen konnte.«

Ich schluckte schwer, wollte ihm nur zu gerne die Wahrheit sagen. Dass es keinen Prinzen mehr gab. Dass Kyle der König war und dass er auch nicht wirklich mein Verlobter war. Aber ich hatte Angst. Angst, dass er mich dann nicht mehr beschützen würde. Dass er uns allein lassen würde oder sogar tötete. Also schwieg ich und legte mich auf den Schlafplatz.

Sate ließ den Vorhang los und ich blieb im gedämpften Licht zurück.

KAPITEL 13

Ich war nicht in der Lage, meine Augen zu öffnen. Oder ich wollte es einfach nicht. Eins von beidem.

Tatsächlich hatte ich das Gefühl, seit Ewigkeiten wieder einmal ruhig geschlafen zu haben. Und das lag vor allem an Sate. Auch wenn ich es mir nicht wirklich eingestehen wollte.

Gähnend drückte ich meinen Kopf in das Kissen und erschrak, als ich Sates Geruch wahrnahm. Mit einem Mal hellwach öffnete ich meine Lider und sah mich ängstlich um. Doch ich war allein. Es dauerte eine Weile, bis ich begriff, dass es das Kissen war, das nach ihm roch – und erst viel zu spät bemerkte ich, dass ich mein Gesicht kurz darauf wieder in das Kissen drückte. Was tat ich hier eigentlich? Doch auch, wenn es seltsam war: Sates Geruch war für mich verbunden mit Sicherheit und etwas, das ich von Anfang an bei ihm gespürt hatte. Eine Art Vertrautheit, die ich nicht in Worte zu fassen vermochte.

So brauchte ich einen Moment, bis ich mich von diesem sicheren, vertrauten Gefühl lösen konnte und mich aufrichtete.

Bevor ich hinaustrat, horchte ich an dem Vorhang und hörte Sate regelmäßig atmen. Ich lachte innerlich. Also war er doch eingeschlafen. So leise wie möglich zog ich den Stoff zur Seite und entdeckte ihn, wie er mit seinem Schwert in der Hand und geschlossenen Augen auf einem der Stühle saß.

Auf Zehenspitzen schlich ich an ihm vorbei. Ich wollte ihm ein wenig Schlaf gönnen und schon einmal nach Emili sehen. Doch als ich auf seiner Höhe war, griff er nach meinem Arm.

»Ziemlich unhöflich!«

Zutiefst erschrocken sah ich ihn an. Seine Augen waren auf mich gerichtet, als hätte er nie geschlafen. Aber alles hatte dafür gesprochen. Seine Atmung, seine Haltung, seine geschlossenen Lider.

Ich musste völlig verwirrt aussehen, denn auf seinen Lippen zeigte sich ein nachsichtiges Lächeln. »Ich habe gelernt, anders zu ruhen als gemeinhin üblich, Prinzessin.«

Und ich? Ich war nicht einmal in der Lage, als Antwort die Augen zu rollen, so erschrocken war ich immer noch.

»Wo willst du hin?«

»Zu Emili«, erwiderte ich stotternd, als ich meine Stimme wiedergefunden hatte.

»Ich begleite dich.«

Es war ausgeschlossen, mich zu wehren. Sate hatte eine solch herrische und gleichzeitig warme Art an sich, dass ihm wahrscheinlich noch nie jemand widersprochen hatte. Außer Jaden vielleicht. Der war aber auch nicht ganz normal.

Also liefen wir gemeinsam zum Zelt des Heilers. Die Stimmung zwischen uns war seltsam angespannt und ich wusste nicht einmal, woran das lag. Schließlich hatten wir nicht nebeneinander geschlafen oder sonst irgendetwas. Trotzdem war da etwas zwischen uns.

Sate hielt den Vorhang des Zelts auf, damit ich hineingehen konnte, und sofort vernahm ich Emilis Stimme. Sie klang nicht begeistert.

»Oh, Gott sei Dank, Insidia! Diese Waldmenschen haben mich gefangen genommen und schmücken mich mit Blumen!«

Verständnislos sah ich sie an. Sie saß da und fummelte die Pflanzen von ihrer Wunde, während ein kleines Mädchen das Grünzeug immer wieder auf sie presste und genervt Sates Onkel ansah, der nur in seinen Bart lächelte.

Ich konnte nicht anders. Ich musste lachen. Selbst wenn sie nur knapp dem Tod entkommen war, brachte Emili mich zum Lachen. Sie hatte eine ganz besondere Art, die Dinge zu sehen.

»Emili, das sind keine Waldmenschen. Und sie haben dir das Leben gerettet!«, murmelte ich und sah das Mädchen und den Heiler entschuldigend an.

»Insidia, sie schmücken mich mit Blumen!«, wiederholte sie, als wäre ich schwer von Begriff. »Verstehst du nicht? Ich soll so etwas wie eine Opfergabe werden!«

Nun hörte ich Sates Lachen hinter mir, mahnte mich aber, möglichst ernst zu bleiben. Ich wollte Emili nicht das Gefühl geben, sie nicht für voll zu nehmen.

»Emili, das sind Pflanzen, die gegen deine Entzündung helfen«, erklärte ich ruhig und ging ein paar Schritte auf sie zu, nahm dem Mädchen die Kräuter ab und legte sie selbst auf Emilis Wunde, die nur ihre Arme verschränkte und sich resigniert auf den Rücken fallen ließ.

»Schön. Freundschaft hört wohl doch irgendwo auf. Dann mach halt mit bei ihrem Ritual und opfere mich!«, fauchte sie und wandte den Kopf von mir ab.

»Die Kräuter benebeln ihren Verstand«, murmelte das Mädchen. Ich konnte die Kleine kaum verstehen, so stark war ihr Akzent. Daher nickte ich ihr einfach nur zu, war mir aber nicht wirklich sicher, ob das Verhalten an den Kräutern lag oder einfach nur an Emili. Sie wirkte genauso wie immer. Aber das musste ich ihnen ja nicht auf die Nase binden.

»Und wer ist überhaupt Mister Universe da?«

Erneut warf ich einen Blick auf Emili, die wiederum auf Sate deutete. Er stand mit verschränkten Armen und einem schelmischen Grinsen auf den Lippen da und musterte Emili.

»Ich mag sie.«

Ohne es wirklich zu wollen, breitete sich ein seltsames Gefühl von Eifersucht in mir aus. Ich keuchte auf.

Emili schaute mich verwundert an. Und ich spürte auch Sates Blick auf mir ruhen. Ich musste mich zusammenreißen und sammeln. Durfte nicht zulassen, dass ich diese Verbundenheit zu Sate mit etwas anderem verwechselte. Sie wirkte auf irgendeine Art falsch. Als würde dieses Gefühl nicht zu mir gehören.

»Das ist Sate. Ihr Líder«, erklärte ich daher möglichst sachlich und nahm Emilis Hand.

Sie musterte mich skeptisch. »Ihr was?«

»Ihr Anführer.«

»O Gott – unsere Welt geht zugrunde. Zwei Jungs, die ganze Kontinente regieren und Opfergaben unterstützen!«

Sofort warf ich ihr einen mahnenden Blick zu, doch da hatte Sate mich bereits an der Schulter gepackt und zu sich gedreht.

»Jungs? Zwei?«

Ich biss mir auf die Unterlippe und lächelte ihn nervös an, allerdings zog die Masche bei ihm nicht.

»Ja. Der König ist tot und der Prinz ist jetzt der König«, gab ich genervt zu und funkelte Emili böse an. Sie zuckte nur mit den Schultern.

»Dann bist du die Verlobte des Königs?«

Emili lachte neben mir laut los.

Es kam wirklich selten vor, aber jetzt hätte ich sie wirklich gerne geschlagen. Kaum auszumalen, dass ich mir noch gestern gewünscht hatte, sie endlich wieder reden zu hören.

»Du bist also nicht seine Verlobte?«

»Sie wäre es fast geworden. Aber die Geheimorganisation, für die sie gearbeitet hat, das *PG*, hat sie gezwungen, lieber Leo zu nehmen, und Kyle hat sie deshalb gehasst. Jetzt wissen wir noch nicht so genau, was er eigentlich von Insidia will. Aber er hat sie nach Amerika geschickt. Ich weiß ja nicht, ob das nicht ein deutliches Zeichen ist!«

Mein Mund stand offen. Sates Griff wurde fester. Ich konnte kaum fassen, was Emili da gerade gesagt hatte. Und ja, sie war ein Plappermaul. Aber jetzt war ich mir sicher, dass diese Kräuter sie *wirklich* benebelt hatten.

»Wir müssen reden!«, knurrte Sate und zog mich schon nach draußen, über den Platz in sein Zelt. Als er mich losließ, stieß er mich so sehr nach hinten, dass ich auf dem Boden landete.

»Ist das wahr?«

»Was jetzt genau?«, gab ich zurück und rieb mir den Po.

»Was das Mädchen gesagt hat!«, schrie er mich an.

Ich schreckte zusammen.

»Du gehörst zu ihnen?!« Aufgebracht lief er hin und her. Seine Hand ruhte am Griff seines Schwertes.

»Ja … nein. Vorher. Aber jetzt nicht mehr!«, stotterte ich. Es war bereits das zweite Mal, dass ich mich dafür rechtfertigen musste.

»Was man einmal ist, ist man immer!«, knurrte er und zog das Schwert ein wenig aus der Scheide.

Wut kochte in mir hoch. »Ich habe keine Lust mehr, mich ständig dafür zu rechtfertigen!«, schrie ich aufgebracht, stand auf und stellte mich vor ihn. »Es reicht! Ich kann nichts dafür, wie ich aufgewachsen bin und erzogen wurde! Ich kann NICHTS dafür! Aber sehr wohl kann ich etwas dafür, dass ich mich gegen sie entschieden habe. Zu spät, ja. Aber das habe ich!«

Nun war es an Sate, erschrocken zu schauen. Er lockerte seinen Griff ums Schwert und berührte wieder meine Stirn mit seiner. »Das ist es also.«

»Was ist was?«, fragte ich irritiert und ging einen Schritt nach hinten.

»Dieses Band zwischen uns. Daher rührt es.«

Das Band zwischen uns? Er hatte es also auch gespürt?

»Du bist kein normales Mädchen. Genauso wenig wie ich normal bin oder es jemals war.«

Ich glaubte zu verstehen, was er meinte. Trotzdem sprach er für mich in Rätseln.

»Wir hatten keine Kindheit«, flüsterte ich mehr zu mir selbst als zu ihm.

Er nickte. »Und du bist nicht verlobt?«, fragte er.

War das Thema *PG* damit für ihn abgehakt?

Ich schüttelte den Kopf.

»Aber du liebst ihn?«

Darauf erwiderte ich nichts. Es ging ihn nichts an und momentan war meine Wut auf Kyle viel zu groß.

»Liebt er dich genug, um einen Pakt zu schließen?«

Missmutig zuckte ich mit den Schultern. »Ich weiß nicht, was er für mich empfindet. Aber er ist ein guter König. Er wird sofort einen Pakt mit euch eingehen, wenn er von all dem hier erfährt. Und wenn wir zusammen etwas gegen das *PG* unternehmen.«

Sate nickte beruhigt. »Er wäre dumm, es nicht zu tun.«

»Ich sagte dir doch, dass er es tun wird!«, erwiderte ich genervt.

Da schüttelte er den Kopf. »Ich rede nicht von dem Pakt, sondern davon, dich zu lieben«, raunte er.

Mein Herzschlag setzte einen Moment lang aus. Als ich die Hitze in meinem Gesicht spürte, wandte ich mich hastig von ihm ab und ging auf den Tisch zu. Ohne wirklich zu wissen, was ich mit mir anfangen sollte.

»Du kennst mich nicht!«, flüsterte ich und stützte mich auf dem Tisch ab. Ich wusste nicht mehr, was ich denken sollte. Allein, dass ich hier war, fühlte sich wie ein Verrat an Kyle an. Aber warum? Hatte er mich nicht betäubt und auf ein Schiff gesteckt? Auf einen anderen Kontinent bringen lassen? Und ja, angeblich ging es ihm dabei nur um meine Sicherheit. Aber was für eine Vereinbarung hatten er und Gregori wirklich getroffen?

»Ich denke, ich kenne dich besser, als du denkst. Und du mich.«

Vielleicht hatte Sate recht. Es war das erste Mal, dass ich das Gefühl hatte, jemand würde mich verstehen. Jemand könnte nachvollziehen, wie meine Kindheit abgelaufen war. Wie es war, nicht behütet aufzuwachsen, sondern zu lernen, wie man tötet. Wenn Kämpfen dein Spielen ist. Wenn du weißt, dass ein Auftrag vor dir liegt, der dein gesamtes Leben bestimmen wird, und dass andere sterben könnten, wenn du einen Fehler machst.

»Was ich nicht verstehe …«, murmelte ich nachdenklich, »wenn du angeblich so weltoffen bist, warum musste Shanira dann jemanden heiraten, den sie nicht wollte, und ihr einziger Ausweg war, von hier wegzulaufen?«

Sate öffnete den Mund, schloss ihn dann aber wieder und sah mich eindringlich an. »Shanira ist eine von uns.«

Ich runzelte die Stirn. War das nicht klar?

»Sie entstammt einer Familie der Uramerikaner. Und das Blut soll weitergetragen werden.«

»Soll heißen, dass ihr es nicht von den Gefangenen verunreinigen lassen wollt?«, fragte ich skeptisch.

»So würde ich das nicht sagen. Aber die Geschichte soll in uns und unseren Kindern weitergetragen werden. Die Gründerväter hatten einfach

Angst vor einer Invasion der Insidianer. Und so hält sich unser Volk am Leben.«

»Und das siehst du auch so?« Ich kannte ihn kaum. Aber ich konnte mir nicht vorstellen, dass er so etwas unterstützte.

»Ich sehe beide Seiten der Medaille.«

»Und nur deshalb hast du sie verbannt? Sie ist da draußen völlig auf sich alleine gestellt.«

Er hob die Augenbrauen. Ein ungutes Gefühl durchzog meine Brust. Das letzte Mal, als ich ihn darauf angesprochen hatte, war er sehr wütend geworden.

»Ich habe sie nicht verstoßen. Ich habe für sie – für uns – gekämpft und sie hat für uns entschieden und ist gegangen.« Er wirkte unendlich traurig bei den Worten.

»Was heißt *für uns*?«

»Für sie und mich. Sie war meine Verlobte, Insidia.«

Ich biss mir auf der Lippe herum und bemühte mich, das alles zu verstehen. Also hatte er diese Verlobung auch nicht gewollt. Das hatte Shanira zumindest gesagt.

Viel mehr irritierte es mich jedoch, warum er auf alles antwortete, was ich ihn fragte. Er hatte keine Verpflichtungen mir gegenüber. Im Gegenteil: Jetzt, da er wusste, dass ich nicht einmal Kyles Verlobte war, wäre es eher verständlich, wenn er mich foltern würde, anstatt mir dumme Fragen zu beantworten.

»Ich liebe Shanira. Aber ich liebe sie wie eine Schwester. Wir wussten beide nicht, was wir tun sollten. Eigentlich hätte ich mit meinem Antritt als Líder heiraten müssen und dann hat sie das Problem gelöst, indem sie gegangen ist. Dass sie wieder hierhergekommen ist – euretwegen –, zeigt mir, dass sie euch aus irgendeinem Grund vertraut. Deshalb tue ich es auch.«

»Aber wenn du ihr Herrscher bist, dann kannst du doch einfach entscheiden, was du machst«, sagte ich verwirrt.

Er lächelte mich an. »Das stimmt so nicht ganz. Natürlich könnte ich. Aber ich würde den Zorn des großen Rats auf mich ziehen. Die *Cabeza* der anderen

Dörfer sind von der jetzigen Situation auch nicht begeistert. Aber die Schuld liegt bei Shanira und nicht bei mir. Ansonsten hätte es Unruhen geben können«, erklärte er ruhig.

»Und warum heiratest du kein anderes Mädchen eures Volks?«, fragte ich und setzte mich auf einen der Stühle. Nervös knibbelte ich an meinen Fingernägeln herum und dachte an Emili, die mir jetzt auf die Hände schlagen würde, wäre sie hier.

»Das ist alles ziemlich kompliziert. Nicht alle sind ehrlich. Es benötigt einen detaillierten Stammbaum, um zu beweisen, dass das Blut rein ist.« Er deutete auf seinen Arm. »Leider gibt es mittlerweile einige Fälschungen. Die Grenzen verschwimmen. Was ich auch als gut empfinde. Der Rat jedoch nicht. Sie selbst haben teilweise keine Nachfahren, weil sie keine geeignete Frau gefunden haben. Und irgendwann wird es sowieso nicht mehr anders möglich sein.« Er kam auf mich zu und setzte sich ebenfalls. Nachdenklich betrachtete er den Tisch vor sich und sah dann mich an. »Vielleicht kann uns ein Pakt mit euch auch in anderer Hinsicht helfen. Vielleicht sieht dann auch mein Volk, dass es anders geht.«

Ich biss mir auf die Unterlippe. Das, was ich von ihm bisher kannte, wirkte so, als sei er ein guter Herrscher. Aber ich war mir nicht sicher, ob das, was er sich vorstellte, so funktionieren könnte. Ob ein Volk, das gewissermaßen unter sich geblieben war wie wir, Vorbild für eine modernere Denkweise sein könnte.

»Du bist ihr Herrscher. Du musst sie auf diesen Weg führen. Du musst es anders machen.«

»Líder!«

Die Stimme wirkte so aufgebracht, dass ich zusammenschrak. Ich blickte auf den Vorhang, der als Tür diente. Der Mann von gestern, dem wir als Erstes begegnet waren, stand dort und musterte uns argwöhnisch.

Sate hob seine Hand und bewegte zwei Finger, um ihn zu sich zu bitten.

Der Mann trat vor, sah mich an und dann wieder Sate, als wollte er ihn daran erinnern, mich hinauszuwerfen.

»Sprich!«, befahl sein Anführer nun und es klang so, als würde der Wachmann ihm kostbare Zeit stehlen. So hatte er mich nie angesprochen. Irgendetwas war seltsam an der Art, wie er mit mir umging. Er war viel zu nett. Zu warmherzig.

»Das geht diese Insidianer nichts an!«, knurrte der Mann und blickte mich erneut auffordernd an.

Ich räusperte mich und stand auf. Sate griff nach meinem Arm und zog mich zurück auf den Stuhl.

»Was sie etwas angeht, entscheide immer noch ich!«

Ich wusste nicht wirklich, vor wem von den beiden ich mehr Angst haben sollte. Also sah ich einfach auf meine Fingernägel und bemühte mich unbeteiligt zu wirken.

Der Mann begann in einer fremden Sprache zu sprechen. Sate hob herrisch die Hand und brachte ihn so zum Schweigen. »Wir haben einen Gast. In ihrer Sprache!«

Wie nicht anders zu erwarten, wurde der Mann immer wütender. Auch wenn ich ihn nicht ansah, spürte ich seine Stimmung und hörte sein genervtes und abfälliges Schnaufen.

»Seit zwei Tagen wollen wir nach Main aufbrechen, Líder! Wir können nicht länger warten! Es wird Zeit. Und ich sehe keinen Grund, weshalb wir hierbleiben sollten.«

»Ich habe mit meinem Oheim geredet. Das Mädchen ist bereit für einen Transport. Wir werden heute aufbrechen. Sag deinen Männern Bescheid!«

Der Mann sah zwar nicht begeistert aus, verbeugte sich aber und ging hinaus.

Ich schwieg eine Weile und auch Sate sagte nichts. Schließlich wagte ich einen weiteren Blick auf seine Tätowierung und bemühte mich, die Namen zu lesen. Aber die Schrift war anders als unsere. *Alles hier* war anders.

»Willst du dich waschen?«

Entgeistert schaute ich Sate an. Sollte das ein Hinweis darauf sein, dass ich stank? Mein Gesicht brannte wie Feuer.

Doch schon bildete sich ein Lächeln auf seinen Lippen. »Nur wegen des Blutes«, erklärte er.

Mir war klar, dass er meine Stirn meinte, aber wie automatisch blickte ich hinunter auf meine Hände. Wahrscheinlich, weil ich wusste, dass an ihnen Blut klebte. Und das tat es tatsächlich. Wahrscheinlich war es Syders Blut. Ich musste würgen und nickte. Wie hatte ich nur mit blutigen Händen schlafen können, ohne es zu bemerken? Ich schämte mich, dass ich mich so in Sates Bett gelegt hatte.

Er führte mich zum hinteren Teil des Zeltes, wo eine Schale mit Wasser stand, und ließ mich allein. Ich schrubbte meine Hände, doch das half nichts. Es war, als wäre das Blut in meine Haut eingebrannt. Verbissen kratzte ich an ihnen herum und irgendwann gab ich es auf und wusch mein Gesicht. Das Wasser war mittlerweile rot gefärbt und ich fühlte mich unendlich schmutzig.

Resigniert wischte ich meine nassen Hände an meiner schwarzen Hose ab und begutachtete das gleichfarbige Top, das ich trug, als Sate hinter mir erschien und mir einen wärmenden Überwurf umwickelte. Er hatte ein Mädchen dabei, das sich mir schüchtern näherte und mir dann mein Haar von meiner Stirn an in einen Zopf flocht. Er reichte mir fast bis zur Taille. Danach entfernte sich die Kleine wieder hastig.

Sates Blick fiel auf meine halbhohen Stiefel, die, da ich nun darüber nachdachte, seinen nicht unähnlich waren.

Ein Stich durchfuhr mich, als ich daran dachte, dass Kyle dieses Outfit als mein Agentin-Outfit bezeichnet hatte.

Und plötzlich stach nicht mehr nur meine Brust, sondern auch in meinem Kopf breitete sich ein schmerzhaftes Stechen aus. Ich berührte meine Schläfe und sank auf die Knie.

»Nicht erfolgreich.« Ich spürte, wie jemand seine Arme um mich legte und schlug ihn weg. Um mich herum verschwamm alles und zum Vorschein kamen weiße Wände.

»Es war alles umsonst!« Es war nicht Syders Stimme. Ich kannte sie nur aus meinen Visionen zuvor. Aber die Stimme wirkte vertraut.

Ich sah das Klemmbrett vor mir. Augen, die mich musterten, als wäre ich ein fehlerhaftes Produkt.

»Wir müssen einen zweiten Versuch starten.«

Ich schüttelte den Kopf. Was sollte das bedeuten?

»Insidia!« Ich hörte Sates Stimme von weit weg. Und obwohl es schmerzhaft war, wollte ich nicht, dass er mich zurückholte. Ich wollte mich erinnern. Und ich war mir sicher, dass es das war. Eine Erinnerung. Ich wollte, *musste* mehr erfahren.

Doch plötzlich war der Schmerz verschwunden. Ich sah Sate vor mir knien. Er schüttelte mich. Hinter ihm stand Jaden und musterte Sate böse.

»Was war das?« Sate schrie beinahe.

Er sollte damit aufhören. Alles kam mir viel lauter vor als zuvor.

»Kopfschmerzen«, erklärte ich leise und rieb mir meine Schläfe.

»Emili hat mir erzählt, dass sie das seit ihrem Aufenthalt im Kerker hat«, warf Jaden ein.

Ich bemaß ihn weiter mit einem finsteren Blick. Seit wann war er von »Wir dürfen ihnen nicht vertrauen« zu »Ich erzähle allen Insidias Lebensgeschichte« gekommen?

»Warst du verletzt?«, fragte Sate.

Augenblicklich veränderte sich Jadens Haltung. Er ließ seinen Kopf schuldbewusst sinken. Aber es war nicht sein Schlag gewesen.

»Ich bin gefallen«, log ich. Ich wusste nicht, wie Sate reagieren würde, wenn ich ihm erzählte, dass Kyles Wachen mich geschlagen und getreten hatten. Ganz zu schweigen davon, dass ich offensichtlich, ohne dass es jemand bemerkt hatte, zwischenzeitig gar nicht im Kerker gewesen war.

Sate verzog den Mund und befühlte meinen Kopf. »Bleib in meiner Nähe!«, befahl er, und ich nickte. Ich wusste nicht einmal, warum. Dass er autoritär war, hatte ich ja bereits bemerkt, aber dass ich in seiner Gegenwart zu einem hörigen Mädchen wurde, war mir neu.

Er half mir hoch und mein Blick fiel auf Jaden. Seine aschblonden Haare waren mit einem dunklen Band nach hinten gebunden und auch er trug einen Überwurf. Die Stiefel seiner Wächter-Uniform trug er weiterhin. Die Pumphose jedoch war hinzugekommen. Ich lachte laut los. Und er verdrehte genervt die Augen.

»Guck dich mal an. Siehst nicht besser aus!«, schnaufte er.

»Ja, aber ich habe auch nicht so getan, als würde mir das alles hier widerstreben!«, lachte ich, während Sate uns verwundert ansah.

»Wir dürfen nicht auffallen, du Klugscheißerin. Freiwillig mach ich das bestimmt nicht!« Jaden zuckte mit den Schultern. Offensichtlich, um mir weiszumachen, dass es ihm egal war. Doch ich wusste es besser.

»Macht euch bereit!«, raunte Sate und verließ ohne ein weiteres Wort das Zelt. Ich kam nicht umhin, seinen Abgang als seltsam zu empfinden. Er wirkte beinahe beleidigt.

»Es tut mir leid, Insidia ...«, murmelte Jaden, und ich wandte meinen Blick von dem Vorhang, durch den Sate gerade gegangen war, hin zu Jaden, der mich mit großen grünen Augen ansah.

Es war das erste Mal, dass er nicht wie ein Mann, sondern wie ein Junge auf mich wirkte.

»Mir gefällt die Kleidung!«, lachte ich.

»Ich meine den Schlag«, gab er zurück.

Ich biss mir auf die Unterlippe. Musterte seine Beine, die ständig nervös die Stellung änderten.

»Mir tut der Tritt leid. Ich denke, wir sind quitt«, entgegnete ich lächelnd und berührte seine Schulter.

Er verzog den Mund. »Das sind wir nicht! Ich habe dir ins Gesicht geschlagen. Mit meiner Faust. Und du bist ein Mädchen – eine Frau. Und ... Ich schlage keine Frauen. Das musst du mir glauben!«

Seine Augen wanderten umher. Sie trafen immer wieder meine, aber lange konnte er mich nicht ansehen.

»Doch, du schlägst Frauen«, lachte ich, aber seine Laune wurde dadurch nur schlechter.

»Sie haben mir gesagt, dass du eine bösartige Agentin bist. Dass du gefährlich bist und ... Es tut mir einfach leid. Ich hätte mir erst mein eigenes Bild über dich machen sollen.« Er ging auf die Schale mit dem Wasser zu. Begutachtete offensichtlich das Blut darin. Oder er versuchte einfach nur abzulenken.

»Es gibt wirklich keinen Grund, sich zu entschuldigen. Wenn, dann solltest du dich dafür entschuldigen, dass du ziemlich oft ein Arsch bist!« Wieder lachte ich und nun konnte ich auch ihm ein Lächeln entlocken.

»Lass uns gehen. Ich verzeihe dir!« Ich zwinkerte ihm zu.

Er presste die Lippen aufeinander und folgte mir schließlich hinaus aus dem Zelt.

Nicht nur er hatte sich kein ausführliches Bild über mich gemacht, bevor wir hier gelandet waren. Auch ich hatte ihn ganz offenbar zu Unrecht in eine Schublade gesteckt.

Vermutlich war das etwas, was wir beide noch lernen mussten. Und vielleicht war das hier genau der richtige Ort dafür. Hier war es anders als in Insidia. Aber nach und nach begann ich Insidia von einer gänzlich neuen Seite zu sehen. Plötzlich kam mir unser Königreich wie eine kranke Märchenwelt vor, die nur aus Lügen und Illusionen bestand. Das hier fühlte sich viel mehr nach echtem Leben an. Keine gekünstelten Wettkämpfe, Kleider und Schminke. Nur der Wille zu überleben.

Ja, ich fühlte mich wohl hier. Wahrscheinlich lag es auch daran, dass ich so aufgewachsen war. Es erinnerte mich an zu Hause, auch wenn ich das *DF* ungern als »mein Zuhause« bezeichnete.

Dort war vieles reiner gewesen als in der Stadt. Und das war es hier auch. Es war echt.

KAPITEL 14

Erst als ich sah, dass sich nicht alle versammelten, um mitzukommen, begriff ich, dass das zwar Sates Dorf war, er aber eine eigene Gruppe von Männern hatte, die ihn auf seinen Reisen begleitete. Er übergab die Verantwortung für das Dorf zurück an seinen Onkel, bis er aus Main wiederkehren würde. Offensichtlich regierte er normalerweise von dort aus.

Emili wurde auf ein Pferd gesetzt und ich fragte mich, woher sie eigentlich Pferde hatten. Wahrscheinlich waren einige von ihnen von den Bomben verschont geblieben und hatten sich so fortpflanzen können.

Auch mir wurde ein Pferd angeboten, aber ich lehnte dankend ab. Ich wollte laufen. Und auch Sate verneinte daraufhin, von seinem Pferd getragen zu werden. Das Tier sah gefährlich aus. Es war rabenschwarz und trug schwarze Umhänge wie ein Pferd aus der Hölle. Zu Diensten von Satan.

Ich lachte bei dem Gedanken und zog Sates Blick auf mich.

»Was ist so lustig?«

Ich zuckte mit den Schultern. »Warum haben deine Eltern dich Satan genannt?«, fragte ich und lief neben Emilis Pferd über den steinigen Waldweg.

»Warum willst du das wissen?«, erwiderte er lächelnd.

»Na ja. Satan ist ja nicht gerade etwas Positives«, stammelte ich.

Sate grinste mich überlegen an. »Ach nein. Ist er das nicht?«

»Nicht wirklich – außer, du findest es gut, der Teufel zu sein.«

Da lachte Sate herzhaft. »Der Teufel. So, so.« Er zwinkerte mir zu.

Auffordernd sah ich ihn an.

»In sehr vielen Geschichten ist Satan nichts Böses, Insidia. Vor allem werden Engel so genannt, die in Gottes Auftrag handeln. Die Menschen auf die Probe stellen, das Beste aus ihnen herausholen sollen. Ihren Glauben auf den

Prüfstand stellen, um Unheil zu verhindern. Sicher. Es gibt auch andere Geschichten. Aber meine Eltern hatten wohl eher das im Sinn.«

Ich mochte seine Art, Dinge zu erzählen. Auch wenn er gelacht hatte, wirkte er nie herablassend.

»Also, Teufel fand ich übertrieben. Engel aber ehrlich gesagt auch!«, erwiderte ich.

Sate schüttelte nur den Kopf.

Ich sah mich um und entdeckte Leo, der stumm hinter Emilis Pferd herlief. Ich warf Sate einen Blick zu und gesellte mich dann zu Leo. Deutlich spürte ich Sates Blick in meinem Rücken.

»Geht es dir besser?«

Leo zuckte nur mit den Schultern.

»Wie geht es dir?«, formulierte ich meine Frage um.

»Ich bin für das alles hier nicht geschaffen«, sagte er. Ein klägliches Lächeln zog sich über seine Lippen.

»Ja, ich weiß«, murmelte ich und dachte über Leo nach. Natürlich hatte er eine bestimmte Art von Stärke an sich. Aber die betraf eher seinen Verstand. Er war kein Mörder, und mich überfiel ein schlechtes Gewissen, das mir sagte, ich hätte ihn zu einem gemacht. Obwohl das nicht ganz der Wahrheit entsprach.

»Wir werden wieder nach Hause kommen. Bald. Und dann wird wieder alles normal«, entgegnete ich, um ihn zu beruhigen.

Er verzog den Mund. »Nichts wird wieder normal, Insidia. Nach dem, was ich hier gesehen habe. Was ich getan habe ...« Er stockte kurz. »Nichts wird je wieder so sein, wie es einmal war.«

Ich verstand, was er da sagte. Auch wenn ich es nicht wirklich nachvollziehen konnte. Und ich hasste mich dafür. Auch ich müsste so empfinden. Müsste bemerken, dass sich alles verändert hatte – und es schrecklich finden. Aber das, was ich empfand, war gut. Ich fühlte mich wohl. Und ja, natürlich hatte Insidia an Wert verloren. Aber ich hatte Insidia sowieso nie so gesehen wie Leo.

Wir liefen eine Weile schweigend nebeneinander her. Mit dem neuen Leo konnte ich nicht viel anfangen. Es tat weh. Aber in ihm hatte sich etwas verändert und in mir ebenso. In zwei verschiedene Richtungen. Doch vielleicht befand er sich im Moment auch nur in einer Art Schockzustand, der sich irgendwann lösen würde. Ich wusste es nicht.

Emili schlief zu meiner Erleichterung die meiste Zeit über und eine Wache kümmerte sich darum, dass sie nicht vom Pferd fiel. So konnte sie Sate wenigstens nicht noch mehr Details meines angeblichen Liebeslebens auf die Nase binden.

Stunde um Stunde ging es so durch den dichten Wald, bevor wir irgendwann eine Straße erreichten. Ab und an säumten von nun an liegen gebliebene, uralte Autos unseren Weg.

Als es dämmerte, erreichten wir endlich eine kleine Stadt. Oder eher ein Dorf. Hier war relativ wenig zerstört worden.

Sate begann eine Melodie zu pfeifen, woraufhin aus einigen der Häuser bewaffnete Männer traten. Irgendetwas an ihnen war anders. Sie besaßen sogar richtige Maschinengewehre und auch ihr Aussehen war westlicher. Wahrscheinlich gehörten sie zu den Familien der gefangenen Insidianer von damals.

»Líder. Wer sind diese Leute?«

Ein Mädchen trat vor. Ihre blonden Haare hatte sie zu einem strengen Zopf nach hinten gebunden. Die Kleidung entsprach der unsrigen. Dennoch strahlte sie etwas anderes aus. Und auch sie hatte einen leichten Akzent.

»Freunde«, antwortete Sate knapp. Aber trotzdem war seine Stimme warm. Sie klang beinahe so, wie er mit mir sprach. Nicht, wie er mit seinen übrigen Gefolgsleuten umgegangen war.

Das Mädchen nickte skeptisch und bedeutete den anderen mit ihrem Gewehr, näher zu treten.

»Wir haben euch schon vor drei Tagen erwartet. Wir waren sehr unruhig. Gibt es dafür eine Erklärung?« Sie sprach so leise, dass außer Sate wohl nur ich sie hören konnte. Und die Art, wie sie ihn infrage stellte, erklärte auch, warum sie flüsterte.

»Cara, das hat seine Gründe. Ich werde sie nicht ausführen. Nicht jetzt!«

Die Fremde, also Cara, sah nicht begeistert aus. Sie musterte mich argwöhnisch, nickte dann jedoch und begann die Männer auf die Häuser aufzuteilen.

»Ihr schlaft dort!« Sie betrachtete uns kurz mit zusammengekniffenen Augen und deutete dann auf eines der Häuser, das ziemlich weit außerhalb lag. Jaden hob die Brauen, obwohl er sie nicht so genervt musterte wie ich. Er war eben ein Mann und Cara war unbestreitbar hübsch.

»Sie schläft bei mir!«, knurrte Sate.

Cara sah ihn wütend an. Und auch ich warf ihm einen finsteren Blick zu. Er hingegen beachtete Cara kaum. Seine Augen ruhten nachdenklich auf mir. »Sie alle schlafen in unserem Haus.«

Es war erstaunlich, dass er mich ohne Worte verstand. Ich schenkte ihm ein Lächeln – woraufhin Cara wütend schnaufte.

»Seit wann mischt du dich in meine Angelegenheiten ein? Ist das nicht meine Aufgabe? Die Einteilung?«

Eine Wache neben Sate griff nach dem Schwert. Sate brachte ihn zur Ruhe und sah Cara ausdruckslos an. »Es hat seine Gründe. Es wird weiterhin deine Aufgabe sein. In diesem Fall jedoch entscheide ich das.«

Damit war das letzte Wort gesprochen, und Cara stapfte zornig auf eines der Häuser zu. Auf das Haus, in das auch wir kurze Zeit später eintraten. Na, das konnte ja heiter werden.

Das Haus war riesig und trotzdem war es ziemlich karg eingerichtet. Unten stand ein Tisch mit einigen Stühlen und einer Couch und oben gab es Betten, sonst nichts.

Jaden und Leo wurde ein Zimmer zugeteilt sowie eines uns beiden Mädchen. Emili legte sich schnell schlafen. Ihr Fieber war zwar gesunken, aber noch nicht völlig verschwunden. Leo blieb ebenfalls oben, ohne eine Erklärung abzugeben, aber Jaden und ich verstanden es auch so. Daher machten wir uns zu zweit auf den Weg zurück ins Wohnzimmer des Hauses, in dem bereits einige der, dem Schein nach, wichtigsten Amerikaner saßen. Unter ihnen auch Cara, die mich mit einem seltsamen Blick begutachtete.

»Müssen sie wirklich dabei sein? Meinst du, dass das sinnvoll ist?«, fragte sie barsch. Ihre Augen schweiften zu einem Punkt hinter mir.

Ich drehte mich um und erblickte Sate, der im Schatten des Flures stand und wirklich angsteinflößend aussah. Trotzdem spürte ich wieder diese Sicherheit in mir aufflammen, die er mir stets schenkte.

»Cara, langsam bin ich es leid!«, raunte er, woraufhin sie etwas in dieser seltsamen Sprache erwiderte. Sate hob einfach nur die Hand und sah entnervt auf den Boden. Dann kam er auf mich zu, legte seine Hand auf meinen Rücken und schob mich auf einen Stuhl zu. Ich setzte mich. Jaden nahm neben mir Platz und Sate am Tischende. Ich fühlte mich unwohl, ihn nicht neben mir zu wissen. Vor allem, weil nicht nur Cara uns mit einem düsteren Blick beäugte. Die anderen waren wohl nur nicht mutig genug, etwas zu sagen.

»Die Lage hat sich verschlechtert. Die Insidianer kommen von allen Seiten des Meeres auf uns zu. Sie kesseln uns ein. Sie haben überall Bodentrupps. Ich weiß nicht, wie lange meine Truppen im Nordosten die Grenzen noch halten können. Wir brauchen einen Plan«, begann einer der Männer. Er wiederum sprach akzentfrei und wirkte allgemein ziemlich westlich.

»Ich habe den Kontakt zu einigen der Dörfer verloren«, erklärte ein anderer.

Urplötzlich fühlte ich mich schuldig. Das alles war passiert, während wir in Insidia unser gemütliches Leben gelebt hatten. Während mein größtes Problem die Wahl zwischen zwei Jungs gewesen war. Es kam mir blöd und kindisch vor, dass ich mein eigenes Leben je als schrecklich empfunden hatte.

Am Tisch wurde es lauter. Die anfängliche Stille wich einer aufgebrachten Diskussion.

»Wir haben einen Plan«, sagte Sate nach einer Weile und die Stille kehrte mit einem Mal zurück. Offensichtlich empfand nicht nur ich ihn als autoritär. Dabei waren bis auf Cara, Jaden und mir alle an diesem Tisch wesentlich älter als er. Und dennoch – sie hatten Respekt.

Ein jeder wartete auf Sates Worte und auch ich war gespannt, wie er diesen Plan wohl verpackte.

»Ich habe neue Erkenntnisse gesammelt. Durch sie.« Er deutete auf Jaden und mich und mir wurde ganz heiß. Kurz überlegte ich abzuhauen, als alle Blicke auf uns gerichtet waren.

»Gregori ist nicht der König von Insidia«, raunte Sate und schnell brandete wieder eine Diskussion auf, die Sate jedoch mit nur einer Handbewegung abebben ließ.

»Der echte König von Insidia will sich genauso von Gregori befreien wie wir.«

»Und das haben die behauptet? Líder, was soll das? Sie SIND Insidianer! Sie würden alles sagen, um sich zu schützen«, schrie Cara.

Nein, ich konnte sie nicht leiden. Sie machte es mir aber auch nicht wirklich schwer.

»Sie wurden von dem neuen König von Insidia hierhergeschickt, um ein Bündnis einzugehen. Ich habe es mit eigenen Augen gesehen. Die Männer, die wir für Gefolgsleute des Königs gehalten haben, versuchten sie zu töten. Vor allem das Mädchen. Sie wird ihre Königin.«

O nein! Galle stieg meine Kehle auf. Ich würde bestimmt *nicht* ihre Königin werden. Vielleicht hatte Kyle ja bereits eine andere ausgewählt. Panisch sah ich mich um. Und dieses Mal suchte ich wirklich nach einer Fluchtmöglichkeit.

»Du willst mir erzählen, dass der König von Insidia – dein Verlobter – dich hierhergeschickt hat, um einen Pakt auszuhandeln? Warum sollte er dich schicken und nicht einen seiner Minister oder einen anderen wichtigen Mann?«

»Das hat er!« Ich erstarrte, als ich Leos Stimme hinter mir hörte. Sie wirkte so fest.

»Und du bist?«, fragte Cara genervt.

Sate lehnte sich zurück und legte seine Hand abwartend an sein Kinn.

»Ich bin der derzeitige Thronfolger. Der Bruder des Königs. Sollte ihm etwas zustoßen, werde ich König.«

Der Bruder des Königs? Ich verkniff mir eine irritierte Miene.

Eine beinahe gespenstische Stille trat ein. Auch Sate sagte nichts und ich fühlte mich schuldig, weil ich ihm nicht erzählt hatte, wer Leo war. Auch wenn er nicht der Bruder war, war er momentan der Nächste in der Thronfolge. Das entsprach der Wahrheit.

»Ich verstehe immer noch nicht, was davon uns dazu veranlassen sollte, ihnen Glauben zu schenken«, fauchte Cara aufgebracht.

Sate musterte immer noch Leo. Und ich hoffte inständig, dass er ihn jetzt nicht auseinandernahm.

»Wenn du die Wahrheit sprichst, dann müsstest du das Erbmal auf deinem Körper tragen.« Sate sprach so leise und ruhig, dass ich ihn einfach nur anstarren konnte. Seine Augen wanderten zu mir und ich erschrak. Jetzt wusste er, dass ich ihn angestarrt hatte. Na super! Trotzdem blieb seine Miene unverändert. Er lächelte nicht wie sonst. Er sah mich einfach nur an. Und ich war nicht in der Lage, meine Augen von ihm abzuwenden.

»Woher weißt du davon?«, fragte Leo argwöhnisch.

»Es gibt auch hier einen Menschen, der es trägt.«

Sates Blick ruhte immer noch auf mir, obwohl er mit Leo sprach, und ich konnte kaum atmen. Ich wusste nicht, ob er herauszufinden versuchte, ob ich log oder es einen anderen Grund hatte. Aber sein Blick hielt mich in einer Art Bann gefangen.

»Einer unserer Gründerväter aus den Reihen der Gefangenen von Insidia war der Bruder des Königs. Er hat das Erbmal an seine Nachfahren weitergegeben.«

Nun endlich löste Sate seinen Blick von mir und sah wieder Leo an. Ich drehte mich ebenfalls zu ihm.

Leo blickte sich um, dann griff er nach seinem Oberteil und zog es hoch. Ganz blass erkannte ich eine Narbe an der Stelle, an der auch Kyle seine Narbe trug. Meine Augen weiteten sich. Das war also ihr Erbmal? Ich warf wieder einen Blick auf Sate, der sich nachdenklich mit dem Finger über die Lippen strich und dann nickte.

»Diese Frage wäre dann wohl geklärt. Setz dich!«

Wie geheißen nahm Leo Platz. Jetzt wirkte er zwar wieder ein bisschen unsicherer, aber es war nichts im Vergleich zu dem Leo der letzten beiden Tage.

»Und wer ist dann Gregori?«, wollte einer der Männer wissen. Cara starrte immer noch Leo an. So, als würde sie ihn am liebsten zerfleischen. Sie hatte wohl ihren ganz eigenen Hass auf Insidia und ihre Königsfamilie – und auf mich.

»Gregori ist der Chef einer Geheimorganisation, die im Hintergrund gegen das Königshaus agiert«, meldete ich mich zu Wort und zog damit Caras wütende Blicke wieder auf mich. Was mir eindeutig lieber war, als ihr dabei zuzusehen, wie sie Leo gedanklich tötete.

»Was ich nicht verstehe«, entgegnete Cara nun, »warum lässt der König von Insidia zu, dass Gregori euren Staat unterwandert und uns bombardiert, wenn ihr offensichtlich wisst, was er macht? Irgendwoher muss er doch die Mittel haben!«

Ich spürte Sates Augen auf mir ruhen und wieder verschaffte er mir so Sicherheit und Selbstvertrauen. Warum auch immer: Sate glaubte an mich und vertraute mir. Er schenkte mir ein Vertrauen, das ich sehr lange nicht mehr entgegengebracht bekommen hatte.

»Eduard ist erst seit Kurzem der König«, erklärte ich ihr. »Sein Vater wurde von einem von Gregoris Agenten getötet, obwohl er sie unterstützt hat.«

»Euer König hat also doch Gregori unterstützt?«

»Ja, das hat er. Unser alter König. Ich weiß nicht, wie viel er über das hier wusste. Ich weiß nur, dass er nicht mehr unser König ist. Und Eduard ist nicht wie er. Und er hatte keine Ahnung hiervon. Er nahm an, Gregori hätte die übrig gebliebenen Menschen versklavt und wir sind hier, um diese Sklaven zu uns zu holen. Und um sie zu bitten, mit uns gegen Gregori vorzugehen.«

»Nun sind wir aber keine Sklaven!«, spie Cara mir förmlich entgegen.

»Es ist gut, dass wir gesehen haben, was Gregori hier wirklich tut. Und gesehen haben, dass ihr ein Staat seid, der uns helfen kann. Und wir euch!«, knurrte ich. Sie machte mich allmählich ganz schön zornig. Ich sah zu Sate, der mich immer noch nachdenklich musterte.

»Und du wirst ihre Königin?«, fragte einer der Männer.

Ich suchte nach einer Antwort in Sates Gesicht. »Ehrlich gesagt, weiß ich es nicht. Ich sollte es werden«, gab ich zu.

Sate sah nicht wütend aus.

»Und warum bist du es nicht geworden?«, fragte Cara siegessicher.

Nun atmete ich schwer. Nie hätte ich gedacht, dass ich das ständig irgendwelchen Fremden erzählen musste.

»Ich habe mich gegen den König entschieden.«

Jetzt waren *wirklich* alle Blicke auf mich gerichtet. Und Sates Blick hatte einen gänzlich anderen Ausdruck angenommen. War das Freude? Ich schüttelte den Kopf. Emili hatte ihm doch bereits erzählt, dass ich mich gegen Kyle entschieden hatte. Oder?

Es trat eine bedrückende Stille ein, die gefühlte Stunden andauerte, bis einer der Männer sich schließlich räusperte. »Mirja ist nicht anwesend, also werten wir ihre Stimme als Nein.«

In der Runde wurde genickt, doch ich wusste nicht wirklich, worum es ging.

»Handzeichen, wer für den Plan stimmt.«

Jetzt begriff ich endlich. Das hier waren nicht irgendwelche Männer. Es war der große Rat. Sie alle waren *Cabezas* der wichtigsten Dörfer im Staat.

Ich sah mich um. Bis auf einen älteren Mann und Cara hatten alle die Hände erhoben.

»Aber es gibt eine Bedingung, Líder!«, raunte der Mann neben Sate. Er wirkte am einflussreichsten von allen hier.

Sate nickte ihm auffordernd zu.

»Wir werden uns nicht mit ihnen zusammenschließen. Nicht übersiedeln. Wir handeln nur einen Friedenspakt aus.«

Ihr Líder nickte. »So soll es sein.«

Etwas daran störte mich. Warum konnten wir nicht ein Volk werden? Auf einem Kontinent leben? Der Gedanke, dass Sate und mich bald wieder ein Ozean trennte, war schrecklich. So wie er es auch bei Kyle war. Was war eigentlich los mit mir? Ich schüttelte in Gedanken meinen Kopf.

Ein gemeinsamer Staat? Das würde nie funktionieren. Amerika und Insidia, das waren zwei verschiedene Welten.

Einer der Männer stand auf und sagte etwas in der fremden Sprache. Sate lächelte mir zu. Mein Herz machte einen Satz. Ich hatte das Gefühl, dass er mich seit Stunden nicht mehr angelächelt hatte.

»Lasst es uns begießen«, übersetzte er und nahm die Flasche, die ihm der Mann nun entgegenhielt. Sie verteilten Gläser vor uns und Sate schenkte sich ein, bevor er die Flasche weitergab. Bis jeder sein Glas gefüllt hatte.

Sate erhob sein Glas. »Unidos por la sangre y el agua«, raunte er, sah dann mich an und fügte hinzu: «Vereint durch Blut und Wasser.« Sein Blick war so durchdringend, dass ich Caras wütendes Schnauben ignorierte. Offensichtlich war es nicht üblich, die Übersetzung dazu zu liefern.

Ich lächelte Sate an, hob ebenfalls mein Glas, setzte an und trank.

Es wurden noch einige Gläser gefüllt. Jaden hatte ziemlich schnell eine seltsame Haltung angenommen und war durchweg damit beschäftigt, Cara anzustarren, während Leo sich schon nach dem ersten Glas verabschiedet hatte.

Ich hingegen unterhielt mich mehr oder weniger mit einem Mann mit starkem Akzent, der um die dreißig sein musste. Er schien recht interessiert an der Kultur Insidias zu sein, und ich versuchte, es ihm so anschaulich wie möglich zu erklären. Schließlich hatte ich selbst nicht lange dort gelebt. Und ihm von Zickereien und Naivitäten zu erzählen, denen auch ich in Insidia verfallen gewesen war, würde ihm wohl kaum helfen, die Kultur besser zu verstehen.

Cara, die immer noch von Jaden gestalkt wurde – er hing mittlerweile halb auf dem Tisch –, redete ununterbrochen auf Sate ein. Sie saß auf der Couch, während Sate daneben an der Fensterbank lehnte und sie mit einem nachdenklichen Blick maß. Leider konnte ich nicht hören, was sie sagte, vorstellen konnte ich es mir dafür umso besser.

Nachdem ich mich wieder eine Weile mit dem Mann, der sich mir inzwischen als Arthur vorstellte, unterhalten hatte, riskierte ich einen neuerlichen Blick zu Sate. Cara hatte nach seinem Arm gegriffen. Doch die Berührung endete nicht. Er ließ es zu, und so redete sie weiter, während sie ihn festhielt.

Ich atmete schwer und schenkte mir noch ein Glas des widerlichen, brennenden Zeugs ein. Mein Kopf sagte mir energisch, dass ich es lassen sollte.

Mein Magen auch. Aber mich trieb eine andere Macht. Daher nahm ich das Glas und hob meine Hand, als mich jemand packte und verhinderte, dass der Stimmungsaufheiterer den Weg in meinen Körper fand. Genervt sah ich mich um und blickte in Sates Augen.

»Du kennst unsere Sitten nicht, aber es ist unhöflich, ohne den Líder das Glas zu erheben.«

Schnell suchte ich auf der Couch nach Cara. Jaden war auf dem Weg zu ihr und sie starrte fassungslos Sate an. Offensichtlich hatte er sie einfach so sitzen gelassen.

Seltsam erleichtert lächelte ich ihn an, griff nach einem weiteren Glas und füllte es für ihn. »Na, dann mal los!«

Sate nahm es entgegen und hielt es in die Höhe. Ich tat es ihm nach.

»Vereint durch Blut und Wasser«, flüsterte ich.

»Unidos por la sangre y el agua«, raunte er, und wir tranken. Unsere plötzliche Nähe war mir unangenehm. Ich erinnerte mich an Leos und Kyles Worte. Sie hatten mir immer wieder gesagt, wie sprunghaft ich doch sei. Und ja, das war ich. Gewesen. Aber das hatte am *PG* gelegen. Diesmal war es etwas anderes. Ich vermisste Kyle. Natürlich. Aber zwischen uns war auch etwas kaputtgegangen und ich wusste nicht, ob wir es je wieder kitten könnten. Er vertraute mir nicht mehr. Nicht mehr voll und ganz. Und Sate tat es, obwohl er mich nicht kannte.

Der Líder setzte sich und füllte unsere Gläser erneut. Mein Kopf drehte sich, aber ich trank auch das mit ihm aus.

Erst einmal war ich in meinem Leben betrunken gewesen und ich erinnerte mich nur allzu gut, was damals dabei rausgekommen war. Im wahrsten Sinne des Wortes. Ich musste mich zügeln.

»Trinkt ihr hier gerade ernsthaft ohne mich Alkohol?« Ich lachte, als ich Emilis Stimme hörte. Sie war wirklich ein Unikat.

»Mr. Universe!«, grüßte sie Sate und machte einen Knicks. »Danke, dass du mich dann doch nicht geopfert hast!«

Sate lächelte sie amüsiert an. Dann füllte er ein weiteres Glas für sie. »Der Alkohol tötet die Bakterien«, raunte er.

Emili grinste ihn an, als wäre sie ein kleines Mädchen. Ich zog die Augenbrauen zusammen und schenkte ihr einen zornigen Blick, den sie jedoch gar nicht wahrnahm. Sie sollte sich schonen.

Es dauerte nicht lange, da war ich so richtig betrunken. Auch Emili lallte – und Sate war völlig normal. Das war wieder mal typisch.

Arthur quatschte mittlerweile Emili voll, die ihm begeistert von ihrer Kleidersammlung erzählte, und Sate bemühte sich, meinen Blick zu fangen. Ich wollte ihn aber nicht ansehen. Deshalb füllte ich unsere Gläser, um abzulenken.

»Du solltest nichts mehr trinken«, hauchte er sanft.

»Ach so, und das entscheidest du?«, fragte ich genervt. Meine Stimme hörte sich auch nicht mehr ganz normal an. Zudem war mir furchtbar schlecht.

»Wann hast du das letzte Mal gegessen?«, fragte er erschrocken und sah mich misstrauisch an.

Ich überlegte kurz, doch mir fiel es nicht ein. Ich musste seit einer Ewigkeit nichts mehr zu mir genommen haben.

»Laaaange!«, murmelte ich nachdenklich.

Sate sah genervt zur Decke, packte mich sanft am Arm und zog mich in die Küche. Er öffnete ein paar Schränke, bevor er eine Dose mit irgendetwas Undefinierbarem herauszog und mit seinem kleinen Dolch öffnete.

»Iss!«

»Iihh, was ist das?!«, fragte ich angeekelt, roch daran und machte Würgegeräusche.

Sate hob die Augenbrauen. »Entschuldige, Prinzessin. In unserem Land sind die Vorräte nicht so reich wie bei euch und schon mal fast zweihundert Jahre alt!« Er hörte sich irgendwie beleidigt an und ich ärgerte mich über mich selbst. Ohne den Alkohol hätte ich nie so über Essen gesprochen. Obwohl ich mir wirklich nicht sicher war, ob dieses Essen in der Dose nach zwei Jahrhunderten überhaupt noch da sein durfte.

»Es tut mir leid! So war das nicht gemeint«, murmelte ich schuldbewusst.

Er verzog den Mund, lächelte dann aber. »Bohnen aus der Dose ist auch nicht mein liebstes Essen. Aber sie machen satt. Und solange die Dosen nicht beschädigt sind, kann man sie verzehren.«

Brav aß ich die Bohnen auf und war verwundert, dass sie beinahe schmeckten. Aber wahrscheinlich lag es nur daran, dass ich wirklich seit Ewigkeiten nichts mehr gegessen hatte.

Sate sah mir belustigt dabei zu, wie ich auf der alten Küchentheke saß und mit meinen Beinen nervös hin und her wackelte. Schließlich ließ ich mich wieder auf den Boden fallen und schlug ihm vor, zurück zu den anderen zu gehen. Seine Antwort wartete ich gar nicht erst ab. Ich wusste, dass ich mich so schnell wie möglich von ihm entfernen musste. So setzte ich mich schnell zu Emili, die sich immer noch mit Arthur unterhielt, und warf einen Blick auf Jaden, der mittlerweile auf der Couch schlief. Cara war verschwunden.

»Ich glaube, ich muss ins Bett«, murmelte ich Emili zu, die mir gar nicht richtig zuhörte. Der Alkohol hatte offensichtlich ihre Schmerzen betäubt.

Erst beim Hinaufsteigen der Treppe fiel mir auf, dass ich Sate nicht Bescheid gesagt hatte. Aber eigentlich konnte mir das auch egal sein.

Mit einem Mal unendlich müde ging ich in das dunkle kalte Zimmer und legte mich dort aufs Bett. Die Sicherheit von gestern war definitiv abgeschwächt. Ich schloss die Augen und öffnete sie wieder, als ich draußen eine Tür knallen hörte. Seufzend schleppte ich mich zurück zur Tür und lauschte. Ich hörte Caras aufgebrachte Stimme.

»Es ist genau dasselbe, Sate!«

Ich wunderte mich, dass sie ihn plötzlich nicht mehr Líder nannte.

»Das ist nicht dasselbe. Sie ist verlobt. Es hat nichts zu bedeuten.« Sates Stimme beruhigte mich selbst jetzt.

»Ich sehe doch deinen Blick! Und sie ist ebenfalls nicht von deinem Blut! Also halt dich gefälligst zurück!«

Verwirrt runzelte ich die Stirn. Wollte sie damit andeuten, dass zwischen mir und ihm etwas lief?

»Mein Blick ist völlig normal. Und jetzt sei still, bevor ich dich für deine Anschuldigungen büßen lasse!«

Cara lachte kalt. »Wegen meines Blutes bin ich angeblich nicht gut genug. Und jetzt kommt sie und soll es sein?«

»Ich habe nie behauptet, dass du nicht gut genug bist und auch nicht dein Blut!«

»Dann willst du mich einfach so nicht?! Eine Nacht mit dir super Urblut-Anführer und mir Bastard-Blut und mehr nicht!« Ich hörte sie aufgebracht davonstapfen.

Sate atmete angespannt aus und ein. Dann vernahm ich seine Schritte und so schnell wie möglich verschwand ich in meinem Bett. Doch er ging weiter und betrat den Raum neben mir. Enttäuschung machte sich in mir breit.

KAPITEL 15

Nach einer gefühlten Ewigkeit war Emili immer noch nicht da und auch von meiner Müdigkeit war nichts mehr zu spüren. Ich konnte einfach nicht einschlafen. So wälzte ich mich hin und her. Der Gedanke, dass Sate neben mir im Zimmer lag und schlief – oder nur ruhte –, machte mich verrückt. Und ich wusste nicht, warum.

Wie von einer fremden Macht geleitet, stand ich auf, schlüpfte aus meinem Zimmer und schlich zu Sates Tür. Bevor ich jedoch klopfte, machte ich kehrt und die Tür hinter mir wurde geöffnet. Ertappt kniff ich die Augen zusammen.

»Anschleichen funktioniert bei mir schlecht«, raunte Sate mir zu. Er wirkte mal wieder ziemlich gruselig.

»Ich konnte nicht schlafen und wollte nur mal sehen, ob du schon – äh – ruhst.«

Er sah mich auf merkwürdige Art und Weise an, als ich mich zu ihm drehte und mir das Licht aus seinem Zimmer in die Augen stach. Wieder trug er nur sein schwarzes ärmelloses Kapuzenshirt und eine Pumphose.

»Komm rein!« Es klang wie ein Befehl und ich gehorchte. Sein Zimmer sah genauso aus wie meins, nur dass hier noch ein kleiner Tisch und zwei Stühle standen. Auf dem Tisch unter einer kleinen Lampe waren Pläne ausgebreitet. Trotzdem sah Sate nicht müde aus. Wie machte er das nur?

»Setz dich!« Wieder mehr Befehl als Bitte.

Ich wagte nicht zu widersprechen und setzte mich; er nahm neben mir Platz. Vor mir lagen Karten des Landes, in die die verschiedenen Dörfer eingezeichnet worden waren.

»Was ist zwischen euch vorgefallen?« Seine Frage kam wie aus dem Nichts. Er griff nach meiner Schulter. Ich erschrak, doch er öffnete nur den Knopf meines Überwurfs und strich ihn mir vorsichtig von den Schultern.

»Du glühst«, erklärte er und lächelte leicht.

»Meinst du Kyle und mich?«

Er sah mich irritiert an.

»Eduard, der König, Kyle. Alles dieselbe Person.«

Nun setzte er eine skeptische Miene auf. »Ja. Ihn meine ich.«

Ich atmete schwer. Dachte über Kyle und mich nach.

»Es ist sehr kompliziert«, murmelte ich.

»Das hast du bereits gesagt.« Sate lehnte sich in seinem Stuhl zurück und musterte mich gespannt.

Ich erzählte ihm die Kurzfassung meines Auftrags. Dass ich Kyle kennengelernt hatte und dass eigentlich er der Prinz gewesen war.

Sate nickte immer nur.

»Bevor ich hierherkam, dachte ich, dass ich ohne Kyle nicht leben könnte.«

»Warum dachtest du das? Und weshalb denkst du es jetzt nicht mehr?«, fragte Sate und fuhr sich durch die Haare. Erst jetzt bemerkte ich, dass sie nicht mehr zu Zöpfen gebunden waren. Sie reichten ihm kaum bis unter die Ohren.

»Ich wusste oder weiß nicht wirklich, wer ich bin. Ich glaube, dass Kyle mir eine Zeit lang das Gefühl gegeben hat, mich zu kennen.«

»Das ist aber doch nichts Falsches«, raunte er.

Ich verzog den Mund. »Es wird dann falsch, wenn du das Gefühl hast, ohne eine andere Person zu sterben oder nicht mehr lebensfähig zu sein«, lachte ich.

»Gesund ist das bestimmt nicht. Aber ich denke, dass Liebe sowieso nur in den seltensten Fällen gesund ist.«

Einen Moment lang sah ich ihn stumm an. Wahrscheinlich hatte er recht.

»Und was ist jetzt?«, fragte er.

Nervös malträtierte ich meine Lippe. »Ich kann es dir nicht sagen. Ich fühle mich so, als hätte ich ihn unfair behandelt. Andererseits denke ich, dass er einen gehörigen Teil dazu beigetragen hat. Vor allem auch danach. Dass er mich betäubt hat und Geheimnisse vor mir hat und …« Ich stockte. Meine Gedanken waren zu verwirrend. »Ich habe mich in Insidia wohl gefühlt. Mit ihm. Mit Emili. Ich habe eine Seite an mir entdeckt, die vorher unterdrückt wurde, und ja, ich hatte das erste Mal in meinem Leben Spaß. Aber etwas in mir schreit nach meinem alten Leben. Vielleicht hatte ich es eine Weile vergessen. Aber die Zeit hier beweist mir, dass es so ist.«

Sate nickte langsam. Ich wusste nicht, was er für mich war. Ein Anführer, eine Respektsperson, ein Freund – oder sogar mehr? Kaum merklich schüttelte ich den Kopf. Mehr war nicht möglich. Auch wenn ich sauer auf Kyle war und nicht alles guthieß, was er tat: So einfach konnte ich ihn nicht vergessen. Trotzdem berührte Sate einen Teil meiner Seele, den ich lange für verloren gehalten hatte.

»Ich bin bei weitem kein Beziehungsexperte, wie du wahrscheinlich bereits bemerkt hast, aber ich denke, dass er dich zu Unrecht verurteilt hat. Aber du darfst auch nicht vergessen, er ist anders als du. Und dieser Unterschied bewirkt so einiges. Es heißt nicht, dass ihr nicht zusammen sein könnt. Es heißt nur, dass ihr lernen müsst, euch aufeinander einzustellen. Er darauf, dass du Gründe hattest, das alles zu tun, und dass du durch deine Erziehung anders bist – und du, dass er in einem Umfeld aufgewachsen ist, in dem Intrigen und Lügen zum täglich Brot gehören. Glaub mir, ich kenne mich mit beidem sehr gut aus. Und Vertrauen ist für ihn das wertvollste Geschenk. Und der schwerste Verlust, wenn es jemand missbraucht. Egal, aus welchen Gründen.«

»Würdest du wirklich dein Leben für mich geben, wenn es in Gefahr wäre, allein wegen dieses Bandes zwischen uns?« Ich wusste selbst nicht genau, wie ich jetzt darauf kam. Aber Sates Aussage zeigte mir nur noch deutlicher, wie nah er mir war. Wie gut er mich verstand. Aber vor allem fragte ich, weil ich genau wusste, dass Kyle es für mich tun würde – und ich für ihn.

»Ja, Insidia. Das würde ich. Aber nicht nur wegen des Bandes zwischen uns. Ich würde es auch so tun.« Er beachtete den abrupten Themenwechsel gar nicht. Sah mich einfach nur eindringlich an.

»Aber warum?«

»Du bist hübsch. Es wäre ein Verlust«, entgegnete er lachend.

Ich verzog das Gesicht.

»Ich weiß es nicht«, gab er zu und strich sich über seine Wange. Ein paar Bartstoppeln hatten sich darauf gebildet. Es ließ ihn noch erwachsener wirken.

»Was ist das zwischen Cara und dir? Ich habe dir alles über Kyle erzählt, jetzt bist du dran!«

Sate schüttelte belustigt den Kopf. »Nichts ist zwischen uns. Cara bildet sich da etwas ein, wegen einer Nacht, in der ich schwach war.«

»Weil sie das falsche Blut hat?«

Nun weitete er seine Augen und hob seine Brauen. »Nein, Insidia. Damit hat das nichts zu tun. Ich wäre in der Lage, jemanden zu lieben und trotzdem jemand anderen zu heiraten, damit mein Volk geeint bleibt. Aber Cara liebe ich nicht.«

»Und wen liebst du?« Ich rückte auf meinem Stuhl hin und her. Ich war nervös und musste ständig daran denken, wie zärtlich mir Sate das Cape von den Schultern gestrichen hatte. Ich bemühte mich, den Gedanken daran zu verscheuchen und mich zu konzentrieren.

»Mein Volk.«

»Und wenn du dich einmal verliebst – in jemanden, der nicht das uramerikanische Blut hat, dann würdest du sie gehen lassen?« Fragend sah ich ihn an. Ich wollte nicht so wirken, als würde es mich persönlich interessieren, aber ich konnte es nicht verstecken.

»Zum Beispiel zurück nach Insidia gehen lassen?«

Mir stockte der Atem. Ich konnte kaum fassen, was er da gerade gesagt hatte.

»Zum Beispiel«, stotterte ich und schluckte. Was war nur mit mir los? Hatte mich diese Schifffahrt um den Verstand gebracht?

»Ja«, antwortete er knapp.

Ich verzog den Mund. Hatte ich mir etwa eine andere Antwort erhofft? – Bestimmt nicht. So war ich einfach nicht!

»Vor allem dann, wenn ich glaube, dass sich das Mädchen, um das es geht, nur verirrt hat.«

»Die Frage ist, zu welchem Zeitpunkt es sich verirrt hat«, erwiderte ich leise. Ich hasste mich selbst für meine Worte. Aber es entsprach dem, was ich fühlte.

»Líder!« Ein aufgeregter Schrei unterbrach meine Gedanken. Sate sah mich immer noch an. Ich meinte etwas in seinen Augen aufblitzen zu sehen. Er kam ein Stück näher. Ich keuchte.

»Bleib dieses Mal bitte hier, Insidia!«, sagte er und küsste mich auf die Stirn, bevor er aufstand und nach draußen verschwand.

Ich spürte die Berührung immer noch. Seine Lippen an meiner Stirn. Mein Herz kämpfte sich beinahe durch meine Brust.

Von draußen vernahm ich lautes Getrampel. Ich konnte nicht anders. Entgegen Sates Anweisungen ging ich in den Flur, um nach dem Rechten zu sehen.

Der Rat schien in hellem Aufruhr zu sein. Schnell sah ich in meinem Zimmer nach, ob Emili bereits dort war, aber es lag genauso leer da, wie ich es verlassen hatte. Ich hatte also keine andere Wahl.

Mit klopfendem Herzen schlängelte ich mich an den anderen vorbei nach unten. Emili saß bei Jaden auf der Couch und bemühte sich, ihn zu wecken. Er war wirklich ein super Aufpasser. Ich lief zu ihnen und schlug Jaden, bis er wach war.

Verwirrt sah er sich um. Sein Blick wirkte aber nicht mehr ganz so benebelt wie noch vorhin.

»Geh auf unser Zimmer und versteck dich!«, wies ich Emili an. Sie gehorchte. Wenigstens war sie in solchen Dingen ziemlich entspannt.

Jaden griff nach seiner Waffe und ging vorsichtig zum Fenster. Er hob seine Hand und zeigte drei Finger. Ich nickte ihm zu und lief zu einem der anderen Fenster. Hier konnte ich niemanden sehen. Ich schüttelte den Kopf und Jaden nickte mir zu. Ohne Zweifel: Das *PG* war hier. Und auch wenn wir die Leute nicht alle sehen konnten. Sie waren mit Sicherheit nicht nur zu dritt.

Erst jetzt wurde mir klar, dass ich keine Waffe hatte. Ich zeigte es Jaden und er verzog den Mund.

Als er mir gerade seine Waffe geben wollte, stellte sich Sate zwischen uns und reichte mir sein Schwert. »Du bist anstrengend. Wusstest du das?«

Ich nickte einfach nur und nahm das Schwert entgegen.

Ein Brennen in meinem Kopf riss mich aus der Realität.

»Sate!«, ächzte ich, bevor die Bewusstlosigkeit nach mir griff.

»Es passiert wieder!« Sate stützte mich in letzter Sekunde. Ich konnte mein Gleichgewicht nicht mehr halten und die Bilder der weißen Wände tauchten vor mir auf.

Syder stand vor mir.

»Nicht erfolgreich.«

Ich bemühte mich, die Bilder wegzuschieben. Wieder einen Zugang zu Sate zu finden.

»Sichert das Fenster!« Von weit entfernt erkannte ich seine Stimme. Trotz allem war sie ruhig und autoritär. Ich versuchte danach zu greifen. Mich daran festzuhalten. Aber vor mir erstreckten sich einfach nur weiße Wände und Schläuche. Und dann war da – *Schnee*. Ich entspannte mich. Sah dabei zu, wie immer mehr Flocken auf den Boden fielen. Es war so wunderschön, dass ich hierbleiben wollte. Ich griff nach dem Schnee. Fühlte ihn.

Weit entfernt, in meinem Inneren, hörte ich ein dumpfes Piepen. Immer mehr Schneeflocken fielen und etwas rüttelte an mir.

»Insidia!« Plötzlich sah ich wieder Sates Gesicht vor mir. Der Schnee war noch da und fiel ununterbrochen. Sates gesamte Haare waren voll damit. Ich lächelte ihn an. Er hustete. Und plötzlich wurde mir klar, dass das kein Schnee war. Ich wand mich in seinem Arm.

»Was ... Was ...« Er schüttelte den Kopf und kniff die Augen zusammen. Er konnte mich nicht hören. Der Druck und das Piepen in meinem Ohr wurden immer stärker. Die Realität kehrte in all ihrer Grausamkeit zurück in mein Bewusstsein.

Es brannte. Eine Bombe! Oder eine Granate. Die Erkenntnis traf mich so hart, dass ich keine Luft mehr bekam. Blinzelnd sah ich mich um. Sah Menschen hin und her rennen. Sate, der mich hielt, und Jaden, der hinter ihm stand und mir irgendetwas zurief. Ich konnte ihn nicht verstehen. Nur seinen Mund sehen, wie er sich immer wieder öffnete und schloss.

»Emili! Leo!«, schrie ich. Er sah mich fragend an.

Ich wiederholte ihre Namen ganz langsam, damit er es an meinen Lippen ablesen konnte, und deutete nach oben. Er verstand und rannte los. Ich wollte Sate ebenfalls zeigen, dass wir sie holen mussten, doch sein Kopf ruhte auf meiner Brust und hob sich nicht mehr.

»Sate?« Ich hörte meine eigene Stimme nicht. Panik breitete sich in mir aus. Erst jetzt bemerkte ich, dass Sate über mir lag. Hatte er mich vor der Explosion schützen wollen?

Ich schüttelte ihn und hob seinen Kopf. Seine Augen waren geschlossen. Ich suchte ihn ab. Konnte aber nirgendwo Blut finden.

Was sollte ich tun?

Mühsam stemmte ich ihn von mir und kniete mich über seinen Rücken. Dann kam der Schock. In ihm steckte ein Glassplitter. Ruckartig sah ich hoch zum Fenster. Es war aufgebrochen. Überall lag Glas herum, und draußen kämpften Menschen. Würde das denn nie aufhören?

Wieder beugte ich mich über Sate. Was sollte ich jetzt bloß tun? Den Splitter herausziehen? Oder drin steckenlassen? Verzweifelt schüttelte ich ihn immer wieder.

»Bitte Sate! Wach auf!«, schrie ich.

Neben mir tauchte Jaden auf, hinter ihm standen Emili und Leo. Leo sah völlig teilnahmslos aus, während Emili sich erschrocken die Hand vor den Mund hielt. Ich sah wieder hinunter, auf meine blutigen Hände.

»Hilf ihm!«, schrie ich Jaden an. Er überlegte kurz, dann packte er das Glas und zog es heraus. Er nahm das Schwert, das neben mir lag, und rannte zu einem der Feuer, hielt es hinein, bis das Eisen glühte, und tat das Gleiche, was Shanira bei Emili gemacht hatte. Nur, dass Sate keinen Schrei von sich gab. Er lag immer noch regungslos da. Es war seltsam, ihn so zu sehen. Trotzdem wirkte er noch stark. Und er war so groß und muskulös, dass keiner von uns ihn hätte hinaustragen können. Wie von Sinnen schüttelte ich ihn immer weiter. Irgendwann spürte ich Jadens Hand auf meiner Schulter. Ich wusste, dass er gehen wollte. Aber er würde mich nicht zwingen. Und ich würde nicht ohne Sate gehen.

Nach einer halben Ewigkeit kamen die anderen Männer des Rates angerannt und packten ihn. Ich wollte sie anschreien, dass sie vorsichtig sein sollten, aber nicht ich war seine Familie, sondern sie. Nicht ich war es, für die er sich entscheiden würde, sondern sie. Also ließ ich sie ihn grob nach draußen tragen. Hauptsache, jemand tat es.

Als wir auf die Straße stolperten, hörte ich einen gellenden Schrei. Cara hatte Sate entdeckt, stach zwei Männern des *PG* vor Wut das Schwert in den Bauch und rannte zu ihm. Sie fiel vor ihm auf die Knie und sagte etwas in ihrer Sprache.

Ich sah mich panisch um, doch offensichtlich war der Kampf bereits vorbei. Einige der *PG*-Soldaten lagen leblos am Boden, andere konnte ich in der Ferne fliehen sehen.

Wir versammelten uns in einem der anderen Häuser. Die Männer legten Sate auf der Couch ab, und ich saß wie versteinert da und starrte ihn an.

»Wir müssen so schnell wie möglich hier weg!«, sagte der Mann, der vorhin neben Sate gesessen hatte.

Ein Husten riss mich aus meiner Starre und ich rannte auf Sate zu.

Cara stieß mich unwirsch von ihm. »Du bist schuld daran! Also fass ihn nicht an!«

Ich warf einen Blick auf Sate, der sich ächzend zur Seite drehte und seine Umgebung betrachtete. Sah die Wut in seinen Augen. Die Scham. Es gab nichts Schlimmeres für ihn, als verwundet dazuliegen. Zu wissen, dass er den Kampf nicht mitbestritten hatte. Und Cara hatte recht: Es war meine Schuld.

Offenbar suchte er den Raum ab und stoppte schließlich bei mir. Aber er sah mich nicht lange an. War er wütend auf mich? Oder schämte er sich? Ich konnte es nicht zuordnen, aber es tat mir weh. Doch ich schluckte den Schmerz runter und hielt Ausschau nach Emili, Leo und Jaden, um mich zu erkundigen, ob es ihnen gut ging.

»Wir ziehen weiter!«, hörte ich Sate und drehte mich zurück. Er erhob sich unter Schmerzen von der Couch. Ich sah es an seinem Gesicht. Aber niemand widersprach ihm. Und auch ich würde das nicht tun. Es war seine Entscheidung und wahrscheinlich sogar seine Pflicht.

Als er an mir vorbeiging, war ich erstaunt, wie sicher und taff seine Haltung war. Er warf mir einen kurzen Blick zu, dann war er verschwunden und wir anderen folgten ihm stumm.

***

Wir liefen, bis der Tag anbrach. Meine Beine wollten mich nicht länger tragen und es fiel mir immer schwerer, meine Augen offen zu halten.

Ich ging ein paar Schritte auf Sate zu. Seit dem Vorfall hatten wir kein Wort mehr miteinander gewechselt. Nur sein prüfender Blick hatte immer wieder auf mir geruht.

»Machen wir bald Rast?« Ich wollte es nicht so formulieren, dass er merkte, wie müde ich war, aber wahrscheinlich hörte er es allein an meiner Stimme.

»Wir sind bald in einem unserer Dörfer. Es dauert nicht mehr lange«, erwiderte er knapp und musterte mich von der Seite. Ich spürte seine Hand auf meiner Schulter.

»Möchtest du auf eines der Pferde?«

Schnell schüttelte ich den Kopf. Selbst das war viel zu anstrengend. Ich spürte jede Bewegung, als würde ich hundert Kilo Gewicht mit mir herumtragen.

»Wir sind wirklich bald da«, raunte er und sah mich aufmunternd an. Dann setzte er wieder eine herrische Miene auf und befahl einem der Männer etwas in ihrer Sprache. Das hatte er bisher noch nie getan. Vor mir in dieser seltsamen Sprache geredet. Aber die Art, wie er die Worte aussprach, beeindruckte mich. Er war der geborene Anführer.

Zudem behielt er recht und es dauerte wirklich nicht mehr lange, bis wir unser Ziel erreichten. Das erkannte ich allein schon an der Sonne, die nicht viel weitergewandert war. Nichtdestotrotz spielte mein Körper mir vor, es seien Stunden gewesen.

Das Dorf sah aus wie Sates Dorf. Die Zelte waren etwas anders aufgestellt und der Wald drum herum war nicht ganz so dicht. Sonst erinnerte mich alles daran.

Die Dorfbewohner empfingen Sate mit Verbeugungen und Geschenken und ich kam mir irgendwie dumm vor, weil ich mit ihm umging wie mit einem normalen Jungen. Wahrscheinlich hielt er mich für dreist. Aber ich konnte nicht länger darüber nachdenken.

Sate vertröstete die Menschen auf die »Dämmerung«, legte einen Arm um meinen Rücken und schob mich mit sich in das größte Zelt.

Ich hätte mir gerne vorgestellt, dass es an mir lag und er mich bei sich haben wollte, aber ich wusste, dass er es nur tat, weil ich wichtig für ihren Plan war. Zumindest glaubte er, dass ich das war. Ich war mir da nicht so sicher.

Hastig sah ich mich noch einmal um. Emili, Leo und Jaden wurden in ein kleineres Zelt gebracht.

Indes schob Sate den Vorhang zur Seite und drängte mich in den Schlafraum.

Ich erinnerte mich nicht, wann ich das letzte Mal so müde gewesen war.

Er wartete, bis ich mich hingelegt hatte, und wollte gehen, doch ich hielt ihn fest.

»Du musst auch schlafen«, murmelte ich müde und sah ihn auffordernd an. Er verzog den Mund, dachte einen Moment lang nach und schüttelte dann den Kopf.

»Ein Líder muss nicht schlafen. Nicht in Zeiten des Aufruhrs.«

Genervt blickte ich zur Decke. »Du nützt deinem Volk nichts, wenn du müde und verletzt kämpfst!« Ich verstärkte meinen Griff, zog ihn weiter zu mir und rückte an den Rand des Schlafplatzes. Er sah zwar nicht begeistert aus, aber er legte sich zu mir.

Zufrieden drehte ich mich von ihm weg, um nicht zu nah bei ihm zu sein, und schloss meine Augen. Das Gefühl, einfach zu liegen, war so unbeschreiblich schön, dass ich es nicht in Worte hätte fassen können.

KAPITEL 16

Ich spürte Sates Arm unter mir, als ich aufwachte. Erschrocken hielt ich die Luft an und warf einen Blick auf ihn. Er schlief, während ich in seinem Arm lag. Ich fühlte mich schlecht und schmutzig, obwohl nichts dabei war, ich nichts getan hatte. Wir hatten einfach nur nebeneinander geschlafen.

Ich musterte ihn noch einen Moment lang, dann strich ich ihm vorsichtig eine seiner wirren Strähnen zur Seite. Er atmete immer noch gleichmäßig und seine Lider blieben geschlossen. Er schlief also wirklich. Ich lächelte. Natürlich lag diese Ruhe vor allem an der Tatsache, dass er seit Tagen oder Wochen nicht richtig geschlafen hatte und verletzt war. Aber vielleicht lag es auch ein bisschen an mir.

Ich bemühte mich vergebens nach einem Krug mit Wasser zu greifen, der auf einem kleinen Tisch neben dem Bett stand, ohne ihn zu wecken. Mein Mund war trocken und ich hatte das Gefühl, nicht richtig atmen zu können. Das Wetter hier war ganz anders als bei uns in Insidia und die Luft ungemein trocken.

Als ich es erneut versuchte, stieß ich den Krug vom Tisch und er landete mit einem lauten Klirren auf dem Boden.

Sates Augen öffneten sich innerhalb von Sekunden; er hob die Hand, die aus dem Bett gehangen hatte. In ihr ruhte sein Schwert.

Ich war verwirrt. Hatte er es die ganze Zeit über in der freien Hand gehalten? Es war irgendwie gruselig, dass er innerhalb weniger Augenblicke kampfbereit war, auch wenn er mir damit Sicherheit gab.

»Entschuldige«, murmelte ich, »es war nur das Wasser.«

Abwägend sah er mich an. Erst jetzt wurde mir wieder klar, dass ich immer noch halb in seinem Arm lag.

»Hast du Durst? Soll ich dir neues Wasser holen?« Seine Stimme klang belegt. Anders als ich sie in den Tagen zuvor vernommen hatte. Er war wohl wirklich verschlafen.

Erneut huschte ein Lächeln über meine Lippen. »Schon in Ordnung«, antwortete ich und atmete ein. Sein Geruch war überall. »Du hast also wirklich geschlafen.«

Nun sprach aus seinen Augen Verwirrung. »Ja ...«, murmelte er nachdenklich. »Ich habe noch nie so fest geschlafen.«

Ich lachte laut auf. »Du lügst! Jeder Mensch schläft in seinem Leben mindestens eine Million Mal sehr tief!«

Sate stimmte in mein Lachen ein. »Ich schlafe normalerweise nicht richtig. Es ist nicht üblich als Líder. Ich habe einen Job, der von mir verlangt, nicht nur am Tage bereit zu sein, sondern immer.«

»Du hast jetzt aber trotzdem geschlafen.« Ich biss mir beinahe amüsiert auf die Lippe.

Er nickte nur. »Und du bist schuld!«

»Du musstest schlafen! Du bist verletzt!«

Darauf erwiderte Sate eine ganze Weile nichts. Ich überlegte schon, ob ich irgendetwas Falsches gesagt hatte, als er sich räusperte:

»Es tut mir leid«, raunte er vorsichtig.

Ich sah ihn stirnrunzelnd an. »Was tut dir leid?«

»Dass ich dich nicht so beschützt habe, wie ich es versprochen habe. Es kommt sonst nie vor, dass so etwas passiert!«

Unwirsch verzog ich den Mund. »Du hast dich nur verletzt, weil du mir das Leben gerettet hast. Du hast dich für nichts zu entschuldigen!«

»Ich wollte nicht, dass du mich so schwach siehst. Das *irgendwer* mich so schwach sieht!«

Wieder spürte ich seinen Arm unter mir und fühlte mich plötzlich ganz klein. Lag ich gerade wirklich im Arm des Anführers? Was machte ich hier nur?

»Du bist alles andere als schwach, Sate! Glaub mir!«, entgegnete ich energisch.

Doch ohne ein weiteres Wort zu verlieren, löste er sich von mir und ging hinaus. Ein merkwürdiges Gefühl der Leere breitete sich in mir aus. Ich seufzte leise, rappelte mich hoch und folgte ihm. Seine Verletzung schien ihn kaum noch zu stören. Entweder war es bereits besser oder er ignorierte den Schmerz einfach.

Es war dunkel draußen, als wir hinaustraten und die Dorfbewohner hatten sich um die Feuerstelle versammelt. Sie begrüßten Sate wie einen König. Ich gesellte mich zu Emili und Jaden. Leo konnte ich nirgendwo entdecken. Langsam fing ich an, mir Sorgen zu machen. Für einen kleinen Moment wünschte ich mir, Kyle wäre hier. Er hätte bestimmt gewusst, wie man jetzt am besten mit Leo umgehen müsste. Und vielleicht hätte er mich auch wieder zurück in die Realität geholt. Oder war das hier meine Realität und Insidia ein Trugbild?

Sates Gefolgschaft schenkte indes Wein aus, tanzte und sang in der hiesigen Sprache.

Verstohlen beobachtete ich Sate dabei, wie er mit den Menschen hier umging. Er saß wie wir Übrigen auch auf dem staubigen Boden. Um ihn herum hatten sich einige Kinder versammelt. Er nahm das Kleinste von ihnen auf den Schoß und so wie es aussah, erzählte er ihnen gerade Gruselgeschichten.

Ich musste schmunzeln, als er wenig später mit erhobenen Händen auf sie losging und jeden, den er erwischte, kitzelte. Und obwohl er so unbeschwert mit den Kindern spielte, wirkte er gerade jetzt unglaublich erwachsen.

Unsere Blicke trafen sich und ich spürte Hitze in meinem Gesicht aufsteigen. Er bemerkte das Lächeln auf meinen Lippen und biss sich grinsend auf seine Unterlippe, bevor er sich wieder den Kindern widmete, die ihn bereits ungeduldig an seiner Kapuze zogen, um seine Aufmerksamkeit zurückzugewinnen.

Das Lächeln verschwand erst aus meiner Seele und dann aus meinem Gesicht. Ich musste mich darauf konzentrieren, nach Hause zu kommen und nicht darauf, dieses Volk immer mehr in mein Herz zu schließen. Vor allem Sate nicht. Selbst wenn es meine Gefühle für Kyle nicht gäbe, würden wir uns irgendwann trennen müssen. Auch besaß ich nicht sein Blut. Mit einem Mal fiel mir das Atmen wieder schwer. Es war, als würde die Luft brennen. So sehr schmerzte jeder Atemzug, so sehr schmerzte es, der Realität entgegenzutreten.

»Pequeña«, sprach mich eine zerbrechliche Stimme an. Eine Hand legte sich auf meine Schulter. Ich sah mich um und erblickte eine alte Frau. Sie hatte sichtlich Mühe, ihre Hand auf mir ruhen zu lassen, ohne sich zu sehr auf mir abzustützen, deshalb erhob ich mich schlagartig und stützte sie.

»Wie kann ich Ihnen helfen?«, fragte ich und sie lächelte mir warm zu. Ihr Lächeln erinnerte mich an etwas.

»Komm mit. Helfen«, raunte sie abgehackt. Sie beherrschte unsere Sprache wohl nicht sehr gut.

Ich nickte ihr zu und stützte sie beim Gehen. Sie redete mit mir, als würde sie mich kennen. Was auch in mir das Gefühl auslöste, sie sei mir vertraut. Ihre Stimme war sanft und warm, auch wenn ich kaum etwas davon verstand.

Wir gingen auf eines der Zelte zu und ich hielt ihr den Vorhang, der den Eingang markierte, zur Seite, damit sie ungehindert eintreten konnte.

Hastig warf ich einen Blick zurück und fand Sates Augen, die mich fragend musterten. Ich ignorierte sie und ging ebenfalls hinein ins Zelt. Stickige Luft ließ mich kurz innehalten. Es war, als würde ich gegen eine Wand laufen. Während ich mich kurz sammelte, schweiften meine Augen durch das winzige Zeltinnere. In der Mitte erspähte ich eine Art Hocker, auf dem Kerzen und Stäbchen brannten und einen seltsamen Duft verströmten. An den Außenseiten des Zeltes waren kleine Pritschen angebracht, die zum Schlafen dienen sollten. Durch eine kleine Öffnung drangen von oben schmale Streifen des Mondlichts hinein ins Zelt und schenkten der nebeligen Luft einen eigentümlich anziehenden Schimmer.

»Komm!«, sagte die Frau und bedeutete mir, vor dem Hocker Platz zu nehmen. Ich setzte mich und sah ihr dabei zu, wie sie sich einen kleinen Schemel zurechtrückte.

Um ihren Hals baumelten winzige Fellteile und ihre zu Zöpfen gebundenen und mit Federn geschmückten Haare hatte sie nach hinten gelegt. Ihr in Fetzen bis zum Boden reichender Überwurf wirbelte sachte Staub auf.

Lächelnd reichte sie mir eine der Kerzen und deutete auf eines der Duftstäbchen, das nicht glühte. Dazu murmelte sie etwas in ihrer Sprache und obwohl ich sie nicht verstand, zündete ich das Stäbchen an und ein extremer Geruch stieg mir sofort in die Nase.

»Komm!«, sagte sie wieder und zog mich zu sich heran. Sie legte ihren Zeigefinger und ihren Mittelfinger in einen Topf und malte mir mit roter Farbe Streifen in mein Gesicht. Die Berührung bereitete mir Unbehagen. Jegliche Art der Berührung löste das in mir aus. Und doch erinnerte ich mich an das Erwachen mit Sate und dass mir seine Berührung nicht unangenehm gewesen war. Unwillkürlich erschauderte ich.

Die alte Frau ließ kurz von mir ab, aber ich schüttelte den Kopf, um ihr zu zeigen, dass es in Ordnung wäre, und sie fuhr fort und bemalte mein Dekolleté. Nein, es war nicht ihre Berührung, die mich erbeben ließ, sondern die Erkenntnis, wie nah ich Sate an mich herangelassen hatte. Nicht nur körperlich, sondern vor allem emotional. Er hatte bereits einen festen Platz in meinem Herzen. Auch wenn ich ihn immer noch nicht wirklich kannte.

»Nimm!« Die Frau zeigte nun auf das Töpfchen in ihrer Hand. Ich tat wie geheißen und hielt es in meiner Hand. Fragend schaute ich sie an. Was sollte ich nun tun? Sie selbst war schon bemalt, auch wenn die Streifen verblasst waren.

»Er gleich kommen«, sagte sie in ihrem Akzent.

Alarmiert verzog ich den Mund. »Wer?«

»Satan«, antwortete sie und ich schluckte schwer. Würde ich Sates richtigen Namen nicht kennen, hätte ich es spätestens jetzt mit der Angst zu tun bekommen.

»Aber warum? Und was soll ich damit?«, fragte ich verwirrt und hob das Töpfchen mit der roten Farbe in die Höhe.

»Ist Ritual«, raunte sie verschwörerisch.

Ich verstand das alles nicht. Ein Rascheln hinter mir riss mich aus meinen Gedanken. Beinahe gehetzt blickte ich mich um – und sah ihn. Sate.

»Nana«, flüsterte er und verneigte sich vor der Frau. Sie nickte ihm zu und bedeutete mir, das Töpfchen abzustellen und aufzustehen. Ich folgte ihren Anweisungen und als sie mich wieder mit den Händen zurechtwies, drehte ich mich zu Sate. Selbst zwischen all diesen fremdartigen Düften hier konnte ich seinen Geruch deutlich wahrnehmen und schluckte schwer. Meine Brust brannte, als würde ein Feuer in mir lodern und ich sah ihn unsicher an.

Ein Lächeln zog sich über seine Lippen. »Nana ist die Stammesälteste. Laut Gesetz entscheidet sie, welche Rituale bei der Ankunft ehrenwerter Gäste vollzogen werden.«

Ich hörte seine Worte, konnte jedoch nicht mehr klar denken. Sog seinen Duft ein, als wäre es eine Droge. So langsam beschlich mich das Gefühl, dass die Stäbchen meine Sinne benebelten.

»Ausziehen!«, murmelte die Frau hinter mir begeistert.

Erschrocken sah ich sie an und blickte dann wieder zu Sate. DAS hatte ich nun sehr wohl gehört.

Sate lächelte mich liebevoll an. »Sie meint mein Cape.«

Ich nickte benommen. Sate drehte sich um und ich legte meine Hände auf seine Schultern, um den Knopf zu lösen. Meine Finger zitterten, aber nach ein paar Sekunden gelang es mir und ich zog ihm das Cape hinunter. Meine Augen ruhten auf seiner Tätowierung und diesmal konnte ich einen der Namen lesen. Elsias. Das war alles. Denn schon drehte sich Sate wieder zu mir und blickte mit funkelnden Augen auf mich herab. Mein Atem stockte.

»Weiter!«, raunte die Frau hinter mir und ich verengte meine Augen.

»Ich mache das schon«, murmelte Sate und zog an seinem ärmellosen Oberteil.

»Nein!«, knurrte die Frau.

»Frau von anderem Blut!«

Nun öffnete Sate ein wenig den Mund. In seinen Augen blitzte abermals etwas auf und er lächelte mich verstohlen an. Sein intensiver Blick traf mich und ich glaubte, mich einen Moment lang darin zu verlieren, bis ich wieder zu Bewusstsein kam, sein Oberteil an der Hüfte packte und langsam nach oben zog.

Es kam mir so unwirklich und falsch vor und trotzdem wollte ich nichts mehr, als zu sehen, was sich darunter verbarg. Innerlich ohrfeigte ich mich dafür und zog den Stoff mit einem Ruck über Sates Kopf.

Seine golden schimmernde Haut lag nun blank vor mir. Sein Bauch war muskulös, doch trotz seiner Stärke wirkte er schmal und definiert. An seinem Bauch malte sich eine kleine Narbe ab. Wahrscheinlich von einem seiner Kämpfe.

Beschämt wandte ich meinen Blick ab, richtete ihn auf die alte Frau, die nun auf den Topf deutete.

Ich ging einen Schritt darauf zu und hob das Töpfchen auf. Als ich zu Sate zurückkehrte, ließ ich meinen Blick einen Moment lang auf seinem Gesicht verweilen, um nicht direkt wieder seinen Oberkörper anzustarren. Seine braunen Augen ruhten warm auf mir. Aus seinen Zöpfen hatten sich ein paar Strähnen gelöst und fielen ihm locker auf seine dunklen Brauen. Sein kantiger Kiefer war in Bewegung, als würde er sich auf die Zähne beißen. Seine Bartstoppeln waren gänzlich verschwunden.

Ich schluckte mehrmals und ging dann auf ihn zu. »Ich ... Wo soll ich dich anmalen? Ich habe keine Ahnung«, murmelte ich so leise, dass Nana uns nicht verstehen konnte.

Sate lächelte. »Nimm ein wenig Farbe!«, befahl er mir sanft.

Da tunkte ich meine Finger in das Töpfchen und sah ihn fragend an. Daraufhin nahm er meine Hand in seine und ein Brennen durchzuckte mich. Er zog sie zu sich, bis meine Finger sein Schlüsselbein berührten, und dirigierte sie dann hinunter zu seiner Brust. Und ich? Ich sah dabei zu, als wäre ich süchtig, und ermahnte mich immer wieder selbst.

Mit jeder Linie, die er mit Hilfe meiner Finger auf seinem Körper malte, wurde ich nervöser. Ich hörte das Blut in meinen Ohren pulsieren und traute mich nicht zu atmen. Als ich es doch tat und Sates Haut mit meinem Atem streifte, zuckte er ein wenig zusammen und blickte mich eindringlich an. Ich erwiderte seinen Blick und wusste, dass ich mich so schnell wie möglich von dieser Situation distanzieren musste. Es kam mir nicht angemessen vor. Und doch empfand ich es gleichzeitig als das Richtigste auf der ganzen Welt.

»Erkennst du das Muster?«, raunte er und ich schüttelte den Kopf. Ich hatte auf kein Muster geachtet. Und selbst wenn, wollte ich nicht, dass er jetzt meine Hand losließ.

»Noch Gesicht!«, befahl die Frau und so langsam fragte ich mich, warum sie das nicht selbst tat.

Ich nickte Sate zu und malte selbstständig dieselben Linien auf sein Gesicht, wie sie die Frau bei mir gemalt hatte. Dabei bemühte ich mich, nicht darüber nachzudenken, dass er gerade halbnackt vor mir stand. Als ich fertig war, stellte ich das Töpfchen ab und entfernte mich ein paar Schritte von ihm.

Ja, er sah wunderschön aus mit der Verzierung auf seinem Körper und immer wieder schoss mir in den Kopf, dass ich sie gemalt hatte. Als würde es das noch schlimmer machen.

»Setzen!«

Sate gehorchte noch vor mir – und das, obwohl er der Líder war. Ich lächelte. Es war ein schöner Gedanke, dass er einer alten Dame und ihren Ritualen so viel Respekt entgegenbrachte.

Ich nahm ebenfalls wieder vor dem kleinen Hocker Platz und schämte mich, da mein Knie Sates berührte, während ich mich niederließ. Mein Herz schlug Purzelbäume.

Die Frau nahm eines der Räucherstäbchen und begann, in der für mich fremden Sprache mit einem eigentümlich hypnotisierenden Singsang. Eine ganze Weile ging das so. Irgendwann drückte Sate meine Hand. Ich wusste nicht, ob es zu diesem Ritual gehörte oder ob er es einfach so tat, aber es durchfuhr mich.

Es ist nur wegen des Rituals, redete ich mir innerlich ein und bemühte mich, mein aufgebrachtes Herz zu beruhigen.

»Jetzt sie!«

Mein Blick huschte erst zu der alten Frau, dann zu Sate. Er lächelte wieder nur. »Nana, sie ist bemalt«, erwiderte er leise, als er meine entgeisterte Miene sah.

»Sie muss Hand!« Diese Nana kannte wirklich kein Erbarmen. Schon reichte sie ihm eine Schale mit einem dünnen Holzstäbchen. Sate nahm es entgegen, griff nach meiner Hand und begann dann meinen Handrücken mit einem Muster zu verzieren. Es war wunderschön. Ich fragte mich, woher jemand wie Sate so malen konnte.

Immer wieder sah ich ihn an. Seine Augen ruhten konzentriert auf meiner Hand, bis er das Muster fertiggestellt hatte. Dann trafen sich unsere Blicke. Etwas wie ein Stromschlag durchfuhr mich. Mit einem Mal wirkte er so anders.

»Jetzt bereit.«

»Es tut mir leid«, murmelte Sate.

»Was?«, fragte ich nervös und verfolgte alarmiert, wie die Frau aufstand.

»Das, was jetzt kommt.«

Die Alte berührte meine Schulter und ich erhob mich ebenfalls. Sate tat es mir nach. Dann verließ die Frau wortlos das Zelt.

»Es ist ein Ritual. Ich wollte nicht, dass sie dich dafür auswählt. Sei versichert: Es ist nur ein Schauspiel.«

Ich verstand nicht, wovon er sprach, und Angst kroch meinen Rücken hinauf. Von draußen konnte ich nun ein rhythmisches Trommelschlagen vernehmen.

Sate kam einen Schritt auf mich zu und mein Atem stockte. Er griff hinter sich, erfühlte sein Cape und band es sich um. Sein Bauch sowie Teile seiner Arme lagen immer noch frei, und ich konnte – oder wollte – meine Augen nicht von ihm abwenden. Einen Moment lang blickte er mir noch einmal tief in die Augen, dann schritt er hinaus. Und ich folgte ihm.

Die Menschen saßen nicht mehr um das Feuer herum. Sie waren nun aufgestanden und summten ein mir unbekanntes Lied.

Ich blieb stehen, als die Frau mich festhielt. Sate lief weiter. Er steuerte auf eine Art Thron zu. Davor knieten Mädchen in seltsamen Gewändern und verneigten sich immer wieder, sodass ihre gesamten Oberkörper bald voller Staub waren.

Die Trommeln wurden lauter, da Sate den Thron erreicht hatte und sich zu den Menschen umdrehte. Er erhob seine Hand und sofort verstummte das

Gemurmel. Einzig die Trommeln hielten ihren einprägsamen Rhythmus aufrecht.

Sate deutete auf Nana, die augenblicklich nach vorne schritt und eine wunderschöne Melodie anstimmte. Zu ihr gesellte sich ein junges Mädchen, das ebenfalls zu singen begann.

Nana wies mich an, nach vorne zu treten, und ich kam ihrer Bitte nach. Langsam schritt ich an den Dorfbewohnern vorbei, die ihre Trommeln schlugen. Dabei hing mein Blick wie gebannt auf Sate, der vor dem Thron stand und seine Hand nach mir ausstreckte. Ich stieg die kleine Erhebung zu ihm empor und er lächelte mir zu. Als sich unsere Hände berührten, kribbelte meine Wirbelsäule seltsam. Was war das hier?

Sate löste seine Finger sanft aus meinen und breitete seine Arme aus. Ein Mann mit Umhang nahm ihm seinen Überwurf ab.

Dann sprach Nana etwas in der fremden Sprache und einmal mehr wünschte ich, ich würde sie verstehen. Damit ich wüsste und verstand, was hier geschah. Doch ich kam gar nicht weiter zum Nachdenken. Im nächsten Moment tauchten Männer hinter mir auf. Sie waren in Rüstungen gekleidet und griffen meine Arme. Sie zogen mich zurück und dirigierten meinen Körper in Richtung Feuer.

Ich schluckte schwer. Was genau war das denn bitteschön für ein Ritual? Beinhaltete es, dass ich eventuell sterben würde?

Sate wurde ein Schwert gereicht und er begann gegen die Männer zu kämpfen. Einer von ihnen zog mich weiterhin fort, hin zu einem Pfahl, und band meine Arme daran fest. Als ich jedoch spürte, wie locker das Seil war, wusste ich, dass das wirklich alles nur ein seltsames Spiel war, und atmete auf.

Sate kämpfte indes gegen immer mehr Männer, die aus den Wäldern auf ihn zugerannt kamen. Sie alle trugen eine Rüstung und Stöcke. Letztere hielten sie, als wären es Gewehre. Dann endlich bekam Sate Verstärkung. Ein Hüne tauchte neben ihm auf. Sein Oberkörper war ebenfalls nackt und bemalt. Die beiden Männer sahen sich eine Zeit lang an, dann reichten sie sich die Hände und kämpften gemeinsam gegen die »Angreifer«. Einer nach dem anderen fiel zu Boden, und Nana leerte ein Töpfchen aus, was die Luft um die beiden Männer herum rot färbte. Da nun alle Männer besiegt waren, reichten sich Sate und sein Kamerad erneut die Hände und sprachen im Chor mit den Dorfbewohnern:

»Estamos conectados por la sangre.«

In meinem Kopf herrschte totale Verwirrung. Ich erinnerte mich an die Gründergeschichte, die Sate mir erzählt hatte. Von einer gefesselten Frau hatte er jedoch nie etwas berichtet.

Unsicher sah ich mich um und entdeckte einen weiteren Pfahl, an den eine weitere junge Frau gefesselt war. Ihre Haut schimmerte golden und ihre dunklen Haare fielen ihr wellig über die Schultern. Offenbar waren Sate und der andere Mann bereits auf dem Weg, um uns von den Fesseln zu befreien. Die Dorfbewohner beklatschten jeden ihrer Schritte und schrien und jubelten ausgelassen.

Als Sate schließlich vor mir stand, spürte ich seine Nähe noch intensiver als zuvor. Ja, ich fühlte mich wohl. Obwohl ich nie in Gefahr gewesen war, fühlte es sich für einen Moment lang echt an. Weil die Menschen so sehr jubelten und all ihr Herz in diese Geschichte legten.

So lächelte ich Sate an, während er meine lockeren Fesseln abstreifte und mich mit einem Ruck auf seine Arme hob. Sofort stand mein Herz in Flammen. Ich spürte seine warme Haut an meinen nackten Armen und schüttelte belustigt den Kopf über mich selbst.

Am Thron angekommen, setzten uns die beiden »Retter« ab und knieten vor uns nieder. Es schien ein symbolischer Akt zu sein, denn der Mann, der sich mit Sate verbündet hatte, war seinem Aussehen nach zu urteilen Insidianer. Zumindest mussten es seine Vorfahren gewesen sein.

Er nahm sich also eine Amerikanerin zur Frau und Sate eine Insidianerin, um ihren Pakt zu besiegeln. Offenbar war es das, was sich dieses Dorf unter Einigung vorstellte.

Sate streckte mir seine Hand entgegen und ich ergriff sie. Mein Blick fiel auf das Mädchen neben mir und ich stellte mit Schrecken fest, dass es ihren »Retter« nun küsste.

Mein Herz blieb stehen. Etwas drängte mich dazu, Sate anzusehen. Etwas anderes in mir jedoch wollte, dass ich mich abwendete. Ich folgte dem stärkeren Gefühl und sah Sate an. Seine Augen waren auf meinen Mund gerichtet. Ein Lächeln umspielte seine Lippen und seine Hände ruhten an meiner Hüfte.

»Es tut mir leid«, murmelte er wieder und kam näher.

Ich wollte weglaufen und gleichzeitig noch näher an ihn heranrücken. Seine Augen strahlten alles aus, was ich war. Und sie bargen so viel Vertrauen und Verständnis.

Er senkte seine Lider und plötzlich hob er sie noch einmal, als würde er um Erlaubnis bitten wollen. Dann berührten seine Lippen meine. Nur ganz vorsichtig, fast wie ein Hauch. Es war kein richtiger Kuss und gleichzeitig war es doch viel mehr als das.

Als er wieder von mir abließ, atmete ich schneller als zuvor. Unsere Blicke verschmolzen. Sate löste etwas in mir aus, das ich nicht beschreiben konnte. Verbunden mit dem unbändigen Wunsch, immer bei ihm zu sein. Und dann war da plötzlich der Gedanke an Kyle, und ich keuchte auf.

Sate ließ mich los und musterte mich einen Augenblick. Ich blickte zur Seite, versuchte das Vergangene zu verscheuchen, und sah dann wieder ihn an. Macht und Wärme strahlten aus all seinen Gesichtszügen und ich wünschte mir, ich könnte ewig hier stehen und ihn ansehen. Alles andere vergessen und diesen Ort nie wieder verlassen. Aber so schnell der Gedanke gekommen war, so schnell verschwand er auch wieder und wich der Vernunft, die mir sagte, dass es falsch war, so zu denken. Dass es ein anderes Leben gab. *Mein* Leben. Auch wenn es mir in diesem Moment unendlich weit entfernt und geradezu fremd vorkam. Aber es war nun mal meines und ich durfte es nicht vergessen.

KAPITEL 17

Es dauerte nicht mehr lange, bis Sate das alles unterband und eine ernste Miene aufsetzte. Er verkündete, dass wir noch in der Nacht aufbrechen würden, um im Morgengrauen in Main zu sein.

Nachdem wir also seltsam schmeckendes Fleisch gegessen hatten, rief der Líder alle zusammen und wir zogen weiter.

Emili nahm wieder auf einem der Pferde Platz, Leo lief stumm hinterher und ich ging neben Jaden, der mich aufmunternd ansah.

»Wenn wir erst einmal Main erreicht haben, werden wir zurück nach Insidia fahren!«, raunte er mir zu.

Verdutzt blickte ich ihn an. Wusste er etwa mehr als ich?

»Wie meinst du das?«

»Na ja. Sie haben doch dort einen Hafen. Und Schiffe. Das hat mir einer der Männer erzählt. Dann werden sie uns bestimmt nach Insidia schicken, um den Pakt auszuhandeln«, murmelte Jaden, als wäre das völlig klar.

»Und wie sollen wir bitte mit einem Schiff übersetzen, wenn am Himmel Kampfjets fliegen, die uns jederzeit bombardieren könnten?« Meine Reaktion war mehr als skeptisch.

»Mit dir an Bord, Insidia.«

Natürlich. Es war ja auch das Logischste auf der Welt, mich als menschlichen Schutzschild zu benutzen. Unwillig verzog ich den Mund. Was war nur mit meinen Genen, dass ich so wichtig für das *PG* war? Warum züchteten sie nicht einfach noch mehr Zwillinge und benutzten sie für ihre perfiden Pläne?

»Wenn wir Glück haben, weiß Gregori nicht, dass wir hier sind. Bisher konnten wir alle seine Männer töten, die uns entdeckt haben.«

»Ja, bis auf die, die die Jets geflogen sind«, entgegnete ich zornig. Ich wollte nicht zurück nach Insidia und dort dann am Ende doch in irgendeinem Labor enden.

»Da sitzen keine Menschen drin, Insidia. Das sind programmierte Flugzeuge, die auf Bewegungen reagieren. Deshalb war Shanira auch nicht so begeistert von unserem Auftauchen«, erklärte Jaden.

Für einen Moment fragte ich mich, woher er das alles wusste. Doch dann wurde mir klar, wer Jaden eigentlich war. Natürlich wusste jemand, der bei der Wache arbeitete, welche Verteidigungsmöglichkeiten Insidia besaß.

»Freust du dich denn nicht, den König wiederzusehen?«, fragte Jaden nachdenklich und musterte mich.

Ich bemühte mich, normal weiterzugehen und ihm weder durch meine Körpersprache, noch durch meine Mimik zu verraten, wie unsicher ich mir genau darüber war.

»Er hat mich ohne mit der Wimper zu zucken in einem Kerker verrotten lassen und mein Schicksal in die Hände seiner Mutter gelegt! Dann hat er mich betäubt und in eine Kiste gesteckt«, knurrte ich.

Jaden lachte. »Also verrotten lassen ist etwas übertrieben, meinst du nicht?«

Meine Antwort war ein entrüstetes Schnauben. Dabei machte mich etwas anderes viel wütender: Kyles generelle Art. Dass er mich allein im Krankenhaus hatte liegen lassen und währenddessen Pläne mit Gregori geschmiedet hatte. Ihm sogar zwei der wichtigsten Posten übertragen hatte. Und vor allem, dass er etwas über mich wusste, dass er nur mit Gregori teilte und mir hingegen verheimlichte. Außerdem hatte ich seine Launen satt. Erst wollte er mich töten, dann wollte er, dass ich nicht mehr mit ihm redete, und plötzlich wollte er wieder meine Nähe. Aber das konnte wahrscheinlich gerade ich ihm am wenigsten verübeln. Ich hatte zuvor das Gleiche mit ihm gemacht.

Aber hatte er denn überhaupt ein Recht, sauer auf mich zu sein? Wenn er dann genau dasselbe tat? – Nein! Das hatte er nicht.

Mal ganz abgesehen davon, dass er mich gehasst hatte, seit er klein war. Gut, dann hatte er mich kennengelernt und sich ein eigenes Bild über mich gemacht. Aber ich wusste es. Tief in ihm war dieser Hass verankert und ich hatte ihn mit meiner Wahl noch unterstrichen. Ihn in seine Haut gebrannt.

»Alles in Ordnung?«, fragte Jaden.

Ich nickte nur. Bemühte mich, meine düsteren Gedanken beiseite zu schieben.

Als die Sonne aufging, liefen wir gerade über ein riesiges, einst sicher prächtiges Weizenfeld. Die warmen Strahlen tanzten auf dem wenigen goldenen Korn, das noch den Weg an die Oberfläche gefunden hatte, und für einen Moment fühlte ich mich frei.

Ein paar Schritte weiter stockte mir der Atem. Wir standen auf einer Erhöhung, zu unseren Füßen eine malerische Bucht, in der sich – eine Stadt befand. Ich betrachtete die Masten, die im Kreis um die Bucht aufgebaut waren, und meinte weiter hinten im Meer auch solche Masten zu erkennen.

Auf den ersten Blick hätte ich sie für alte Telefonmasten gehalten, aber beim genaueren Hinsehen bemerkte ich, dass oben ein schwarzer Kasten mit Löchern herausragte. An jedem einzelnen Mast. Waren das …

»Das sind Laser«, flüsterte Sate mir zu – und beantwortete mir so meine unausgesprochene Frage. Er wollte offensichtlich nicht, dass seine Männer ihn hörten. Es passte auch so ganz und gar nicht in diese Welt.

»Das hier war ein Stützpunkt der Army. Sie benutzten die neuartigen Laser als Abwehrwaffen. Sie sind in der Lage, Drohnen und andere Überwachungsgeräte außer Gefecht zu setzen.«

Irritiert sah ich Sate an. Diese Welt war wirklich seltsam. Aber eine andere Möglichkeit hatten die Menschen hier offenbar nicht, sich zu schützen. Nun, das würde sich hoffentlich bald ändern.

»Das Wasser dient als Stromquelle. Wir hatten Glück. Einer der Überlebenden aus den Reihen der Army war hier stationiert und brachte ein paar Menschen an diesen Ort, bevor das damalige Main zerstört wurde.« Sate nickte mir kurz zu, dann setzte er sich wieder in Bewegung.

Er führte uns noch eine weitere Stunde nach unten, bis wir wirklich am *Stadttor* ankamen. Zwei Wachen waren davor postiert und verbeugten sich, als sie Sate sahen. Das Tor wurde geöffnet und ich konnte meinen Augen kaum trauen. Das hier war wirklich eine richtige Stadt. Auch wenn sie ziemlich mittelalterlich wirkte.

Überall ragten zumeist schmale Häuser empor, vor denen Frauen ihre Wäsche aufhängten, Kinder spielten und Männer entweder als Wache herumliefen oder ihren Garten bewirtschafteten.

Sie alle verneigten sich, als sie Sate kommen sahen, und unterbrachen für einen kurzen Moment ihre Arbeit.

An einigen wenigen Dingen erkannte man noch, dass es sich einst um einen Militärstützpunkt gehandelt hatte. Die akkuraten Häuser, das Einheitsgrau des Betons und die einstöckige Bauweise. Aber es glich eher einer blassen Erinnerung. Außerdem war der Ort viel größer, als es von oben ausgesehen hatte.

Die Bewohner hatten die alten Häuser selbstständig erweitert, einen Marktplatz und auch eine Kirche erbaut. Falls es nicht schon zuvor eine Kapelle gegeben hatte.

»Seid ihr gläubig?«, fragte ich Sate zwischen dem Lärm, als wir an der kleinen Kirche vorbeiliefen.

Er musterte das Gebäude einen Moment lang.

»Ja. Aber anders als ihr.«

Ich runzelte die Stirn und überlegte, ob die Menschen in Insidia überhaupt gläubig waren. Ich kannte das Volk nicht gut genug, aber ich erinnerte mich nicht, dass es bei uns einen anderen Glauben gab als den an den König.

»Und was für ein Glauben ist das?«

»Der Glauben an Wasser und Blut. Und an unsere Urväter«, raunte Sate und grüßte immer wieder Menschen mit einer erhabenen Handbewegung.

Wasser und Blut. Ich hatte mich schon am Abend zuvor gefragt, was das hieß.

»Was bedeutet es, durch Wasser und Blut miteinander verbunden zu sein?«, fragte ich geradeheraus.

Sate presste seine Lippen aufeinander. »Das Blut steht für die Uramerikaner und das Wasser für den Ozean, den die Gefangenen damals überquert haben, um Teil unseres Volkes zu sein. So sind wir verbunden. Durch unser Blut und das Wasser, das uns zuvor trennte und schließlich einte.«

Ich atmete schwer. Das war eine schöne Vorstellung. Auch wenn allein das bewies, dass es sie nie vollends geeint hatte. Sie unterschieden immer noch zwischen den Uramerikanern und den Insidianern.

Wir hielten auf das Hauptgebäude zu. Auch das sah keineswegs so aus wie ein Haus eines Militärstützpunktes. Eher wie ein Gebäude aus längst vergangener Zeit. Der Marktplatz erstreckte sich direkt davor. Zumindest hielt ich ihn für solch einen. Menschen waren hier kaum. Erst nach und nach füllte sich der Platz, weil offenbar ein jeder hier Sate begrüßen wollte – ihren Líder. Manche der Frauen weinten sogar, während sie ihm zuwinkten.

Plötzlich wandelte sich der chaotische Lärm um uns in einen gemeinsamen Ruf.

Ich brauchte einen Moment, bis ich verstand, was sie da alle im Chor riefen. Es war *Líder.* Immer und immer wieder.

Mehr und mehr Menschen reihten sich mit ein. Sie hoben und senkten ihre Fäuste und knieten sich schließlich auf den Boden.

»Líder!« Sie riefen es nun laut und rhythmisch. Ein Schauer lief mir über den Rücken. Ich warf einen Blick auf Sate, der sich in ihren Reihen umsah. Sein Blick war ernst und stark. Er trug die Kapuze über seinem Kopf. Seine Hand ruhte am Schaft seines Schwertes. Ich konnte nicht anders, als ihn als mächtig zu empfinden, mächtiger als jeden Menschen, dem ich bisher begegnet war.

Sate hob seine Hand und die Menge verstummte.

Und ich? Ich kam mir völlig fehl am Platz vor, wie ich hier zusammen mit dem großen Rat und seinem Anführer in der Mitte eines Kreises stand, den die Menschen gebildet hatten. Die Stille machte alles noch viel schlimmer. Ich traute mich nicht einmal mehr, mich zu bewegen.

Sate griff nach seiner Kapuze und ließ sie auf seinen Rücken sinken. Zum ersten Mal bemerkte ich, dass die Seiten seines Kopfes kurz rasiert waren. Er hatte die übrigen Haare vorher immer darüber getragen. Jetzt waren sie in der Mitte seines Kopfes zu einem Zopf geflochten und er wirkte nicht mehr nur mächtig, er sah auch noch so aus. Wäre ich ihm jetzt das erste Mal begegnet, wäre ich wahrscheinlich vor Angst weggerannt.

»Ist das ne Sekte?«, flüsterte Emili hinter mir.

Nur mühsam unterdrückte ich ein Lachen. Wie konnte sie in solch einer Situation nur so etwas sagen?

Sate begann indes in der fremden Sprache zu sprechen. Natürlich verstand ich wieder kein Wort. Da sah er mich plötzlich an und auch die Augen seines Volkes ruhten auf mir. Ich schluckte Steine. So fühlte es sich zumindest an. Mein Herz schlug sich beinahe durch meine Brust.

»Sie sind hier, damit wir Frieden schließen und unseren gemeinsamen Feind schlagen können!«, schrie Sate. Die Menschen um uns herum nickten zustimmend.

»Insidia und Prinz Leonard, der Bruder des Königs.« Er deutete auf Leo, der sich ängstlich umsah. Seine blonden Haare waren dunkel von dem Dreck und Staub der letzten Tage und sein Gesicht wirkte fahl. Trotzdem bemühte er sich, seine Unsicherheit zu überspielen und nahm eine bessere Haltung an.

Sate sprach weiter in seiner Sprache und irgendwann begannen die Menschen wieder Líder zu rufen. Sate zog sich seine Kapuze über den Kopf, legte einen Arm um meine Schultern und schob mich sanft, aber bestimmt auf das Hauptgebäude vor uns zu. Die Menschen rechts und links winkten uns zu und grüßten uns ehrfürchtig. Ich wusste nicht wirklich, wie ich damit umgehen sollte, also lächelte ich ihnen einfach nur zu.

Ohne Aufforderung machten sie uns den Weg zum Eingang frei. Ich fühlte mich seltsam benebelt und das lag vor allem an Sate. Sein Ansehen hier imponierte mir. Das konnte ich nicht leugnen.

Als wir das Haus betraten, atmete ich die kühle Luft ein, die mir entgegenschlug. Ich fühlte mich, als wäre ich seit einem Jahr unterwegs gewesen.

»Wir sehen uns so bald wie möglich!«, raunte Sate mir zu und verschwand dann zusammen mit einigen mir unbekannten Männern und dem großen Rat.

Ich stand einfach nur da und starrte ihm hinterher. Nein, ich wollte nicht, dass er mich allein ließ. Auch wenn ich gerade Gefahr lief, mich wieder wie ein kleines Mädchen zu verhalten, das abhängig von der Sicherheit war, die ein anderer Mensch ihm gab. Was sollte das? Ich wusste doch, dass ich selbst stark genug war!

Wir bekamen alle ein eigenes Zimmer zugewiesen. Emili und Leo legten sich schlafen, und Jaden erklärte mir, dass er die Umgebung absichern wollte. Ich sah ihn einfach nur argwöhnisch an, ließ ihn aber machen. Wenn er meinte, dass er mehr absichern konnte als eine ganze Armee von Wachen, bitteschön. Ich wusste, dass er sich einfach nur mal wieder maßlos überschätzte.

Nachdem ich eine Weile unschlüssig in meinem Zimmer gestanden hatte, legte ich mich auch auf mein Bett und dachte über das nach, was Jaden gesagt hatte. Dass wir so schnell wie möglich abreisen würden. Der Gedanke gefiel mir nicht wirklich. Auch wenn etwas in mir zurück zu Kyle wollte: Ein anderer Teil wollte hierbleiben. Unbedingt. Wollte das alles hier ergründen. Verstehen, wie dieses Volk lebte. Und vor allem Sate verstehen.

War ich nicht vor Kurzem noch auf einem Schiff aufgewacht und wütend darüber gewesen, dass ich aus Insidia wegmusste? Wie hatte sich meine Meinung innerhalb so kurzer Zeit nur derart ändern können? Vielleicht war ich wirklich sprunghaft.

Ich biss auf meiner Wange herum und überlegte, wie das hier alles ausgehen würde.

Sollten wir wirklich zurück nach Insidia fahren, mit Kyle reden und dann war alles gut? Wie stellte Sate sich das vor? Wie wollte er uns dabei helfen, das *PG* zu besiegen, wenn sein Volk doch hier in Amerika war?

Die ganze Zeit über hatte ich das Gefühl gehabt, Sate würde mich komplett mit einbinden, doch jetzt wurde mir klar, dass ich nicht einmal einen Bruchteil des Plans verstand. Warum hatte ich nicht einfach nachgefragt?

Beinahe dankbar spürte ich, wie die Müdigkeit nach mir griff. Ich ließ es zu. Ich wollte nicht länger über all das nachdenken.

Als ich aufwachte, dämmerte es bereits. Mein Schlafrhythmus hatte sich also innerhalb nur eines Tages verschoben. Super!

Ich trat hinaus auf den Flur und sah mich um. Alles lag vollkommen still da. Kurz entschlossen suchte ich die Gänge nach einer Wache ab und erkundigte mich nach Sate. Der Mann brummte etwas von Essen. Ich verzog den Mund, weil seine Aussage nicht wirklich hilfreich war, und ging hinunter, um weiterzusuchen.

Irgendwann vernahm ich Stimmen hinter einer der Türen und klopfte, doch niemand antwortete mir. Der Lärm war zu groß. Also öffnete ich die Tür. Ein paar Blicke richteten sich auf mich. Unter ihnen auch die meiner Freunde, die mit den anderen dasaßen und aßen.

Sate erhob sich und kam auf mich zu. »Emili sagte, du schläfst«, erklärte er und deutete auf einen Platz neben Jaden.

Ich lächelte ihn an und setzte mich, während er wieder auf seinen Platz zurückging. Er saß an einem gesonderten länglichen Tisch in der Mitte. Und um ihn herum der große Rat.

Als wir fertig gegessen hatten, erhob Sate sich. »Wie es der Brauch will, findet nun ein Turnier zu Ehren unserer Ankunft statt«, verkündete er beinahe feierlich.

Noch mehr Bräuche, die uns die Zeit stahlen? Alarmiert hob ich die Augenbrauen. Also doch wieder Wettkämpfe. Überall auf der Welt war es dasselbe. Außerdem hatten wir Besseres zu tun, als irgendwelche Rituale und Spiele zu begehen – wir brauchten einen Plan.

Eine Wache forderte uns auf, mitzukommen. Widerwillig folgten wir dem Mann hinaus ins Freie und weiter durch die Straßen bis zu einem Turnierplatz. Schlagartig fühlte ich mich in eine düstere Zeit zurückversetzt.

Die Menschen hatten sich bereits auf einer Tribüne aus Holzbänken um den Platz herum versammelt, und wir wurden zu einer Art überdachten Empore geführt. Sate saß bereits dort und lächelte mir warm entgegen. Das Lächeln konnte er sich sparen. Klar, ich wollte seine Kultur verstehen und ergründen. Aber vor allem wollte ich in Erfahrung bringen, wie es weiterging. Was Sate unternehmen wollte, um uns zu helfen.

»Tradition«, murmelte er mir zu.

Ich schenkte ihm ein gespieltes Lächeln. Mir gefiel das ganz und gar nicht. Es gab genug echte Kämpfe, die auf dieser Welt ausgetragen werden mussten.

Weshalb also sollte man sich bekämpfen, um Menschen zu belustigen? Und woher bitteschön nahmen wir die Zeit für solche »Spielchen«?

Ein Mann des Rates trat auf den Platz und sah sich um. Sein Blick fiel sofort auf einen älteren Mann auf unserem Rang. Er funkelte ihn finster an. »Ich fordere Hasha heraus!«, bellte er, und das Volk tobte.

Der Mann namens Hasha stand auf, lief auf den Platz und zückte sein Schwert.

»Wird einer der beiden sterben?«, fragte ich vorsichtig.

Sate schüttelte den Kopf. »Nur, wenn sich derjenige dumm anstellt.«

Die Antwort stellte mich nicht wirklich zufrieden. Doch bevor ich weiter darüber nachdenken konnte, hörte ich das Klirren von aufeinanderprallenden Klingen. Es ging also los.

Sie kämpften, als würden sie sich schon seit Jahren hassen. Und wahrscheinlich war es auch so. Wahrscheinlich diente dieses Turnier einzig und allein der Möglichkeit, Feindschaften auszutragen.

Glücklicherweise war der Kampf recht ausgeglichen. Am Ende konnten sie beide kaum mehr ihr Schwert heben und ich sah erleichtert dabei zu, wie sie sich in verschiedene Richtungen voneinander entfernten, nachdem sie sich die Hand gereicht hatten. Der Sinn von all dem wurde mir auch jetzt nicht klar.

Mir blieb keine Zeit zum Grübeln, denn neben mir erhob sich eine weitere Gestalt. Als ich meinen Kopf zu ihr drehte, erkannte ich Cara. Ihr Blick war fest auf mich gerichtet.

»Ich fordere die Prinzessin heraus!«, knurrte sie und sprang auf den Turnierplatz. Fassungslos starrte ich sie an. Dann warf ich einen Blick auf Sate. Er sah nicht glücklich aus, konnte – oder wollte – jedoch offenbar nichts dagegen tun.

Ich schluckte schwer und überlegte, wann ich das letzte Mal gekämpft hatte. Konnte man so etwas verlernen? Wieder schweifte mein Blick hin zu Cara, die sich die Lippen leckte, als würde sie auf ihr Mahl warten. Ich weitete meine Augen. Ja, ich hatte Angst, denn ich hörte mein Herz laut pulsieren und spürte ein Zittern durch meinen Körper fahren. Es gab keine andere Erklärung dafür.

Ich atmete durch, sammelte mich, schloss kurz meine Augen, griff dann nach Jadens Schwert, der heftig protestierte, und sprang ebenfalls hinunter auf den Platz.

Cara lachte abfällig. »Mutig«, bellte sie.

Finster starrte ich ihr entgegen. Sie hatte keine Ahnung, mit wem sie sich hier angelegt hatte. Ich war keine Prinzessin und ich war auch kein kleines schwaches Mädchen. Vielleicht war es an der Zeit, dass ich mir das endlich selbst wieder bewies.

Cara rannte auf mich zu. Gut. So war ich in der besseren Position. Ich duckte mich unter ihrem Schlag weg, anstatt ihn abzuwehren, und drehte mich um. Sie kam hinter mir ins Straucheln, weil sie mit einem Aufprall gerechnet hatte. Ich nutzte die Chance und trat ihr in den Rücken. Sie landete auf ihren Knien und sah mich entgeistert an. Die Wut in ihren Augen jedoch war größer als je zuvor. Sie richtete sich wieder auf und stürmte erneut auf mich zu. Diesmal wehrte ich den kommenden Schlag mit meinem Schwert ab und war erschrocken von der Heftigkeit der Erschütterung – woraufhin Cara nun ihrerseits die Möglichkeit nutzte und mir in den Magen trat. Ich keuchte. Nie war ich im Schwertkampf ausgebildet worden. Das war ganz eindeutig nicht meine Disziplin.

Ich wartete, bis Cara wieder näher an mich herankam, und trat ihr dann blitzschnell gegen die Hand. Zu meiner Überraschung fiel ihr Schwert zu Boden. Ich packte es und stand ihr nun mit zwei Schwertern in den Händen gegenüber. Sie schnaubte wütend. Wartete, was ich nun tun würde.

Ich drehte mich um, sah Sate an und warf ihm beide Schwerter zu. Dann widmete ich mich wieder Cara, die mich irritiert ansah.

Auch wenn ich nett genug war, nicht mit zwei Schwertern gegen eine Unbewaffnete zu kämpfen, nutzte ich ihre Verwirrtheit aus und trat ihr gegen den Brustkorb. Sie wurde nach hinten geschleudert und landete mit einem Knall auf ihrem Rücken. Ich hätte sie nun weiter treten können. Und ein Teil von mir wollte das auch, aber ich beherrschte mich. Es hatte keinen Zweck, sich untereinander zu bekriegen.

Ich ging also auf sie zu und reichte ihr meine Hand. Doch Cara war offensichtlich nicht danach, den Kampf jetzt schon zu beenden. Sie ergriff meine Hand und holte mich mit einem gezielten Tritt von den Beinen. Ich landete mit dem Gesicht voran im Staub und stöhnte schmerzhaft auf. Auch die Menschen um uns herum keuchten und wirkten nicht gerade begeistert. Ich spürte einen kräftigen Tritt gegen meine Hüfte. Einen in meinen Magen und einen gegen meinen Kopf. Alles um mich herum verschwamm. Mein Magen schmerzte fürchterlich. Ich hielt mir die Stelle, an der Syder zugestochen und Cara nun zugetreten hatte, und war so wütend, dass ich keinen klaren Gedanken mehr fassen konnte. Ich war wütend auf Syder, auf Kyle, auf Cara, auf Gregori – und irgendwie auch auf Sate. Und auf Leo natürlich, weil er einfach stumm alles mit ansah, was in dieser Welt geschah, und sich seinem Selbstmitleid hingab.

Ich richtete mich auf. Spürte einen weiteren Tritt, aber es war mir egal. Zornig kam ich auf meine Beine und rannte auf Cara zu. Sie sah mich erschrocken an. Ich erwischte sie und rang sie zu Boden. Nun saß ich über ihr, und sie wand sich hin und her, um sich aus meiner Beinklammer zu befreien. Immer mehr Wut kochte in mir hoch. Ich erinnerte mich an all die Schläge aus der Vergangenheit. An die Jungs von damals. An den Jungen, dem ich ein Messer in den Bauch gerammt hatte – und schlug zu.

Meine Knöchel schmerzten mit jedem Mal, als sie auf Caras Knochen im Gesicht prallten, aber es war mir egal. Ich konnte sie nicht einmal mehr sehen. Ich konnte nichts mehr sehen. Da waren nur noch meine Wut und meine Schläge, bis mich jemand nach hinten riss. Ich wehrte mich, wollte weiter zuschlagen. Schlug in die Luft, als mich jemand unsanft gegen etwas fallen ließ.

Wütend öffnete ich meine Augen. Wie konnten sie mich nur abhalten?

Sate sah mich mit einem Blick an, den ich nur allzu gut kannte. Von Leo, von Kyle und nun auch von ihm. Es war Enttäuschung. Jedes kleinste Detail an ihm verriet es nur allzu deutlich.

Meine Wut legte sich allmählich und die Realität kehrte zurück. Als ich begriff, was ich soeben getan hatte, erschreckte ich mich vor mir selbst.

»Geht es ihr gut?«

Sate sah mich ausdruckslos an. »Sie lebt.«

Ich nickte einfach nur und presste meine Lippen aufeinander. Was war nur los mit mir? Das war doch nicht ich!

»Bitte, hass mich nicht!«, sagte ich zittrig und versuchte etwas in Sates Blick zu erkennen.

»Ich könnte dich nie hassen!«, raunte er und musterte mich. »Du blutest.«

»Wahrscheinlich ist es nicht mein Blut«, erwiderte ich schuldbewusst.

Sate schüttelte den Kopf. »Es ist dein Blut.« Er sah auf meinen Bauch. Ich folgte seinem Blick und erkannte eine nasse Stelle auf meinem schwarzen Top. Wie hatte er das sehen können?

Sate half mir hoch und stützte mich, während wir zurück zu dem Haus liefen. Als wir allein waren, blieb er stehen und hob mein Oberteil an. Meine genähte Wunde war aufgeplatzt. Aber es war nicht schlimm. Es blutete nur ein wenig. Dafür tat es umso mehr weh. Aber nichts konnte den Schmerz in meiner Brust übertreffen. Ich fühlte mich so schuldig. Vor allem, weil das gerade nicht ich war. Oder war das doch ich? War das, wie ich wirklich war? Wozu ich gemacht wurde? Oder hatte ich mich selbst dazu gemacht? Ich ruhte mich immer darauf aus, dass das *PG* mich zu dem gemacht hatte, was ich war. Aber ich hatte zu jedem Zeitpunkt eine Wahl gehabt. Ich hätte mich anders entwickeln können. Trotzdem war ich jetzt eine zornige Schlägerin. Und wahrscheinlich sogar eine Mörderin, wenn Sate mich nicht aufgehalten hätte.

Sate band mir ein Stück eines Vorhangsstoffs um meinen Bauch und sah mich durchdringend an. »Warum trägst du so viel Hass in dir, Insidia?«

Ich musterte ihn. Er sah nicht vorwurfvoll aus. Auch seine Stimme wirkte nicht so. Das einzige, was ich deutlich bemerkte, war immer noch die Enttäuschung, die in seinen Augen aufblitzte.

»Ich wollte das nicht«, war alles, was ich imstande war zu antworten.

»Ich weiß. Aber warum hast du es getan?«

»Ich bin so wütend!«, knurrte ich sauer.

Sate stand einfach nur da und wartete, dass ich weitersprach.

»Was willst du von mir hören? Dass ich ein kleines zorniges Mädchen bin, das regelmäßig ausrastet?«, bellte ich.

Da verzog er den Mund. »Nein. Das würde auch nicht der Wahrheit entsprechen.«

»Doch! Genau das entspricht der Wahrheit! Ich weiß, dass du das nicht sehen willst! Dass es *keiner* sehen will! Aber genau so ist es! Ich bin nicht wie sie! Und ich dachte, ich wäre wie ihr. Aber auch das bin ich nicht! Ich habe keinen Platz in dieser Welt! Weder in Insidia noch hier!«

Sate hob die Augenbrauen. »Meinst du nicht, dass du dir das selbst einredest? Du bist einfach nur wütend, Insidia. Und hast nicht gelernt, mit deiner Wut und deinen Emotionen vernünftig umzugehen.«

Ich atmete schwer. Wieder erinnerte ich mich an den Jungen von damals. Erinnerte mich daran, wie wütend ich gewesen war. Am Ende hatte ich ihm ein Messer in den Bauch gerammt. Bebend schloss ich meine Augen.

»Und wie soll ich mit meiner Wut umgehen?«

»Das kann ich dir nicht sagen. Das musst du selbst herausfinden. Außerdem handelst du die meiste Zeit über nicht affektiv, sondern überlegt.« Sate lächelte mir sanft zu.

Ich würde nicht sagen, dass meine sonstigen Handlungen auf irgendeine Art und Weise als überlegt bezeichnet werden könnten. Aber ich ließ ihm diese Meinung über mich. Ich wollte es nicht noch schlimmer machen, als es ohnehin schon war.

»Kämpfst du regelmäßig?«

Irritiert sah ich ihn an. »Nein! Ich habe ewig nicht mehr gekämpft«, sagte ich, als wollte ich mich für etwas entschuldigen. Was dachte er nur von mir?

»Vielleicht liegt da das Problem. Du hast die meiste Zeit deines Lebens täglich gekämpft. Du kannst nicht einfach damit aufhören und von dem Moment an Wut anders kompensieren.«

Ich biss mir auf die Unterlippe. Vielleicht hatte er recht. Ich wollte nicht kämpfen, niemanden verletzen, der es nicht verdient hatte, aber das Gefühl eben auf dem Kampfplatz war ein gutes gewesen. Ich hatte mich wohlgefühlt. Ausgeglichen. Einfach wie ich selbst.

KAPITEL 18

Als ich aus dem Bad in mein Zimmer trat, saß Emili bereits auf meinem Bett. Sie sah mich belustigt an und folgte jedem meiner Schritte mit ihren Augen.

»Sie hats verdient«, murmelte sie irgendwann und lachte leise, da ich nichts sagte.

Beinahe entsetzt blickte ich sie an. Natürlich hatte Cara einen oder zwei Schläge verdient. Aber das, was ich getan hatte, war definitiv nicht berechtigt gewesen. Ich zuckte unschlüssig mit den Schultern. »Sollen wir ein bisschen spazieren gehen?«

Eigentlich hätte ich mich am liebsten in mein Bett verkrochen. Aber was hätte mir das gebracht? Ein wenig Ablenkung würde mir sicher guttun.

Emili hatte nichts dagegen einzuwenden und so verließen wir das Zimmer. Jaden, der wohl noch immer die Lage draußen *abcheckte,* folgte uns und gemeinsam liefen wir auf den Marktplatz, der mittlerweile vollkommen ruhig dalag.

»Wo sind die denn alle?«, fragte Emili und sah sich verwirrt um.

»Moment! Ich höre Musik!«, meldete sich Jaden zu Wort.

Emili und ich kicherten. »Super-Detektiv Jaden hat uns gerettet!«, lachte sie. Jaden quittierte es mit einem entnervten Augenrollen. Danach spitzten wir alle die Ohren, bis wir den Ursprung der noch recht dumpfen Töne ausmachen konnten. Sie drangen aus einer kleinen Hütte – und mit ihnen auch lautes Gelächter.

»Ah, die Schenke.«

»Die was?« Ich musterte Jaden argwöhnisch.

»So nennen sie hier ihre Kneipen, Möchtegern-Prinzessin!«

Ich verzog den Mund. Aber wahrscheinlich hatte ich seine Häme verdient, nachdem wir uns über ihn lustig gemacht hatten.

Bevor ich noch etwas einwenden konnte, hatte Emili bereits die Tür zur besagten »Schenke« aufgestoßen. Offensichtlich war es ihr egal, dass ich momentan wahrscheinlich kein gern gesehener Gast war. Schließlich gehörte Cara zu dem Volk hier und ich hatte sie vorhin fast umgebracht.

Obwohl der Geräuschpegel etwas nachließ, als wir eintraten, und uns auch einige der Bewohner unverhohlen musterten, wirkte keiner ernsthaft böse oder vorwurfsvoll. Das Einzige, was ich ganz deutlich spürte, war, dass wir Fremde waren. Wir gehörten nicht dazu. Und auch wenn uns einige der Leute mehr oder weniger nett begrüßten und aufnahmen, sah ich es in jedem Blick, in jeder Körperhaltung und hörte es auch an ihren Stimmen: Wir waren Außenseiter.

Wir setzten uns an einen der Tische und Emili bestellte Bier für uns. Es hieß hier zwar anders, aber die Bedienung schien zu verstehen, was wir meinten. Oder sie tat zumindest so. Das, was sie uns brachte, war nämlich ein ekelhaftes Gesöff, und ich musste beinahe würgen, als ich den ersten Schluck genommen hatte. Aber ich ließ mir nichts anmerken. Schließlich hatte ich schon einmal über etwas gemeckert und prompt einen genervten Sate vor mir gehabt, weil ich die Bohnen nicht essen wollte. Also hielt ich mich besser zurück.

Es dauerte nicht lange, da gesellten sich ein Mädchen und ein Junge in unserem Alter zu uns. Sie wirkten wie Geschwister. Ich musterte ihre von Sommersprossen übersäten Gesichter, die blonden Haare, die einen leichten Rotstich aufwiesen, und ihre schlaksigen Körper. Das Mädchen war wirklich sehr dürr. Der Junge zwar auch, aber man sah ihm an, dass er seine Statur zumindest ein wenig durch körperliche Arbeit zu vergrößern versuchte. Mehr verriet mir ihr Aussehen nicht. Außer vielleicht, dass sie auf jeden Fall keine Uramerikaner waren.

»Kommt ihr wirklich aus Insidia?«

Das Mädchen schlug dem Jungen leicht auf die Hand, als er es ausgesprochen hatte. Als wollte sie ihn maßregeln, nicht so dreist zu sein.

Schnell schenkte ich ihr ein Lächeln. Ich wusste nicht wirklich, warum. Vielleicht, um ihr zu zeigen, dass es in Ordnung war. Oder einfach, weil mich die Art, wie sie miteinander umgingen, daran erinnerte, dass es doch noch ein normales Leben auf dieser Welt gab. Irgendwo.

Dann nickte ich dem Jungen als Antwort zu.

Er nickte zurück, als würde er meine Geste kopieren.

Ich sah ihn verwundert an.

»Hab ich mir gedacht.«

»Ja, Schlauberger, der Líder hat es ja auch auf dem großen Platz verkündet!«, warf das Mädchen ein und verdrehte die Augen.

»Und du bist eine echte Prinzessin, ja?«, fragte der Junge aufgeregt.

»Nein, ich bin keine Prinzessin.«

Für einen Moment wirkte er enttäuscht, fing sich jedoch schnell wieder. »Na ja, vielleicht wirst du ja mal eine.« Er lächelte.

Mittlerweile war ich mir sicher, dass er etwas jünger war als wir. Allein die Art, wie er redete und was er fragte, verriet es mir.

»Weshalb wir eigentlich hier sind«, raunte die Kleine. Sie sprach so leise, dass ich sie bei dem Lärm um uns herum kaum verstehen konnte. Ihr Blick war ernst, beinahe verschwörerisch. Sie beugte sich weiter zu uns. Emili tat es ihr nach. Ich konnte in ihren Augen sehen, dass sie alles hier total spannend fand. Ich hingegen hatte eher Angst, beobachtet oder gehört zu werden, obwohl noch nichts Verwerfliches vorgefallen war. Spätestens bei der verkrampften Reaktion des Jungen wusste ich, dass es aber genau darauf hinauslief.

Ich atmete tief ein und beugte mich dann auch vor. Ich war einfach zu neugierig.

»Es gibt eine Gruppe von Menschen hier, die lange darauf gewartet hat, dass Insidianer stranden, um uns zu unterstützen. Mit so hohem Besuch haben wir zwar nicht gerechnet – aber umso besser!«, flüsterte das Mädchen.

Ich hob die Augenbrauen. »Eine Gruppe von Menschen? Was soll das heißen? Du und dein Bruder?«, raunte ich eine Spur zu scharf und sah sie abwägend an. Eigentlich war es nicht meine Art, so mit Menschen umzugehen. Vor allem wirkten die beiden ziemlich nett. Aber ich war sauer. Sauer darauf, dass sie sich anscheinend gegen Sate auflehnten und dass sie der Meinung waren, wir würden uns an einem solchen Verrat beteiligen.

»Sieh!«, murmelte das Mädchen. Ich folgte seinem Finger und sah in einige Augen. Augen von Menschen, die ihr Glas hoben. Allesamt Nachkommen der Insidianer, die damals hierhergebracht worden waren.

Am liebsten wäre ich aufgestanden und gegangen. Oder wahrscheinlich war es nur meine Vernunft, die mir befahl, es zu tun. Jede Faser in mir wollte mehr wissen. Auch wenn allein das schon ein Verrat an Sate war.

»Wir haben nichts gegen Sate«, erklärte die Kleine prompt. »Wir verstehen nur einfach nicht, warum die Uramerikaner so viel mehr wert sein sollen als wir. Warum niemand unseres Blutes Líder werden darf. Und warum wir unser Blut nicht mischen dürfen. Fast so, als wären wir giftig!« Sie sprach sehr leise. Und in Anbetracht dessen, dass die Männer um uns herum schon einiges an Alkohol zu sich genommen hatten und in Gespräche und Gesänge vertieft waren, war es ziemlich unwahrscheinlich, dass uns jemand belauschte. Trotzdem sah ich mich immer wieder nervös um.

War ich nicht fertig mit Geheimnissen und Verschwörungen? Hatte ich mir nicht selbst versprochen, mich aus so etwas rauszuhalten? Gerade, weil ich mich jetzt wieder in einer Zwickmühle befand. Ich vertraute Sate auf eine merkwürdige Art und Weise. Aber ich kannte nicht alles von ihm. Wusste nicht, wie er wirklich war. Ich kannte nur das, was er mir gezeigt hatte.

»Für mich hört sich das so an, als wolltet ihr einfach nur Macht. Unsere Thronfolge ist auch ganz klar geregelt. Dabei geht es zwar nicht um Ureinwohner, aber trotzdem um Blut. Königliches Blut«, zischte ich. Ja, ich war sauer. Vor allem darauf, dass ich sie tief in mir drin verstehen konnte. Das, was ich bisher mitbekommen hatte, ließ schon darauf schließen, dass die Insidianer, die hier lebten, eher wie Menschen zweiter Klasse behandelt wurden.

»Ja, wir wollen Macht. Aber wir wollen sie nicht allein. Wir wollen eine faire Regierung. Mit ihren und unseren Vertretern!«, knurrte das Mädchen unverblümt. Offensichtlich hatte sich die Kleine erhofft, dass ich ihre Absichten besser verstand.

Ich schüttelte abwesend den Kopf, dachte über diese Welt nach und daran, dass sich nichts geändert hatte. Diese Kriege. Diese Zerstörung. Diese Bomben. Hatten sie die Menschen wirklich gar nichts gelehrt? Warum unterschieden sie immer noch in Rassen, Blut, Aussehen, Sprache und Kultur? Warum konnte nicht jeder Mensch individuell sein und trotzdem genauso wie alle anderen? Zugehörig zu ein und demselben Volk. Dem der Menschen.

»Ihr macht doch dasselbe wie sie! Vertreter von euch und Vertreter von ihnen. Warum kann ein Mensch wie Sate nicht euch beide vertreten?«

»Weil es in der menschlichen Natur liegt!«, fauchte sie. Sie fühlte sich angegriffen. »So lange man lebt, wird man auf sein eigen Fleisch und Blut achtgeben. Es ist dasselbe, nur in Groß. Ja, wir sind ein Volk. Líders Volk. Aber die Uramerikaner sind seine Familie. Und ihnen wird am Ende des Tages auch seine Loyalität gehören. Nicht uns und auch nicht euch!«

»Und was hat das mit uns zu tun?«, warf Jaden ein und riss mich damit aus meinen Gedanken. Hatte das Mädchen am Ende recht?

Es wechselte nervöse Blicke mit seinem Bruder, biss sich auf die Lippe und sah mich an. »Wir wollen, dass du unsere Anführerin wirst!«

Für einen Moment entgleisten mir wohl alle meine Gesichtszüge. Meine erste Reaktion war, laut loszulachen. Doch das Mädchen blickte mich so ernst an, dass mir schwindelig wurde. Hitze stieg mir in den Kopf. Sie wollten uns mit Sicherheit hinters Licht führen. Uns dazu bewegen, an einer erfundenen Rebellion teilzunehmen, um Sate davon zu überzeugen, dass wir den Tod verdient hatten.

»Siehst du. Du *könntest* Prinzessin sein«, murmelte der Junge und sah mich freudig an.

Energisch schüttelte ich den Kopf und sprang auf.

Das Mädchen packte meinen Arm. »Du kennst ihn nicht!«, knurrte es.

Ich stockte. »Und ihr kennt mich nicht!«

»Doch, wir kennen dich. Insidia. Agentin des *PG*! Trägerin des Gens, das die Welt retten kann!« Das Mädchen sah mich auffordernd an. So, als wollte es mir bedeuten, mich schleunigst wieder zu setzen. Alles an der Kleinen wirkte plötzlich bedrohlich auf mich und ich gehorchte. Zittrig sank ich zurück auf den Stuhl und warf Jaden einen Blick zu. Auch er sah ziemlich geschockt aus.

Woher hatten sie nur diese Informationen?

»Wir werden nicht zulassen, dass unser Líder von deinem kleinen Geheimnis erfährt. Wenn das passiert, wird er verstehen, dass auch wir das schlechte Gen in uns tragen und es durchaus berechtigt ist, dass die Uramerikaner ihr Erbgut schützen.«

Ich schluckte schwer. »Aber, wenn die Uramerikaner diesen Gendefekt nicht mit sich tragen: Warum wollt ihr diese Unversehrtheit dann nicht schützen? Und warum bezeichnet ihr mich gleichzeitig als jemanden, der die Welt retten kann?« Meine Stimme hatte deutlich an Kraft verloren. Als ich es bemerkte, verfinsterte sich mein Blick. Sie sollten nicht das Gefühl haben, dass ich Angst hatte.

»Du verstehst es nicht! Wir wollen ihre Gene weitertragen. Aber auch unsere! Und das geht nicht, indem sich die Uramerikaner weiterhin nur mit sich selbst vereinen!«

Ich brauchte einen Moment, um zu realisieren, was sie da sagte. Was es bedeutete. Sie wollten, dass ich mit Sate zusammen war. Ich sollte nicht nur ihre Anführerin, sondern die von ganz Amerika werden. An Sates Seite. Und das Blut der Insidianer und das der Uramerikaner mischen.

Das konnte nicht ihr Ernst sein! Ich spielte bestimmt nicht ihre menschliche Brutmaschine, um ein neues Volk zu erschaffen! Und überhaupt: Was brachte ihnen das? Bevor es ein gemischtes Volk geben würde, wären sie längst tot.

»Ihr seid krank!«, fauchte ich. Jaden fasste mich am Arm, um mich zu beruhigen. Erst da merkte ich, dass alle Blicke auf mir lasteten.

»Es bringt dir nichts, hier rumzuschreien!«, knurrte das Mädchen wütend. Ich verachtete das Gör nun so sehr, dass ich es am liebsten angespuckt hätte.

»Ehrlich gesagt verstehe ich deine unangebrachte Reaktion nicht. Deshalb hat dich das *PG* doch hierhergeschickt«, murmelte es genervt.

»Wie bitte?« Ich traute meinen Ohren kaum.

»Gregori ließ dich nach Amerika bringen, damit genau das passiert!«

»Du lügst!«

»Meinst du wirklich, dass das hier alles dein persönliches Schicksal war? Oder vielleicht sogar Zufall? Dass sofort Bomben auf euch geworfen werden, du aber überlebtest? Dass euch ausgerechnet ein Mädchen findet, das euch in das Dorf geleitet, in dem der Líder zu der Zeit nächtigt? Dass er sich für euch einsetzt?«

Tränen traten mir in die Augen. Meine Sicht verschwamm. Druck lastete auf meinem Gesicht und am liebsten hätte ich losgeheult, um ihn loszuwerden. Geschrien, bis der Schmerz in meiner Kehle den Weg nach draußen gefunden hätte.

Das also war Gregoris und Kyles Plan gewesen. Deshalb hatte Kyle mir nichts davon erzählt. Mich betäubt. Mich auf dieses Schiff gesteckt. Nicht um mich zu schützen, sondern nur, um mich mit einem fernen Anführer zwangszuverheiraten, den er nicht einmal kannte. Während er sich eines von den »wichtigen« Mädchen aussuchte. Wie konnte er nur?

Alles in mir schrie. Ich wusste nicht mehr, wohin mit mir. Saß noch immer einfach nur da und starrte das Mädchen an.

»Sag mir bitte, dass du es nicht wusstest«, flüsterte ich mit belegter Stimme.

Jaden räusperte sich. Er wusste, dass ich ihn meinte.

»Niemals hätte ich so etwas unterstützt, Insidia. Egal, wie selbstverliebt, selbstmitleidig und arrogant ich dich zu Anfang fand! Niemals!«

Emili brauchte ich gar nicht erst zu fragen. Müsste ich das, würde ich keinem Menschen auf dieser Welt mehr trauen. Ich sah sie an. Einzig, damit sie mir mit ihrer unbeschwerten Art einen Hoffnungsschimmer schenkte.

»Ich denke, Kyle wusste nichts davon, Insidia. Ich habe vor unserer Abreise mit ihm geredet. Er wollte dich nur beschützen.«

Nein, ich wollte ihr ihre Illusion nicht rauben. Vielleicht auch, weil ein kleiner Teil in mir gleichfalls hoffte, dass Kyle nichts davon gewusst hatte.

Aber wie sollte er sonst ausgerechnet auf Amerika kommen? Wie sollte seine dumme Idee, mich hier in Sicherheit zu bringen, rein zufällig mit Gregoris Plan zusammenpassen?

Ich presste die Lippen aufeinander. Die Kleine sah mich immer noch eindringlich an. Sie wollte eine Antwort von mir. Und die würde sie auch bekommen.

»Ich werde das nicht tun!«, knurrte ich wütend, erhob mich und ging ohne ein weiteres Wort davon. Dieses Mal hielt mich niemand auf. Wahrscheinlich war es den Anhängern dieser Rebellion egal. Sie waren sich viel zu sicher, dass ich keine andere Wahl hatte. Das hatte alles an ihnen bewiesen. Ich wusste nur nicht, warum sie sich da so sicher waren. Was wollten sie tun, wenn ich mich nicht beugte?

»Frag nach Asha, wenn du zur Besinnung gekommen bist!«, rief mir das Mädchen hinterher. Plötzlich war es ihm wohl nicht mehr so wichtig, im Geheimen zu agieren.

Ich ignorierte es und lief hinaus in die kalte Nacht. Mir war, als würde ich gegen eine Wand laufen. Ich kühlte meinen erhitzten Körper. Fühlte mich erdrückt von all den Gefühlen und Informationen.

Wie passte das alles zusammen? Zuerst der Auftrag, den Prinzen für mich zu gewinnen, und jetzt sollte ich plötzlich Sate heiraten? War das *PG* verrückt geworden oder verstand ich den perfiden Plan einfach nicht?

»Was machen wir jetzt?«, hörte ich Emili hinter mir. Ihre Stimme wirkte, als sei sie weit entfernt. Die Realität war weit entfernt. Wann hatte das alles endlich ein Ende?

»Was könnten sie gegen mich in der Hand haben?«, fragte ich in die Stille hinein und drehte mich zu Emili und Jaden um.

»Sie haben Kyle, Insidia.«

Leos Stimme und das, was er sagte, brachen mir endgültig das Herz. Ich wunderte mich nicht einmal mehr, von wo er so plötzlich hergekommen war. Zutiefst verwirrt sah ich ihn an. Er stand einfach nur da. Die Hände in den Hosentaschen, den Blick auf den alten Asphalt gerichtet. Es war, als wäre er eigentlich gar nicht da. Oder ich. Ja, es war, als würde ich gerade in einer Zwischenwelt festhängen.

»Wie meinst du das?«, fragte ich ihn schließlich skeptisch. Woher sollte er das wissen?

Ich hörte, dass Emili sich hinter mir nervös räusperte, und wandte mich wieder ihr zu. Ihr Blick war wütend auf Leo gerichtet.

»Warum siehst du ihn so an?«, schrie ich.

Auch Jaden wirkte nun ziemlich zerknirscht.

Ich blickte die drei der Reihe nach an. Immer und immer wieder.

»Sagt mir jetzt sofort, was hier los ist!«, brüllte ich. Meine Stimme hallte von den Häusern wider. Sie klang panischer denn je.

»Insidia ...«, murmelte Emili, kam auf mich zu und wollte nach meiner Hand greifen, doch ich schlug sie weg. Meine Augen füllten sich mit brennenden Tränen.

»Bitte, sag mir, dass du nichts davon wusstest!«, murmelte ich mit gebrochener, zittriger Stimme.

Emilis Antwort war ein mitleidiger und trauriger Blick.

»Aber ... aber ... Das kann nicht sein! Er war es doch, der mich betäubt hat!«

»Ja, aber das *PG* hat uns bei dem Versuch, dich in den Osten zu bringen, erwischt und ... Den Rest kennst du ja«, erklärte Jaden.

Ich funkelte ihn böse an. Warum hatte er mir gerade noch versichert, nicht an dem Plan beteiligt gewesen zu sein? Auch wenn es irgendwie der Wahrheit entsprach, hatten sie geschwiegen. Was genauso schwer wog.

»Bist du deshalb so?«, fragte ich Leo.

Er nickte.

Wie hatte ich nur so dumm sein können? So dumm, zu glauben, dass wir unbemerkt mit einem Schiff nach Amerika gekommen waren? Dass Leo wie aus dem Nichts zu einem anderen Menschen geworden war? Dass das *PG* Kyle in Ruhe lassen würde, wenn ihm auffiel, dass sie mich wegschaffen konnten?

»Und der Friedenspakt, den wir Sate versprochen haben?«

»Nichts ist damit, Insidia. Wir können nicht mehr zurück! Insidia steht jetzt unter der Macht des *PG*!«, erwiderte Leo bissig.

Fassungslos sah ich ihn an. »Und was ist mit Kyle? Du bist mit ihm aufgewachsen! Du liebst ihn! Und jetzt willst du ihn einfach so verrotten lassen?«

Wieder blickte Leo nur zu Boden.

»Wir können nichts machen, Insidia. Außer du heiratest Sate«, warf Jaden ein.

»Ich werde niemanden heiraten! Und wir werden ihnen Insidia auch nicht einfach so überlassen! Genauso wenig wie Kyle! Wer sagt uns, dass Gregori sich an sein Wort hält und Kyle nicht einfach tötet, sobald ich Sate geheiratet habe – oder ihn nicht schon längst getötet hat?!« Bei den Worten flossen immer mehr nasse Perlen über mein Gesicht.

»Wie könnt ihr nur!«, schrie ich sie an. Doch ich schrie gegen eine Wand. Sie standen da mit hängenden Schultern und wirkten so, als würde es keine Hoffnung mehr geben.

»Wir haben es ihm versprochen«, murmelte Emili.

»Und was ihr mir versprochen habt? Was ihr zu mir gesagt habt? Das ist egal?!«

»Er ist unser König!«, raunte Jaden.

»Nein, Jaden, das ist er nicht mehr. Euretwegen ist Gregori euer König!«

»Unseretwegen? Das alles ist nur deinetwegen passiert!«, fauchte Leo nun zurück.

Ich zuckte zusammen. War das wirklich Leo?

»Weil Kyle so verrückt war, das Leben einer Agentin, die ihn an der Nase herumgeführt hat, vor sein eigenes zu stellen! Er hätte dich Gregori ausliefern sollen! Er hätte zustimmen sollen! Nicht versuchen dich irgendwo in den Osten zu bringen, egal, wer dabei draufgeht. Hauptsache, du lebst! Das alles, Insidia, ist nur deinetwegen geschehen! Du hast Insidia zerstört an dem Tag, als du den Staat das erste Mal betreten hast und in diesen verdammten Zug eingestiegen bist!«

***

Das alles, Insidia, ist nur deinetwegen geschehen.

Der Satz hallte immer und immer wieder in meinem Kopf nach. Wahrscheinlich hatte Leo recht. Mit mir hatte das alles begonnen. Bestimmt hätte das *PG* auch ohne mich einen Weg gefunden. Aber so lastete die Hauptschuld auf mir. Ich hatte dem *PG* perfekt in die Karten gespielt, indem ich mich in

Kyle verliebt hatte und er sich in mich. Nur deshalb hatten sie ihn nun in der Hand.

Schluchzend warf ich mich herum und drückte den Kopf in mein Kissen. Ich hatte nicht nur Kyle verloren. Leo hatte endlich gezeigt, was er wirklich von mir hielt. Jaden und Emili hatten mich die ganze Zeit über belogen und jetzt stand ich vor der Wahl, Sate die Wahrheit zu sagen und dadurch seinen Zorn auf mich zu ziehen oder ihn zu hintergehen.

Ich atmete schwer und öffnete die Augen. Auch wenn ich Kyle wahrscheinlich verloren hatte: Er verdiente es, dass ich genauso versuchte ihn zu retten wie er mich. Ich musste etwas tun. Aber was? Was konnte dieses ganze Unglück noch abwenden?

Als es klopfte, wusste ich die Antwort. Die einzige Chance, die ich hatte, war, um ehrlich zu sein, Sate. Ich sah keine andere Möglichkeit.

Entschlossen stand ich auf, wischte mir die Tränen aus dem Gesicht und öffnete die Tür. Wenn man vom Teufel sprach ... Sate musterte mich argwöhnisch.

»Alles in Ordnung?« Er hob die Augenbrauen. Ich schüttelte den Kopf und bat ihn herein.

Wie sollte ich das anstellen? Wie sollte ich die richtigen Worte finden? Und das alles, ohne, dass er mich sofort verbannte – oder Schlimmeres tat?

»Meine Freunde haben mich belogen«, sagte ich und versuchte meiner Stimme einen sicheren Unterton zu verleihen.

»Vielleicht hatten sie Gründe dafür«, raunte Sate.

Ich seufzte leise. Natürlich hatten sie die. Das rechtfertigte die Lüge aber nicht. Auch wenn ich noch vor Kurzem genauso gehandelt hatte.

»Insidia ist gefallen, Sate.«

Ausdruckslos sah er mich an. »Und du dachtest, das weiß ich nicht?«

Mein Herzschlag setzte einen Moment lang aus. »Du wusstest auch davon?«, fragte ich dann zornig.

Sate schüttelte leicht den Kopf. »Ich habe es mir gedacht. Ich bin ein Menschenfreund, Insidia. Aber ich habe nie geglaubt, dass ein König seinen Bruder und die Frau, die er liebt, herschickt, um etwas auszuhandeln. Mit einem

Volk, das ihr nicht kennt. Abgesehen davon, dass ich weiß, wie mächtig Gregori ist. Unbemerkt hätte das nicht funktioniert.«

»Aber ... Warum ...«

»Warum ich meinem Volk trotzdem erzählt habe, wir würden einen Pakt schließen?«, unterbrach er mich.

Ich nickte.

»Es ist wichtig für mein Volk. Wichtig für diejenigen in meinem Volk, deren Urväter Insidianer waren. Ich bemerke seit Längerem, dass sie sich ausgeschlossen fühlen. Meine Aufgabe als Líder ist es, sie wieder zu einen.«

»Aber wie willst du das machen? Indem du ihnen Lügen erzählst?«

»Es war keine Lüge. Insidia wird uns nur nicht dabei helfen, Gregori zu schlagen. Das ist alles.«

»Das heißt, dass du in den Krieg gegen Insidia ziehen willst? Wie? Wenn Gregori alles bewacht? Wie willst du so einen Ozean überqueren?« Ich sah ihn entgeistert an. Das funktionierte doch so nicht. Waren alle um mich herum endgültig verrückt geworden? Und selbst wenn sie auf wunderliche Art und Weise gewinnen sollten: Niemals würde er Insidia danach wieder an Kyle abtreten.

Ich schüttelte den Kopf, war überfordert mit all den Gedanken. Außerdem wollte ich Sate nicht mehr in meiner Nähe haben. Genau das, was ich manchmal bei ihm spürte, war das, was das *PG* wollte. Und plötzlich kam ich mir wie eine Verräterin vor. Kyle hatte mich schützen wollen. Und ich? Was hatte ich getan, während er irgendwo in einem Kerker vor sich hin vegetierte?

»Lass das meine Sorge sein«, murmelte Sate und knetete nachdenklich sein Kinn.

Wütend stampfte ich auf den Boden. »Ja, natürlich. Geht mich wie immer nichts an! Auch nicht, wenn es mich betrifft. Von Anfang an hast du mich nicht eingeweiht, gibst mir aber das Gefühl, du würdest es tun! Du bist wirklich ein guter Anführer. Manipulation gehört da wohl zur Tagesordnung!«

»Ich habe dich nicht manipuliert, Insidia.«

Ich war zu aufgebracht, um ihm überhaupt zuzuhören. Sauer auf die ganze Welt. Auch wenn mir das rein gar nichts brachte. Denn besser machte es die vertrackte Situation bestimmt nicht.

»Ich weiß nicht, wie wir das schaffen können. Aber ich werde mir etwas überlegen«, erklärte Sate ruhig und berührte meine Schulter.

Ich sah ihn an. Dachte nach. Wog ab. Schon in der nächsten Sekunde hatte ich meine Entscheidung getroffen.

»Aber ich … Ich weiß wie!«

KAPITEL 19

Ich roch das Salz in der Luft. Spürte den Meereswind und hörte die Wellen gegen die Felsen schlagen. Für einen Moment schloss ich meine Augen und tat so, als wäre alles in bester Ordnung. Als würden Emili und ich zu Hause in ihrer Wohnung sitzen und uns über Mädchenkram unterhalten. Unbeschwert lachen und uns gegenseitig ärgern. Für einen Moment war das realer als alles andere.

Dann öffnete ich meine Augen wieder und sah dabei zu, wie Männer Waffen auf ein Schiff luden. Was wohl mit unserem Schiff passiert war? Dem Schiff, mit dem wir hierhergekommen waren. Ob sie es auch zerstört hatten?

Zwei kleine Jungen spielten hinter mir mit einer Art Ball. Sie hatten ihn aus Stroh und Ästen zusammengebaut und schrien sich in ihrer Sprache manchmal zornig, manchmal belustig an.

Mein Herz wurde schwer. Wir hatten kein Recht, ihr Dasein hier zu zerstören. Vielleicht lebten sie unter Gregoris Herrschaft. Aber das, was auf diesen – unseren – Angriff folgen würde, konnte keiner von uns sagen.

Sate redete immer noch kein Wort mit mir. Es war ganze zwei Wochen her, dass ich ihm erzählt hatte, was das *PG* und offensichtlich auch einige Menschen seines Volkes vorhatten. Dass etwas an unseren Genen anders war. Dass die Uramerikaner, genauso wie ich, diesen Gendefekt nicht besaßen, der früher oder später unsere Fortpflanzung verhindern würde. Was dieses Gen noch alles änderte, wusste ich selbst nicht. Sate nahm dies alles nicht nur den Aufständischen seines Volkes übel, sondern auch mir. Ich wusste nicht, ob es daran lag, dass er glaubte, ich hätte es gewusst, oder ob er einfach wütend auf meine Gene war. Darauf, dass ausgerechnet ich ihre reinen Gene weitertragen könnte.

Über die Möglichkeit zu heiraten, um Frieden zu schließen, hatten wir gar nicht erst geredet. Ich hatte ihm nur gesagt, dass es das war, was Gregori wollte. Mehr nicht. Das zwischen uns war dennoch seltsam. Ich fühlte mich zu Unrecht beschuldigt. Aber ich sah auch seine Sichtweise. Ich verstand ihn. Und ich war mir zudem sicher, dass er nicht alles, was ich ihm gesagt hatte, verstanden hatte. Dass es außerhalb seiner Vorstellungskraft lag, dass Menschen sich selbst einem tödlichen und ausrottenden Verfahren unterzogen, um Kinder zu bekommen. Selbst ich verstand es ja nicht voll und ganz. Warum sollte man so etwas wollen, wenn es die Möglichkeit gab, auf natürlichem Wege schwanger zu werden?

Offenbar war die Welt mittlerweile so krank, dass man selbst für Dinge, welche die Natur bestens allein hinbekam, künstliche Abläufe erfinden musste, um sie zu übertreffen. Es war nichts anderes, als Gott zu spielen, und allmählich fragte ich mich, warum ich diesen Staat unbedingt retten wollte.

Die Menschen standen an der gleichen Stelle, an der sie vor dem Krieg gestanden hatten. Nichts, rein gar nichts hatte sich verändert. Sie hatten nichts gelernt. Das galt selbst für die Leute hier, auch wenn sie vielleicht keine kranken Gentechniken anwendeten. Immer noch wurde mehr Wert auf Nationalität als auf die Menschlichkeit gelegt. Waren wir nicht alle gleich? Offensichtlich nicht. Oder die Menschen wollten es einfach nicht. Konnten nicht mit dem Gedanken leben, eine Einheit zu bilden. Auf einer Stufe zu sein.

Nein – es ging immer nur darum, sich selbst hervorzuheben. Sich selbst mächtig zu fühlen und sich vor alle anderen zu stellen. Wie anmaßend waren wir Menschen eigentlich? Wer gab uns das Recht, uns und »unser« Volk als stärker, klüger und besser darzustellen?

Ich legte mich auf den steinigen Boden unter mir. Meine Beine baumelten an der Klippe hinab, an der ich saß.

Der Ball prallte gegen meinen Kopf und ich fragte mich, wie die Jungen überhaupt bei dem Wind mit so einem leichten Ding spielen konnten. Ich lächelte ihnen zu. Wind und Wetter waren ihnen einfach egal. Andere Dinge zählten. Sie sahen noch etwas anderes in dieser Welt. Etwas, das ich nie gesehen hatte und wahrscheinlich auch nie sehen würde.

Ich atmete schwer und richtete mich auf.

In zwei Tagen würde das Schiff ablegen. Zusammen mit Sate und mir. Das hatte Sate so beschlossen, nachdem ich ihm versichert hatte, wie wichtig wir für das *PG* waren. Oder eher – wie wichtig unsere Gene waren.

Uns war klar, dass es riskant war. Gerade weil sie uns kommen sehen würden. Sie wussten es und ich wusste, dass sie mit gezückten Waffen dastehen würden, um uns zu empfangen.

Sate war da optimistischer als ich. Er kannte Insidia nicht. Genauso wenig wie Gregori. Oder das *PG*. Und er wusste nicht, dass es mir egal war. Nicht, was mit ihm geschah, nein. Ich war mir sicher, dass sie ihm nichts antun würden. Amerika war zu wichtig, um einen Mord an dem Líder zu riskieren.

Aber was mit mir geschehen würde, war mir nicht wichtig. Ich war Kyle etwas schuldig. Mehr noch: Ich wollte ihn retten. Kostete es, was es wollte. Ohne ihn wäre diese Welt, wäre Insidia eine schlechtere Welt. Nicht nur für mich. Für alle.

Egal, was passieren würde: Ich würde Gregori töten. Das stand fest. Selbst wenn ich bei dem Versuch starb. Es gab keine andere Lösung.

Für einen kurzen Moment schloss ich noch einmal die Augen und stellte mir eine andere Welt vor. Eine Welt, in der Kyle und ich normale Menschen wären. Ein normales Mädchen und ein normaler Junge.

Und irgendwo tief in mir drinnen stellte ich mir auch vor, wie es wäre, wenn Sate ein normaler Junge wäre.

Aber »normal« war keiner von uns.

Entschlossen stemmte ich mich vom Boden ab und stand auf. Ging den Abhang entlang, bis ich am Hafen stand und mir das riesige Schiff noch einmal aus der Nähe ansehen konnte. Es war so gigantisch, dass es mir beinahe die Sprache verschlug. Gigantisch schön.

Als ich mich satt gesehen hatte, schlenderte ich zurück zum Marktplatz, an dem heute einige Männer und Frauen Fisch, Kleidungsstücke und exotisch duftende Seifen verkauften.

Kurz dachte ich darüber nach, wie es wäre, wenn sich unsere Völker tatsächlich vereinen würden. So, dass wir auch zusammenlebten. Es war eine schöne Vorstellung. Funktionieren würde sie aber nicht, davon war ich überzeugt. Beinahe schien es so, als würden uns Jahrhunderte trennen.

»Insidia! Ich suche dich schon seit Stunden!«, keuchte Emili, stützte sich auf meinen Arm und atmete angestrengt. »Ich hab mir solche Sorgen gemacht!«, raunte sie und richtete sich dann leicht auf.

»Ich war am Meer«, erwiderte ich knapp.

Sie verzog den Mund.

Schon seit zwei Wochen redete ich so mit ihr. Nachdem ich die ersten drei Tage komplett geschwiegen hatte. Ich konnte einfach nicht anders.

Klar sah ich ihr an, dass sie gerne etwas zu der ganzen Sache sagen würde. Mit mir reden – das wollte sie immer. Aber so gut wie ich sie kannte, kannte sie auch mich und wusste, dass es nichts bringen würde. Nicht zum jetzigen Zeitpunkt. Die Wunden waren noch zu tief.

»Kommst du heute Abend mit zum großen Lagerfeuer?«, fragte sie dennoch erwartungsvoll.

Unschlüssig zuckte ich mit den Schultern. Ich wusste nicht, was ich da sollte. Mit Jaden und Emili redete ich nur das Nötigste und Sate ignorierte mich sowieso. Leo hatte ich seitdem kaum mehr gesehen. Und das war wahrscheinlich auch besser so. Ich wusste ja nicht einmal, wer sich bei wem entschuldigen sollte. Und ob eine Entschuldigung etwas an dem Bruch zwischen uns ändern würde. Eher nicht.

»Komm schon, Insidia! Seit zwei Wochen sitzt du nur noch am Meer rum und starrst in der Gegend umher. Du nimmst nicht mehr an den gemeinsamen Essen teil und Sate gehst du auch aus dem Weg. Ich glaube, das heute Abend würde uns guttun!«

Abschätzend musterte ich sie. Ich wollte etwas sagen. Wollte sie am liebsten anschreien. Ihr vorwerfen, dass sie sich mit irgendwelchen Essen und dämlichen Lagerfeuern beschäftigte, während Kyle in Gefahr schwebte. Dass sie es schon vorher zugelassen hatte. Und dass mein Herz meine Brust mit brennendem Gift füllte, wenn ich nur daran dachte, was Kyle gerade durchmachte. Aber ich schwieg, atmete meinen Zorn weg und nickte dann.

Während sie klatschend dastand und anfing zu brabbeln, drehte ich mich um und ging.

Ich wusste, dass ich mich falsch verhielt. Doch ich war sauer. Ich war so wütend und hatte keine Ahnung, was ich dagegen tun sollte. Am liebsten hätte ich Emili geschlagen. Wirklich geschlagen. Und diesen Gedanken mochte ich nicht. Ich hasste ihn und hasste mich dafür.

So schnell ich konnte lief ich ins Hauptgebäude und ohne weiter darüber nachzudenken zu Sates Tür. Ich klopfte und zu meiner Überraschung war er wirklich da und öffnete.

Er sagte nichts. Auch die Tür hatte er nur einen Spalt breit aufgeschoben, als wolle er nicht, dass ich wirklich eintrat.

»Ich bin wütend«, keuchte ich aufgebracht.

Sate hob eine Augenbraue. »So?« Er musterte mich skeptisch. Als würde er nicht verstehen, warum das jetzt sein Problem war.

»Ich muss meine Wut loswerden. Das hast du doch gesagt!«, knurrte ich.

Da biss er auf seine Unterlippe und sah nach links oben. »Komm rein!« Er stieß die Tür auf und ging vor. Als ich die Tür hinter mir geschlossen hatte, wurde ich mit einem Schlag gegen das Holz geschleudert. Ich keuchte. Drehte mich zornig um und sah Sate ungläubig an. »Was zum Teufel soll das?«

»Schlag mich! Besser, als wenn du wieder ein Mädchen halbtot prügelst!«

Entsetzt blickte ich ihn an. Immer mehr Wut kochte in mir hoch.

Er kam auf mich zu und schubste mich.

»Lass das!«, schrie ich ihn an.

Doch Sate schubste mich immer und immer wieder, bis ich schließlich zuschlug. Er wehrte meinen Hieb mit seinem Unterarm ab. Das machte mich nur noch rasender und ich schlug wieder und wieder zu. Spürte das Blut in meinem Kopf pulsieren.

»Und jetzt hör auf!«

Der hatte sie ja wohl nicht mehr alle. Als ob ich jetzt aufhörte. *Er* hatte doch angefangen! Ich schlug weiter zu, bis Sate meine Arme nahm und mich anbrüllte:

»Du sollst verdammt noch mal aufhören! Lern endlich Grenzen zu setzen! Dir selbst!«

Seine Augen waren fest auf mich gerichtet. Unsere Blicke trafen sich und etwas durchfuhr mich. Ich hasste mich dafür. Ich hasste mich so sehr. Und trotzdem konnte ich nichts dagegen tun. Was war das nur? Die Luft zwischen uns schien Feuer zu fangen.

Wir sahen uns immer noch an. Sates Blick änderte sich. Er war nicht mehr wütend. Er atmete schneller und hielt immer noch meine Hände. Was sollte ich jetzt tun? Es war, als wäre ich in seinem Bann gefangen.

Nur mit großer Mühe konnte ich mich zwingen wegzusehen. Sate ließ sofort meine Arme los und schritt zu seinem Tisch. Stemmte sich erschöpft mit seinen Ellbogen drauf und fuhr sich durch die Haare.

Ich fühlte mich wie der schlechteste Mensch auf dieser Welt. Aber ich konnte nichts dagegen tun. Da war etwas zwischen uns.

Nicht das, was ich bei Kyle gefühlt hatte. Es war etwas ganz anderes. Sate strahlte etwas aus, das mir das Gefühl gab, mir vertraute jemand. Da war diese tiefe Verbundenheit, die ich von Anfang an zu ihm gespürt hatte.

»Wie war deine Kindheit?« Ich wollte endlich wissen, was das war. Eigentlich wusste ich es, ahnte es. Ich wollte es aber aus seinem Mund hören.

»So, wie es in meiner Familie üblich ist.«

Ich rollte mit den Augen. Er hatte eine Art, die Dinge zu sehen, die mir fehlte.

»Hattest du überhaupt eine Kindheit?«

Sate schüttelte den Kopf. »Insidia, geh bitte!«

Hatte er das gerade wirklich gesagt? Ich schluckte schwer. »Warum?«

»Weil ich es sage!«, knurrte er, und da war plötzlich wieder diese Autorität, die mich erschaudern ließ.

Angespannt hielt ich die Luft an. Ich wollte nicht gehen. Aber es hatte keinen Sinn zu bleiben, wenn er mich nicht bei sich haben wollte. Hatte die Sache mit den Genen so viel zwischen uns verändert? Wahrscheinlich. Zwischen Kyle und mir hatte es auch einiges kaputt gemacht.

Ich erinnerte mich noch genau an unser Gespräch. Als Kyle mir offenbarte, dass er den Gendefekt aufwies und wir deshalb niemals zusammen sein könnten. Letzteres hatte er zwar nicht direkt ausgesprochen. Aber es stand ungesagt zwischen uns.

»Insidia, geh jetzt bitte, oder ich vergesse mich und deinen kleinen Prinzen, wenn du weiterhin in meiner Nähe bist!«, stieß Sate keuchend hervor. Ihm war das, was ich zwischen uns gespürt hatte, also auch nicht entgangen.

Mein Herz geriet ins Stolpern. Ohne ein weiteres Wort verließ ich sein Zimmer, lief den Flur entlang und suchte nach Emili. Ich gestand es mir ungern ein: Aber sie war es, die ich jetzt bei mir haben wollte. Genau so, wie ich damals, hatte nun sie mit ihrer Lüge nur das Beste für mich gewollt. Das war mir insgeheim längst klar.

Sie war es, die im Schloss zu mir gesagt hatte, dass Kyle so sauer war, weil er selbst hatte entscheiden wollen. Weil ich ihn über die Drohungen des *PG* hätte in Kenntnis setzen sollen. Doch ich hatte über seinen Kopf hinweg entschieden. Emili müsste es also verstehen. Ebenso wie ich nur allzu gut verstand, wie es sich anfühlte, jemanden mit einer Lüge schützen zu wollen.

Ich fand Emili im Untergeschoss. Sie redete mit Arthur aus dem großen Rat und sah für einen Moment verwirrt aus, als ich auf sie zusteuerte.

»Hey!«, sagte sie dann lieblich und ließ Arthur mitten im Satz stehen.

»Gehen wir zum Feuer!«, stieß ich hervor und weitete meine Augen.

»Oookay? Du siehst zwar gerade irgendwie irre aus, aber ich nehme das in Kauf«, lachte sie, legte ihren Arm um mich und trat mit mir hinaus ins Freie.

Das Abbrennen des Lagerfeuers fand auf dem Turnierplatz statt und sollte eine Art Verabschiedungszeremonie werden. Morgen Nacht würden wir abreisen.

Schon von Weitem sah man die lodernden Feuerzungen. Für einen Moment verlor ich mich in ihnen. In den tanzenden Flammen, dem rauchigen Duft und der hypnotisierenden Farbe. Meine Gedanken schweiften ab zu Kyle. Es war »nur« ein Ozean, der uns trennte. Eine Woche Reisezeit vielleicht. Aber ich hatte das Gefühl, zwischen uns würden ganze Welten liegen. Etwas hatte sich verändert.

Als Sate auf den Turnierplatz trat, riefen seine Gefolgsleute wieder im

Chor Líder. Am liebsten wäre ich zu ihm gegangen. Es gab so vieles, was ich nicht wusste, was ich noch immer nicht verstand. Ein Räuspern hinter mir ließ mich aufhorchen. Ich drehte mich um und blickte Asha ins Gesicht, der Kleinen mit den Sommersprossen. Ihr Bruder war nicht bei ihr.

»Das war nicht schlau von dir«, knurrte sie.

Auch Emili hatte sie bemerkt und verdrehte genervt die Augen. »Lass Insidia in Ruhe!«

»Sei froh, dass ich deinem Líder keine Namen verraten habe!«, blaffte ich indes zurück.

Asha schnaufte. »Denkst du, das hätte was gebracht? Wir warten seit zwei Wochen auf eine Antwort! Und jetzt haben wir uns selbst darum gekümmert.«

Wieder kochte Wut in mir hoch. Ich atmete gleichmäßig, um mich zu beruhigen, und sah ihr direkt in die Augen. »Versucht euer Glück und sterbt!«, knurrte ich sie an.

Asha hielt meinem Blick stand. Ich konnte keinerlei Regung in ihren Augen erkennen.

Wie stellten sie sich das bitteschön vor? Es allein durchzuziehen? Das war doch Irrsinn! War ihr Plan nicht gewesen, Sate und mich zu verheiraten? Sie waren nicht mehr als Ableger des *PG*. Kleine Pflanzen, die das *PG* so manipuliert hatte, dass sie dachten, eine neue Welt erschaffen zu können. So wie ich einst.

Hinter dem Mädchen tauchte nun Jaden auf und musterte die Kleine argwöhnisch. »Was will die hier?«, fragte er in die Runde und gesellte sich zu uns. Das erste Mal seit dem Vorfall vor zwei Wochen war ich froh, sie bei mir zu haben: Emili und auch Jaden. Vielleicht war der Bruch doch nicht so groß, wie ich gedacht hatte. Und vielleicht lag es wirklich daran, dass ich vor nicht allzu langer Zeit genauso gehandelt hatte wie sie.

»Ihr werdet gleich sehen, was ihr davon habt!«, raunte Asha. Ein irres Grinsen zeichnete sich auf ihren Lippen ab und das Blut in meinen Adern gefror. Ich suchte die um das Feuer sitzenden Menschen nach Sate ab. Was hatten sie vor? Wollten sie ihn hier an Ort und Stelle umbringen?

»Líder!« Ich folgte der Stimme und entdeckte Sate. Hinter ihm stand eine Gruppe von Männern, allesamt blond. Nachfahren der Urinsidianer. Erschrocken keuchte ich auf und taumelte wie in Trance auf Sate zu. Sie würden mich auch umbringen müssen, wenn sie ihn töten wollten.

Warum hatte ich ihm nichts von Asha erzählt? Warum hatte ich schon wieder den gleichen Fehler gemacht und jemandem, der mir wichtig war, etwas so Fundamentales verschwiegen, weil ich es für das Beste gehalten hatte? Wie konnte ich nur so dumm sein?

Sate sah belustigt aus. Aber nur im ersten Moment. Es dauerte nicht lange, bis sich sein Blick verfinsterte.

»Was wollt ihr?«, fragte er gefährlich leise und selbst ich zuckte zusammen, kam ihm jedoch immer näher. Sate musterte mich kurz, richtete seinen Blick dann aber wieder auf die Männer, die sich hinter ihm versammelt hatten.

»Wir berufen uns hiermit auf das Gesetz des Stärkeren und fordern den Líder zum Kampf heraus, um seine Stellung zu verteidigen – oder sie abzutreten!«, rief einer der Männer so laut, dass jeder es hören konnte.

Neben Sate erkannte ich Cara. Ihr Gesicht war immer noch bedeckt mit blauen Flecken, aber sie sah definitiv besser aus als in den Tagen nach dem Kampf.

»Was bildet ihr euch ein!«, schrie sie, stand auf und zückte ihr Schwert. Sates Gefolgsleute taten es ihr nach.

Der Mann, der gesprochen hatte, sah jedoch weiterhin nur Sate an. »Es ist unser Recht!«, bellte er.

Sate hob seine Hand. Die Männer um ihn herum ließen ihre Waffen fallen, sahen dennoch kampfbereit aus.

»Wenn das euer Wille ist. Das Recht dazu besitzt ihr natürlich!«, entgegnete er ganz ruhig und erhob sich. »Wirst du es sein?«, fragte er dann weiter und sah den Sprecher ausdruckslos an.

Dieser schüttelte eingeschüchtert den Kopf. Er hätte auch niemals eine Chance gegen Sate gehabt.

»Ich werde es tun!«

Ich bemerkte, wie Sate sich für einen winzigen Augenblick verkrampfte.

So als hätte er gerade einen Elektroschock bekommen. Er drehte sich langsam um. Zum Rat der Großen. Ich kannte den Mann, der gesprochen hatte. Sates Augen waren mit solch einer Enttäuschung auf ihn gerichtet, dass es mir schier das Herz brach.

Es war der Mann, der am Tisch im Hauptgebäude neben ihm gesessen hatte. Der, den ich für den einflussreichsten der Ratsmitglieder gehalten hatte. Er strahlte Stärke aus und war offenbar ein wenig älter als Sate. Aber auch größer und angsteinflößender. Gerade jetzt, in diesem Augenblick.

»Condor? *Du?*«

Ich hörte, dass Sate sich alle Mühe gab, seiner Stimme den starken, autoritären Unterton zu verleihen, den sie sonst immer hatte. Aber es gelang ihm nicht vollends. Er war zu enttäuscht. Zu überrascht. Zu verletzt. Und das alles konnte man deutlich heraushören.

»Ein Kampf auf Leben und Tod!«, knurrte Condor und lächelte Sate an. Es war ein böses Lächeln. Dahinter verbarg sich so viel Verrat und Hass, dass ich mir unwillkürlich die Hand vor den Mund schlug.

»Das darf er nicht!« Es dauerte ein wenig, bis ich begriff, dass *ich* diese Worte ausgesprochen hatte. Alle Augen waren schlagartig auf mich gerichtet.

»Doch, das darf er«, erwiderte Sate ruhig. Er sah mich einen Moment lang an. Sein Blick wirkte, als wollte er sich bei mir entschuldigen. Aber wofür? Dafür, dass er nichts dagegen tun konnte? Aber das musste er doch! Er war ihr Líder.

Meine Augen waren immer noch auf Sates Gesicht gerichtet, als sein Körper erschüttert wurde und er zur Seite stolperte.

Entsetzt schrie ich auf. In Condors Hand lag ein Schwert. Sate blutete an einem Arm.

»Bleib aufmerksam, kleiner König!«, bellte Condor lachend. Sein Lachen war so kalt, dass ich fröstelte.

Sates Blick wurde zornig. Er griff nach seinem eigenen Schwert, doch bevor er es hervorziehen konnte, traf Condor ihn erneut. Sein anderer Arm blutete jetzt auch. Sates Lippen bebten.

Das konnte doch nicht fair sein. Das konnte doch unmöglich die Art sein, wie man hier Kämpfe austrug.

»Der Kampf beginnt in dem Moment, in dem es ausgesprochen ist!«, knurrte Condor, als könnte er meine Gedanken lesen. Endlich zog Sate sein Schwert. Er sah sein Gegenüber mit so viel Abscheu an, dass wahrscheinlich jeder normale Mensch auf der Stelle weggerannt wäre. Nur Condor nicht. Er blieb stehen und schien sich an Sates Enttäuschung und Wut eher noch zu weiden.

»Es hat sich nichts geändert!«, bellte Condor, »du bist immer noch das wütende kleine Kind von damals!«

»Warum tust du das?!«, schrie Sate. Er gab sich nicht einmal mehr Mühe, seine Enttäuschung zu verbergen.

»Ich habe dabei zugesehen, wie ein kleines zorniges Kind, das sich nie im Griff hatte, in unserer Mitte aufgewachsen ist! Kaum in der Lage, eine Trainingseinheit durchzuhalten, ohne einen Wutausbruch zu bekommen. Und ich sollte einfach akzeptieren, dass er mein neuer Anführer wird?« Condor lachte kalt. »Oh Sate, du führst dich auf wie ein kleines eingebildetes Balg. Und unser Land geht vor die Hunde! Weil du deine Gefühle nicht in den Griff bekommst!«

»Du bist es, der unser Land zerstört!«, brüllte Sate und rannte auf ihn zu. Er traf Condor an der Schulter und dessen Cape fiel dabei hinunter. Ich erkannte das Tattoo an seinem Arm. Den Stammbaum. Er gehörte also zu den Nachfahren der Uramerikaner. Warum tat er das dann? Ich dachte, nur die Insidianer würden sich gegen Sate verschwören.

Auch Sate blickte auf Condors Tattoo. Dieser nutzte den Moment und trat zu. Sate japste nach Luft und krümmte sich. Wieder ein Tritt. Sate fiel zu Boden.

Das konnte nicht sein! Warum kämpfte Sate nicht richtig?

»Du willst ja nicht einmal verstehen, wie wichtig es ist, dieses Mädchen zu nehmen!«

Ich schluckte schwer. Dieses Mädchen zu nehmen? Ohne Zweifel sprach er von mir. Ich war doch kein Gegenstand, den man sich einfach holen konnte.

»Du musst sie nicht einmal lieben. Du musst sie nur zu deiner Frau machen und Erben bekommen. Um unser Volk zu retten! Stattdessen bringst du sie zurück in ihr Land. Ein Land, das uns alle ausrotten wird!«

Sate hustete Blut und rappelte sich auf. Dennoch: So bedrohlich, wie in diesem Moment, hatte ich ihn noch nie zuvor erlebt.

»Sie ist ein Mensch!«, schrie Sate. »Ein Mensch, Condor! Ein Mensch, wie du und ich! Sie ist keine Ware, die du dir nach Belieben nehmen kannst!« Er spuckte vor Wut.

Condor lachte nur kalt. »Das werde ich aber, sobald dein Blut an meinen Händen klebt und mir damit die Macht verliehen wird, darüber zu entscheiden!«, bellte er.

Nun war Sate blind vor Wut. Ohne weiter darüber nachzudenken, stürmte er auf Condor zu, der ihn von sich trat und laut lachte. Als hätte er es gewusst. Und das tat er auch. Er wusste, wie er Sate dazu bringen konnte, so wütend zu werden, dass er alles um sich herum vergaß.

»Du bist eine Schande für deine Familie! Für unser Blut! Für mich!«, schrie Condor und ging langsam auf Sate zu.

»Ich will dich nicht töten!«, knurrte Sate.

Condor lachte erneut. »Du kannst mich gar nicht töten!« Sates Lippen bebten. Er wich ein paar Schritte zurück. »Du kannst jetzt noch umdrehen!«, sagte er dann überraschend ruhig. »Du kanntest meinen Vater. Du warst sein treuster Freund und du warst es all die Jahre auch für mich! Du hast mich ausgebildet. Du hast mir gezeigt, wie ich meine Wut kanalisiere. Du warst mein Lehrer. Mein Mentor. Condor, du bist für mich wie ein Vater.«

Condor sah ihn abwertend an. »Ich war nie dein Vater. Ansonsten hätte ich mich dafür geschämt, solch eine Brut zu haben!«

Nun atmete Sate schwer. Diese hasserfüllten Worte verletzten ihn. »Bitte ... Por favor, Condore!« Diesmal sprach er seinen Namen anders aus. Als würde er ihn in ihrer Sprache sagen.

»Komisch, ich dachte, du hättest unsere Sprache längst vergessen!«, knurrte Condor und leckte sich siegessicher über die Lippen.

Sate wich indes immer weiter vor ihm zurück. Die pure Verzweiflung stand ihm nun ins Gesicht geschrieben.

»Bevor du stirbst, sollst du noch etwas erfahren!«, rief Condor, diesmal wieder so laut, dass es jeder auf dem Platz hören konnte.

Die Menschen standen einfach nur da und sahen zu. Ich hasste sie dafür, auch wenn ich dasselbe tat. Es war schließlich ihre Kultur und offensichtlich durfte sich keiner einmischen. Aber das hier war verdammt noch mal nicht fair! Sate brachte zu viele Emotionen mit in diesen Kampf und Condor zu viel Hass. Hass, der sich allem Anschein nach lange aufgestaut hatte. Hass, den Sate nicht verstand, weil Condor ihn über all die Jahre gut zu verstecken wusste.

Meine Hände zitterten. Ich hätte gerne eine Waffe gehabt, um ihn auf der Stelle zu erschießen.

»Es gibt eine Prophezeiung.«

Sate lachte verachtend. »So ein Schwachsinn!«

»Diese Prophezeiung besagt, dass die Welt sich verändern wird! Dass ein Junge geboren wird, dessen Eltern sterben, wenn er das erste Lebensjahr erreicht hat. Ein Junge, der den Thron besteigen wird und unsere Völker in einen Krieg stürzen wird, der uns vernichtet!«

Nur kurz zuckte ein jäher Schreck über Sates Gesicht. Dann hatte er sich wieder unter Kontrolle. »Keiner glaubt an solch wüsten Prophezeiungen, Condore!«, schrie er wütend. Trotzdem sah er verwirrt aus.

»Doch, *wir* glauben daran. Und wir werden es nicht zulassen!«

Condor kam Sate wieder näher.

»Zwing mich nicht dazu!«, knurrte Sate. Ich konnte ihn kaum verstehen, so leise sprach er nun.

»Bitte!«

Condor lachte nur und hob sein Schwert.

Da holte Sate tief Luft, als würde er all seine Kraft aus ihr schöpfen, und hob sein Schwert ebenfalls. Schlug zu. Das Eisen klirrte aufeinander. Condors Schwert fiel zu Boden. Trotzdem lachte er kalt.

»Du bist so dumm!«, schrie Sate. »Törichter, als ich es je war. Du kennst mich. Du weißt, wer ich wirklich bin! Du weißt, was durch meine Adern fließt! Du weißt es, Condore. Und du bist so dumm, mich herauszufordern?!«

Ich ging ein paar Schritte zurück. Nun machte mir Sate Angst. Und nicht nur mir. Ich bemerkte, wie auch die anderen Menschen, die sich um die beiden Kämpfer geschart hatten, zurückwichen. Was meinte Sate nur damit, dass er wusste, wer er wirklich war?

Condor stand ohne Waffe da und lachte Sate aus. Es stachelte ihn nur noch mehr an. Sate trat ihn. Seine Kraft wirkte beinahe übermenschlich. Condor fiel mit einem lauten Knall zu Boden. Sates Kopf glühte. Er ging auf ihn zu und stellte sich über ihn.

»Ich habe dich gebeten, es nicht zu tun!«, knurrte er und spuckte. Er hob sein Schwert. Am liebsten hätte ich weggesehen, aber ich konnte meine Augen nicht abwenden.

»Sate! Tu es nicht! Bitte!« Ich sah, wie Cara auf ihn zu rannte. Sie weinte bitterlich. Nie zuvor war sie mir so schwach wie in diesem Moment erschienen.

»Verschwinde!«, knurrte Sate.

»Er ist doch mein Vater!«, weinte sie.

Ich hielt den Atem an. Er war ihr Vater? Also war seine Frau eine Insidianerin.

»Ich habe ihn gewarnt, Cara!«, schrie Sate sie an und wandte sich nur einen Augenblick lang ihr zu, als Condor nach seinem Schwert griff und es in Sates Bauch rammte. Ich schrie auf. Auch Cara schrie und heulte. Sie sank auf die Knie.

Und ich? Ich stand einfach nur wie gelähmt da.

Sate hielt sich noch aufrecht. Seine Augen waren starr auf Condor gerichtet, der wieder teuflisch lachte.

»Du wärst ein schlechter Líder. Niemals überlasse ich dir mein Volk!«, keuchte Sate, zog ruckartig den kleinen Dolch aus seinem Gürtel und rammte ihn Condor direkt in sein Herz.

Cara brüllte auf vor Kummer und Schmerz.

Wie in Zeitlupe sank Sate zu Boden. Alle anderen standen einfach nur da und sahen geschockt auf den toten Condor und den sterbenden Sate.

Eine Träne verließ meine Augen und auch ich glitt zu Boden.

Sates Onkel war der Erste, der sich aus seiner Schockstarre löste. Er war extra für das große Feuer und den Abschied angereist. Er stürzte sich auf seinen Neffen und dem toten Condor spuckte er ins Gesicht. Es war seltsam, dabei zuzusehen, wie ein alter weiser Mann derart seine Prinzipien über Bord warf. Aber Condor hatte es verdient.

Wenn es stimmte, dass er für Sate immer wie ein Vater gewesen war, konnte ich mir vorstellen, was Sate und auch sein Onkel bei diesem Verrat gefühlt haben mussten.

Mein Herz wurde schwer wie Blei, als ich dabei zusehen musste, wie Sates Onkel ihn unter Tränen an sich zog. Plötzlich warf er einen Blick auf mich und bedeutete mir mit einer Handbewegung, zu ihnen zu kommen. »Er verlangt nach dir!«

Ich hastete zu ihnen und beugte mich über Sate. Immer wieder wischte ich mir über meine Augen. Sie waren mittlerweile tränenblind. Sates Gesicht wirkte fahl, aber er sah nicht unglücklich aus.

»Wenn ich das nicht überlebe«, raunte er schwach, »dann sorg dafür, dass sie es trotzdem so machen.«

Panisch sah ich ihn an. »Du überlebst das!«

Ich konnte nicht glauben, dass er sterben würde. Auch ich hatte eine Stichwunde im Bauch überlebt. Dann schaffte er das ebenso! Eine Stimme in mir rief mich zur Vernunft. In Insidia gab es Krankenhäuser. Ausgebildete Ärzte. Sie hatten mir das Leben gerettet. Wie sollte sein Onkel so etwas stemmen?

»Retten Sie ihn!«, schrie ich ihn dennoch an.

Sates Onkel musterte mich stumm. »Ich werde es versuchen«, war alles, was er sagte. Dann befahl er einigen der treuen Männer, Sate in das Hauptgebäude zu tragen. Sie brauchten einen Moment, bis sie sich gesammelt hatten, dann gehorchten sie.

Ich lief ihnen nach. Emili und Jaden folgten mir. Wir alle schwiegen. Und ich war dankbar dafür. Niemand hätte etwas sagen können, um das Grauen hier besser zu machen. In diesem Moment wollte ich nur an eines denken: daran, dass Sate überlebte. Überleben musste!

Die Männer legten Sate auf einen der Tische im Speisesaal und zogen sich diskret ein paar Meter zurück. Parallel stürmten mehrere Heiler hinzu. Sie redeten in der fremden Sprache. Und irgendwie machte mich das rasend.

Ich sah, wie einer der Heiler ein schwarzes Pulver hervorholte und es in Sates Wunde streute. Ein anderer ließ im Kamin einen Stab anbrennen. Beinahe musste ich mich übergeben, als er das Feuer auf das Pulver in Sates Wunde hielt und die Wunde sich zischend und mit einem ekelhaften Gestank verschloss.

Sates Onkel kam auf mich zu und hielt mich, da ich umzufallen drohte.

»Es stoppt erst einmal die äußere Blutung. Wir wissen aber nicht, ob er noch innere Verletzungen hat und ob sich die Wunde entzündet«, erklärte er ruhig, aber ich erkannte die tiefe Besorgnis in seiner Stimme. Einen Moment lang schloss er die Augen, bevor er fortfuhr: »Er wird nicht nach Insidia reisen können. Er stirbt.«

Entgeistert sah ich ihn an. Nein! Das konnte nicht wahr sein.

»Dann tut doch etwas!«, schrie ich.

Sates Onkel schüttelte nur den Kopf.

»Er wird mitkommen!«, knurrte ich. Laut genug, um mal wieder alle Blicke auf mich zu ziehen. »Wir brechen augenblicklich auf! Die Ärzte in Insidia werden ihm helfen!«

»Die Überfahrt dauert sechs Tage. Und dort erwartet euch niemand, der euch mit offenen Armen empfangen wird!«, sagte Sates Onkel in seinem starken Akzent.

»Doch. Wenn ich die Bedingungen ändere!«

Da trat Jaden auf mich zu und legte seine Hand auf meine Schulter. »Insidia, du würdest dich damit an das *PG* verkaufen!«

»Das ist mir scheißegal!«, brüllte ich.

Es reichte. Es war genug. Sollten sie doch endlich bekommen, was sie wollten. Mein Leben war nicht das Leben tausend anderer wert. Und auch nicht das von Sate und vor allem nicht das von Kyle!

»Es ist seine einzige Chance«, wandte ich mich flehend an den Oheim und sah ihn nervös an. Es dauerte einen qualvollen Moment, doch dann nickte er.

Nun ging auf einmal alles sehr schnell. Die Männer rüsteten sich. Machten sich auf den Weg zum Schiff, während Sate geweckt wurde, damit er seine Macht für die Zeit seiner Abwesenheit an jemand anderen übertragen konnte.

Ich sah ihn mit traurigen Augen an. Sechs ganze Tage. Wie sollte er das überleben? Sein Onkel kam mit uns. Sate brauchte einen Heiler an seiner Seite und so übergab er Cara das Kommando.

Zuerst verstand ich diese Entscheidung nicht. Dann erkannte ich jedoch, dass es die beste Lösung war, um weitere Unruhen zu verhindern. Cara war schließlich die Tochter eines Nachfahren der Uramerikaner und einer Insidianerin.

Während Sate auf das Schiff getragen wurde, begab ich mich noch einmal schnell auf mein Zimmer und sah mich hektisch um. Es war schon das dritte Mal, dass ich verschwand, ohne etwas mitzunehmen. Es war traurig. Zuerst aus meinem Zimmer im *PG*, wo ich alles hatte zurücklassen müssen, was mein Leben bis dahin ausgemacht hatte, dann in Kyles Schloss, nachdem er mich betäubt hatte, und jetzt hier.

Wie von Sinnen suchte ich den Raum ab. Wollte irgendetwas finden, das mir später beweisen würde, dass ich hier gewesen war. Aber es gab nichts.

So lief ich wütend hinüber in Sates Zimmer und nahm alles auseinander. Es war mir egal. Vielleicht würde er ja nie wiederkommen. Mit zitternden Händen durchwühlte ich seine Schubladen und Schränke, doch auch er besaß nicht viel. Dann entdeckte ich plötzlich ein kleines Kästchen in der untersten Schublade seines Nachttischs. Es war aus Holz geschnitzt und wunderschön verziert. Ich öffnete es. Darin lag ein Ring. Ein Diamant funkelte daran, so schön, dass es mir für einen Moment den Atem raubte. So etwas Schönes, Unverdorbenes in dieser bösen und feindlichen Welt.

Einer Eingebung folgend ließ ich das Kästchen in meiner Tasche verschwinden. Ich wollte es Sate nicht wegnehmen. Sollte er nach Amerika zurückkehren, würde ich es ihm wiedergeben. Aber für den Moment hatte ich etwas, an dem ich mich festhalten konnte.

Ich griff noch nach Sates Überwurf, der am Balken seines Bettes hing, und stürmte dann hinaus, um das Schiff rechtzeitig zu erreichen. Emili und

Jaden, die mich zurück zur Unterkunft begleitet hatten, warteten bereits ungeduldig auf mich und rannten mit mir gemeinsam gen Hafen.

Dort angekommen, hatte ich das Gefühl, diese Welt zerstört zu haben. Frauen und Kinder standen herum, lagen sich in den Armen und weinten. Es wurden immer mehr, je näher wir dem Schiff kamen, und ich begriff. Es waren ihre Männer, ihre Väter oder Brüder, die sich unseretwegen in das Unbekannte stürzten. Ich entriss ihnen damit ihre Familienoberhäupter. Sinnlos, mir einzureden, dass es einem guten Zweck diente. Dem, ihren Líder zu retten. Ich hätte es nämlich auch vorher getan. Um Insidia zu retten. Und Kyle.

Ohne es zu wollen, entschied ich über Leben und Tod. Darüber, ob sie alle jemanden verloren, den sie liebten, um etwas und jemanden zu retten, den ich liebte.

Mir wurde übel bei dem Gedanken. Doch ich ließ ihn hier. Ließ all meine Sorgen und Zweifel zurück in dem Moment, als ich das Schiff bestieg. Ließ all das hinter mir. In Amerika. Und fühlte mich stärker und sicherer als jemals zuvor.

Das Schiff legte ab. Alle Menschen hatten sich abgewandt. Keiner war da, um zum Abschied zu winken. Aber wahrscheinlich war das ein lange zurückliegender Brauch, den sie hier bereits abgelegt hatten.

Ich stand an der Reling und beobachtete den Steg, der sich ganz langsam entfernte. Plötzlich weiteten sich meine Augen. Es erschien ein kleiner Junge, der seine Faust in die Höhe streckte. »Durch Blut und Wasser verbunden!«, schrie er.

Ich hörte ihn weit entfernt. Als wäre er nur ein Geist, der mir ins Gedächtnis rief, dass wir alle miteinander verbunden waren.

KAPITEL 20

Emili hielt meine Hand. Ich wusste nicht mehr, wie lange wir schon dalagen, uns vom Meer sanft hin und her schaukeln ließen wie Kinder von ihrer Mutter und die Sterne beobachteten.

Sie sang leise ein Lied. Ihre Stimme war wunderschön und sie strich mir immer wieder beruhigend über den Handrücken.

Immer wenn wir Sates erstickte Schreie aus dem Bauch des Schiffes vernahmen, drückte sie meine Hand ein wenig fester.

Ich wollte ihn nicht mehr so leiden hören. Es machte mir Angst. Angst, ihn zu verlieren, und Angst, dass selbst der stärkste Mensch einfach nur sterblich war. Dass wir alle sterblich waren und das Leben so kurz und vergänglich.

Emili sang immer noch. Ich lauschte den melodischen Worten und verlor mich dabei im urgewaltigen Muster der Sterne. Es beruhigte mich und ich verdrängte für einen Moment Sates Schreie. Bald würde er Hilfe bekommen und seine Schmerzen würden ein Ende haben. Und wir wären wieder zu Hause. In einem veränderten Zuhause, ja. Aber es war Insidia.

Wie sehr wünschte ich mir Emilis Wohnung zurück. Dazu Kyle, der im Türrahmen stand und mich schelmisch angrinste.

Und ich wünschte mir, dass sie Sate retteten und obwohl ich wusste, dass er zurück zu seinem Volk musste, sehnte ich mich danach, dass er blieb.

Wir lagen noch so da, bis der Himmel sich langsam rot färbte und die Sterne nach und nach durch das Sonnenlicht unsichtbar wurden. Zwei Tage waren wir bereits auf diesem Schiff und tatsächlich fühlte ich mich, als wären nur ein paar Minuten vergangen. Ich wollte nichts essen und da Emili mich nicht aus den Augen ließ, aß auch sie nichts. Dabei wusste ich, wie viel Essen in diesen kleinen grazilen Körper passte. Also zwang ich mich schließlich, richtete mich auf und behauptete, ich hätte Hunger.

Emili grinste schief und drückte meine Hand. »Manchmal frage ich mich, ob das alles vielleicht nicht passiert wäre, wenn sie mich wirklich als Opfergabe dargereicht hätten.«

Lächelnd schüttelte ich den Kopf und erinnerte mich an den ersten Tag hier, als Sates Oheim Emili medizinisch versorgt hatte und sie der festen Überzeugung gewesen war, sie wollten sie opfern.

Wir gingen über das Deck, das sich allmählich wieder mit Männern füllte, in das Schiffsinnere und steuerten auf den Speisesaal zu, den hier alle nur *Messe* nannten. Er war nahezu leer. Nur Jaden und Leo saßen noch da. Vor Jaden stand ein leerer Teller. Leo jedoch hatte sein Essen offenbar nicht angerührt.

Unwillkürlich verzog ich den Mund. Ich wollte mich nicht zu Leo setzen, gleichzeitig wäre es jedoch seltsam gewesen, an einem anderen Tisch Platz zu nehmen. Daher bedienten wir uns an den Resten des Buffets und setzten uns dann dazu.

Leo hob nicht einmal den Kopf. Ich war dankbar dafür, denn ich spürte, dass sein Blick nichts als Verachtung für mich übrighatte. Er hatte mir mehr als deutlich zu verstehen gegeben, wen er für all das Unheil in Insidia verantwortlich machte. Und auch für Kyles Schicksal.

Wir aßen schweigend und ich musste jeden Bissen hinunterzwingen. Emili hingegen aß wie ein verhungernder Wolf. Und genauso wie das wilde Tier vergaß sie ganz offensichtlich ihre Tischmanieren.

Nach einer Weile erhob Leo sich. Unwillkürlich griff ich nach seinem Arm. Er blickte nicht einmal zurück. Stand einfach nur da und wartete offensichtlich, dass ich ihn freiließ.

»Leo, können wir bitte reden? Du fehlst mir!«, flüsterte ich. Die Worte fielen mir schwer, aber sie entsprachen der Wahrheit.

»War das alles?«, erwiderte er tonlos.

Ich schluckte schwer und ließ ihn langsam wieder los. Mein Herz brannte wie Feuer. Was war nur mit ihm geschehen? Das konnte unmöglich alles nur mit mir zusammenhängen. In Insidia hatte er sich doch auch noch normal mir gegenüber verhalten.

Leo schüttelte meine Finger zur Gänze ab und ging davon.

Jaden atmete erleichtert auf. »Mann, ist das anstrengend in seiner Gegenwart! Will nicht einer von euch Babysitter spielen?«

Finster blickte ich Jaden an. Er zuckte nur mit den Schultern. Eigentlich konnte ich auch nichts dagegen sagen. Leo war wirklich anstrengend. Er verströmte eine dermaßen angespannte Stimmung, dass auch ich spürte, wie sich meine Körperteile nach und nach wieder entkrampften und nun fürchterlich schmerzten. Aber da war noch mehr. Meine Seele splitterte, weil ich instinktiv wusste, dass ich ihn für immer als Freund verloren hatte.

»Ich wäre auch verbittert – auf ewig dazu verdammt, der Cousin des angehenden Regenten zu sein und nur mal zwischendurch den Prinzen spielen zu dürfen«, nuschelte Emili mit vollem Mund.

Jaden zog die Augenbrauen zusammen. »Emili, ich glaube, Leo hat andere Probleme«, sagte er skeptisch. Als machte er sich über ihren Geisteszustand Sorgen.

»Nee, hat er nicht!«, giftete sie.

Jaden schüttelte den Kopf. »Seit wann ist er so, du Schlaumeier? Seitdem klar ist, dass die Liebe zwischen Kyle und Insidia so groß ist, dass er sie sogar wegbringen lässt und seinen Tod damit riskiert. Leo darf bei der ganzen Sache den unerschrockenen Retter mimen, der sie begleitet, aber Kyle bleibt trotzdem der tolle Prinz, den Insidia retten will, statt einfach mit Leo zusammen hierzubleiben. Und zu allem Überfluss zieht Insidia ihm, als Kyle außer Reichweite ist, schon wieder einen vor, der so etwas wie ein König ist. Doppelt verkackt sozusagen.«

Nun war es an mir, erschrocken zu schauen. »Ich habe Sate niemandem vorgezogen. Schon gar nicht Leo. Ich wollte Leo nie!«

»Siehst du! Und er hasst dich, weil du ihm bewiesen hast, dass sein Grundgefühl all die Jahre das richtige war. Er ist nie gut genug. Für nichts. Zumindest glaubt er das!« Das war also Emilis Sicht der Dinge.

Ich verzog den Mund. Jaden hingegen sah sie fassungslos und anerkennend zugleich an. Ich konnte es ihm nicht verübeln. Er kannte Emili noch nicht so lange und auch nicht ihre persönliche Eigenart, ständig Müll zu reden und ganz plötzlich etwas so Schlaues rauszuhauen, dass keiner außer ihr je darauf gekommen wäre. Aber so war sie eben. Hinter allem, was sie sagte, steckte etwas. Auch wenn man es nicht immer erkannte: Sie besaß eine emotionale Intelligenz, wie ich sie bei keinem anderen Menschen je erlebt hatte.

»Wenn Kyle jetzt tot ist und wir das *PG* besiegen, dann wird Leo der König«, sagte Jaden.

Ich riss die Augen auf, doch bevor ich etwas erwidern konnte, übernahm Emili für mich:

»Kyle ist nicht tot, du Idiot!« Sie schlug ihm gegen die Schulter.

»Ist ja gut, ich wollte doch nur die Fakten beleuchten.«

»Hast du echt toll beleuchtet!«, murmelte Emili kopfschüttelnd.

Einen Moment lang sah ich Jaden schweigend an. Ich wollte nicht darüber nachdenken, dass Kyle tot sein könnte. Diesen Schmerz würde mein Herz nicht aushalten. Aber Jaden hatte recht.

»Auf jeden Fall ist Leo irgendwie gruselig und apathisch geworden. Also stimmt meine Annahme auf der ersten Schiffsfahrt. Insidia geht vor die Hunde.«

»Jaden!«, ermahnte ich ihn, musste aber trotzdem ein wenig lächeln. Natürlich meinte er das alles nicht ernst. Teile davon sicherlich. Aber es war einfach seine Art, mit der ganzen Misere umzugehen.

»Um das Thema zu wechseln: Ihr seht beide ziemlich bescheiden aus. Ich weiß ja nicht, ob Kyle sich freut, dich zu sehen, wenn er das ...«, er deutete einmal mit dem Finger von meinem Kopf bis zu meinem Schoß, »... zu Gesicht bekommt.«

»Du bist echt ein Arsch! Ich finde, dass ich ziemlich hübsch aussehe in meinem Wildling-Look!«, lachte Emili und sah dann mich an. »Insidia hingegen könnte echt ne Dusche vertragen!«

Jaden und sie prusteten laut los.

Ich boxte Emili gegen die Schulter und verdrehte die Augen. Im Augenblick hatte ich wirklich andere Sorgen, als zu duschen. Aber wahrscheinlich hatten sie recht und ich sollte anfangen, wieder mehr Wert auf meine Körperpflege zu legen.

»Schön, dass du deinen Look für die nächste Kostümparty gefunden hast, Emili. Aber ich würde auch dir dringend eine Dusche ans Herz legen!«, entgegnete Jaden und wich gekonnt ihrem Schlag aus.

Seine Worte blieben nicht ungehört: Nach dem Essen machten sich Emili und ich auf den Weg in unsere kleinen Kabinen, um uns wieder wie zivilisierte Menschen aussehen zu lassen.

Ich schloss die Tür hinter mir und strich die feuchte Kleidung vom Körper. Einen Moment lang betrachtete ich sie kritisch und entschied dann, sie mit in die Dusche zu nehmen und zu waschen. An ihr klebte Blut und Dreck.

Wenig später ließ ich das warme Wasser über meinen Kopf prasseln. Fast hatte ich vergessen, wie sich das anfühlte. Ich war den Amerikanern dankbar, dass sie zwar eine vollkommen andere Lebensweise als wir in Insidia aufwiesen, aber doch einiges aus der »modernen« Welt beibehalten hatten.

Ich sah hinab auf meine Verletzung und löste das Stück Stoff, das Sate darum gebunden hatte. Die Wunde war verschlossen, auch wenn sie nicht schön aussah. Ich wusch das getrocknete Blut von meiner Haut. Es war überall. Als hätte ich darin gebadet. Ich erschauderte, als ich unter mir das rote Wasser in den Abfluss laufen sah, und dachte darüber nach, wessen Blut an mir geklebt hatte. Ich entschied mich dafür, den Gedanken wegzuspülen – zusammen mit dem Blut.

Akribisch schrubbte ich meine Kleidung, stellte das Wasser dann ab und wickelte mich in ein Handtuch. Die Kleidung hing ich auf und huschte schnell unter die Decke meines Bettes. Für einen kurzen Moment fühlte ich mich wie ein Kind. Ich wusste nicht, warum. Konnte es mit keiner Erinnerung verknüpfen. Aber noch ein wenig nass, in ein Handtuch gewickelt im Bett unter der Decke zu liegen, erinnerte mich einfach an Kindheit. Eine Kindheit, die nicht mir gehörte. Dennoch war sie da. Fest eingebrannt in mein Unterbewusstsein.

Leise seufzend drückte ich meinen Kopf in das Kissen und roch Sates Geruch. Ich hatte die Tage davor seinen Überwurf mit ins Bett genommen. Der Geruch lag immer noch auf meinem Kissen.

Seltsamerweise erinnerte ich mich in diesem Moment auch daran, wie Philipp gerochen hatte: nach Wald und Natur – wie zu Hause. Und Kyle? Nach Angekommensein. Das alles vermischte sich in meinen Gedanken mit Sates Geruch, der nach Verbundenheit und Sicherheit duftete, und so schlief ich ein.

***

Weiße Wände zogen an mir vorbei. Das Leben war anders. Die Welt war anders. Alles wirkte plötzlich wie ein Traum und gleichzeitig wie die Wirklichkeit.

Ich sah eine Gestalt auf mich zukommen. Ihr Gesicht war verschwommen. Sie blieb vor mir stehen und musterte mich. Zumindest fühlte es sich so an. Ihre Augen konnte ich nicht sehen.

Ich trug einen weißen Kittel. Mehr nicht. Mir war so kalt. Meine Füße waren nackt und froren. Nach einer Zeit spürte ich die Kälte nicht mehr. Etwas Warmes durchzog meinen Körper. Als wäre mein Blut plötzlich erhitzt, floss die Wärme durch meine Adern. Sie fühlte sich seltsam an. Mir zugehörig und doch wie ein Fremdkörper.

Nun wurde ich geschoben, konnte meinen Körper jedoch nicht spüren. Konnte mich nicht bewegen. Dabei wollte ich sehen, wo ich war. Wo sie mich hinbrachten. Ich erkannte aber nur weiße Wände.

Mein Kopf schmerzte. Er pochte so laut, dass ich kein Geräusch um mich herum wahrnahm. Dann wurde ich in einem dunklen Raum abgestellt und allein gelassen. Ich hatte Angst. Jede Faser meines Körpers schrie vor Panik. Ich wollte wegrennen. Konnte mich aber immer noch nicht bewegen. Plötzlich gab mir die Dunkelheit ein schlechtes Gefühl. Dabei hatte ich nie zuvor ein Problem mit ihr gehabt. Aber in diesem Raum erschien sie mir auf einmal bedrohlich. So mächtig.

Das Pochen in meinem Kopf wurde schwächer und ich hörte Stimmen. Ich verstand nicht, was sie sagten, aber sie unterhielten sich aufgebracht. Das Licht ging an. Ich blinzelte. Bemühte mich, etwas zu erkennen. Da vernahm ich ein gleichmäßiges Piepen, das sich mit Emilis Gesang vermischte. Ein Gefühl von Sicherheit kehrte zurück in meinen Körper. Ich entspannte mich. Wenn Emili hier war, würde alles gut werden.

Neben mir tauchte eine neue Gestalt auf. Eine Frau. Ich konnte ihr wunderschönes Gesicht genau erkennen. Ihre dunklen Augen und die kinnlangen, weißen Haare. Sie wirkte wie jemand aus der Zukunft. Ich lächelte sie an.

»Agentin 487«, hauchte sie. Ihre Stimme war so beruhigend, dass ich nichts anderes mehr wollte, als sie reden zu hören. War sie ein Engel? Und ich tot? Wenn es so war, war das ein schöner Tod. Zusammen mit ihr. War es vorhin überhaupt Emilis Gesang gewesen? Oder ihrer? Sie hörte sich wahrscheinlich toll an, wenn sie sang.

»Agentin 487, verstehen Sie mich?« Ihre Stimme klang nun herrischer. Aber sie war immer noch bezaubernd.

Ich nickte.

»Sehr gut. Wissen Sie noch, was geschehen ist?«

Ich schüttelte den Kopf. Meine Erinnerungen reichten nur bis zu den weißen Wänden zurück.

»Sehr gut«, sagte sie wieder.

Ich wusste nicht, warum das gut sein sollte. Müsste ich nicht Erinnerungen haben? An irgendetwas? Im selben Moment wurde mir klar, dass ich mich ja an etwas erinnerte. An Emili. Aber eine Stimme in mir sagte mir, dass ich dieser Frau nicht vertrauen durfte. Egal, wie engelsgleich sie wirkte. Ich wusste, dass Emili in Gefahr sein würde, wenn ich ihr verriet, dass ich mich an sie erinnerte.

»Sie ist bereit!«, raunte die Frau jemandem zu, den ich nicht sehen konnte. Dann trat sie zur Seite. Männer in Schutzanzügen erschienen und verkabelten mich. Rammten mir Schläuche in meinen Bauch. Ich spürte es nicht. Blickte nur die Frau an, die mit einem mechanischen Lächeln zurücksah.

»Es wird alles gut werden. Wir legen große Hoffnung in Sie!« Ich nickte. Wusste, wovon sie sprach, konnte es in meinem Kopf aber nicht finden. So als wüsste ich nur, dass sie recht hatte, nicht aber womit.

Hastig warf ich einen Blick auf meinen Bauch und schloss dann meine Augen.

Als ich sie wieder öffnete, stand ein Mann neben mir. Ich war mir sicher, dass ich ihn kannte. Aber ich wusste nicht, woher. Sein Gesicht war mir vertraut.

»Nicht erfolgreich!«, sagte er.

Ich suchte nach der Frau und fand sie. Sie stand ein wenig weiter hinten. Ihre Arme waren verschränkt und ihr Kinn ruhte auf ihren Händen.

»Sie müssen es wieder versuchen, Syder! Wir können jetzt nicht aufgeben!«

Abermals schlief ich ein, erwachte wieder, und der Mann, der mit dem Klemmbrett neben meinem Bett stand, wiederholte seine Worte von zuvor:

»Nicht erfolgreich.«

Nun sah die Frau enttäuscht aus. »Agentin 487!«, sagte sie aufgebracht, kam auf mich zu und berührte meine Schulter. »Sie wissen, dass es Ihre Pflicht ist, mir die Wahrheit zu sagen?!«

Ich nickte und sah sie fasziniert an. Sie wirkte in ihrer Perfektion beinahe unecht.

»Können Sie sich an etwas erinnern?«

Mein Körper verkrampfte sich. Ich spürte, wie etwas in mir kämpfte. Die Loyalität zu dieser Frau und die Loyalität zu Emili.

»Sie erinnert sich an etwas!«, knurrte die Frau und lief aufgebracht neben meinem Bett hin und her.

»Aber wie ist das möglich?«, fragte der Mann. »Jetzt müssen wir wieder von vorne anfangen.«

Die Frau nickte geistesabwesend. Fuhr sich durch ihr weißes Haar, aber es blieb perfekt. Bildete ich mir sie nur ein?

»Sie muss uns verraten, woran sie sich erinnert.«

»487! Denken Sie daran, wem Ihre Loyalität gehört!«, sagte sie und sah mich dabei warm an. Wie eine Mutter ihr Kind.

Ich schluckte schwer.

»Spielen Sie sie ab!«, befahl die Frau.

Da trat der Mann näher an mich heran und befestigte etwas an meinem Kopf. Ein Bild schoss in mein Bewusstsein. Kyle. Mein Herz brannte. Mein Körper verkrampfte sich. Das rhythmische Piepsen wurde schneller. Das Bild verschwamm und Emili tauchte vor mir auf. Leo. Philipp. Gregori. Tausende Bilder. Ich erkannte sie alle.

»Das kann nicht sein!«, schrie die Frau.

Ich war wieder in dem kleinen Raum, ohne Bilder.

»Wie ist das möglich, Syder?!«

»Es ist nicht möglich, außer ...«, stotterte er. Er sah mich erschrocken an.

»Außer was?!«, keifte die Frau. Plötzlich wirkte sie nicht mehr vertraut. Sie strahlte etwas Böses, Kaltes aus.

»Außer, ihre Betaphase war noch nicht beendet.«

»Das kann unmöglich sein! Es war doch eindeutig!«, schrie die Frau und stützte sich auf einen Tisch in der Ecke. Nahm sich offenbar bewusst Zeit, um sich zu beruhigen.

»Ich weiß es nicht. Ihr Auftrag war erledigt. Es wirkte alles völlig normal. So wie immer.«

»Dann sehen Sie zu, dass sie ihre Betaphase schleunigst beendet, Syder! Oder ich schwöre Ihnen, dass ich Sie persönlich umbringen werde!«

***

»Insidia!«

Emili klang aufgebracht. Mein Kopf pochte schmerzhaft. Sie sollte still sein. Ich musste erfahren, was sie mit mir gemacht hatten.

»Verschwinde!«, schrie ich.

»Du hast Fieber! Dein ganzer Körper vibriert und du bist blass! Ich verschwinde bestimmt nicht!«, sagte sie energisch.

Ich spürte ein kaltes Tuch auf meiner Stirn und öffnete meine Augen. Emili saß neben mir und tupfte mir den Schweiß von der Stirn.

»Bist du seekrank?«, wollte sie wissen.

»Was?«

»Na, weißt du, ob du seekrank bist?«

»Ja, Emili, das weiß ich, weil ich mein Leben lang mit dem Schiff herumgefahren bin!«, knurrte ich genervt und rollte mit den Augen.

»Hätte ja sein können«, murmelte sie beleidigt und legte das Tuch in meinen Nacken. »Es war ein bisschen stürmisch letzte Nacht«, erklärte sie. »Ich glaube, außer dir und vielleicht Sate hat hier niemand geschlafen.«

Mühsam drehte ich meinen Kopf hin und her. Ich fühlte mich in der Bewegung eingeschränkt. »Ich weiß nicht, ob ich geschlafen habe«, entgegnete ich abwesend.

Emili hob die Augenbrauen. »Ja, es hat eher wie ein Fiebertraum gewirkt. Du hast dich ständig herumgewälzt und um dich geschlagen. Entspannter Schlaf sieht anders aus.«

Ich nickte, wollte jedoch nicht weiter darüber reden. Ich hatte jetzt ein größeres Bild zu den Bruchstücken, die ich vorher immer wieder gesehen hatte. Aber ich verstand das alles nicht. Warum hätte ich mich an sie alle nicht mehr erinnern sollen? Und warum hatten sie gedacht, meine Betaphase wäre nicht beendet gewesen?

»Die Hälfte haben wir geschafft, kleine Cousine.«

Unwillkürlich musste ich lächeln, als sie mich so nannte. Ich wusste nicht einmal, ob ich wirklich ihre Cousine war. Und sie auch nicht. Aber es war egal. Eigentlich war Emili noch viel mehr als das. Sie war meine Seelenverwandte. Meine beste Freundin. Sie war die Schwester, die ich nie gehabt hatte.

Sie schob mich in die Dusche und ich wusch den Schweiß der letzten Nacht von mir. Dabei spürte ich die Gegenwart der mysteriösen Frau, als wäre sie hier im Raum.

Als ich mich beinahe schreckhaft umsah, beäugte Emili mich, als würde ich Gespenster sehen und lächelte mir müde zu.

Schnell schlüpfte ich in die getrockneten Klamotten und band mir einen Zopf. Emili ließ mich nicht aus den Augen. Auch als wir die Kajüte verließen und ich vor Sates Tür haltmachte. Ich bat Emili darum, mich kurz mit ihm allein zu lassen.

Da sie nickte, öffnete ich die Tür und warf einen Blick auf den Oheim, der sofort aufstand und verschwand, während ich mich neben Sate setzte. Er war wach, auch wenn seine Augen müde und benebelt wirkten.

»Bist du wirklich da, Prinzessin?«, fragte er und sah mich suchend an.

»Ja«, antwortete ich und nahm seine Hand.

»Ich sehe ständig irgendwelche Dinge, die nicht da sind«, raunte er müde.

Ich nickte verstehend. Er hatte Fieber.

»Wir sind bald da«, flüsterte ich. Als wäre das, was ich da sagte, eine Lüge, die ich nicht zu laut aussprechen durfte.

»Ich habe das Gefühl, dass mir das seit Wochen gesagt wird«, lachte er. Seine Stimme klang belegt.

»Die Hälfte haben wir bereits geschafft«, murmelte ich schuldbewusst. Ich fragte mich, ob er in Amerika besser genesen wäre. Ob er bessere Chancen gehabt hätte zu überleben und ich ihm diese Möglichkeit nun geraubt hatte.

»Es wird alles gut.«

»Und wird es das auch für dich?«

Nachdenklich sah ich ihn an. Ich wusste nicht, wie es für mich weitergehen würde. Wahrscheinlich war das meine Zukunft: weiße Wände und Schläuche. Ich hoffte inständig, dass seine Zukunft, wenn er überlebte, nicht so aussehen würde.

»Erst einmal geht es darum, dass du wieder zu Kräften kommst. Überlebst«, sagte ich.

»Das Leben eines Einzelnen ist nicht das, worum es geht, Insidia.«

»Dein Leben ist das, worum es *mir* geht. Und das von Kyle.«

Sate sah mich traurig an. »Ich hoffe, dass er noch lebt. Und dass er erkannt hat, warum du es getan hast, und dir verzeihen kann.«

Ich atmete schwer, hatte ich doch keine Ahnung, was mich in Insidia erwarten würde. Es hatte aber auch keinen Sinn, sich darüber Gedanken zu machen oder sich irgendetwas vorzustellen. Ich musste abwarten. Durfte nicht vor der Zeit leiden. Das würde alles nur noch schlimmer machen.

Als ich wieder Sate ansah, schlief er. Ich wischte ihm den Schweiß von der Stirn und blieb noch eine Weile bei ihm sitzen. Hielt seine Hand in meiner und dachte daran, dass, egal, was uns in Insidia erwartete, es alles verändern würde und wir uns vermutlich nie in friedlicher Atmosphäre wiedersehen würden. Mich würden sie für ihre Zwecke nutzen – und Sate ebenfalls. Wenn sie ihn nicht zurück nach Amerika schickten.

Nach einer Weile kam Sates Onkel wieder herein, um ihm die nötige Medizin zu geben, und ich zog mich diskret zurück.

Leise schloss ich die Tür hinter mir und lehnte mich gegen die Schiffswand im Flur. Dabei atmete ich tief ein und aus.

Alles hatte sich verändert. Und ich hatte mich auch verändert. Ohne es zu wollen.

Langsam trat ich hinaus aufs Deck und fand Emili, die bereits auf unserem angestammten Platz lag und vor sich hin summte. Ich legte mich zu ihr und streckte ihr meine Hand entgegen, als hätten wir eine stille Übereinkunft, dass sie sie hielt.

»Was ist das mit Sate?«, fragte sie und strich mir, wie an den Abenden zuvor, über den Handrücken und summte dann weiter.

Ich rieb meine Lippen aneinander und dachte nach.

»Du musst es nicht benennen. Sag mir einfach nur, was du fühlst.«

Mehrmals räusperte ich mich, weil ich zu lange nicht gesprochen hatte. »Ich mag ihn. Er ist ein guter Herrscher.«

»Insidia!«, ermahnte sie mich. Vor meinem geistigen Auge sah ich, wie sie die Augen verdrehte.

»Ich fühle mich sicher in seiner Nähe. Ich habe das Gefühl, dass er mir restlos vertraut, obwohl er mich nicht kennt. Und da ist diese Verbundenheit zwischen uns. Er versteht mich, wie keiner es tut.«

»Nicht einmal Kyle?«, fragte Emili – und traf damit genau den wunden Punkt.

»Nein. Kyle und mich verbindet etwas ganz anderes. Aber nicht das. Ich habe mich bei Kyle so gefühlt, als würde er mich verstehen. Aber das hat er in vielen Punkten nicht.«

»Und denkst du, dass es das ist, worauf es ankommt? Den anderen immer zu hundert Prozent zu verstehen?«

»Nein«, entgegnete ich wieder und schüttelte den Kopf, obwohl sie es vermutlich nicht sehen konnte.

»Weißt du, was ich glaube?«, fragte sie und sprach einfach weiter, ohne auf meine Antwort zu warten.

»Sate gibt dir genau das, was Kyle dir nicht gibt. Was er dir jetzt nicht mehr gibt. Aber er hat es dir auch einmal gegeben.«

»Und das ist?«

»Vertrauen«, erwiderte sie knapp. »Das heißt nicht, dass Kyle im Grunde der Bessere von beiden ist. Nur, dass du dir das vor Augen führen solltest. Du darfst es nicht vergessen!

Und du musst dir selbst Zeit geben. Wir sind Jugendliche. Du bist erst siebzehn – oder vielleicht mittlerweile achtzehn. Keine Ahnung, ob Agenten überhaupt Geburtstag feiern. Auf jeden Fall bist du sehr jung. Ich denke nicht, dass man da Entscheidungen für sein Leben treffen muss!«, lachte sie.

Unwillig verzog ich den Mund. »Wir sind keine Jugendlichen mehr, Emili. Ich war es noch nie und du hast diese Unbeschwertheit spätestens in Amerika verloren«, murmelte ich nachdenklich. Ich selbst wusste nicht einmal, wie alt ich war. Wenn die andere Insidia, jene, die mir den Brief geschrieben hatte, wirklich meine Schwester gewesen war, musste ich schon während meiner Zeit in Insidia siebzehn gewesen sein. Aber die Rechnung im *DF* war eine andere. Man wurde dort in eine Altersklasse eingeteilt, je nachdem, wann man in das *DF* gekommen war. Und wie groß die Fortschritte jedes Einzelnen waren.

»Umso wichtiger ist es, dass wir uns manchmal daran erinnern. Findest du nicht?«

Ich blickte hinauf zu den Sternen und dachte darüber nach. Womöglich hatte sie recht. Aber wir duften nicht allzu lange Jugendliche sein. In manchen Momenten vielleicht. Aber nicht immer. Zu viel lastete auf unseren Schultern. Zu viel hing von uns ab. Und ehrlich gesagt, war ich mir nicht einmal mehr sicher, ob wir das noch sein konnten. Bloß Jugendliche.

Selbst die Zeit des Wettbewerbs kam mir jetzt so vor, als wären wir damals noch Kinder gewesen, die keine Ahnung von dieser Welt gehabt hatten. Die sich einem Idealbild hingegeben hatten. Sich abends über unnötige Probleme Gedanken gemacht und dabei zugesehen hatten, wie Jungs dafür kämpften, das unbedarfte Mädchenherz zu gewinnen. Ich fragte mich, wie ich jemals so dumm gewesen sein konnte, das bereits brutal zu finden. Damals hatte ich keine Ahnung, wie grausam die Welt *wirklich* war.

»Wovor hast du Angst, Insidia? Davor, dass Kyle dir niemals wieder vertrauen wird? Zieht dich das zu Sate? Denkst du, dass es das einfacher macht? Vor all dem wegzurennen, was Kyle und dich verbindet?«

Ich atmete schwer und warf einen flüchtigen Blick auf unsere verschränkten Hände. »Ich habe Angst, Kyle zu verlieren, aber auch davor, ihn zu lieben. Was, wenn er mir nie wieder vertraut? Wenn der Schmerz nicht mehr weggeht? Wenn er für immer bleibt? Was, wenn ich ihn für immer vermisse? Und was ist, wenn ich Sate lieben könnte. Nicht so, wie ich Kyle liebe. Aber zumindest so viel, dass es nie wieder so wehtut?«, flüsterte ich.

»Und du denkst, dass dich das glücklich machen würde?«, hakte Emili nach.

»Nein. Aber vielleicht geht es nicht darum, glücklich zu sein. Vielleicht geht es darum, zu überleben und andere glücklich sein zu lassen. Und das ist Kyle nur ohne mich.«

»Das ist er nicht. Glücklich war er nie – und das wird er auch nicht sein, Insidia. Nicht, ohne dich«, hauchte sie und begann wieder melodisch vor sich hin zu summen.

KAPITEL 21

Als ich aufwachte, war alles anders. Die letzten Tage hatten sich endlos gezogen. Immer wieder hatten wir Sates Schreie gehört. Ich hatte sie ignoriert. Versucht mich an dem Gedanken festzuhalten, dass er es auf jeden Fall überleben würde. Komme, was wolle.

Nun war er die letzte Nacht über sehr ruhig gewesen und ich machte mir Sorgen. Traute mich aber nicht, nach ihm zu sehen.

Verwirrt dachte ich darüber nach, was mich aus dem Schlaf gerissen hatte, als jemand »Land in Sicht!« schrie und mir klar wurde, dass er es nicht zum ersten Mal brüllte.

Hastig sprang ich auf und rannte an Deck. Es war noch dunkel und die Sterne funkelten, als wäre hier unten alles friedlich. Sie konnten ja auch nicht wissen, was uns bevorstand.

Am Bug hatten sich einige der Männer versammelt. Vor allem wahrscheinlich, weil sie neugierig darauf waren, Insidia zu sehen.

Ich drängelte mich bis nach vorne durch, versuchte etwas zu erkennen – und schrak zusammen. Das Blut in meinen Adern gefror. Am Ufer vor uns standen Tausende Männer. Sie trugen Fackeln in der Hand. Mit so vielen hatte ich nicht gerechnet. Gehörte Insidia jetzt wirklich Gregori und damit dem *PG*?

Fassungslos blickte ich auf die Menschenmasse. Und je näher wir kamen, desto besser erkannte ich, wie stark sie bewaffnet waren.

Ich spürte eine Erschütterung. Das Schiff hielt.

»Was sollen wir jetzt tun?« Als ich begriff, dass der Mann mich meinte, packte mich die kalte Angst. Ihre eisigen, klammen Finger griffen nach mir und ich hatte das Gefühl, in das Meer unter mir zu sinken. Doch ich fasste mich und setzte eine selbstsichere Miene auf. Auch wenn ich mich nicht danach fühlte.

»Wir greifen sie an!«, knurrte ich. Das Einzige, was mir den Mut zu diesem Wahnsinn gab, war die Annahme, dass sie uns niemals abschießen würden. Die Mittel dazu hatten sie. Aber wir und sie waren nur aus einem Grund hier: meinetwegen. Ich wusste nicht, was meine Gene von denen der amerikanischen Mädchen mit Urblut unterschied. Oder von dem Blut anderer Zwillinge. Aber ich wusste, dass sie uns längst getötet hätten, wenn sie das gewollt hätten. Aber wie sollten wir gegen sie kämpfen? Die Männer hier kannten sich im Schwertkampf aus. Aber doch nicht damit, eine Stadt niederzuringen.

Ich befahl ihnen, unter Deck zu gehen, wo die Kanonenrohre standen, als ein Aufprall uns erschütterte. Hektisch wies ich sie an, die Rohre zu füllen und auf die Männer von Insidia zu feuern, und rannte nach oben. Wo zum Teufel waren Jaden und Leo? Ein kleineres Schiff hatte an unser Schiff angedockt und Männer sprangen über die Reling. Sie waren bewaffnet. Mit Schusswaffen.

Bevor ich etwas unternehmen konnte, erschossen sie bereits einen unserer Männer. Ich schrie auf vor Wut, rannte auf einen der Angreifer zu und schlug ihm mit der Faust in sein Gesicht, nachdem ich ihn gekonnt entwaffnet hatte. Obwohl ich offensichtlich nicht all meine Agentenfähigkeiten verlernt hatte, wäre ich wahrscheinlich bereits tot, wenn ich nicht irgendein Mutant mit besonderen Genen wäre.

Sates Männer stürmten indes in Scharen aufs Deck. Einige wurden erschossen, doch nach und nach hatten sie die Angreifer tatsächlich in eine Ecke gedrängt und kämpften gegen sie.

Ich sah dabei zu, wie leblose Körper ins Meer stürzten, als mich eine Faust erwischte. Ich starrte den Mann an. Er trug die Wachuniform des Königshauses. Wilde Wut packte mich. Er war ein dreckiger Verräter.

Ich schlug ihn ebenfalls. Seine Waffe baumelte an seiner Hüfte. Ich griff danach, doch er nahm meine Hand und verdrehte sie.

Immer mehr Menschen stürmten das Schiff. Ich schlug dem Mann wieder ins Gesicht und dieses Mal konnte ich ihm seine Waffe abnehmen. Ich richtete sie auf ihn. Dachte an die vielen Male, die ich mir vorgestellt hatte, jemanden zu erschießen. Doch ich konnte es nicht. Also riss ich die Waffe wieder runter und trat ihn gegen die Brust. So stark, dass er über die Reling stürzte und im Meer verschwand.

Ich starrte ihm ein paar Sekunden hinterher, dann rannte ich los. Hinunter, um Emili zu finden. Sie kauerte in ihrem Zimmer neben ihrem Bett und sah mich ängstlich an.

»Komm mit!«, rief ich ihr zu und griff nach ihrer Hand. Zusammen rannten wir zu Sates Zimmer. Ich öffnete die Tür. Hinter dem Oheim stand ein Mann. Er hatte seine Waffe auf den Kopf von Sates Onkel gerichtet. Der Oheim sah dennoch entspannt aus. Als wäre er bereit zu gehen.

»Du kommst mit oder ich werde ihn töten!«, knurrte der Mann mir zu, als hätte er nur auf mich gewartet – was wohl auch so war – und stieß das Eisen gegen den Hinterkopf des Oheims.

Ich blickte ihm finster entgegen. »Niemals werde ich mitkommen!«, knurrte ich.

Ein Knall ließ mich zusammenzucken. Meine Augen weiteten sich. Emili schrie neben mir auf und sank auf die Knie.

Ich sah das Loch in der Stirn von Sates Onkel und schnappte nach Luft. Das Dröhnen machte mich taub. Er hatte ihn erschossen. Einfach so.

Der Mann sah mich mit gelassener Miene an und richtete seine Waffe dann auf Sate. Erst jetzt sah ich, dass seine Augen geöffnet waren. Voller Trauer sah er auf den leblosen Körper seines Oheims hinab.

»Du widerliches Schwein!«, schrie ich und stürmte auf den Angreifer zu. Meine Vernunft hatte ich zurückgelassen. Er sah überrascht aus. Ich nutzte seine kurze geistige Abwesenheit und schlug seinen Arm nach oben. Ein Schuss löste sich. Emili schrie erneut auf. Panisch drehte ich mich zu ihr um, suchte ihren Körper mit meinen Augen ab, doch ihr war nichts geschehen.

Dann schlug ich den Mann, der seine Waffe fallen gelassen hatte. Immer und immer wieder. So wie ich es bei Cara gemacht hatte. Aber anders als bei dem Kampf gegen Cara, bei dem ich meine Wut nicht hatte bändigen können, tat ich es dieses Mal nur aus einem Grund: um ihn zu verletzen. So sehr, wie er gerade Sate verletzt hatte, indem er seinen Onkel getötet hatte. Auch wenn das nicht möglich war.

Irgendwann stoppte ich mich selbst – so wie Sate es mir gesagt hatte – und blickte auf das blutige Gesicht des Mannes hinab. Selbst jetzt brachte er es noch fertig zu lachen. Außer mir vor Zorn zog ich ihn zu einem Stuhl. »Setz dich darauf!«, schrie ich ihn an. Ich wusste, dass ich nicht die Kraft hatte, ihn hinaufzustemmen. Wieder schenkte er mir nur ein widerliches Lachen. Offensichtlich wusste er ganz genau, dass ich ihm körperlich unterlegen war.

Ich stieß einen wütenden Laut aus, griff nach der Waffe auf dem Boden und richtete sie auf ihn. »Setz dich sofort auf diesen Stuhl!«, bellte ich.

»Verschließ die Tür!«, sagte ich zu Emili und widmete mich wieder dem Mann, der immer noch vor Lachen bebte, während Emili wimmernd meiner Bitte nachkam.

»Als ob ein kleines Mädchen wie du mich erschießt!«, lachte er keuchend und spuckte Blut.

Ich richtete die Waffe auf sein Bein und drückte ab. Er schrie auf. Das Dröhnen in meinen Ohren war wieder da. Und ein Schmerz durchfuhr meine Schulter.

Aber das Schlimmste daran war, dass ich es genoss. Ich spürte den sanften Rückstoß, roch das vertraute Kordit und nahm das leise Piepen in meinen Ohren wie eine liebliche Erinnerung an zu Hause wahr. Mein Körper war vollgepumpt mit Adrenalin. Am liebsten hätte ich vor Schreck über mich selbst die Waffe weggeschmissen. Ich durfte mich nicht gut dabei fühlen, wenn ich auf jemanden schoss.

Der Mann knurrte, aber er richtete sich unter Schmerzen auf und setzte sich.

Ich riss den Draht, an dem die Gardinen hingen, von der Wand und band damit seine Arme und Beine zusammen, bevor ich mir einen eigenen Stuhl zurechtzog und mich ihm gegenüber niederließ.

»Was ist in Insidia passiert?«

Er lachte kalt und herablassend.

Prompt richtete ich meine Waffe auf sein anderes Bein.

»Stopp!«, schrie er.

Fast hätte ich abgedrückt. Ich sah zu ihm hinauf.

»Der König hat eine andere Linie eingeschlagen«, keuchte er. Grob schlug ich ihm mit der Waffe gegen seinen Kiefer. Er spuckte noch mehr Blut.

»Du bist ein kranker Lügner! Sag mir die Wahrheit!«

»Du bist krank!«, bellte er. »Ich habe dir die Wahrheit gesagt! Der König hat jeden männlichen Bürger, der über vierzehn Jahre alt ist, eingezogen.«

»Und warum sollte er das getan haben?!«, fauchte ich ihn an.

»Weil er Amerika den Krieg erklärt hat!« Der Mann warf einen verachtenden Blick auf Sate. »Er hat uns erzählt, was diese Dreckskerle uns angetan haben!« Er spuckte in Sates Richtung.

Ich schlug wieder zu. »Von welchem König redest du?«

Irritiert sah er mich an. »Von König Eduard Kilian Windsor. Du müsstest ihn noch kennen.« Er hustete Blut.

Für einen winzigen Moment schloss ich die Augen. Er log. Es gab keine andere Erklärung dafür. So etwas würde Kyle nie tun. Niemals! Gregori hatte ihn dazu gezwungen.

»Und was haben die Amerikaner euch angetan?«

»Dir auch, meine Liebe. Du gehörst immer noch zu unserem Volk! Auch wenn du dich mit dem Pack abgibst!«

Wütend sog ich Luft ein. »Was haben sie getan?«, knurrte ich.

»Sie haben uns krank gemacht! Der König nennt es einen Gendefekt. Sie haben ihn uns eingesetzt!«

Sprachlos sah ich ihn an. Einen Gendefekt eingesetzt? Wie sollte das funktionieren?

»Sie haben dafür gesorgt, dass wir aussterben!«

»Das waren wir selbst!«, brüllte ich ihn an. »Es waren nicht die Amerikaner und auch niemand sonst auf dieser Welt. Nicht einmal dein Gott. Auch wenn ich ihn verstehen könnte. Aber nein: Es waren die Menschen aus Insidia. Die Menschen, die meinten, Gott spielen zu können. Sie haben sich selbst vergiftet mit ihren kranken Eingriffen!« Ich spürte, wie mir die Hitze wieder zu Kopf stieg, und bemühte mich, ruhig zu atmen.

»Das ist vielleicht das, was sie dir erzählt haben, Mädchen. Weil sie wollten, dass du sie hierherlockst. Dass du ihren Anführer herlockst. Aber es ist nicht die Wahrheit. Sie waren es. Sie haben es getan, um hier in Insidia leben zu können!«

Aufgebracht schüttelte ich den Kopf und sprang auf.

»Hör endlich auf, mich anzulügen!«, schrie ich ihn an und hielt mir die Ohren zu. Ich drehte nun endgültig durch. Dessen war ich mir sicher.

»Insidia!« Ich hörte Sates Stimme hinter all dem Lärm, den meine Gedanken in meinem Kopf auslösten, und drehte mich zu ihm.

Er bedeutete mir mit den Händen, zu ihm zu kommen.

»Beruhige dich!«, raunte er, als ich vor ihm stand. Ich nickte und biss mir auf die Unterlippe.

»Er lügt nicht. Es ist nur die Version, die er glauben sollte.«

Abermals nickte ich und wandte mich wieder dem Mann zu.

»Wie ist dein Name?«

»Fitz«, knurrte er.

»Wie viele seid ihr, Fitz?«

»Zu viele, kleines Mädchen«, lachte er.

Ich lächelte kalt zurück. »Möchtest du, dass ich dir noch einmal zeige, wie klein das Mädchen ist, das gerade vor dir steht?«

Er schwieg.

Ich setzte mich wieder und richtete die Waffe auf seinen rechten Arm. »Ich kann dich nicht hören!«

»Nein!«, presste er zwischen zusammengebissenen Zähnen hervor.

»Gut.« Ich ließ die Waffe wieder sinken.

»Wir sind Tausende. Ihr habt keine Chance. Wirklich nicht!«

Nachdenklich betrachtete ich ihn. Es war das erste Mal, dass ich das Gefühl hatte, er sagte die Wahrheit. Dennoch wollte ich es nicht wahrhaben.

»Handelt Kyle im Auftrag des *PG*?«

Fitz sah mich irritiert an. »Was zum Teufel ist das *PG*?«

Ich seufzte. Bei all dem hatte ich vergessen, dass nicht jeder vom *PG* wusste.

»Kennst du einen Gregori?«, fragte ich weiter und ging nicht mehr auf das *PG* ein.

Er nickte. »Das ist der Berater des Königs. Sein Innen- und Außenminister.«

Ich hatte damals im Krankenhaus schon gewusst, dass das der Anfang vom Ende sein würde. Und nun standen wir hier. Kyle hatte den Amerikanern den Krieg erklärt und rechtfertigte das mit einer Lüge. Er war eine Marionette des *PG*.

Ich stemmte meine Ellbogen auf meinen Beinen ab und vergrub das Gesicht in meinen Händen.

Was sollten wir jetzt tun? Es gab keinen Ausweg. Was hatte ich mir bei all dem gedacht?

»Ich werde mich ausliefern!«

»Nein, Insidia!«, keifte Emili entsetzt.

Im nächsten Moment klopfte es an der Tür.

Ich hielt Emili zurück, zückte meine Waffe und öffnete sie. Vor mir stand Jaden und hob belustigt die Arme in die Höhe.

»Erschieß mich bitte nicht!«, lachte er und trat ein.

»Du siehst voll irre aus, Insidia!«

»Das ist nicht witzig, Jaden!«, fauchte Emili. »Wir stecken hier in ernsthaften Schwierigkeiten. Insidia dreht gerade durch! Sie hat einen Mann namens Fitz gefangen genommen, der Sates Onkel ermordet hat und jetzt foltert sie ihn, um an weitere Informationen heranzukommen! Also sei gefälligst still und mach sie nicht wütend!«

Wir beide sahen sie geschockt an. Fitz hustete im Hintergrund. Oder war es eher ein abscheuliches Lachen?

»Ich foltere ihn nicht!«, verteidigte ich mich.

»Du hast ihn verprügelt und ihm ins Bein geschossen. Und jetzt drohst du ihm ständig, ihm noch in andere Körperteile zu schießen! Natürlich folterst du ihn!«

Ich schluckte schwer.

»Warum verpasse eigentlich immer ich die coolsten Sachen, und Miss

Heulsuse darf zugucken, während ich da oben euer Leben rette und alle Männer allein niederstrecke?!«

»Dass dir sowas gefällt, war ja klar!«, zickte Emili wütend.

»Ja, und ich bin stolz drauf, kleine Memme!«, erwiderte Jaden und lächelte sie breit an.

Emili verschränkte die Arme und schnaubte verachtend.

»Hört auf! Ich muss nachdenken!«, brüllte ich.

»Ach so. Hätte ich fast vergessen. Zur Krönung ihres Durchknallers will sie sich jetzt auch noch ausliefern!« Emili blickte Jaden an, als hätte sie es ihm jetzt gegeben. Und offensichtlich war das auch so. Sein wütender Blick fixierte mich.

»Das wirst du nicht!«, knurrte er und packte mich an meinen Schultern.

Fitz lachte wieder laut auf. »Ihr habt sowieso keine andere Wahl!«, sagte er.

Jaden schritt auf ihn zu und trat ihm gegen das Bein, in das ich geschossen hatte. »Doch, die haben wir! Wir sind nämlich loyale Menschen. Und lieber würde ich sterben, als Insidia auszuliefern!«

»Das würde ich nicht als loyal, sondern als dumm bezeichnen!«, bellte Fitz.

Jaden spuckte ihm ins Gesicht und kam dann wieder auf mich zu. »Du wirst dich nicht ausliefern!«

»Doch, das wird sie!«

Die Stimme ließ alles in mir gleichzeitig warm werden und erfrieren. Etwas war anders. Aber unendlich vertraut war sie mir nach all der Zeit dennoch. Mehr als alles andere auf dieser Welt.

Ich drehte mich zur Tür. Kyle stand da und lehnte im Rahmen. Er sah aus wie immer. Und doch ganz anders. Seine Augen waren verändert.

Vorsichtig ging ich einen Schritt auf ihn zu, wollte ihn in den Arm nehmen. Bei ihm sein. Aber etwas an ihm sagte mir, dass die Person, die da vor mir stand, nicht mehr der Kyle war, den ich kannte. Meine Brust durchzog ein Brennen.

Jaden machte neben mir eine seltsame Bewegung. Es sah so aus, als wäre er sich nicht ganz sicher, ob er sich verbeugen sollte oder nicht.

»Ich dachte, sie hätten dich gefangen genommen«, stieß ich hervor, als ich endlich meine Stimme wiedergefunden hatte.

»Das haben sie. Bis ich irgendwann begriffen habe, wer unser wahrer Feind ist.« Seine Stimme klang so kalt, dass ich beinahe erfror. Ein Schauer lief über meinen Rücken.

»Und wer soll das sein?« Jadens Stimme verriet mir, dass er sich gerade entschieden hatte, Kyle nicht mehr als seinen König anzunehmen.

Kyle warf einen abwertenden Blick auf Sate. »Die Amerikaner. Er jedoch wird uns dabei helfen, den Fehler wiedergutzumachen. Er dient als Mittel zum Zweck. Also brauchen wir auch ihn lebend.«

»Genauso wie ich ein Mittel zum Zweck bin, Kyle?« Für einen winzigen Moment hatte ich das Gefühl, etwas in seinen Augen aufblitzen zu sehen, dass mich an den alten Kyle erinnerte. Aber es war schneller wieder weg, als es gekommen war.

»Nein, Insidia, du bist viel mehr als das.« Er sagte es und ein bisschen erkannte ich darin seine Wärme. Trotzdem kamen seine Worte nicht bei mir an. Nicht in meinem Herzen.

»Was haben sie mit dir gemacht?«

Er schwieg. Wir alle schwiegen. Bis Emili sich erhob und wütend auf ihn zuging. Sie schubste ihn und starrte ihn zornig an. »Was geht denn mit dir ab, Kyle? Spinnst du jetzt vollkommen? Du willst Insidia ausliefern? An wen? An dich?« Sie baute sich vor ihm auf und einen Augenblick lang hatte man das Gefühl, sie sei größer als er.

»Gib mir eine Antwort, du Vogel!«, schrie sie und schubste ihn erneut.

Kyle stieß sie von sich. Ich erschrak, als sie stolperte und zu Boden fiel. Was war nur los mit ihm? Er sah Emili flehend an.

»Vertraut mir!«, flüsterte er.

Fitz räusperte sich hinter uns. Kyle warf einen ernsten Blick auf ihn. Er biss sich auf die Unterlippe. »Was tut er hier?«, schrie er uns an.

Wir alle zuckten zusammen. Selbst Fitz.

»Ich wollte wissen, was hier los ist. Und erfahren habe ich, dass du verrückt geworden bist!«, bellte ich wütend.

»Ihr müsst mir vertrauen, verdammt noch mal! Und er muss euretwegen sterben!«, knurrte Kyle.

Ich verstand die Welt nicht mehr. »Dir vertrauen?«, lachte ich, »du bist ganz offensichtlich nicht mehr du selbst!«

Da trat er auf mich zu und packte meine Schultern. Ich spürte seinen Atem an meinem Ohr und wünschte mir, mich einfach fallen lassen zu können. Wünschte mir, dass wir in der Zeit zurückgehen könnten.

»Insidia. Vertrau mir! Bitte!«

Es war etwas zu viel verlangt von jemandem, der mir selbst nicht mehr vertraute und offensichtlich einen Krieg gegen ein Land führen wollte, das er nicht einmal kannte. Woher sollte ich also wissen, ob er nicht doch nur eine Marionette Gregoris war?

»Wie soll ich dir vertrauen, Kyle?«, flüsterte ich zittrig.

Er nahm mein Gesicht in seine Hände und sah mich an. Ich erkannte ihn für einen Moment. Seine Augen lösten in mir das unstillbare Verlangen aus, bei ihm zu sein. Mit ihm zusammen zu sein. Aber war er überhaupt noch der Kyle, den ich kannte?

Er kam näher und berührte ganz sanft meine Lippen. Es war, als würde er sie nur streifen. »Bitte ...«, flehte er und ich nickte automatisch.

»Warum nickt sie denn jetzt? Warum nickst du?!«, fragte Emili wütend.

»Der Verrückte hat mich gerade verprügelt!«

»Er hat dich nicht verprügelt, Emili!«, sagte Jaden genervt. »Trotzdem bin ich auch dagegen, ihm einfach so zu vertrauen und dich auszuliefern.«

Ich sah mich in der Runde um. Ohne wirklich zu wissen, warum, warf ich einen schuldbewussten Blick auf Sate. Er hatte immer noch die Augen geöffnet und sah mich an. Ich fühlte mich schlecht. Warum auch immer. Zwischen uns war nie etwas passiert.

»Du hast keine andere Wahl!«, sagte er. Seine Stimme klang belegt.

Kyle musterte ihn finster. »Ich werde Gregori holen!«, knurrte er und ließ mich los.

»Mach das nicht!«, sagte Jaden und berührte Kyle am Arm. »Du weißt, was er mit ihr machen wird. Du liebst sie doch, Mann!«

Da sah ihn Kyle einige Sekunden lang an. Ich konnte nichts in seinem Blick erkennen. Als hätte ich verlernt, in seinen Augen zu lesen. Jaden und Kyle standen sich offensichtlich näher, als ich dachte. Plötzlich benutzte Jaden auch nicht mehr die Höflichkeitsform. Er redete eher freundschaftlich mit ihm.

»Genau deshalb mache ich das, Jaden!«, erwiderte er leise und drückte Jadens Schulter.

Ich stand da und sah dabei zu, wie Kyle ging.

»Kümmert euch um ihn, bevor wir zurück sind!«, warf er uns noch zu und blickte Fitz an. Die Angst stand dem von mir geschändeten Mann ins Gesicht geschrieben.

»Der ist irre geworden, Insidia! Wir hauen ab!«, sagte Jaden und packte mich am Arm.

»Er ist unsere einzige Chance!«, gab ich bitter zurück.

»Hast du es nicht gesehen? Er ist nicht mehr der Kyle von früher! Er ist jemand anderes! Er ist ein Laufbursche von Gregori! Und jetzt will er auch noch, dass wir einen Mann für ihn töten!« Panisch lief er hin und her.

Emili kauerte immer noch wie ein geprügelter Hund am Boden und wippte vor und zurück.

»Sate! Sag mir, was ich tun soll!«, flehte ich ihn an.

»Hör nicht auf diesen König!«, raunte er.

In meinen Augen spiegelte sich Verwirrung. »Aber, du hast –«

»Ich wollte nur, dass er verschwindet! Hau zusammen mit Jaden und Emili ab!«

Zutiefst verunsichert blickte ich von Jaden zu ihm.

Jaden nickte aufgebracht und zupfte immer wieder an meinem Ärmel. Doch ich konnte nicht einfach verschwinden. Nicht ohne Sate und nicht ohne Leo, der auch noch irgendwo auf dem Schiff sein musste.

»Nein!«, schrie ich. »Es ist mein Leben! Meine Entscheidung! Und wenn ich euch retten kann, indem sie an mir ein paar Versuche machen dürfen, dann nehme ich das in Kauf!«

Jaden schüttelte verzweifelt den Kopf. »Du kannst ihm nicht vertrauen, Insidia! Will das nicht in deinen Kopf?«, brüllte er mich an.

Im nächsten Moment hörte ich Schreie über uns. Es war zu viel! Ich konnte nicht klar denken.

»Mir ist egal, ob ich ihm vertrauen kann oder nicht! Ich will euch das Leben retten! Kapierst du das nicht, Jaden!? Ich bin es leid, so behandelt zu werden, als wäre ich mehr wert als ihr anderen. Das bin ich nämlich nicht! Ihr seid es! Ihr seid mehr wert! Ihr seid es wert, gerettet zu werden. Ich bin nur der Grund dafür, dass ihr überhaupt gerettet werden müsst! Mach doch mal die Augen auf, Jaden!«

Sie alle sahen mich stumm an.

»Ich habe eine Entscheidung getroffen! Nehmt sie hin!«

»Schön!«, fauchte Jaden wütend. »Und was machen wir mit ihm? Wer von uns hat die Ehre, ihm sein Leben zu nehmen, nur weil Kyle es so verlangt hat?!«

Ich sah auf Fitz. Er blieb stumm. Er hatte sich wohl damit abgefunden, dass er sterben würde.

»Wir verstecken ihn!«, flüsterte ich.

Jaden lachte laut auf. »Ihn verstecken? Hast du nicht begriffen, dass er Gregori sagen könnte, dass Kyle auf unserer Seite steht, falls Eure Majestät überhaupt die Wahrheit gesagt hat?«

»Mir ist egal, was er ihm sagen könnte! Ich werde ihn nicht töten!«, schrie ich.

Bevor ich reagieren konnte, hatte Emili sich meine Waffe genommen, richtete sie auf Fitz und drückte ab.

Völlig entsetzt schrie ich auf. Auch Jadens Augen weiteten sich. Wir alle hielten die Luft an. Fitz lebloser Körper sank auf dem Stuhl zusammen.

»Emili …«, murmelte ich fassungslos, ging auf sie zu und nahm ihr die Waffe ab. Ich entsicherte sie und schmiss sie so weit weg, dass sie nicht noch einmal danach greifen konnte. Emilis Augen waren erfüllt von Tränen.

»Einer musste es doch tun«, murmelte sie immer wieder und sackte in meine Arme.

Mein Herz brach. Ich fühlte mich so schuldig. Wie hatte ich das alles nur zulassen können? Emili hatte einen Menschen getötet. Das würde sie ihr

Leben lang verfolgen. Wie konnte ich das jemals wiedergutmachen? Ihr ihre Unschuld zurückgeben? Ich suchte nach Möglichketen, das alles ungeschehen zu machen. Dabei wusste ich genau, dass es unmöglich war.

»Es tut mir so leid!«, raunte ich in Emilis Haare. Sie lag immer noch in meinem Arm und weinte. Jaden kniete sich zu uns und streichelte ihr über den Rücken.

»Einer musste es doch tun!«, wimmerte Emili mit erstickter Stimme.

KAPITEL 22

Die Zeit verging wie in Zeitlupe. Ich hatte das Gefühl, als würden wir schon Stunden hier sitzen. Emili hatte aufgehört zu weinen. Sie wirkte wie erstarrt. Als wäre sie nicht mehr bei uns. Wenigstens musste ich sie nicht mehr weinen hören. Jeder ihrer Schluchzer war wie ein Messerstich in meine Seele gewesen. Als würde sich die Schuld immer mehr in mich einbrennen. Ich hasste mich für all das. Ich hasste aber auch Kyle. Dafür, dass er überhaupt so etwas von uns verlangt hatte.

»Einer musste es doch tun!«, wimmerte Emili immer wieder. Ich sah Jaden an. Er verzog den Mund und blickte mich mitleidig an.

Die Tür wurde aufgestoßen. Um nichts in der Welt würde ich Emili jetzt loslassen. Zwei Männer traten ein und musterten das Geschehen. Es waren Amerikaner. Einer von ihnen ging zu Sate ans Bett, der andere kniete sich zu uns. Erst als er Emili eine Hand auf den Rücken legte, erkannte ich, dass es Arthur war.

»Was ist geschehen?«, fragte er mit seinem starken Akzent und sah immer wieder von mir zu Emili.

Ich schüttelte einfach nur den Kopf und er nickte. Er verstand, dass ich nicht darüber reden wollte. Es war auch nicht meine Aufgabe. Wenn Emili wieder reden würde und von mir verlangte, es niemandem zu sagen, würde ich lieber behaupten, ich hätte ihn erschossen, als sie zu verraten.

Der Mann, der nach Sate gesehen hatte, kam zurück und verschloss die Tür.

Ich blickte ihn traurig an. »Es hat keinen Sinn«, murmelte ich. »Ich werde ihnen geben, was sie wollen. Sate überlebt das keinen weiteren Tag und wir können sie nicht besiegen.«

Arthur und der andere Mann sagten nichts dazu. Sie setzten sich zu uns und warteten. Als würden wir auf unseren Henker warten.

»Kyle wird nicht zulassen, dass dir etwas geschieht«, murmelte Emili unter mir. Ich atmete schwer.

»Doch, das wird er«, erwiderte Jaden.

Sofort ermahnte ich ihn mit einem Blick.

»Da sind sie rein!«, schrie ein Mann auf dem Flur, und die Tür flog auf. Vier bewaffnete Männer stürmten auf uns zu. Gregori war nicht unter ihnen.

»Tötet die Amerikaner!«, wies einer von ihnen die anderen an. Ich stemmte Emili von mir und stellte mich vor Arthur und den weiteren Mann.

»Nur über meine Leiche!«, knurrte ich.

Der Mann lachte kalt. »Die kleine Möchtegernprinzessin!« Grob stieß er mich zur Seite. Ich kämpfte mich zurück und trat einem seiner Männer in die Kniekehlen. Er fiel zu Boden. Doch das nützte nichts. Die anderen ließen keine Zeit verstreichen und schossen erst Arthur, dann dem anderen Amerikaner in den Kopf.

Resigniert schloss ich die Augen. Ich ertrug diese Grausamkeiten einfach nicht mehr. Sie behandelten die Amerikaner, als wären sie räudige Tiere, und ich hatte sie hierhergeführt.

Mein Kopf begann schmerzhaft zu pochen.

O nein! Nicht jetzt!

***

»Insidia!« Die Stimme eines Mädchens lockte mich an. Ich rannte über ein weites Feld.

»Find mich oder ich verhex dich!«

Ich kannte das Spiel. Tief in meinem Inneren kannte ich es. Ich rannte weiter. Spürte, wie klein der Körper war, den ich zu tragen hatte. Ich suchte hinter jedem Baum.

»Insidia!« Es schien, als käme die Stimme immer aus einer anderen Richtung. Ich drehte mich um meine Achse, bis ich die Kleine endlich sah. Sie stand einfach nur da, mitten auf dem Feld, und lachte. Ich wusste, wer sie war. Ich kannte sie.

Schnell rannte ich auf meine Schwester zu und berührte sie an der Schulter. »Find mich oder ich verhex dich!«

Sie presste die Hände auf ihre Augen und begann laut zu zählen.

Ich hastete auf den Wald zu. Suchte ein passendes Versteck. Wie getrieben lief ich umher.

Meine Schwester hörte auf zu zählen. Ich erblickte einen kleinen Fels und versteckte mich dahinter. Schon hörte ich sie auf der anderen Seite des Waldes rufen und lächelte.

»Insidia!«, rief ich, »find mich oder ich verhex dich!« Meine Stimme hallte im gesamten Wald wider. Ich kicherte. Sie würde nicht wissen, woher meine Stimme kam.

Mein Kichern erstarb, als ich einen Mann vor mir stehen sah. Ich erschrak. Angst kroch meine Kehle hinauf und ich konnte unmöglich schreien.

Und selbst wenn ich geschrien hätte: Das Echo, das mir gerade noch für das Spiel hilfreich erschienen war, würde verhindern, dass mich jemand auf Anhieb fand. Ich schluckte schwer.

»Hallo, Insidia.« Seine Stimme jagte mir eine solche Angst ein, dass ich davonrannte. Zurück auf das Feld. Als ich durch das Dickicht trat, erkannte ich meine Schwester und meine Eltern. Sie standen da und hielten meine Schwester fest. Ich blieb stehen. Warum ließen sie sie nicht zu mir?

Ich drehte mich um. Der Mann war mir gefolgt und befand sich nun hinter mir. Erschrocken sah ich ihn an.

»Bleib hier, Insidia. Mach es ihnen nicht noch schwerer.«

Wieder sah ich zu meinen Eltern. Sie weinten.

Ich schrie nach ihnen. Schrie immer und immer wieder. Meine Schwester wehrte sich. Aber meine Eltern standen einfach nur da.

»Du bist etwas Besonderes, Insidia. Ich bringe dich an einen Ort, an dem deine Fähigkeiten ausgebildet werden.«

Ich begann zu weinen. »Ich will da nicht hin. Ich will bei ihnen bleiben!« Meine Stimme klang so jung. Ich musste noch ein kleines Kind sein.

Kläglich rief ich nach meinen Eltern und musste dabei zusehen, wie sie meine Schwester auf den Arm nahmen und davongingen.

Sie ließen mich allein. Ohne einen weiteren Blick zurückzuwerfen.

***

Ich öffnete meine Augen. Der Schmerz in meinem Kopf war noch da. Mein Blick fiel auf die beiden toten Amerikaner und ich konnte mich nicht entscheiden, was schlimmer war: die Vision von gerade eben oder die Realität. Es kam mir beides schrecklich vor.

Hektisch ließ ich meinen Blick durch den Raum schweifen. Einer der *PG*-Männer stand vor Sates Bett und musterte ihn. Ich griff nach der Waffe, die ich zuvor weggeworfen hatte, rannte auf ihn zu und stieß ihn gegen die Wand.

»Lass deine dreckigen Finger von ihm!«, schrie ich.

Da spürte ich Sates Hand in meinem Rücken. »Es ist alles gut, Insidia. Du wirst leben!«, raunte er schwach.

Meine Augen füllten sich mit Tränen. Ich musste immer wieder an meine Eltern denken. An meine Schwester. An Gregori, den Mann, der damals im Wald vor mir gestanden hatte. Sie hatten mich einfach kampflos aufgegeben. Das würde ich niemals tun!

»Du wirst auch leben, Sate!«, keuchte ich und legte meinen Kopf auf seine Brust.

»Er ist ein Amerikaner. Die sind Freiwild!«, lachte der Mann hinter mir und richtete sein Gewehr auf Sate. Ohne nachzudenken, drehte ich mich um, entsicherte währenddessen die Waffe und drückte ab. Es war genug. Einfach genug.

Der Mann fiel zu Boden. Ich beachtete ihn kaum und legte meinen Kopf wieder auf Sates Brust. Ich wusste, dass ich den Mann nur verwundet, nicht getötet hatte.

Sates Körper glühte. Es stand schlecht um ihn. Er strich mir sanft über meinen Hinterkopf, sicher aus Sorge. Aber ich fühlte mich keineswegs wie Emili. Ich musste nicht weinen. Bereute es nicht einmal. Doch ich hatte auch nicht getötet.

»Wir alle werden leben!«, flüsterte ich.

Sate sagte nichts. Er streichelte mich einfach weiter. Ich hörte, dass Jaden gegen die anderen Männer des *PG* kämpfte, und drehte mich zu ihnen.

Jaden agierte zwar manchmal wie ein frecher kleiner Junge, aber er war stark, und die Angreifer hatten keine Chance gegen ihn. Man merkte, dass sie einfach nur irgendwelche Männer waren, denen Waffen in die Hand gedrückt worden waren.

Ich schloss wieder die Augen und öffnete sie erst, als ich Schritte hinter mir hörte.

Als ich erkannte, wer da auf mich zukam, wollte ich nur eins: schießen.

Gregoris Gesicht sah aus wie immer. Selbstgefällig und grausam.

Er und Kyle näherten sich langsam. Sie sahen aus, als bildeten sie eine Einheit. Als würden sie zusammengehören. Konnte ich Kyle wirklich vertrauen?

Argwöhnisch musterte er mich, wie ich da auf Sates Brust lag und seine Hand auf meinem Kopf ruhte. Mein Herz blieb stehen. Ich hatte das Gefühl, nicht atmen zu können.

Denn die Person, die da neben Gregori vor mir stand, war nicht Kyle. Nicht der Kyle, den ich einmal zu kennen geglaubt hatte. Seine Augen waren starr auf mich gerichtet. Kühl und verachtend. Sein Blick war sogar noch schlimmer als der von Gregori. Noch schlimmer als zuvor.

Ich spürte einen brennenden Schmerz in meiner Brust. Im Kerker damals war Kyle schon anders gewesen. Aber ich hatte seine Emotionen noch erkennen können. Jetzt war da nichts mehr. Als wären seine Augen nur eine leere Hülle. Was hatte das *PG* ihm nur angetan?

»Bist du also zur Besinnung gekommen?«, fragte mich Gregori, als sie vor mir stehen blieben.

»Es gibt eine Bedingung«, erwiderte ich fest und löste meinen Blick abrupt von Kyle. Ich konnte ihn nicht länger ansehen. Er wirkte wie die herzlose Kopie eines Menschen, den ich einmal gekannt hatte.

»Und die wäre?«

»Sie retten Sate!« Ich hob meinen Kopf und sah hinunter zu Sate. Er wirkte so schwach, dass es mir beinahe das Herz brach.

»Satan hat es dir also angetan!«, lachte Gregori.

Am liebsten hätte ich ihm in sein verlogenes dreckiges Gesicht gespuckt. Ich zügelte mich aber. »Seine Männer sind hier, um dafür zu sorgen, dass er danach unversehrt wieder zurückgebracht wird«, sagte ich und ignorierte seine Andeutung.

»Männer mit Macht haben sie schon immer fasziniert!«, lachte Kyle. Die Kälte in seiner Stimme ließ mich zusammenzucken. Wie konnte er nur so etwas Abscheuliches sagen? Spielte er das nur – oder hatte er zuvor gespielt?

»Und was bekommen wir dafür?«, fragte Gregori.

»Mich!«

Stille trat ein. Ich sah, dass Kyles Miene sich kurz änderte und da wusste ich, dass der alte Kyle noch irgendwo in ihm war.

Gregori strich sich über seinen weißen Bart und musterte mich, als wollte er mich abscannen, ob ich ihn belog.

»Und du wirst kooperieren, egal, was wir von dir wollen?«

Ich sog die stickige, kranke Luft ein. Zog meine Kraft daraus wie Sate bei seinem Kampf und nickte.

»Dann haben wir einen Deal!«, entgegnete Gregori erfreut und hielt mir seine Hand entgegen. Ich nahm sie nicht. Niemals würde ich diesen ekelhaften Menschen freiwillig berühren.

So nickte ich einfach nur und wies sie dann an, mir zu folgen.

Zwei von Sates Männer kamen herein, um ihn in ein kleines Boot zu transportieren. Ich warf Sate einen entschuldigenden Blick zu. Ich wusste, dass er bis zuletzt noch gehofft hatte, wir würden gegen sie kämpfen. Aber das hätte keinen Sinn gehabt. Seine Leute wären alle gestorben.

Wir liefen hinaus in die Nacht. Die Luft war angenehm kühl. Die Amerikaner machten uns Platz.

Ich blieb am Rand des Bootes stehen, als sie Sate hineinlegten.

Gregori sah mich auffordernd an. »Du kommst mit!«, sagte er ruhig.

Ich schüttelte den Kopf.

»Der König wird hierbleiben, damit du dir sicher sein kannst, dass diesen Menschen nichts passiert.«

Tiefer Zweifel lag in meinem Blick. Sate stöhnte laut auf und schlug in die Luft. Seine Augen waren geschlossen.

»Wir können gerne noch mehr Zeit verstreichen lassen«, raunte Gregori kühl.

Wütend und verzweifelt zugleich presste ich die Zähne aufeinander und ballte meine Hand zu einer Faust, doch ich stieg ein. Kurz schweiften meine Augen zu Emili, die mir lächelnd zunickte. Sie hatte keine Ahnung, wie viel Kraft sie mir damit gab.

Gregori startete den Motor und fuhr los. Das Wasser schwappte immer wieder auf Sate und ich versuchte ihn zu schützen. Wir waren bereits eine ganze Weile unterwegs, als ich ein Licht sah.

Ich sah das Licht, bevor ich es hörte.

Ruckartig drehte ich mich um und fühlte mich, als stünde die Zeit still. Ich blinzelte. Tränen fluteten meine Augen, bevor ich überhaupt verstehen konnte, was ich da sah. Feuer. Rauch.

Ich hörte Schreie. Schreckliche Schreie. Schreie von sterbenden Menschen.

Das Schiff, das wir hinter uns zurückgelassen hatten, war kaum noch zu erkennen. Es musste eine Bombe gewesen sein. Ich starrte auf die Rauchschwaden, die sich im Himmel verliefen, und konnte keinen Zugang dazu finden. War nicht in der Lage, es zu realisieren.

Mein Körper verriet mir, dass es Wirklichkeit war. Ich zitterte und weinte. Hörte mein Herz laut pulsieren. Spürte die Schmerzen in meiner Brust. Ich war bewegungslos. Für Minuten. Bis der letzte Schrei verstummte und nur noch Rauch geblieben war.

Ich öffnete meinen Mund. Schmeckte meine salzigen Tränen und versuchte meinen Blick zu lösen, um Gregori zu töten.

Als ich mich endlich umdrehte, saß er lächelnd da und hielt Sate ein Messer an die Kehle.

Ich spürte nichts mehr. Blickte zurück.

Sie waren alle tot.

KAPITEL 23

Die weißen Wände waren wieder da. Diesmal war es keine verschleierte Erinnerung, sondern Realität. Wobei mir sowieso nichts mehr echt vorkam.

Ich hatte sie alle in den Tod geschickt. Die Männer aus Amerika, Leo, Jaden, Emili und Kyle.

Ich keuchte, als mich die Erkenntnis einholte. Ich riss an den Bändern, die sie um meine Arme und Beine gelegt hatten.

Warum hatte ich Gregori nicht einfach getötet? Sate erwartete ein Leben, in dem er sich wahrscheinlich jeden Tag wünschte, tot zu sein. Für mich galt das Gleiche. Also hätte ich es zulassen sollen. Zulassen, dass er Sate tötete, um Gregori dann selbst zu töten.

Ich schluckte schwer. Als würde ich meine Schuld schlucken müssen. Ich würgte. Es war wie Gift. Die Luft, die ich atmete. Das Pochen meines Herzens in meinem Ohr. Das alles war wie Gift. Gift, das mich daran erinnerte, dass ich lebte und sie tot waren.

Irgendwo weit entfernt hörte ich Emili singen. Es musste aus meinem Kopf kommen. Ich presste die Lippen aufeinander. Sie konnte nicht tot sein! Nicht Emili!

Tränen verließen meine Augen. Mein Körper fühlte sich seltsam an, als hätte mich jemand betäubt.

Wieder und wieder versuchte ich mit der Kraft, die mir blieb, gegen die Bänder, die mich fixierten, anzukämpfen.

»Du musst ruhig liegenbleiben!«

Ich erkannte die Stimme. Und ohne es zu wollen, beruhigte sie mich.

»Bitte töte mich!« Ich sah die Frau mit den weißen Haaren an.

»Das geht nicht, Insidia. Und du wirst es auch bald verstehen!«, hauchte sie mit ihrer wunderschönen Stimme. »Du bist ein Geschenk.«

»Ich bin kein Geschenk. Ihr habt mich meiner Freiheit beraubt. Niemand hat euch das Recht dazu gegeben!«

»Wenn es nach Gregori geht, bist du ein Geschenk. Du wirst es bald verstehen«, sagte sie wieder.

»Wer bist du?«, fragte ich mit zittriger Stimme.

Sie antwortete mir nicht.

Ich schrie. Schrie all die Wut auf das *PG* aus meinem Körper.

Die Frau schüttelte den Kopf. »Du wirst es bald verstehen!«

Ich wurde immer wütender. Sie sollte aufhören, das zu wiederholen. Nichts davon könnte ich jemals verstehen. Dafür gab es keine Erklärung.

Sie streckte ihre Hand aus und strich mir über die Wange. Ruckartig riss ich meinen Kopf zur Seite.

»Bald wirst du es verstehen«, hauchte sie mit einem vernichtenden Unterton und verschwand.

Ich weinte. Ich wusste nicht wie lange. Es fühlte sich an wie Stunden. Allmählich kam ich wieder zu Bewusstsein.

Ich hörte ein Stöhnen neben mir und drehte mich in seine Richtung. Neben mir auf einer Liege lag Sate. Seine Augen waren geschlossen. Er wirkte nicht mehr so fahl wie die Tage zuvor auf dem Schiff. Ein Brennen durchzog mich, als ich an das Schiff dachte.

»Sate!«, flüsterte ich, doch er schlief tief und fest. Überall hing er an Geräten. Kabel ragten aus seinen Armen, seinem Kopf und seinem Bauch. Meine Lippen bebten.

Mein Alptraum war zur Wirklichkeit geworden.

Was hatte ich nur getan?

Die Erkenntnis traf mich hart – der Gedanke an meine Freunde, an Leo, Emili, Jaden ... an Kyle. Doch nach und nach versiegte der Schmerz, und es war, als würde ich das Brennen meines Herzens vergessen. Sie vergessen. Ich versuchte dagegen anzukämpfen. Die Erinnerungen aufrechtzuerhalten. Sie bei mir zu behalten. Ihre Gesichter in meinem Bewusstsein. Bis sie vor meinen Augen verblassten.

Und plötzlich sind sie nicht mehr als eine Vergangenheit, die nicht mehr meine ist, und ich bin nicht mehr als eine Agentin ohne Vergangenheit.

ENDE von Band 2

Tauch ein in
romantische Geschichten.
Hol Dir
Bittersüsse
Stimmung
auf Deinen
e-Reader!
E-Books von impress hier:
Carlsen.de/impress
im.
pre
ss
impress ist das digitale Label des Carlsen Verlags für gefühlvolle
und mitreissende Geschichten aus der geheimnisvollen Welt der Fantasy.

Impress
Tauch ein in romantische Geschichten

Impress
Ein Imprint der CARLSEN Verlag GmbH
Dezember 2018

Lektorat: Konstanze Bergner
Umschlagbild: shutterstock.com / © sivilla / © run4it
Umschlaggestaltung: formlabor
Satz und Umsetzung: readbox publishing, Dortmund
Druck und Bindung: CPI Books GmbH, Birkach
ISBN 978-3-551-30143-7
Printed in Germany
www.carlsen.de/impress

Alle Bücher im Internet: www.carlsen.de